吃冰的滋味

我的人間告白

古蒙仁——著

目錄

輯二 麥城遊學

輯三　天母歲月

輯四　青埔悠活

推薦序一

鳳凰花開

——古蒙仁的寫作軌跡

《現代文學》在七〇年代中停刊三年半，民國六十九年復刊後又發行二十二期終於於七十三年結束。後期的《現代文學》也出現了一批當時還很年輕卻才氣縱橫的作家：廖偉竣（即後來的宋澤萊）、張大春、黃凡、吳念真、陳雨航、古蒙仁。當然，這些名字日後在臺灣文學的版圖上都各據一方，但他們早期在《現代文學》上發表的小說已頗為可觀。

六十八年，《現代文學》復刊號第六、七兩期連載了古蒙仁的中篇小說〈雨季中的鳳凰花〉，當時我讀到這篇寫得極為清新自然，真情流露的「鄉土小說」，就非常喜歡，同年我擔任《中國時報》的小說獎評審便極力推薦，〈雨季中的鳳凰花〉獲得了「小說推薦獎」，我很為古蒙仁高興，那時古蒙仁二十八歲。之前古蒙仁已寫過不少篇短篇小說並出版過一本小說集《狩獵圖》，這些早期小說多以年輕人的愛情萌動及校園生活為題材，有相當細緻的心理描寫，但〈雨季中的鳳凰花〉才真正展示了古蒙仁的寫實能力。

這部中篇小說的奇特處在於，所寫的是最平凡不過的一些人與事，然而六萬多字的篇幅讀起來卻能引人入勝，不感沈悶，讓人覺得南臺灣鄉下確曾有過樹仔叔這樣一個養鰻人家。故事非常簡單：父親樹仔叔因車禍住進醫院，小兒子健智應召入伍當兵，養鰻家庭登時陷入困境，關鍵時刻離家出走的大兒子健雄卻浪子回頭，一家團圓。這種事情大概在臺灣鄉下經常發生，這樣一則父慈子孝兄友弟恭的老套故事，實在不容易寫成好小說。

七〇年代末，臺灣文壇曾湧現大批以鄉土為題材的作品，其間不乏提出尖銳的社會問題及抗議色彩的小說，與之相較，〈雨季中的鳳凰花〉就顯得非常平淡樸實。可是過了二十多年，重讀這篇作品，其中隱隱的一股感染力，仍然存在。臺灣的農村早已變得面目全非，養殖業已經衰落，可是小說中呈現的家庭倫理恐怕改變很少。這就觸及了一個文學的基本問題，以永恆的人性作為題材的作品，大概比較經得起時間的考驗。

古蒙仁自己承認曾經受陳映真及黃春明的影響，陳映真早期小說富有詩意而略帶憂鬱的抒情文字風格，是影響古蒙仁寫作的一個基調，而黃春明小說中的樸素親情，大概對古蒙仁也有很大的啟發。〈雨季中的鳳凰花〉可說是描寫臺灣農村家庭的一首田園詩。其間真摯感人的文字情，其實可以徵諸於古蒙仁一些自傳性的回憶文章。日本演員三船敏郎曾是古蒙仁崇拜的偶像，那是因為他父親對三船情有獨鍾，而且他父親與「魁梧壯碩」，「威儀凜然」的三船又有幾分神似，這就引發了古蒙仁對三船敏郎一種移情的傾慕：

對我而言，三船的魅力，還帶有一種父兄的精神召喚和情感的投射等複雜的情愫。在我似懂非懂的心靈裡，他是無所不能，無所不在的。只要他出現，我就有被庇護的安全感。就像在寒冬的長夜裡，父親若外出未歸，我一定無法入睡。總要聽到他騎著腳踏車的輪轉聲在門前嘎然煞住，推進門來，我才能如釋重負，安然入夢。因此三船在我心目中，宛然是父親的化身，我對他也有一份難以言喻的孺慕之情。

——〈仗劍少年行〉

古蒙仁寫到對父親的孺慕，坦率得毫無掩飾。父親逝世，古蒙仁哀痛逾恆，感到「昊天罔極，地老天荒，星月摧折，頓失所倚」〈溪山秋色〉，這些恐怕都不是誇大之辭，而是古蒙仁喪父失怙的肺腑之言。為人子，對父親的愛慕寫得坦然固不容易，而為人父，寫對兒子的疼憐其實也頗難下筆，但古蒙仁做父親後，寫到兩個寶貝兒子，笑逐顏開，自許為〈天使爸爸〉，聽到兒子在家裡彈琴，「彷若天籟，確是人間極品。」〈彈指少年路〉，自我陶醉，竟至如此，他說他要將從父親那兒得到的愛加到兒子身上。

古蒙仁是雲林虎尾人，母親出身農家，對三綱五紀、天理人倫這套傳統觀念，終生奉守不渝，而且恃以教誨子女。古蒙仁顯然受母教的影響甚深，雖然他後來因求學工作久居台北，又到美國留學，但中國傳統的人倫秩序他顯然一直篤信。〈雨季中的鳳凰花〉中的父慈子孝，應該是古蒙仁真誠的感受。肯定傳統人倫，藝術上也有成功的可能。我在台南住過一年，印象最深刻的就是到處的鳳凰木上，開滿了熾豔的紅花，那些閃閃如火焰的花朵，我覺得最能代表南臺灣從土地上冒出來的一股生命力。

其實古蒙仁的寫作是以報導文學著名，他的幾部報導文學《黑色的部落》、《失去的水平線》、《台灣社會檔案》、《台灣城鄉小調》是奠定他在文學界地位的作品。七〇年代中，高信疆接編《中國時報》人間副刊，大力提倡報導文學，並設有報導文學獎，古蒙仁經常是這項文學獎的得主，他的早期報導文學作品大多登載於人間副刊。我記得最初接觸到古蒙仁的文章便是在人間副刊的海外版上。

六十六年發表了他的〈破碎了的黃金夢〉，寫九份、金瓜石礦業的興衰，礦工生活的艱苦。我從來沒有去過金瓜石，但我對金瓜石卻一直有一個深刻不移的印象，那就是他那篇〈破碎了的黃金夢〉營造出來的。文章篇幅很長，點點滴滴的細節描述，仍然是小說的寫法，尤其著重氣氛的釀造，一種哀號的語調，烘托出金瓜石今昔的滄桑。

這就是古蒙仁報導文學的一大特色，他擅長描寫臺灣社會的變遷，變遷中人世間一些無可挽回的無奈與人生的悲歡。臺灣是個多變的社會，有些是人事的淘汰運轉，但也有不少是大自然的反撲破壞，兩方面古蒙仁都有著墨，他寫過幾篇〈鐵道輓歌〉記錄臺灣老火車頭及鐵道員的滄桑史，他也一再憑弔草嶺湖的幻滅與再生，描寫臺灣這個海島遭受自然力量無情的衝擊，寫得令人驚心動魄。古蒙仁寫得最好的幾篇報導文學既是事實的記載也是優美的文學。古蒙仁曾長期任職《時報週刊》，大概由於職業的需要及個人興趣，上山下海，跑遍了臺灣每個角落，寫下大量的報導文章，發表在《時報週刊》上，這些文章集起來，也就是一部臺灣從七〇年代跨入八〇年代的社會變遷史。

七〇年代末報導文學在臺灣興起當然有其社會背景，臺灣經濟正式起飛，社會新舊交替加劇，而新一代的作家對於臺灣社會的現實展現了前所未有的強烈興趣，有不少作家投身於這一行新興的寫作，古蒙仁顯然是其中的佼佼者。我想一位優秀的報導文學作者除了敏銳的社會觀察及一手好文字之外，恐怕還需具有廣大的同情心。因為社會上有太多的不幸，太多的不平，如果沒有寬廣的人道胸懷，難以包容。

古蒙仁當然也報導過不少「被損傷者被侮辱者」：永安煤礦災變的亡魂、台北大橋下無路可走的老工人、被日本公司誆到沙烏地阿拉伯做苦工的原住民、群鶯亂飛的北投妓女、少年輔育院內〈失群的羔羊〉，自大致都能做到哀矜勿喜；沒有走向偏激，反而容易感動讀者。〈銀河孤星〉是寫兩位老導演的淒涼晚景。楊世慶和宗由在早期的國片裡都曾擁有一片天地。楊世慶導過《浪淘浪》、《意難忘》，鍾情、柯俊雄、張美瑤都曾是他的手下演員。可是晚年卻貧病交加，一個人住在外雙溪山窪中的一幢小木屋裡，被觀眾徹底的遺忘掉。五〇年代宗由的電影也曾紅極一時，《苦女尋親記》裡張小燕得到最佳童星獎。可是銀色生涯不過戲夢一場，宗由暮年潦倒，中風癱瘓後，連往日的朋友也斷了往來。

他們都有一雙熱情地、顫抖地、哆嗦不止的手；那雙手都曾對中國電影有過貢獻，都曾付出他們最熱烈的感情；可是他們都無力了、癱瘓了。中國的電影，你又能給這些老人什麼呢？

——〈銀河孤星〉

古蒙仁訪問過這兩位過氣的老導演後，如此結束。這是一篇寫得很厚道的文章。

經過多年報導文學的寫作，古蒙仁練就了一手漂亮的散文，最近一篇〈人間孤島〉素描「詩僧」周夢蝶就是上乘佳作。周夢蝶的詩境人生早已超凡入禪，要替這位孤獨國主造像，並非易事。一九九七年國家文化藝術基金會「文藝獎」中的文學獎頒給了周夢蝶，古蒙仁到淡水去訪問他。

說到古蒙仁結識這位前輩詩人，這段因緣還由我而起。這又要追溯到臺灣文壇的天寶年間去了，大約是七〇年代末，有一次我邀請古蒙仁還有其他幾位經常替《現代文學》撰稿的年輕作家到武昌街的「明星咖啡館」去吃飯，那時的「明星」是我們的文藝沙龍，周夢蝶的書攤就擺在「明星」樓下門口，我順便把他也邀了上來。從此，古蒙仁便有緣踏進了周夢蝶的孤獨國中。事隔十五年，一個風雨交加的颱風天，古蒙仁在一個依山而建的簡陋公寓裡，又參見了這位詩僧：

淡水河浩淼的煙波，就横亙在窗外。與對岸的觀音山兩相映照，山水毓秀，盡在眼前，令人心胸大開，能坐擁這片青山綠水，難怪詩人不為形體所役，而縱身天地造化之間，悠遊在佛經與詩學的國度裡。千帆過盡，來去無礙。

從薄午到黃昏，我們看「溫妮」在窗外肆虐，風也瀟瀟，雨也瀟瀟，漫天的風雨搖憾著多少人世的坎坷和缺憾。聽詩人娓娓訴說他後半生的際遇，小小斗室裡，卻是一片寧靜和溫暖。久別重逢，晚來天欲雪，能再飲一杯否。

——〈人間孤島〉

這幾段文字寫得情景交融，「風雨如晦、雞鳴不已」的。

二十年前在另外一個颱風天，我和古蒙仁還有攝影家謝春德三個人坐了一輛計程車，在風雨飄搖中駛過台北街頭，駛上六張犁的墓園。古蒙仁正在為《時報週刊》撰寫一系列「作家身影」的文章，他要我帶領他重新尋找我少年時在台北走過的痕跡。首先我們去了南京東路與松江路口的「六福客棧」，那是我在大學時代居住的舊址，當然，當年四週都是綠油油的稻田。

我向古蒙仁訴說了松江路滄海桑田的蛻變，他聽得津津有味，都記了下來。謝春德在一旁卻忙著用攝影機捕捉瞬息萬變的台北景觀。謝春德的作品，我由衷的喜愛，他拍人物，直入人心，而臺灣的風景在他的鏡頭下，都是溫煦的。在暮靄重重中，我們開上回教公墓，去到我父母親的墓前。古蒙仁這樣記載：

「南山何其悲，鬼雨灑空草。」從六張犁公墓的小徑上了山，暮雨灑遍纍纍碑塚，使得那靈異境界，更充滿了孤絕、愁慘的氣氛。

——〈永遠的台北人〉

二十年前，我們佇立在六張犁公墓的陰陽界上，古蒙仁與謝春德替一九八〇年台北急速流逝的一刻定了格，一個用文字，一個用攝影。如今重讀古蒙仁這篇文章，仍然感到滿天暮雨瀟瀟，謝春德那幾幅淒美如詩的雨景，至今我仍珍藏著。

原載九十年十二月十日出版《吃冰的另一種滋味》之序文

推薦序二

從流轉到返鄉——綜論古蒙仁的散文

張瑞芬

一、古蒙仁的散文定位與評價

民國一〇五年六月，古蒙仁〈遷居青埔〉一文，正好銜接了九十九年六月〈再見，天母〉一文，正式宣告了作家離棄住了二十五年的台北，遷往桃園青埔，如他自己說的，「悠活」既是一種生活態度，也是一種心理狀態，是身心靈的自在解脫與超越。在住了五年多之後，青埔成了古蒙仁繼虎尾、天母後的第三故鄉，也是他自稱的「終老之鄉」。

《青埔悠活》這本書搭配了百餘幅古蒙仁拍攝的照片，令讀者彷彿回到他七〇年代報導文學光景。只是黑白色調換成了彩色繽紛，黯淡人間成了美好時光，而時光悠悠，四十餘年矣！古蒙仁仿效彼得·梅爾（Peter Mayle）寫的《山居歲月》，開始書寫他人生中的田園之秋。嘗試用散文來書寫遷居青埔的心路歷程和生活點滴，希望能為這塊土地留下一些紀錄。

論文學成就，古蒙仁散文與小說其實都有可觀之處，影響亦大，曾獲時報文學獎、吳三連文藝獎、中興文藝獎章、中國文藝協會文藝獎章。可是一〇七年《鹽分地帶文學》評選的

「台灣十大散文家」，卻忽略了這位報導文學先驅。而學界近年碩博論文論及古蒙仁，多半僅僅聚焦在報導文學，就是沒有全面探討其小說或散文。

台灣文學史對古蒙仁散文的評價，一樣是欠缺的。以目前較稱完備的一〇〇年陳芳明《台灣新文學史》來說，對古蒙仁就一字未著，實屬明顯疏漏。從現代主義到鄉土文學，陳芳明文學史論詩、小說與文學潮流較為精到，但六〇、七〇年代散文恐怕是寫得最弱的一環。古蒙仁的散文及報導文學，就在這樣文類與本土論者的雙重夾縫中被忽略了。

專就散文而言，七〇年代的散文，恰好經歷了外省來台世代與本土世代的交替。四年級這一波堪稱戰後世代本土文學首發打者，在台灣戰後出生的本省籍男性散文家裡，古蒙仁、林清玄，和林雙不、林文義，又剛好代表兩條不同的路線。林清玄與古蒙仁依附主流媒體，作體制內的努力；林雙不與林文義在美麗島事件後文風丕變，自此逐漸走向本土與黨外立場。

七〇年代報導文學引領社會風潮，古蒙仁和林清玄同受高信疆賞識，也同有重要貢獻。六十七年與六十八年，古蒙仁連續以〈黑色的部落〉、〈失去的水平線〉獲中國時報文學獎，早期結集報導文學《黑色的部落》與《失去的水平線》。林清玄《長在手上的刀》、《鄉事》、《永生的鳳凰》同樣見證了高信疆主導的報導文學熱潮的重要成就，成就堪與古蒙仁比肩。古蒙仁長林清玄兩歲，而他們的文學底蘊一被報導文學聲名所掩，一為後來的暢銷光環蒙蔽，同樣未曾得到應得的肯定。

二、古蒙仁的小說與文壇際遇

說到古蒙仁，許多人對他早期小說〈盆中鼈〉描繪補習班學生的青春苦悶，極具象徵意涵的細膩文筆，念念難忘，被沈謙收入《六十一年度小說選》後一夕成名。主述者「我」在走出補習班好友狹窄的宿舍後，只記得那隻作為寵物，在臉盆中掙扎爬不出困境的鱉：「我低下頭，凝視著盆底那圈小小的世界。鼈蹣跚的在水面上爬行著，弄皺了那池淨水。細微的水波，盪漾著吊燈破碎的反光，也盪漾著他臉龐的倒影。看起來那影子像貼在水面上，而鼈就在上面爬行著，踐踏著，玩弄著」。

這和他第一篇發表的報導文學〈沒有鼾聲的鼻子——鼻頭角滄桑〉一樣，隱喻精巧，文字靈動，堪稱技驚四座：「雨天的漁港，淒清而婉然，防波堤外的浪花撲打著，遠遠的太平洋像一隻溫和的巨獸，仰臥在水天一線的千里煙波裡。一個寂寞的漁村，一個美麗的小港口」。

寫〈鼻頭角滄桑〉時古蒙仁才二十三歲，六十四年發表於高信疆策劃的「現實的邊緣」副刊專欄，就此一炮而紅，展開了古蒙仁往後漫長的記者生涯與報導文學路途。七〇年代中期，高信疆倡議報導文學，原是要彰顯民族主義的文化情懷，結果卻由於報導文學以現實為基礎的邏輯，蓄積了台灣稍後鄉土文學論戰與本土意識的能量。在技巧上，高信疆的「新新聞」（NewJournalism，新聞文學化）理想，和古蒙仁、林清玄所強調報導文學需兼有「文學特具的感性」觀念不謀而合。

六十七年與六十八年，古蒙仁連續以〈黑色的部落〉、〈失去的水平線〉獲中國時報文學獎，六十八年又在白先勇的賞識下以中篇小說〈雨季中的鳳凰花〉勇奪第二屆時報文學「推薦小說」獎，首部短篇小說《狩獵圖》也易名《夢幻騎士》由高信疆主持的時報出版公司重新出版，一時聲名大噪。這時的他剛從軍中退伍，不到三十歲。

古蒙仁的報導文學近於抒情散文，感染力強，遠遠超越了尋常新聞記者的文字水準。甚至一直延續到中後期的抒情與生活散文，成功的實踐了高信疆報導文學「向文學借火」的理想，使他真正與其他報導／新聞寫作區隔開來，成為罕見的「鄉土出身，文字主流」的一種典型；題材十分本土，文字卻是抒情優美的好中文。

三、古蒙仁的散文轉折與文學特質

綜觀古蒙仁散文的寫作歷程，可以七十二年為分界點。六十四至七十二年寫了七本報導文學專輯，七十二年後轉換為抒情／生活散文，《流轉》到《虎尾溪的浮光》，恰好也是七本，質與量都稱可觀。

《流轉》可稱為古蒙仁唯一的抒情散文集，書寫美國風情與異鄉求學的生活感觸。篇題與文字都精美華瞻，別具匠心，不亞於早年創作小說時的講究。例如〈賦秋聲〉，脫胎自〈秋聲賦〉，只是將悲情轉換為驚喜，情致更勝一籌；〈愛荷華之秋〉近似司馬桑敦〈愛荷華秋深了〉的轉化；〈春望〉，則或許是杜甫詩作的移情，《流轉》中寫得最好的幾篇，簡直可力追余光中六〇年代旅美的〈逍遙遊〉、〈落楓城〉。

《流轉》一書，字裡行間充滿濃厚的浪漫氣息，唯美的抒情風格，流淌在文字的金光中：「驅車一路南行，正趕上季節遞變的腳步。我們的車子恰像魔術師的魔杖，車輪過處，顏色由紅而黃而綠，十分明顯。中西部的平原，便這樣一步一步的被秋天佔領了」〈秋夕五月花〉。

又如同書〈優詩美地〉（Yosemite）一文：「蒼勁粗獷的稜線，將滿天的夕陽，切割成一條條黑紅相間的帶子。背光的山谷，已沉落在蒼茫的暮色中，可是那朝西的岩壁上，仍閃耀著夕陽柔和的光輝。」

這樣的文句，令人想起古蒙仁早期〈破碎了的淘金夢〉一文，寫九份山城的奇詭穠麗：「整個九份山城，浴滿日光的呈現在窗口外。一絲聲響也沒有的午後，使人覺得那是一框色調濃重的油畫，塗著一層厚厚的顏料。日光、石梯、山巒、蓊鬱的林木、傾頹的屋脊，都被過份強調得顯出一副慘烈無言的愁容來」。

如果以形式主義和寫實主義來界定古蒙仁，寫實主義無疑才是他成功的品類。報導文學、生活散文，甚至古蒙仁的小說，也以鄉土寫實為優。出身臺灣農鄉，曾經在六〇年代現代主義、虛無思想與挹鬱傷感的氛圍裡練劍的古蒙仁，小說寫得最早，總量卻不多，共結集為《狩獵圖》、《夢幻騎士》、《雨季中的鳳凰花》、《古蒙仁自選集》、《第二章》。《第二章》出版於八十年，也正式為古蒙仁小說創作畫下了句點。

四、返鄉心境與文學表達

七十四年古蒙仁返國、結婚、生子，擔任《中央日報》副總編輯兼「海外副刊」主編，後來又任「國藝會」獎助處處長、副執行長、雲林縣文化局長。這十年間，他以專欄文章，抒情文字與生活雜感，取代了前期的報導文學，收錄成《小樓何日再東風》（七十九）、《天使爸爸》、（八十三）、《同心公園》（八十五）三書。市聲雜沓，小兒喧囂，此中多了些人間味與戲謔感，發展出一套市井小民嬉笑怒罵的文字風格。題材看似碎散一些，卻也熱鬧精彩的呈現出都市人生活的樣貌。

九十一年返鄉任雲林縣文化局長後，古蒙仁開發出來的鄉愁與憶舊系列，以九十二《大哥最大》與九十九《虎尾溪的浮光》二書為代表。《大哥最大》裡的各地行腳，白河蓮鄉、武陵農場、九份山城，關山小鎮，彷彿踩著自己昔日年輕的足跡憑弔過往，全書後半篇幅收攏到「返鄉雜感」，往下銜接了九十九年《虎尾溪的浮光》的主調。

《虎尾溪的浮光》書寫南臺灣糖業小鎮虎尾的繁華與沒落，再度引發了讀者與文壇的關注。距離高信疆主編中國時報副刊的紙上風雲年代，荏苒三十餘年，古蒙仁已然有一點歲月的星霜了。初看此書的封面，河水悠悠，餘暉閃爍，就幾乎預告了一個輝煌時代的向晚。那是臺灣中南部盛夏的蔗鄉，虎尾糖廠員工宿舍裡的美麗童年，一種平穩舒適的南臺灣農鄉生活情調。

本書主題集中於童年與故鄉，那是一個輝煌時代的尾聲，也是臺灣中南部盛夏糖廠員工宿舍裡的美麗回憶。〈兀自矗立的煙囪〉是糖業小鎮的一頁興衰史；〈芋頭與蕃薯〉寫台糖宿舍裡小孩世界的外省本地族群融合；而〈吃冰的滋味〉，南臺灣夏日驕陽下，一期稻作收割時，父親命小孩到冰店買回來大塊冰磚，加上古蒙仁更早一篇〈澡堂春秋〉，可以和阿盛早期扛鼎作〈廁所的故事〉，並列為南臺灣農鄉散文三部曲了。

五、餘音

以散文書寫南部家鄉、身世與記憶，古蒙仁是阿盛之外少見的好筆。在《同心公園》〈重返蔗鄉〉裡，古蒙仁是這麼描述他的原初記憶的：「我時常在睡夢中醒來，傾聽遙遠而低沈的，像心臟一般搏動著的輪機聲。以及小火車駛過虎尾溪鐵橋的，像音樂一般迷人的震動聲，而感到一種被庇蔭的溫暖和幸福」。

同樣來自南臺灣，並且濡染了台北的主流文化與價值，古蒙仁比阿盛晚了二十年才開始書寫故鄉風物，這系列文字卻比他九〇年代的幽默風格辨識度更高，成就也與他七〇年代的報導文學可堪比並。

在多年以後，人們除了黑色的部落，應當也無法遺忘古蒙仁筆下的虎尾糖廠吧！那隨風遠逝了的時代，夏日有燠熱的蟬聲，襯著淺丘琉璃子與三船敏郎的斑駁海報，空氣裡中有蔗糖的焦香，租書店裡有瞌睡的老闆。

從七〇年代的黑色部落，到如今的故鄉往事，古蒙仁筆下那一個個繁華落盡，孤燈清冷的小鎮，印證了臺灣社會的起落興衰。舊時月色，猶見心頭人影。在台北主流文化和南部邊緣位置間，古蒙仁像守護家傳養鰻池的主人翁，就是到了台北或異地，也不改鄉下人的憨直。那雨季中的鳳凰花，雖然老邁不堪，卻猶屹立在灰濛濛的天空裡，怵目的燃燒著。

張瑞芬，文學評論者，逢甲大學中文系教授，知名podcast節目「文學的異想世界」主持人。

自序

滋味永存

古蒙仁

一

去年三月中旬，我的報導文學精選集《司馬庫斯的呼喚——重返黑色的部落》由時報出版公司出版。原本我只是愛屋及烏，希望已經絕版的舊作能再度面世，並沒考慮到市場的因素，確是有一點「白目」。眾所周知，文學類在出版界是個冷門，新書出版已屬不易，何況舊書重印。老東家的厚愛固然令我慶幸不已，不過承受的壓力也不小，很擔心銷售不佳，會連累出版社的朋友。

沒想到半年之後，該書即傳來二刷的好消息，堪可告慰出版社和自己的苦心孤詣，同時也激發了我的企圖心，又做起另一個春秋大夢。因為我還有七本散文集，同樣處在絕版的狀態之中，賣一本少一本，幾乎已在書市銷聲匿跡。便想如法炮製一本散文精選集，讓散失多年的散文集也能重現江湖，再見天日。

為此我又忙碌起來，從書架上找出那七本散文集，雖然塵封多時，卻一本都沒少。仔細盤點一番，從民國七十六到八十九年的十三年之間，我一共出版了《流轉》、《小樓何日再東風》、《天使爸爸》、《同心公園》、《吃冰的另一種滋味》、《大哥最大》、《虎尾溪的浮光》七本散文集，全部由九歌出版社出版。

此期間正是「九歌」的全盛時期，綠色的書背擺在書架上，像一座綠色的長城，曾是書店最醒目的標誌，那也是台灣文學出版的黃金年代。遺憾的是之後即步入衰退期，出版社的經營日益困難。一〇三年「九歌」和我簽訂「契約中止協議書」，上述七本書的契約全部中止，舊書售完即不再印製，版權則悉數歸我，基本上對作者還算禮遇和尊重。

二

從版權的觀點來看，這紙協議書如同我舊作的護身符，我把它找出來後，心頭更加篤定，便開始規劃精選集的出版事宜。這七本書共有二百多篇文章，我初步的想法是從其中挑出五十篇，總字數約二十萬字。以免頁數太多，定價太高，不利行銷。

我先將這二百多篇文章重新看過一遍，邊看邊修改，幅度還不小，足足耗去一個多月的時間。雖然勞神費力，心情卻是甜美而愉悅的，因為在閱讀的過程中，彷彿回顧了我的一生，重溫了過往的歲月，從而改變了原先的想法。我認為它不應該只是一本散文精選集，而是一部個人的生命史。因此這本書應該有一貫的脉絡，清楚的時空背景，才能做為我一生的告白。

重新定位後，我開始納入時間和空間的元素，試圖從二者的交集中建立人生的座標。時間上，從小到大，從青壯年，再到中老年；在空間上，從故鄉虎尾，到異鄉麥迪遜，從第二故鄉天母，再到終老之鄉青埔。兩相對應，我的人生座標終於定格在這四個地方，串連成我個人完整的生命史。

本書的體例，即建立在這個座標上，共分為：「虎尾蔗鄉」、「麥城遊學」、「天母歲月」及「青埔悠活」四輯。

三

輯一、故鄉虎尾是個典型的蔗鄉，方圓數十里全是甘蔗園，最醒目的地標便是虎尾糖廠的四根大煙囪。父親是糖廠的員工，民國四十年我在糖廠宿舍出生，童年和青少年都在這兒度過，一直到初中畢業十六歲那年才負笈外鄉。台糖有優良的文化傳統和文康設施，我浸淫其間，從小就喜歡上圖書館看書報雜誌，寫日記塗鴉，初中開始向報刊投稿，我的文學之夢即起源於此。小鎮純樸的生活，提供我源源不絕的題材和靈感，輯內的十四篇文章，寫的就是當時蔗鄉的面貌和生活情境。

輯二、麥迪遜（Madison）是美國中西部的一個大學城，文中簡稱「麥城」。它是威斯康辛州的首府，也是著名的威斯康辛大學所在地，湖泊遍佈，四季分明，名列全美風景最優美的三大校區之一。民國七十二至七十三年之間，我有幸在這兒遊學、讀研究所，因而得以徜徉在如詩如畫的校園中，也深刻地體驗了美國本土的生活。雖然只有短短二年，卻是一段令我永難忘懷的日子，輯內的十二篇文章，即是彼時生活的寫照。

輯三、民國七十四年返國之後，為了結婚成家，我在台北近郊天母買下一間雅緻的公寓。我選在這兒置產，是為了讓家人能夠擁有優質的生活環境，不必再為租屋和搬家所苦。我和太太結婚之後，二個小孩相繼出生，也在我們呵護之下順利地成長，為這個小家庭帶來無限的歡樂。一家四口在這兒住了二十五年，天母儼然成為我們的第二故鄉。輯內的十二篇文章，寫的正是這兒的日常生活。

輯四、民國九十九年是我人生一個轉捩點，從文化界跨入桃園國際機場公司任職，上班地點在桃園機場，每天通勤時間長達三個小時，體力和時間都無法負荷，一年之後索性舉家遷往桃園青埔。彼時高鐵雖已通車，但青埔仍荒涼，人煙稀少，生活不便。十年之間隨著機捷通車，人口逐漸增加，生活機能也大幅改善，原本純樸的村姑，居然蛻變成令人驚豔的都會淑女，逐之者眾，掀起一波房地產的高潮。我們一家捷足先登，早就認同這片處女地，青埔因此成了我們的第三故鄉，也將是我的終老之鄉。輯內的十四篇文章，紀錄的正是十間的心路歷程。

四

最後特別要提的，便是此書的書名。〈吃冰的滋味〉這篇小品文，對台灣三十五歲以下的青年來說，應該都有一些印象。因為自從民國八十六年它被選入國中國文教科書後，就成為國中生必讀的一篇文章；即使後來推行「一綱多本」，這篇文章同樣被三大教科書採用，迄今未曾中斷，已有二十六年的歷史。它的影響力早就超過一時一地，深入年輕學子的心中，成為典型的「國民散文」，也是莘莘學子共同的記憶，因此特別以它做為此書的書名。

這篇小品文其實是我無心插柳之作，當初是應《幼獅少年》策劃的暑假專輯而寫。我想到小孩夏天最喜歡吃冰，便以吃冰為主題，寫了一個晚上就將稿子寄出去。文章登出來之後將雜誌往書架上一擺，出書時也從未將它收入，久之連我都忘了它的存在。誰知它卻被選入國中國文教科書，一夕之間成為每年數十萬國中生必須捧讀的文章，宛如童話故事「灰姑娘」的翻版。

忝為此文的作者，我也意外地「翻紅」，成為國中生「追星」的對象，二十五年來經常應邀到各國中演講，少說也有上百場，直到三年前疫情爆發才暫停。大部分學校都選在大禮堂，一次坐滿五、六百人，可發揮最大的效益。一場演講下來，我喉嚨沙啞，渾身虛脫，彷彿剛打完一場硬戰。可是卻不覺得疲累，因為學生的反應熱烈，掌聲不斷，自己彷如舞台上的明星，愈講愈帶勁，可獨撐到終場。

若在人數較小的教室，炎炎夏日，校方還會準備冰棒消暑，師生人手一支，邊聽演講邊吃冰，連我都有份，當場與學生分享，可見校方多麼貼心。學生們個個喜形於色，一根冰棒在手，反復舔個不停，這種吃冰的滋味，連神仙看了都會垂涎三尺吧。

演講結束後，照例會有簽書會，這才是重頭戲。我還沒歇口氣，學生早就帶了教科書衝上來搶頭香，一條長龍迅速地排到教室或禮堂外。好不容易一一簽完，學生們一哄而散，原本在旁負責秩序的老師們接踵而至，訕訕地笑著也拿出課本要我簽名，和小粉絲沒有兩樣。

五

這種熱烈的場面，好像只供「課本作家」獨享，也讓我見識了國中生「追星」的熱情。但出了校門，回復到「課外作家」的身份，有如過了午夜十二點的灰姑娘，魔法消失後，一切又恢復原狀，恰似南柯一夢。我常拿來自我調侃，這也是我對「課本作家」最深刻的感受。

對我而言，〈吃冰的滋味〉雖是無心插柳之作，卻產生了綠樹成蔭的效果，是我流傳最廣，最受歡迎的一篇文章。尤其在與年輕學子的互動上，它更為我搭了一座橋樑，和他們建立了革命感情，成為最龐大的讀者群。世事難料，這一切只能歸之於天意吧。

歷經二十六年的歲月，我已從青壯年步入晚年，第一代閱讀此文的國中生也已步入中年。但它的影響力依然未減，餘味猶在校園浮盪，召喚著一代又一代的年輕學子，從吃冰的滋味中學習、成長，進一步去感受、喜愛台灣鄉土的芬芳。

回到本書的初衷，我個人的生命史，同樣在闡述「成長」與「啟蒙」此一重大的人生課題。從我的經驗出發，或許可提供讀者一些想像或模擬的空間。吃冰的小孩會長大，吃冰的作者會老去，只有美好的滋味能永存，那麼《吃冰的滋味》在此時出版，剛好可做為我一生的告白。

民國一一二年一月十日寫於桃園青埔

輯一

虎尾蔗鄉

兀自矗立的煙囪

一

巨大的、高聳的煙囪，曾是虎尾糖廠的標記，也是虎尾人的驕傲，它矗立在虎尾溪的北岸，與橫跨在虎尾溪上雄偉的鐵橋，組合在一起成為虎尾最著名的地標。

全盛時期它的四根大煙囪，鎮日冒著一縷縷的黑煙，象徵著虎尾的興盛和活力。如今僅存的二根煙囪，兀自矗立在天空下，雲淡風輕，顯得孤寂落寞，旁邊的鐵橋同樣斑駁老邁，二者相互依偎，再也不復昔日的壯觀。

是的，虎尾糖廠沒落了，而這種趨勢已不是近一、二年，而是一、二十年的漫長時光的累積。事實上，它正在慢慢地走向衰亡的道路，人們經過這兒，或看到它們時，都沈默著，頂多輕嘆一聲，再也不會興奮或激動了！

我自己也是。但我的嘆息和感觸卻比別人深，我既是台糖子弟，又是虎尾人，重疊的二種身分，讓我難以承受雙重的失落和打擊，卻又弔詭地以遊子或過客的身分長期羈旅異鄉，對糖廠和小鎮的歷史和發展，得以客觀的觀察並與其他鄉鎮互做比較。

五十多年來，我對故鄉的關懷一如初衷，小草沒有選擇土地的權力，長大成樹也希望根扎故土，讓小鎮的人文風土像一圈圈的年輪，在我身上留下永恆的印記。

二

故事還是要從煙囪說起。在我五、六歲，對世事開始有印象，有記憶時，虎尾糖廠的那四根大煙囪，就像圖騰般地矗立在我的眼眸之中。

它們是那麼地高大、雄偉，冒著濃濃的黑煙飄向天際時，更有一種磅礴之勢，直上雲霄，令我幼小的心靈為之震撼不已。最令我驚嘆的是，不管在小鎮什麼地方，只要抬眼望去，都可以看到它們的姿影。它們真的是無所不在，在它們的庇蔭之下，父親才能安心地工作、上班，賺錢養我們長大。

童年時隨父母外出，不管是搭糖廠的小火車或台西客運的汽車，回程快要經過虎尾溪時，父親都會指著聳立在堤防彼端的煙囪，告訴我們說：快到家了，並要我們數數有幾根煙囪。父親總會伸出四隻手指頭，得意地說：四根，對不對？在我們的心目中，煙囪就像是我們的家；長大後離家到外頭讀書時，看到煙囪都會難過地流下淚來。

君臨嘉南平原的四根大煙囪，代表的不僅是中南部首屈一指、同時也是全台排名第一的糖廠。它的歷史更可以追溯到明治四十二年（西元一九〇九年），日人藤山雷太家族所經營的大日本製糖株式會社，在這兒蓋了第一座工場，第一根產業化的煙囪從此出現在虎尾的天空。

以後陸續又蓋了第二、第三工場，及酒精工場。到了大正十五年（西元一九二六年），四根大煙囪已全部就位，一字排開，所冒的黑煙迤邐天際，足以遮雲蔽日，極為壯觀。這年虎尾工廠蔗糖的年產量達三千二百公噸，酒精產量達六千六百公噸，二者都創下了紀錄，位居全台之冠；虎尾蔗鄉也實至名歸地贏得「臺灣糖都」的美名。

三

翌年父親出生，十來歲就在糖廠當練習生，日人戰敗投降後，他們這批戰火餘生的十六、七歲的少年郎，解甲歸田後，幸運地都進了糖廠工作，開啟了我們一家與虎尾糖廠近一甲子的關係。那四根大煙囪，彷彿就是這歷史的見證人，我的父親也見證了虎尾糖廠創業之初鼎盛的年代。

二次大戰末期，糖廠雖曾遭戰火波及，被盟軍的飛機炸得滿目瘡痍，但臺灣光復後，在新成立的台糖公司全力搶修下，第二工場及酒精工場在三十四年即恢復生產，第一工場也在四十一年整修竣工後，加入生產的行列，正好趕上國際糖價大漲的列車。

二部壓榨機夜以繼日的運轉，員工們不眠不休的輪班工作，廠房裡燈火通明，運甘蔗的小火車的汽笛聲此起彼落，雪白晶亮的砂糖堆積有如一座小山。工人忙著打包，卡車及五分車忙著運送，連夜運往港口，再出口到國外賺取外匯，對臺灣早年經濟的發展居功厥偉。

民國四、五十年間，可說是虎尾糖廠最輝煌的年代，下轄北港、斗六、大林、龍岩四個糖廠，種蔗面積二十餘萬甲，運甘蔗的小鐵道長一千多公里，員工超過二千六百人，產能曾創下十萬公噸的紀錄，名列台糖公司所屬各廠前茅。

那時的台糖員工真是天之驕子，待遇高，福利好。廣大的宿舍區裡，綠樹成蔭，屋舍儼然。學校、醫院、劇場、公園、福利社、圖書館、游泳池、球場，各種公共設施及休閒娛樂設備應有盡有，員工及子弟優遊其間，可以充分享受高品質的生活，塑造了優質的台糖文化，也培養了員工子弟文質彬彬的氣質。

四

隨著糖廠的興盛，消費市場不斷擴增，虎尾市街也跟著興起了。

位在中山路口的火車站，一向就是旅客出入的門戶，台糖小火車的營業線遍佈鄰近鄉鎮，斗南線更可接上縱貫鐵路，通往南北各大城市，每天進出這兒的旅客帶來了無限的商機，中山路一帶也成了虎尾最早開發的街市。

早在明治四十三年，也就是大日本製糖會社成立的第二年，總督府看到砂糖運銷的前景，乃與會社共同投資興建虎尾至斗南的鐵路支線，與剛竣工的台鐵縱貫鐵路連接，完成了砂糖的運輸網路，並設置鐵道部貨物掛負責經營管理。

元月底開始營運那天，冒著黑煙的火車頭拖著長長的列車，開始忙碌地在虎尾街上進進出出。每次行經中山路的平交道時，汽笛聲都會「嗚——嗚——嗚」地響個不停，平交道上的欄柵也會拉下，禁止行人車輛通過，然後轟隆隆地朝斗南急馳而去，揭開了虎尾運輸產業的序幕。旋即有日本商船組、日本運通株式會社等運輸商社，在貨物掛附近設置辦公室，招攬業務，為中山路的發展奠定了基礎。

運輸是勞力密集的產業，需要大量的搬運工人，貨物掛成立後，鄰近鄉村的農民乃至外縣市的勞工都搶著來此當臨時工，遠道而來的甚至攜家帶眷，在這兒歇腳落戶，在中山路二側搭起簡易的房子，做為臨時的棲身之所。

數量既多，小雜貨店和林林總總的商號也應運而生，中山路及周邊的街道開始繁榮了。隨著人潮不斷湧入，以及糖廠員工前來消費，虎尾市街於焉成形，到昭和年間，人口已增加至三萬人。

昭和六年（西元一九三一年），虎尾郡役所成立，包括郡守官邸、合同廳舍、公會堂及武德殿等建築，展現了新的行政中心的時代風貌。站在郡役所大門，隔著佈滿市招、行人熙壤的中山路往南望去，正好可以看到彼端的糖廠和虎尾溪鐵橋。

這條貫穿著行政與產業一大核心體的大道，就是虎尾的中樞神經，所有政治、經濟、人文、社會的活動，都在它的傳輸下蓬勃的發展，在糖業及運輸業的帶動下，虎尾已成功地轉型為工商業發達的小鎮。

五

民國四十年我出生時，正值虎尾糖廠全面復工、糖業景氣一片大好的時候。一如其他二千多員工的家庭，我們住在寬敞、舒適的員工宿舍裡，在台糖自辦的幼稚園和小學接受良好的教育，充分利用、享受各種公共休閒娛樂設施。

每隔一、二個月，父親總會找個星期假日的晚上，帶我們全家散步到街上看電影，逛街買東西，生活自在而愜意。與五十年代普遍貧窮、落後的鄉下相較，我們猶如生活在天堂的寵兒。

這種盛況一直持續到民國五十八年，雲林縣因開發地下水成功，蔗農紛紛改種水稻，甘蔗來源頓減，糖廠開始步入衰退期。加上國際糖價大幅滑落，經營愈形困難，開始精減人員。第一製糖工場在六十二年拆除，酒精工場也在六十四年停止生產，同年十二月鐵道營業線業務則全面停駛關閉。

宿舍區的衰頹更是明顯，員工退休的退休、搬遷的搬遷，短短幾年間已所剩無幾。十室九空，到處是斷垣頹壁，雜草叢生，滿目荒涼。任誰也無法相信眼前的事實。糖廠衰頹，虎尾市街也跟著沒落，由於謀生不易，人口都流到都市去了。白天行人寥落，晚上僅剩下夜市和攤販，在微弱的燈光下勉強吸引一些逛街的人潮。

目睹這樣的凋零，身為台糖子弟及虎尾人，我每次行經破落的宿舍區和冷清的街道時，總會習慣性地抬頭去看僅剩的那二根煙囪。歷經八十多年的興衰起伏，諸多往事就像煙塵般消失無蹤，只有它們仍兀自矗立在虎尾的天空下，迴光返照，彷彿在憑弔過往那段輝煌的歷史

原載九十七年二月十一日中國時報「人間副刊」

同心公園

一

同心公園是一座小型的社區公園，隸屬於虎尾糖廠，與糖廠的歷史同樣的悠久，都是日據時代的產物，因此充滿了日本殖民時代的風貌。

糖廠巍峨的廠房，高聳的大煙囪，加上森嚴的警衛，固然象徵著日本殖民帝國的驕縱和霸氣，但公園內花木扶疏，噴泉細流，曲徑通幽，則又流露出日本溫柔婉約的傳統風味。徜徉其間，足以滌盡俗塵，令人歡欣愉悅，流連不已。因此自日據時代迄今，一直是糖廠員工遊憩、休閒的最佳處所，與員工的生活是息息相關、密不可分的。

同心公園並不大，但在日人精心規劃下，卻能地盡其利，充分發揮地形的特色。在糖廠的廠區和員工宿舍之間，形成一道綠色的屏障。另一端剛好位於虎尾溪畔，浩蕩的溪流風光和橫跨兩岸的大鐵橋的雄姿，盡在眼前，視野大開，占盡了地理上的優勢。日人選在這兒闢建公園，眼光確有獨到之處。

公園中央有一座圓形的噴水池，池畔密植韓國草皮。由於長年受噴泉的滋潤，那草坪終年都是濕濕亮亮的，充滿了日式庭園的禪味。後來大概怕遭民眾踐踏破壞吧，噴水池周遭圍上了一圈白色的欄杆，又在朝東面對糖廠的方向，豎立了一座國父的銅像。如今噴水池已似一座孤島，遊客只能在池畔遠觀，無法享受噴泉臨空而下的滋味。

公園的西北角，原有一座古典的日式建築，灰瓦白牆，頗為端莊，原是糖廠的招待所，用來接待貴賓會議、宴飲，有高高的台階，四周並有迴廊，迴廊曲折處，另有一座噴水池，上有假山奇石，周遭密植鳳凰木，枝椏高舉，亭亭如蓋，每當六月鳳凰花開，就像一枝擎在天空的火傘，枝頭蟬聲高鳴，鳳凰花落得一地都是，彷彿舖了一層紅色的地毯。

大約十五年前，這招待所曾遭回祿之災，古色古香的建築被燒成一堆焦土，令人殊為惋惜。廢棄多年後，糖廠又在原址蓋了一座會議室，另在屋前搭上花架，種了九重葛等攀爬植物，並在台階前闢建一處水池，飛瀑奇石，金魚水藻，應有盡有，美雖美矣，總讓人覺得太過匠氣，再也難以彌補昔日的風貌。

公園另一角落，原本亦有一座別緻的日式木造建築，是糖廠的圖書館。明窗淨几，綠滿窗前，臨窗閱讀，公園美景躍然紙上，真是賞心悅目。可惜不久圖書館他遷，這棟建築即改為駐廠保警隊部，一片森嚴凜然之氣，令人不敢再輕易接近。

公園中央靠近噴水池下方，還有一座花棚露台，呈半圓形，上面圍以鐵架，底下則有一圓弧形的座椅，椅面和椅背都是磨石子的，十分光滑沁涼，並有透空的鏤花圖案。夏天時葛藤沿著柱子往上攀爬，開滿了繁花綠葉，整個露台被包覆在綠蔭裡，遊客最喜歡在這兒揮扇乘涼。晚上月明星稀，更是年輕男女約會談心的好地方。

除了這些建築和露台外，公園內最值得稱道的，便是滿園的參天巨木，鬱鬱蒼蒼，彷彿是一片綠雲，覆蓋在公園的上空，底下則是綠草如茵，小徑蜿蜒。林蔭深處，時有遊客悠遊漫步，或成群小孩嬉戲玩樂，一派閒情逸致，更顯示出日式公園的幽深靜謐，和諧安祥。

二

我對這座公園最初的印象，是從父親年輕時代的照片得來的。父親十六、七歲就進糖廠工作，每天在公園裡進進出出，公園自然成為他們那群年輕小夥子聚會逗留的場所。

父親年輕的時候頗熱中照相，家裡的老相簿上盡是他這個時期的照片，其中背景最多的，便是糖廠和公園。因此公園內的亭台樓閣、噴泉水池、一草一木，乃至虎尾溪鐵橋，盡留在那些發黃斑駁的老式照片中，成了我們家族永恆的記憶。

我每次翻閱，總可在那些熟悉的場景中，看到歲月流逝的痕跡，以及昔日父親健壯、俊朗的身姿和容顏，使我對那個遙遠的時代，充滿了好奇和嚮往，對公園自然感到特別親切。

父親年輕時代活躍的舞台，在我的孩提時代就占了重要的一角。我在糖廠宿舍出生，在公園長大，這樣的成長背景，自然比父親更早和公園結下不解之緣。在襁褓的歲月，父親就常帶我到公園蹓躂。我學走路，也是在公園邁出了第一步。假如沒有同心公園，我的童年恐怕就找不到焦點了。

從我家到公園，走路只要十分鐘，因此公園就像家裡的後院，我們小孩到公園玩，父母從來不會過問。每次去都會呼朋引伴，和左鄰右舍的小孩結伴前往，沿路談天說地，又叫又跳，開心的不得了。

三

小孩到公園最喜歡去玩水，兩個噴水池是我們最常去的地方。中央噴水池雖有欄杆圍阻，卻擋不住好奇的童心，只要管理員不注意，我們就鑽進欄杆，趴在韓國草坪上，看魚兒在水中悠游，或到招待所旁的噴水池撈蝌蚪、放紙船，經常弄得衣服濕淋淋的才回家。有時喧鬧得過火，招待所裡的歐巴桑還會出來罵人，大家這才一哄而散。轉移陣地到公園其他角落，反正公園裡好玩的玩意多得是，一年四季隨著節氣的循環，而有不同的玩法。

春天時萬物復甦，景氣和暢，各種昆蟲鳥禽紛紛出來活動覓食，公園裡也呈現一片欣欣向榮的生機。這時節地底的蚯蚓、蟋蟀最活躍，牠們居住的洞穴外頭，堆滿了小顆粒的糞便，小孩特別眼尖，一看就知道裡頭有什麼名堂。

從前沒有寶特瓶，我們灌蟋蟀都用廢棄的塑膠袋，找到蟋蟀洞，大家便飛奔到噴水池去汲水，一大袋一大袋的往洞裡灌。那蟋蟀好夢方酣，家裡突然淹大水，怎不倉皇逃出洞口。我們不費吹灰之力，就可手到擒來。運氣好的話一個下午可以灌出十來隻蟋蟀，裝在塑膠袋裡，看牠們在裡頭掙扎蹦跳，我們也會跟著手舞足蹈，比撿到錢還令人振奮。

除了灌蟋蟀，樹上捉小鳥、拿鳥巢，也是我們的家常便飯。公園內由於林木茂密，鳥兒常在枝頭築巢，只要被我們發現，哪怕再高的樹也會想辦法攀爬上去，將鳥巢拿下來。由於爬樹需要一點真本事，膽子還要大，因此比灌蟋蟀更冒險、更刺激。

有一次我自告奮勇，爬上一棵榕樹，將高掛枝頭的一個鳥巢拿下來時，緊張得一顆心差點從胸口跳出來。那鳥巢剛剛築好，還有些蓬鬆，但裡頭卻安然的躺著三顆小小的鳥蛋，十分白皙幼嫩，秀色可餐，彷彿一碰就要碎裂似的。我如獲至寶，小心翼翼的捧著爬下樹來，同伴們立刻趨上圍觀，一臉豔羨的神色，我簡直成了他們心目中的大英雄，出了好幾天的鋒頭。

到了夏天，豔陽高照，樹梢的蟬兒高鳴，公園內千百隻的蟬兒一齊高唱著盛夏的組曲，捕蟬自然是公園內的大事。我們早就準備了長竹竿，黏蒼蠅的膠紙，簇擁著一枝長竹竿，豎著耳朵，循著蟬聲前進。

那蟬聲是聒噪的、持續的，片刻都不會歇止，好像蟬兒佈下的迷魂陣，把我們耍得團團轉。蟬兒那黑亮而結實的軀殼並不容易藏匿，聲音又出奇的響亮。只要被我們盯上，而竹竿的長度剛好又夠，塗滿黏膠的竿尖往翅膀上一沾，牠們八成是逃不掉的。只聽「吱」的一聲短暫而沈重的叫聲，那蟬便黏在竹竿頭端，再怎麼掙扎，也插翅難飛了。

四

到了秋冬之交，糖廠廊動，四根大煙囪冒出濃濃的黑煙，隨著北風吹向虎尾溪的彼岸。載運甘蔗的列車，從四面八方駛向糖廠，虎尾溪上的大鐵橋便開始忙碌了。大約每隔半小時，就有一列列車駛過，列車搭掛著五分車，上面堆滿了綠色的原料甘蔗，一掛就是二、三十節車廂。當火車頭拉著汽笛，嗚嗚嗚地駛過鐵橋時，鐵橋便會傳來巨大的震動聲。轟隆—轟隆—由遠而近，或由近而遠。

鐵橋就在公園邊，每次聽到汽笛聲，我們都會飛奔跑到鐵橋上，雙手緊緊捉住欄杆，享受鐵橋震動的快感。當列車龐大的車身自身旁急馳而過，我們的虎口震得都快發麻了，耳朵也聽不到聲音，這才一路追著火車的尾巴，回到公園繼續玩耍，等下一班火車經過時，再去和它賽跑。

除了載運甘蔗的列車，糖廠還有載客的營業線，是通稱的「機關車」，車身小巧玲瓏，藍白相間，僅搭掛兩三節車廂，行駛時十分輕巧安靜，充滿了律動。經過鐵橋時，那規律的震動聲，便像一組輕快的旋律，格外動聽。

只要它一經過，我們都會跑去向它揮手。因為裡面的乘客，都是我們的親戚、鄰居或伯叔長輩。他們大多是要出門遠行，或從遠方歸來。使我們小小的年紀，也對那藍白相間的車廂，充滿了憧憬和期待，渴盼著搭乘小火車，駛過長長的鐵橋，到那遙遠的他鄉。我們許多的夢想，都隨著小火車四處奔馳。每次揮手目送它離去，都會泛起一股甜蜜的希望。

公園內真正的年度大戲，則非中秋節莫屬。每年中秋節的夜晚，糖廠員工及眷屬都會在虎尾溪畔放煙火。小孩子們看過天空的火樹銀花後，便會轉到公園裡打砲竹戰。只待月上柳梢，公園內一片銀輝時，從樹叢中飛出的點點流矢，萬箭齊發，恰似流螢漫天飛舞，砲聲隆隆，一場中秋大戰就此揭開序幕。

我和鄰居的小孩，每年都會組隊前往參戰。我們穿上長袖衣褲，帶著成綑的衝天砲和水鴛鴦，一行悄悄掩至公園，在樹叢裡佈置好陣地，一旦開打，公園立刻陷入一片砲火硝煙之中。

大人紛紛走避，留下來的都是視死如歸的少年勇士。只要見到人影，人人都可發砲射擊，炸得對方人仰馬翻，抱頭鼠竄。但自己也常成為別人的獵物，稍一暴露形跡，就會被四面八方蜂擁而來的砲火擊得潰不成軍。只好轉移陣地浴血再戰。一個晚上下來即使沒有成為蜂窩，也會跌得鼻青眼腫，總要到月過中天，砲聲才會逐漸沈寂下來，各路人馬這才意猶未盡的離去。

年復一年，周而復始，我的童年便在公園的季節更迭中，逐漸遠去、淡去，終至於消失。

五

升上初中後，我從童騃的狂野驟然變得沈默，甚至有些抑鬱寡歡，公園不再是歡樂的天堂，而成了一座孤獨的王國。我常獨自帶著書本，坐在石椅上閱讀，一邊沈思冥想。感覺上公園突然沈靜下來了，周邊小孩的喧鬧雖一如往昔，和我卻恍如隔了另一個世界。

初中畢業前後，為了準備高中聯考，我和公園有了更深的接觸。整整一個多月的時間，我每天帶著書本和水壺在裡頭複習功課，已到了廢寢忘食的地步。後來連公園都嫌不夠安靜，我還爬到虎尾溪鐵橋的橋墩上，把自己懸空孤立在浩大的溪水和空曠的河床之間，在那僅容迴身的水泥墩上埋首苦讀。多少的朝日斜暉，隨著流水自我腳上流逝，多少的列車在汽笛的引領下與我擦身而過。我的世界單純到只有這些聲音和形貌，也在它們的陪伴下，度過了最孤獨的一段時光。

以後我果然搭著小火車離開了故鄉，到台南去唸高中。那是我感情最豐沛，也是最脆弱的年紀，濃濃的鄉愁縈繞在我的胸壑。每次往返故鄉，小火車經過公園，駛上鐵橋時，我都會難過得流下淚來。

那是個告別的年代，我不僅告別了家鄉、告別了童年，也告別了慘綠少年的歲月。我愈走愈遠，愈飛愈高，從台南而台北，台北而外島，再飛越太平洋的煙波，到了太平洋的彼岸。

公園、鐵橋、禿尾溪的流水，從此愈發渺茫、模糊，終至成為記憶中的一個硬疤，再也不知傷痛，遑論流淚！

六

再回到公園，我已走過生命的分水嶺，流浪的生涯也暫告一個段落。公園大體還是舊觀，不過歷經幾次颱風的侵襲，林木是稀疏多了，再也無法恢復昔日亭亭如蓋的蓊鬱茂盛。相形之下人工設施卻多了許多欄杆、圍籬、水泥塑造的動物、紀念碑，以及一個蒸汽老火車頭。最大的改變是大門鐵欄杆上嵌上了四個大字：「同心公園」。

原來公園是沒有名字的。父親他們那代如何稱呼它，我不得而知，至少在我們這代，我們一直稱它為「糖廠公園」，二、三十年來倒也相當習慣。「同心」這兩個字不知緣何而起，是誰命名也不得而知。乍看之下我還覺得有些俗氣，後來慢慢體悟，才覺得這個命名有幾分道理。

由於老家早就搬離糖廠宿舍，我個人的工作和生活也以台北為中心，我到公園的機會已少之又少，我和它的關係理應日益淡薄才是。誰料正好相反，由於吾家第三代的因緣巧合，我和它之間卻像是倒吃甘蔗，愈來愈甜蜜，愈吃愈甘醇呢！

結婚之前，太太到虎尾老家玩，我少不了帶她到公園走走，一邊說些童年往事。太太很快就被那優雅的氣氛吸引住了，對它的印象好得不得了。婚後每次和我返鄉，我們都會到公園走走、看看。等到小孩接連出世，我也常帶他們到公園散步。他們竟像當年的我，公園成了他們學步、玩耍、遊戲的地方。每次返鄉都會吵著要去公園玩，連在台北他們也會提醒我，公園裡的金魚是不是長大了？蟋蟀是不是該出來活動了？還有，糖廠的大煙囪冒煙了沒有？

小孩果然已經長大了，大到可以在公園追逐跳躍，大到會捉蝴蝶、灌蟋蟀。每次帶著他們在公園散步，在那林蔭深處，在那花間小徑，他們活蹦亂跳的身影，宛如就是我年幼時的化身。我彷彿看到當年的自己，一路從公園彼端跑來，一臉的天真無邪，在陽光和樹影的遮覆下，露出燦爛的笑容。

每當這個時候，我就會想起父親，以及他們那個遙遠的時代。我、太太、兩個小孩，彷彿都染上了一層泛黃的光暈，溶入吾家那本發黃的老式相簿中，成為歲月的一部分。我們一家三代，都在公園找到了生命的依托，那兒就是我們家族安身立命的所在。

我終於了悟，這樣一個親切的社區公園，名為「同心」，確實有幾分道理，而且不光是我們家族，我相信大部分虎尾糖廠的員工眷屬，對它都懷有一份特殊的感情。同心公園所凝聚的，正是根植於泥土的社區精神和社區意識，唯其如此，它才彌足珍貴，永遠活在我們的心中。

原載八十三年十二月十八日中華日報副刊

虎尾溪的浮光

一

每天上班，我都走虎尾溪的河堤便道。從同心公園向左轉，總會與虎尾溪上的鐵橋打個照面。河堤很長，但並不高，往前與溪水逆向行駛時，總會看到虎尾溪的河床一路陪伴著我，直到進入青埔庄，它才隱身在一叢叢的竹林後。出了村莊它就遠離道路了，也被砂石廠隔開，等車子右轉上了平和大橋，它則從底下穿流而過，我和它就真的分道揚鑣了。

短短不到五分鐘的車程，帶給我的卻是賞心悅目的溪流風光，使我在一天開始就有爽朗、開闊的心情。這樣的好心情不見得能延續一整天，但等我下班歸來再度行經這兒時，看著夜色下它朦朦朧朧的身影，忙碌了一天而顯得疲憊的身體又會振作起來，心情也會跟著好轉。

會走這條便道的人，大概都與台糖有地緣的關係，因為外人對周遭的環境並不熟悉，由這兒出入也不方便。虎尾糖廠和宿舍區都緊鄰虎尾溪畔，原本與員工的生活就密不可分，何況鐵橋和河堤還是出入斗南的交通孔道，不管是銜接省道或台鐵，走這兒都是捷徑，因此我上班會走這兒，顯示我算得上是個了解地方的人。

其實我豈只了解這條便道？整個虎尾溪沿岸及鄰近的道路，我都瞭若指掌。因為我從小就在這兒長大，童年及青少年的大部分時光都在這兒度過。以後雖離鄉背井，長期旅居他鄉，但三十多年來不管河床與河道怎麼改變，堤防及橫跨上面的鐵橋卻怎麼也改變不了。它們悠然地屹立在時光的激流之外，冷眼看世事的變遷，也看盡了虎尾溪的滄桑。

二

對糖廠的員工來說，虎尾溪就像是家裡的後院，中間只隔著一道圍牆，只要穿過同心公園，站在鐵橋邊放眼望去，整個虎尾溪流域就橫在眼前。溪流本身就寬闊，加上兩岸都是荒蕪的沙地與田園，幾里之外一無遮攔，視野真是開闊極了。而虎尾溪就像一條巨龍，從遠遠的山腳下蜿蜒流來，浩浩蕩蕩地朝出海口流去。

鐵橋是這幅開闊、蒼茫的風景中的焦點，也是唯一的人為設施，小時候我們站在它旁邊，就像是巨人與侏儒的對比。它的軀殼是用厚重的鋼板與鋼筋組合而成的，粗大的鋼釘佈滿鋼板的表面，看起來確實是緊密而結實。中間鋪設了寬、窄二種軌道，可供台糖小火車或台鐵的火車行駛，運送原料甘蔗和砂糖，也運送出入虎尾的旅客。

每當列車拖著滿載了甘蔗的五分車，轟隆隆地駛過時，鐵橋就會傳來劇烈的震動聲，哐啷哐啷，聲聞數里，加上火車頭冒出的黑煙，真是威儀凜然，氣象萬千。原本在公園玩的小孩都會跑到鐵橋上，享受那份震盪的刺激，一邊揮手朝火車歡呼。總要等到火車走遠了，才依依不捨的回到公園裡。

鐵橋最特殊的地方，是旁邊還鋪了一條木造的棧道，就是俗稱的「板仔橋」，供行人及腳踏車通行。每當上下班或上下學時，狹窄的「板仔橋」上總是擠滿了通勤或通學的腳踏車騎士，他們一路撳著鈴聲，左右閃避，行人只得靠邊站，真是險象環生。

但最危險的還是木板間的隙縫，因為木板原本是縱向鋪的，隨著年久失修，隙縫愈來愈大，一不小心輪子就會陷落其間，甚或掉落橋下，每個騎士無不戰戰兢兢，如履薄冰。直到後來糖廠將木板全部抽換，改以橫向鋪設，行人或車輛這才能安步當車，永絕後患。

小學時我們班上一個同學即住在對岸的「番薯庄仔」，對住在宿舍區的我們來說，那是個十分遙遠的鄉下地方。每天他父親都得騎腳踏車載他們兄弟來上學，後來他父親因病去世，他便承接了父親遺留下來的責任，改由他騎車載弟弟來上學。每天往返板仔橋，櫛風沐雨，不畏寒暑，一直到畢業從未間斷。這種精神和毅力，以及練就一身的腳踏車絕技，都讓我們十分佩服。

三

黃昏時這兒也是散步的好地方，只要下班、放學的腳踏車潮過了之後，人們吃過晚飯，便會相約來這兒散步、乘涼。夕陽西下，晚霞滿天，映照得溪水一片通紅，與周遭的景物交織成一幅如詩般的畫面。加上輕風拂面，三兩好友且聊且走，更充滿了寧靜、安詳的氣氛。走一趟下來，不僅暑氣全消，一天的疲勞大概也都去除了。

到了晚上，這兒就是年輕男女的天下了，他們或牽手，或攬腰，小鳥依人，語呢喃，橋前月下，互訴衷腸，又是何等旖旎的風光。在早年物質貧乏的年代，能有這樣的環境讓人徜徉其間，用心靈與自然溝通，與清風明月為友，已是精神上最大的滿足。

從橋上俯瞰，早年溪水沖刷成的河灘上，先有農人在沙渚上開墾，種些極少數的耐乾旱的作物。當種植的面積不斷擴大，作物的品種不斷增加，茂密的枝葉四處蔓延攀爬，原本荒涼、光禿的河床，就逐漸變成一片綠地，充滿了田園的風味。

間也有釣客來此垂釣，一竿在手，盤桓終日，悠然度過一個下午。或夏日午後，火傘高張，放暑假的孩子無處可去，常結伴來此游泳、戲水，整個暑假都洋溢著兒童的歡笑聲。有時還可看到氣急敗壞的父母，拿著棍子來這邊找人，有些是為了安全的理由，有些則是要孩子回去寫功課。諸如此類，虎尾溪逐漸有了人氣。

但只要雨季一到，溪水高漲，上面的農作物被淹沒後，農人的心血就泡湯了。碰上颱風來襲時更慘，整個沙洲都會被沖毀。八七水災那年我才八歲，似懂非懂的年歲，從不曾經歷過苦難的日子，也不曾碰過什麼天災。那晚睡夢中突遇洪水來襲，大水沖潰堤防，整個糖廠都淹在及胸的大水中。三更半夜，伸手不見五指，父親爬上天花板，掀開屋瓦，準備讓我們一家逃到屋頂避難，情勢岌岌可危，所幸這時積水開始往下退，我們總算逃過一劫。

翌日積水退了之後，我和鄰居小孩隨著大人跑到虎尾溪旁，看到滾滾洪流奔騰而下，把整個河床都淹沒了。烏濁的波濤間，被沖走的農作物、豬狗、載沈載浮、隨波逐流。鐵橋已被大水漫過，差點就要被攔腰沖走，看了令人怵目驚心。讓我見識了大自然的可怕，也目睹了虎尾溪猙獰的面目，有很長一段時間不敢再到溪邊玩耍。

四

國小六年級那年春節，大年初一的早上，我反常地沒和鄰居結伴出去放鞭炮，拿玩具手槍四處耀武揚威。內心有一股聲音在呼喚，呼喚我遠離熱鬧的街頭，到郊外原野走一走。我循著那呼喚聲走去，不知不覺地竟走到了虎尾溪的堤防上，那道堤防往前伸向河流的彼端，與天地連成一線，遙遠地好像沒有盡頭。我被一股神祕的力量驅使著，打定了主意，要走到堤防的盡頭，一窺外面的天地。

我一邊走，一邊吃著口袋裡裝的糖果，身上穿著新買的衣服，還可嗅到剛出廠的衣服的味道。堤防下的虎尾溪溫馴地流著，河床上的作物剛收成，在朝陽的照耀下，到處都顯出大地回春，萬物一片欣欣向榮。

經過青埔庄時，一陣陣的鞭炮聲響個不停，一向少有人跡的廟口，聚集了一圈圈的人群，大概是圍在一起擲骰子，試手氣吧。雜貨店前則是小孩子的天下，人人穿著新衣，到處亂跑。手上不是拿著槍，就是拿著一仙布袋戲偶，吵吵鬧鬧，比起城鎮，鄉下更是充滿了年節的氣氛。我一路觀賞，內心真是快活極了，也不知走了多久，直到肚子有點餓了，才踅返回家。

這次的虎尾溪之旅，是我第一趟的冒險之旅，像乳燕出巢，見識了外面世界的遼闊與美好，尤其是那原野的風光和溪流的美景，在我內心引起的迴響和投影，已超越了童年懵懂的印象，而成為對美的嚮往和對寧靜世界的追求。

跨出這一步，我內心的世界正在急遽的擴充與改變，我彷彿在一夜之間長大了、成熟了，我不再莽撞，而喜歡深思。我的思緒沿著虎尾溪的堤防往前延伸，伸向那不知的遠方，那就是我精神的世界，也是我心靈的寄託。

五

升上初中後，我更喜歡往郊外跑，週末假日最喜歡一個人騎著腳踏車在原野間閒逛，最常去的地方就是虎尾溪的堤防和鐵橋。看溪水潺潺地自腳上流過，看上游的山巒綿延起伏。

那時我還不知道那就是大尖山，晴朗的日子，太陽照在山巔，稜線及上面的坍方清晰可見，筋骨糾結，肌理分明，像一個綠色的巨人在地平線上酣睡。我縱目遠眺，總會幻想著山上是否住著神仙，好遁出塵世，上山隨他修道、習武。總之，這種不著邊際的遐思，使我經常陷溺在想像的世界裡，得到心靈上極大的滿足。

我有一個小學同學住在青埔庄，有一次和他騎車在堤防上相遇，由於就讀不同的初中，小學畢業後我們就很少再碰面，他特別邀我到他家玩。他家是一座典型的農家，位在糖廠圍牆邊的小路旁，中間隔著一大片茂密的甘蔗田，前埕開闊，可當曬穀場。旁邊栽了幾叢竹林，抬眼望去，正好可以看到虎尾溪的堤防，環境非常的清幽，與日式宿舍低矮而封閉的格局很不一樣，我一看就喜歡上了。

我們在他的書房喝茶、聊天，聽他談鄉村的生活，尤其是下田幫忙做農事，引起我莫大的興趣。他看我聽得津津有味，便帶我去他家的田地走走。我們穿過竹林，翻過堤防，涉水走過虎尾溪，原來他家的田就在河床上，種滿了番薯。

後來他又帶我在田埂間漫遊，在沙田中跳躍，最後索性跳進虎尾溪的激流中，一路溯溪前進，深入虎尾溪的心臟，衣服和褲子全濺溼了，我卻一點也不在乎。那是我平常只能目視而從來不曾到過的地方哪！我這個「城裡人」終於嚐到了「庄腳人」的滋味，內心的興奮、好奇與膽怯糾結在一起，使我度過了難以忘懷的一天。

以後我有空就往他家跑，總是在週末的午後，騎著腳踏車到他家，先在書房裡坐到三點過後，太陽不那麼毒辣了，便潛行到虎尾溪的河床，做些田裡的活兒，然後展開更大規模的探險活動。我們最喜歡的還是溯溪，逆著溪流一路往上走，而且一次比一次走得遠，在寬闊的河床上盡情的奔跑、跳躍，大聲呼喚，與大自然完全融為一體。

在同學的教導下，我學會了辨識各種農作物及野生植物，何處有激流，何處有漩渦，從溪流的表面和流水的速度都可以分辨。走累了，找塊石頭或草地坐下來，將腳伸進溪水中，看著水花四處飛濺，貪圖著那份沁涼的快感，一邊聊些無關緊要的話，總要等到太陽西斜，溪水染上黃金般的霞光，才會爬上堤防，騎著腳踏車回家。

六

從童年跨入青少年，再跨向青年，在每一個生命的轉折期間，我和虎尾溪都有不同的接觸與互動，也有精神層次的感悟和啟發。我天性喜歡接近自然，更喜歡一點點的冒險和刺激，來激發我的想像力和創造力。

在擁抱虎尾溪的同時，我也迷上了閱讀和寫作，一如在河床上的探險，不經意地闖進了文學的園地。清晨或黃昏，我常坐在堤防上看書，得半日的冥想。晚上便寫進日記裡，最後謄在稿紙上，寄到報紙的副刊。有些文章刊出來了，有些則被退回來了，但一點都改變不了我對寫作的興趣與熱愛。

日復一日，我的靈感和文思也從涓涓的細流，匯集成一股創作的激流和狂潮，一如虎尾溪的流水，不斷地往前奔流。事實上，我與虎尾溪已合而為一，它就是我創作的源頭活水，是我將年輕稚嫩的生命傾注其間，淬鍊成的一首波瀾壯闊的交響詩。振衣千仞崗，濯足萬里流。我的文學生命從這兒出發，千轉百折，最終還是要回歸這兒。

十六歲那年，我坐著糖廠的小火車，跨過了虎尾溪，負笈他鄉，開啟了我前半生在外飄泊的歲月。卻在五十一歲那年回鄉工作，每天上下班都要走一趟堤防的便道，再一次投向虎尾溪的懷抱。少年子弟江湖老，江湖寥落爾安歸。幸而堤防無恙，鐵橋無恙，虎尾溪的溪流亦無恙，此身堪慰，亦堪驚。

堪慰又堪驚，四年於斯，終究還需一別。此去無所惜，亦無所求。萬山原本不許一溪奔，如今堂堂溪水出前村，當年的青衫少年，三十多年後遺留在堤防上的身影已有些蹣跚。日暮鄉關遠，此去一為別，難捨的只有暮色籠罩下的那抹幽微的虎尾溪的浮光，依然在腦海裡閃動。

原載九十五年六月十九至二十一日聯合報副刊

芋仔與番薯

一

任職美國政府某公衛機構的小學同窗陳君，年前在東南亞出現禽流感疫情的敏感時刻，數度進出臺灣，參加學術研討會以及醫療諮詢會議，每天行程滿檔，來去匆匆。沒想到日前從美國發了一份電子郵件到我的工作單位，經由同仁轉傳，終於進了我的電腦。

信中表示，他在臺灣停留期間，偶然從旁人口中得知我工作的單位，當時就非常興奮的想和我聯絡，可能的話還想回故鄉看看。終因行程太緊，無法如願，返美之後便迫不及待地發了這封電子郵件給我。

原本他也沒把握能否和我聯繫上，因此接到我的回覆之後更是驚喜，連夜又給我發了一封信，密密麻麻，少說也有二、三千字，把他二、三十年來對故鄉及故人的懷念，一股腦地全傾瀉在筆墨之間。並事先預告，今年九月還有一趟東南亞之行，這次一定要排出時間再回臺灣一趟，主要就是想回故鄉看看。

陳君這封長信，懷念的對象還包括小學的老師、同學以及我的家人，場景則涵蓋了虎尾糖廠和虎尾市區。其中有些已經做古，比如我們的班導師、我的父親和祖母；有些則音訊不明，長久不曾聯繫，比如數學老師和許多同學。畢竟我們踏出校門已將近三十年，像飄蓬般各自在人生的旅途中流轉，能像我一樣再度返鄉工作的畢竟少之又少。

即使已返鄉工作，但因平常工作忙碌，也沒有時間或心情去懷念過去的日子，直到接獲陳君的來信，這些已被埋藏在記憶深處的陳年往事，才又在我的腦海中翻騰起來。

二

最令我好奇的是，陳君用故鄉這二個字，來表達他對虎尾的感情。因為他不是在地人，而是道道地地的「外省人」，在虎尾待的時間還不到三年。在早年的臺灣社會，尤其是中南部鄉下地方，所謂的「省籍情結」還相當的敏感，甚至是個禁忌。直到今天，在政客的操弄下，也常演變成族群對立和衝突的導火線。

這種觀點陳君不會不懂，他們一家離開虎尾之後，陸續遷居台南、台北，最後選擇了移民美國，一路走來倒也符合一般外省家庭的漂泊命運。陳君在羈旅異國多年之後，還能認同他人生旅途中的一個小驛站，而且充滿了甜美的回憶和孺慕之情，渴望能返鄉走走看看，可說是個異數！

回到情感的層面，當然還要歸究到我和他之間的友誼了，而我們的友誼中，又混合著濃厚的同窗之誼和鄰居的熟稔感，意外的發展出在鄉下少有的「芋仔」和「番薯」之間的友好情誼。

因為他，我的童年和青少年歲月，才會那麼充實、豐盛而美好；我也深信因為我的緣故，他才會對虎尾念念不忘。即使闊別三十多年，身在太平洋彼岸，仍會視虎尾為他的故鄉，是他一生中最難忘的一段美好回憶。

我升上五年級那年，陳君舉家遷到虎尾，成為我的同班同學。他父親是台南糖業試驗所的工程師，母親則在糖廠的附屬醫院當護士，算是知識分子的家庭。以他父親在台糖的職位，原本可以申請到高級的宿舍，就是那種獨門獨院，有寬闊的庭院，裡頭花木扶疏，環境優雅而寧靜的日式官邸。

這種宿舍都住著糖廠的主管，而且是清一色的所謂「外省人」。至於中下階層的員工，百分之九十都是「本省人」，則沒這等福氣，只能住在集合宿舍裡。三、四個家庭甚或七、八戶連在一起，彼此再劃分前後院，有些連院子都不隔開，整個屋簷連在一起，小孩穿堂過巷，可以從這頭跑到那頭。

他們一家即住在這樣的宿舍裡，可說是少之又少的例外。有可能是一時申請不到理想的宿舍，或是他父親還在台南上班的緣故。唯其如此，他們一家才能融入本省人聚居的宿舍裡，與左右鄰居打成一片。原本一句台語也「聽嘸」，什麼事情都「莫宰羊」的他，很快地便能說一口國台混合的「臺灣國語」。

三

我們班上四十多位同學中，絕大多數都是本省人，外省同學屈指可數，頂多七、八位吧，可說是「絕對的少數」。

台糖的代用國小有一項傳統，老師絕大多數是外省人，平常說的都是國語，但他們來自五湖四海，有些鄉音極重，比「台語」更不像「國語」，學生們還是很禮貌、很捧場地假裝聽得懂了，姑且也將之當作是「國語」。加上當時政府正在推動國語文教育，看學生在學校裡都得說國語，這些「絕對的少數」又變成「相對的多數」，雙方便維持著這麼一種奇妙的平衡。

這些少數的外省同學，因為家境好，生活優裕，穿著打扮和使用的物品都比較講究，加上父母的教育水準又高，對子女的教育一向比本省人重視，所以功課都比本省同學好，成績總在前十名，各種才藝競賽也多能囊括獎牌，對本省同學造成很大的壓力。

唯一例外的只有我，我從一年級開始，每學期的成績都名列前茅，模範生也非我莫屬；連作文、畫畫乃至體育活動，我都獨占鰲頭，更常代表學校參加校外的競賽，也都能拿到很好的成績，為校爭光。凡此種種，總算為本省人保住了一點顏面。

因此外省同學都喜歡與我為伍，常邀請我到他們家做功課，他們的父母也非常歡迎我，讓我們能充分的交往，我乃能優遊在本省和外省人的家庭中，對兩者的家庭背景和生活方式都能有所了解。

我最羨慕的是外省同學的居家環境，不只庭院寬敞，花木扶疏，屋裡更是明窗淨几，井然有條，總是非常地靜謐、安詳，坐在書桌上寫功課是一種很大的享受。寫完功課後，還有點心可吃，然後便在院子裡盪鞦韆，打球，或和小狗、小貓玩耍，總是非常地開心、盡興。

到本省同學的家中時，情況正好相反。院子狹窄，甚或沒有，屋內只有一個客廳，二間臥房，每個房間只有六個榻榻米大，裡頭總是堆滿了雜物。為了增加空間，廚房或類似貯藏室的小房間便會加蓋在外頭，使得屋裡的光線更加的幽暗。僅有的狹窄的院子裡還養了一大群雞鴨，家裡的人又特別多，子孫三代同住極為普遍，白髮垂髫，雞犬相聞，屋子裡總是鬧哄哄地，片刻也難得安靜。

這樣的住家，不要說嬉戲了，只要三、四個同學擠在裡頭做功課，幾乎就要擠爆了，連伸展手腳的餘地也沒有。但我們仍喜歡相約在這兒玩耍、做功課，因為同是左鄰右舍，一家大小都十分熟識，可以無拘無束，隨意進出，再怎麼吵雜也沒有人會管，玩起來更為自在隨意。比起外省人的客套和矜持，屋子裡的空曠、安靜，我反而更喜歡本省同學家的那種混亂吵雜，親切而自在的感覺。

四

陳君單名修，這個名字很容易就會被腦筋動得快的同學封為「老不休」，到底應該寫做「老不休」或「老不修」，其實大家並不很在意，只要好唸好叫，習慣了，這個綽號就跟定他了；即使長大分別了三十多年後，要一下子改口也不太容易。

總之，當「老不休」轉到我們班上後，這個住在本省人宿舍中的外省人，立刻把原本涇渭分明的本省人或外省人的界限打破了。我們很難給他歸類，便爭相拉攏，他自己倒是無所謂，只要談得來的同學都相處得很好。

這種個性和我很接近，加上他住的地方就在我家後面，放學排路隊時，正好和我同隊，我們剛好可以邊走邊聊天，一路走回家，因此成了無話不談的好朋友。

老不休的個子不大，白白淨淨的，看起來有些蒼白、羸弱，站在我旁邊就像是我的小弟弟。但他的腦筋好，反應快，智商高，加上口才好，雄辯滔滔，和他辯論休想占到便宜。

他在數理方面很有天份，班上的數學考試永遠考第一，科學勞作更是他的拿手好戲，一雙巧手自製的電動小木船，可以在噴水池上繞好幾圈。他這些特長剛好是我的弱項。我的國文超強，寫起文章洋洋灑灑，但碰到數學或工藝，便不敢多置一詞了。

我們的互補性很強，但在各自的強項卻互不相讓，總要唇槍舌劍辯個沒完沒了。不管是在學校，或在回家的路上，二人常僵在路邊，比手畫腳，引人側目，直到天黑了才氣呼呼地各自回去。第二天在上學的路上碰見了，又是一團和氣，因為又有新的話題要抬槓了。

儘管如此，在課堂上我是班長，他是學藝股長，我是他的老大，他仍需要接受我的指揮；在學業上，我各科的平均總分仍高過他，仍坐穩第一名的寶座，他只能坐四望三，力爭上游。在運動場上，我既是田徑選手，又是躲避球隊的隊長，他只能在旁搖旗吶喊，為我加油。這是實力的問題，在實力懸殊的現實考量下，他只能心甘情願地屈居小弟，凡事唯我馬首是瞻。

因此他的鬼靈精，只能在私底下相處時發揮，比如哪個女生漂亮，老師上課時偷偷地瞄了她幾眼。晚上哪個同學又假裝借筆記，偷偷摸摸地去她家。諸如此類的，明知是無中生有，被他說來又像是煞有介事。但我知道他會熱中於此，只不過是想在課業的壓力下紓解緊張的情緒罷了，其實並沒有什麼惡意。

五

我和老不休真正打成一片，感情好到不可須臾分離，是在暑假的時候。南部的夏天漫長而炎熱，鳳凰花恣意地盛開著，天空彷彿在燃燒一般。知了群聚樹梢，從早嘶鳴到晚，一聲比一聲吵雜。天地間充塞著一股磅礡鬱悶之氣，讓放了暑假後的我們頓失所依，不知如何打發時間。

老不休一時閒不住，不是往我家跑，就是要我到他家玩。他家又小又窄，沒有前後院，能活動的空間很有限，不過卻有個那時仍十分罕見的冰箱。他母親一早去上班，我們便開始用開水做冰塊，然後泡糖水來喝。他還會拿冰塊來做物理實驗，把冰箱搞得像個魔術箱，裡頭堆滿了奇奇怪怪的顏料和器皿，桌上和地上都是殘留的冰屑和水漬，而這一切都必須在他母親回家之前恢復原狀。

此外，他家的藏書也多得驚人，除了他父母的工程和護理方面的專書，還有各式各樣的兒童或少年版的叢書，科學的、文學的、歷史的，加上一大套的少年百科全書，好像一座小山；有些剛出版的連學校的圖書館都還沒有，看在我眼裡簡直就是一座寶庫，一頭栽進去就是大半天，有時都忘了回家吃午飯，我們便隨便烤麵包來吃。

他有個弟弟和妹妹，各差一歲，還有一隻小狗叫小白，脾氣都很好，也愛玩。看書累了，我們便玩在一起；要玩團體遊戲時，一點都不必擔心人手不夠。連下棋時都有人觀戰，並在勝負決定後換人玩，較勁的意味十足，每個人都小心翼翼，不敢掉以輕心。

假如我一天沒去他家，他等不及了，不用我邀請，就會穿著木屐，蹬蹬蹬地跑到我家來。比起他家那個密不通風的斗室，我家畢竟大得多，也涼爽多了。父親在屋後延伸出去加蓋了一間小房屋，有六席大，做為客廳和我的書房。朝外開了二大片的玻璃窗，陽光可以斜照進來，十分明亮，也十分通風，坐在藤椅上看書或聊天，實在是一大享受。老不休看上了這兒，進了屋裡的玄關，便會進到裡頭，一待同樣是大半天。

我家後院有一棵芭樂樹，枝椏茂密，結實纍纍，旁邊還種了一棚架的葡萄，藤葉蔓生，四處攀爬，把後院乃至屋頂都蓋住了，因此屋子裡頭蔭涼無比，暑氣全消，人在裡頭十分舒暢、涼爽。我們常下象棋、打撲克牌，或者玩大富翁的遊戲，吵吵鬧鬧，一下午的時間很快就過去了。

我們坐不住時，便會爬到芭樂樹上，隨手摘些芭樂來吃，一邊俯視路上的行人，遇有同學或朋友路過，也會採幾個芭樂丟給他們。南風拂過，枝椏一陣顫抖，我們像坐在搖籃一般隨著輕輕搖擺，真是快樂極了，我和老不休就這樣共度了許多美好的夏日時光。

六

有時過了二、三點，太陽不再那麼毒辣威猛，我們也忍不住地會往外跑。帶了泳衣和救生圈，就跑到糖廠的游泳池游泳。裡頭早就擠滿了人，大多是我們的鄰居或同學，呼朋喚友，一呼百應，大家噗通噗通的全跳進游泳池裡，一時水花四濺，一顆顆小腦袋瓜在湛藍的水波間載沈載浮，優游其間，真是暢快無比。

游泳池是我們夏日最喜歡去的地方，每年夏天有大半的時間我都是在游泳池裡度過的。我久經磨練，泳技甚佳，老不休新來乍到，當然遠不如我。打起水仗也只有被灌水的份，根本無力招架。但他還是不認輸，在漫天的波濤中負隅頑抗，最後只能丟兵棄甲，舉白旗投降。

碰上游泳池清洗休息的日子，我們便轉移陣地，到虎尾街上去閒逛。大白天豔陽高照，路上的柏油都融化了，走沒幾步路已汗流浹背，還有什麼新鮮的事值得我們出來壓馬路嗎？當然有，一是到租書店看漫畫，一是到冰果室吃冰。二者都是我們的最愛，卻只能利用暑假時偷偷摸摸地去。

彼時中南部的鄉鎮，電視還不十分普及，到租書店借漫畫或小說回家看，是一般民眾僅有的娛樂，因此租書店十分蓬勃，街頭巷尾到處都有。我們不敢租回家，只好蹲在那兒看。一塊錢可以看三本吧，總之十分便宜，連小孩都看得起，口袋裡只要有五塊錢，便可打發一下午的時間。看完後再去冰果室吃一客剉冰，渾身冰冰涼涼地走回家，那就是個充實而美好的午後。

一般外省家庭父母管得嚴，很少讓子女到租書店看漫畫，老不休因父母都上班，沒辦法整天盯著，就讓他有機可乘了，也才能讓他混跡在本省人聚集的地方，體驗一般外省人無從接觸的庶民生活。我們這二個「芋仔」和「番薯」，才能水乳交融的生活在一起。使得漫長而單調的暑假，充滿了無窮的歡樂和趣味。

翻過這一頁，畢業典禮和升學考試在前面等我們了，那也意味著我們美好而濃烈的情誼，就要告一個段落了。

七

翌年六月，我們在驪歌聲中踏出了校門。七月，在競爭激烈的升學考試中，雙雙考上人人欽羨的省立虎尾初中。

苦盡甘來，將書桌上成堆的教科書和各式各樣的參考書束之高閣，或論斤論兩的賤賣後，我們終於從六年的桎梏中解脫了。我們更加瘋狂地共度了整整一個暑假。冥冥之中，我似乎有種預感，這會是我們相處的最後一個暑假。

九月學校開學後，我們仍一齊騎車上、下學，在路上仍然唇槍舌劍，辯論個不休。但功課愈來愈沈重，同學間的競爭也愈來愈激烈。因為被分在不同的班級，假日也必須各自在家溫習功課，我們無法像小學時那般聚在一起。成長不再是一種喜悅，而是一種負擔，多愁善感的我，已比別人懂得為賦新詩強說愁的況味。

果不其然，第一個學期剛結束，他就來告訴我，他們要舉家搬到台南了，因為在農試所工作的父親已申請到主管的官舍，母親也在台南女中找到教職。這樣的好消息正好應驗了我早先的預感，這個在本省人的環境中長大的外省囝仔，終究是要回到外省人的高級社區。我們之間這段「芋仔」與「番薯」的友誼，終究是要結束了。

他們搬家那天，糖試所開來了一部覆著帆布的大卡車，把我所熟悉的那些傢俱一一搬上車，許多同學和鄰居都來給他送行，並約好以後會寫信互相聯絡。車子就在我們揮手道別聲中，緩緩駛離我們的視線。

初中三年我們一直保持魚雁往來，畢業後我也遠赴台南讀高中，也到過他的新家拜訪。位在市郊的農試所主管宿舍，果然比虎尾糖廠的還要寬敞、優雅。有時我們還會相約去租書攤看漫畫，看我喜歡的日本電影。我一個人離鄉背井，在外地求學，他反過來陪伴我這異鄉的遊子，令我心生感激。

大學時我們分別考上輔仁和東吳，這時他們一家也搬到台北。外雙溪和新莊雖然遙遠，我們偶爾還是會互訪，只是各忙各的，慢慢的也就疏遠了。

誰知闊別三十年後，隔著大半個地球，我們還能藉著網路聯絡上。我反覆地看著他的來信，往事歷歷，又在我眼前湧現。我和他都曾歷經千山萬水，走過數不清的國家，心中最難忘懷的卻是我們曾經共同生活過的小鎮，而他將之視為他的故鄉，意義更為重大，也真正令我感動。

我於是打開電腦，給他回了一封信。今年九月，讓我陪他重回故里，去看看他曾駐足的那塊土地，憑弔我們曾經共度的那段童真而美好的歲月。

原載九十五年十一月十三至十四日自由時報副刊

六月十八節

一

農曆六月十八日，是家鄉的守護神——德興宮池府千歲誕辰的日子，也是家鄉一年一度大拜拜、集體宴飲酬酢的日子。一如南臺灣大大小小的祭祀王爺的廟宇，祭典的日子和儀式，總是在盛夏天氣最炎熱的季節，將節慶的熱鬧氣氛，帶到鼎沸的高潮。

其實家鄉的廟宇，一如臺灣其他的鄉鎮，林立街頭，三步一小廟，五步一大廟，觸目皆是，儒釋道三教的神祇，加起來更是難以勝數。彼此之間的關係誰也搞不清楚。祂們各自擁有香火信眾，也有各自的聖誕吉日。但都是局部性的，雖然神祇也會出來繞境，信眾也會在家裡或廟埕宴客，但對絕大多數的鄉民來說，卻不甚了了。其場面和熱鬧的程度，都難以和池府千載匹配。六月十八節，事實上已成了鄉民們的集體潛意識，這個日子本身就是個圖騰，廟會儼然已成了家鄉的嘉年華會。

遠從孩提時代，這個節日就是我們小孩子最感期盼的日子。期盼之殷，甚且在年節之上。這兩個日子，一在隆冬，一在盛夏，剛好都在學校放寒、暑假的時候。隨著節慶的高潮一過，熱烈的期待一旦實現，情緒就像溜滑梯一般急轉直下。因為假期已過了大半，開學的日子就要來臨，對那股殘存的歡樂氣息，總有無限的依戀、惆悵之感。

比起年節，六月十八節更令我們小孩子興奮的，便是池府千歲巡迴繞境，家家戶戶大擺筵席宴客的熱鬧場面。尤其是散居各地的親戚，都會回鄉小住幾天，分別經年的堂兄弟、表姊妹又可歡聚一堂，玩上一陣子。使得這個節日在熱鬧之餘，又平添了一股團聚的喜氣，無怪乎小孩子們要引頸盼望。

二

在眾多的親戚中，與家裡走得最親，也最受我們兄妹歡迎的，便是遠居在台南的兩個姑母。父親與姑母早年喪父，全賴祖母撫養長大，因此兄妹之間感情甚篤，對祖母更是孝敬有加。每年六月十八節，她們都會依例回娘家。一住便是一個禮拜。這段期間一家和樂融融，節日的歡樂與親情的溫暖交融在一起，使得年幼的我們，一直以為六月十八節，是專為姑母及表兄妹們返家而設的呢！

台南鄉下盛產龍眼和芒果，而夏天正是龍眼和芒果出產的旺季，產地價格十分便宜。每次她們返鄉過節，都是成筐的買了帶回來。由於籮筐十分沈重，都是以隨車托運的方式，從縱貫線的大火車轉糖廠的小火車，輾轉運到家鄉的小鎮。三軍未發，糧秣先至。我們聞訊趕到小火車站接姑母們一行時，那成筐的龍眼和芒果，已先她們一步從棧房裡抬出來。實在太重了，誰也搬不動。姑母總會援例招呼在火車站外排班的三輪車，讓車伕來代勞。一行四、五人，把三輪車擠得滿滿的、沈甸甸的，這才一路搖晃著回到家裡。

從這一刻開始，家裡便充滿了過節的氣息。平時神情嚴肅的祖母，這時已笑得兩片嘴唇都合不攏了。父親下班歸來，也忙著加入大人們的龍門陣中。我們小孩更是興奮，忙著與表兄妹展示玩具，或到庭院追逐玩耍。

姑母們回來，最受實惠的還是母親，因為多了二位幫手。廚房裡繁瑣的炊饌活兒，就有人分憂了。節日前一天，母親就得上市場採買，她打著陽傘，和左鄰右舍的媽媽們結伴出門時，總是特別的興奮。一路上嘰嘰呱呱，談的不外是明天拜拜的牲禮和宴客的菜式。她們彼此交換心得，談斤論兩，一副躍躍欲試的模樣。女人家對烹調的興趣和熱情，完全流露在臉上。

她們這一去，就是一個上午。回來時手上拎的，菜籃裡提的，盡是成綑的蔬菜和豬肉，滿頭的大汗不說，還頻頻甩手直嚷著受不了。有些過重的雜物，還得託小販用腳踏車載回來。一切就緒後，就等著明天一早大顯身手。

三

第二天，天還濛濛亮，有些晚起的公雞還在打盹時，後院就傳來一陣雞飛狗跳的嘈雜聲，原來是母親摸黑在捉雞了。每年的六月十八節，注定是這些家禽蒙難的日子。由於需求量多，牠們很少能留下活口。為了攻其不備，母親只好採取拂曉行動，東撲西捉，一陣咯咯驚叫之後，大都被母親手到擒來。因此這天的清晨，一向是難得聽到什麼雞啼的。

等我們小孩子起床，那些雞鴨已倒在血汨之中，被切斷的咽喉還汩汩的流著殘血。母親和姑母們忙得不可開交，煮沸的水蒸氣像一團白霧，雲蒸霞蔚，籠罩在院子上空。我們的工作便是幫忙拔雞毛。那些雞鴨過水煮熟之後，羽毛濕淋淋的糾成一團。我們四、五個小孩蹲在大水盆邊，比賽拔雞毛。大的雞毛又粗又硬，一根一根像箭鏃一般十分好拔。不一會兒就被我們拔了精光，倒是裡頭的細毛，又緊又密，拔不勝拔，小孩子哪有什麼耐心？胡亂拔了一些交差了事，便嚷著肚子餓，跑去吃飯了。

不久，外面就傳來小販收購雞毛、鴨毛的叫賣聲，沿家挨戶，一路吆喝過來。母親一邊要我們出去通知小販，一邊忙不迭的將濕淋淋的雞毛、鴨毛收集起來，拿到外頭去賣。小販慎重其事的用秤子稱了又稱，不過是幾塊錢的交易，雙方還要討價還價一番，這才圓滿的成交，各自歡欣的離去。

上午的時間，是母親最忙碌的時刻，她和姑母在廚房裡穿進穿出，連祖母都不時邁著小腳，到裡頭探望。平時不輕易啟用的大灶，這時灶火燒得正旺，火光閃耀，灶上的大鍋煙霧蒸騰，只見肥肥白白的雞鴨在裡頭載沈載浮，肉香四溢，黃澄澄的油湯幾乎要沸滾開來。撈起來的麵線泛著油光，像座小山般的盤在竹篾上。小孩嘴饞，有時想到裡面揩點油水，嘴裡馬上被塞上一粒魚丸，然後被打發出去。

四

十點左右吧！池府千歲巡狩繞境的隊伍遠遠的來了。鑼鼓聲、鐃鈸聲、鞭砲聲，交織成一片。母親連忙備了香案，擺上四果、牲禮，趕去路拜。我們小孩子更是不落人後，成群結隊，一股勁的往人潮裡鑽。神轎、藝閣、千里眼、順風耳、七爺八爺，這些我們耳熟能詳的神仙全出來了。加上獅陣、宋江陣、八家將、踩高蹺的童子，當街擺開陣式表演起來，場面更是熱鬧。掌聲、喝采聲和鞭砲聲，片刻也不曾歇止。我們小孩看不過癮，總要跟著隊伍再跑一段路，直到離家遠了，才意猶未盡的往回走。

到了下午三、四點，又是另一波熱鬧的高潮，巡狩繞境的隊伍回到德興宮前，廟前的廣場上照例有一些民俗活動，吸引香客、鄉民，乃至前來吃拜拜的外客前往觀賞。那德興宮並不很大，又在市區中心，因此人潮一聚集，立刻顯得壅塞不堪。行人如織，摩肩接踵，附近幾條商街根本動彈不得。

隊伍中的神轎這時可神氣了，在群眾圍觀之下，一頂接著一頂輪流到廟埕獻藝。它們在乩童帶領之下橫衝直撞，左右猛烈搖晃；動作愈是驚險刺激，所獲得的掌聲愈是熱烈。有些乩童發起癲來一發不可收拾，手持七星劍或芒球，往自己的背部猛砍。每一刀或一球下去，都是一道血痕，整個背部血跡斑斑，摻雜著汗水一片模糊，令人慘不忍睹。

但觀眾卻看得如醉如癡，頻頻拍手叫好，那神轎在眾人鼓勵之下更是瘋狂，不斷來回衝撞，群眾也被迫來回閃避。圍觀的人潮好似波浪，隨著鑼鼓聲起伏動盪，波瀾壯闊，整個小鎮都陷入瘋狂的狀態，隨著這組激越的旋律而起舞。

五

傍晚時分，烈日漸斜，熱暑甫消，當天的壓軸好戲終於登場了。鄰近各村落趕來吃拜拜的食客，紛紛湧入小鎮。有的步行，有的騎腳踏車，也有集體坐併裝車，甚或趕牛車的。這些面目黧黑的庄腳人，終年在田野間操勞，難得換上一件整齊的衣服，又可以好好吃上一頓，因此每個人的臉上都含著笑意，心情也格外的輕鬆。

這時家裡大致已準備妥當了，屋裡二桌，院子二桌，再加上路邊二桌當預備。紅色的桌布上，碗、筷、湯匙、酒杯，一應俱全，汽水、瓜子、啤酒，羅列有致，廚房裡的雞鴨魚肉、羹湯佳餚，亦已齊備，菜香嬝嬝，靜待嘉賓光臨。

父親年輕時極為海派，為人豪爽，交遊廣闊，自己又喜歡喝兩杯。因此每逢六月十八節，到家裡來的親朋好友特別多，除了兩個姑母、表兄妹外，母親娘家的三個舅舅、堂兄弟也是每年必到。三個舅舅都是莊稼漢。身強體壯，也能喝二杯，又喜歡划拳、鬧酒，每次和父親對上總是沒完沒了。加上其他好事者在旁起鬨，非拼到彈盡援絕、人仰馬翻，絕難罷休，因此家裡宴客，總是比別人家熱鬧。

客人一到，母親和姑母忙著上菜、端菜，每坐滿一桌，接著又開第二桌。父親則忙著招呼，並與之寒暄。香菸、檳榔，這些東西都是少不了的。有些親友終年難得一見，只有這時才來走動走動。稀客臨門，見面總要說些近況，與其他鄉親聊聊，並相約某日他們村莊拜拜時，再到他們家裡做客。鄉下的許多人際關係，就是靠吃拜拜建立的。

六

大人們忙著聊天、喝酒，我們小孩也沒閒著。十來個小孩聚在一起，也霸佔了一桌。滿桌的雞鴨魚肉，都是平常餐桌上難得一見的，小孩哪懂什麼客套，張開筷子就往碗裡猛挾，吃得呼呼作響。一邊吃一邊還猛灌汽水，一大碗一大碗的往肚裡灌，比大人喝酒還要勇猛。不消說，兩三下肚子就被撐飽了，有的繼續苦戰，有的卻溜下桌子，到外邊玩耍遊戲去了。

酒過三巡，大人們的嗓門都大了，菜都暫時擺在一邊涼快，全拼起酒來。大家捉對划拳，好似公雞相鬥，雙目圓睜，青筋暴露，一邊出拳一邊吆喝。贏了，神氣活現；輸了，悶不吭聲的仰頭將酒吞下，馬上出拳要討回一杯，你來我往誰也不肯認輸。一個個耳根紅了，脖子粗了，聲音也沙啞了，最後全部被酒精給擺平了，一個東倒西歪，扶醉而歸。

父親酒量奇佳，划拳也是高手，因此親朋好友最喜歡找他較量。席間只見他縱橫全場，轉戰各桌之間，幾拳就可以讓對方俯首稱臣，不認輸的再划下去，保證被三振出局。偏偏三個舅舅也是個中高手——尤其是三舅，他既做田，又有武術底子，酒量通海，和父親旗鼓相當，因此每年的壓軸大戲，便是他倆的划拳對決。

父親的拳路是智慧型的，出拳慢，善觀對方臉色。一旦識破對方拳路，即展開閃電攻擊，迫使對方稱臣。而三舅則是勇猛型的，不分青紅皂白，一路窮追猛打，疏於防範，常誤入父親陷阱，互有勝負。我們小孩也喜歡圍觀，並各自為父親加油，暗中較勁的結果，連手心都會沁出汗來。

等曲終人散，客人紛紛告辭時，夜也差不多深了。滿桌的杯盤狼藉，一屋子的酒味、煙味，母親和姑母總要收到半夜才能收拾完畢，而父親早就倒在床上醉得不省人事了。夜闌人靜，遠方猶可聽到野台戲的鑼鼓聲，伴著我們入夢，為這節目的尾聲，劃下圓滿的休止符。

七

節目的高潮雖已過去，大部分的客人也已賦歸，但節慶的歡樂氣息依然籠罩在家裡。因為姑母們尚未離去，宴客剩下的「菜尾」加熱之後，還可以吃上好幾天，至於那成筐的龍眼和芒果，我們小孩更是不離手。吃剩的龍眼子還可以拿來當子彈，丟來丟去，扔得一地都是。害得老祖母走路更是如履薄冰，如臨深淵。

三姑曾學過裁縫，可以縫製簡單的衣服，她回來總會利用這段時間，買些布料為我們縫製新衣。她輕快的踩著縫紉機，俐落的在布料上剪裁，沒有幾天工夫，我們兄妹便多了一些新衣。當她為我們試穿，看著我們一年一年的長大，喜悅之情溢於言表。

晚上沒事，她便帶我們小孩上街看電影；看完電影，還會帶我們吃消夜。小街轉角的一家麵館是我們常去的地方，那兒的扁食尤其令人垂涎。平常我們可望不可及，父母也很少帶我們去，只有姑母回來時才能解饞，在那充滿油湯味的小方桌間吃個痛快。

這種歡樂的氣氛，隨著姑母們賦歸的日子漸近而逐日稀薄，到那天真正來臨時，就會變成一分濃重的離愁了。我們都會搶著到小火車站送行，姑母和表兄弟妹們也離情依依，因為下次再見面，便得等到年底的過年，甚或明年的過節了。

感情脆弱的三姑，常會紅著眼眶，說些安慰我們的話。臨上車前總不忘到販賣部買些羊羹、甜點，塞到我們懷裡，然後擎著陽傘，提著行李，走向遠方的月台。當小火車鳴著汽笛，緩緩的駛離車站時，還可看到她們在車窗裡揮手。直到火車遠遠的離去，再也看不到蹤影，我們兄弟這才依依不捨的回家，六月十八節到此才算真正的落幕。

八

年復一年，六月十八節就在這種期待、歡欣、惆悵、哀傷的循環中，一年一年的過去。我們小孩也一年一年的長大。節日的熱鬧一如往昔，但隨著年歲的增長，自己對人世也有了新的體悟和認識，總覺得歡樂是短暫的，痛苦是恆久的，潛藏在歡樂背後的，往往是失落和哀傷。這種感觸在日後的六月十八節來臨時，總會悄悄的襲上我的心頭。

我的隱憂果然不幸成為事實，初二那年父親因一時大意而失去了穩定的工作，家裡的經濟逐日拮据，往來的親友也少了很多。那年的六月十八節，家裡雖然依例拜拜、宴客，但場面已冷清了許多。大人被現實的問題所困，根本無心過節，姑母們返家也無法帶來往日的歡笑。翌年祖母過世，姑母們回家奔喪，淒風苦雨中辦完後事。往後的六月十八節，家裡始終籠罩著一團低氣壓，令人難展歡顏。略知人事而且早熟的我，終於嘗到了繁華凋盡之後的寂寞。

節日的陰霾並未因此而掃除，親人的辭世接踵而至。我高二那年三姑厭世而走上絕路，大一那年三舅因肝癌病逝。父親為了料理他們的後事南北奔波。一到六月十八節，大家更是觸景傷情，難遣悲懷。划拳的聲音、喝酒的豪情，乃至於縫紉機的踩踏聲，都成了絕響，平添盛夏節慶中一股淡淡的哀愁。

父親在這一連串的打擊中，飽嘗了人世的滄桑和人情的冷暖，兩鬢白髮叢生，五、六年之間好像老了十歲。幸好他並沒有被擊倒，和母親、弟弟三人胼手胝足，改行做生意，終於穩定了家業，我也順利的完成學業，服完兵役。六月十八節的拜拜、宴客，於是又漸漸恢復了過去熱鬧的氣氛。多年不曾往來的親友也逐漸來走動探望了。只不過父親已不再划拳鬧酒，喝得爛醉如泥了。

往後的十年，年年如此。弟妹各自婚嫁，甥侄相繼出世，我自己也在稍嫌晚婚的情況下結婚生子，父親膝前一共多了十二個孫兒。雖然分居各處，但回到家裡過節，足足可坐上二大桌，其追逐笑跳，滿場飛奔的熱鬧情景，宛若當年我孩提時代。看著一家大小團圓，父親一如當年的祖母，笑得嘴巴都合不攏了。

於是每年六月中旬，父親總會迫不及待的在電話中催促我，六月十八節就快到了。那種期盼之殷，比我們小孩時猶有過之。為了不忍拂逆他的心意，再忙我都會抽空帶小孩返家一趟。因為這已不只是父親的心願，也不再是單純的拜拜宴客的日子，而是我們家族的傳統，代表了香火的延續、子嗣的繁衍的一個莊嚴的生命禮俗。

原載八十三年十一月八、九日中華日報副刊

吃冰的滋味

一

夏日吃冰，是人生的一大享受。

人的一生中，最適合吃冰的年紀，是小學到初中這個階段。所謂的暑假，也幾乎是冰棒、冰水或刨冰的代名詞。一旦把冰抽離，相信每個人的童年都會黯然失色。

現在社會富裕了，小孩對冰的選擇可說是五花八門、應有盡有。從最早的芋冰，到國外進口的冰淇淋；從一枝五元的冰棒，到一客百元的火燒冰淇淋，集合了傳統的口味與最尖端的食品科技，現代人誠然口福不淺；尤其是嗜冰如命的小孩子們，更是得其所哉。一個夏天下來，吃掉的冰恐怕都要多過自己的體重。

現代的冰品，拜科學昌明之賜，固然色彩繽紛，花樣百出，但單就口味而言，比起臺灣早年的冰製品，恐怕就遜色了。原因無他，早期的社會單純，小生意人講的是信用，貨真價實，童叟無欺。近人講究包裝，較重外表，內容則能省則省，一般消費者很難逃過這種障眼法，品質就缺乏保障了。

小時候，我住在臺糖宿舍裡，臺糖福利社生產製造的冰水和冰棒一向名聞遐邇。最著名的是花生冰和紅豆冰，一枝只要一毛錢，冰水一杯五毛，以現在的幣值來看實在便宜。但當時一般小公務員家庭兒女眾多，小孩難得有什麼零用錢，一天三餐能夠吃飽已不容易，因此那時能吃到一根冰棒，已是天大的享受了。一根冰棒含在嘴裡，總要舔上半天，才捨得吃完。看得旁邊圍觀的小孩垂涎三尺，卻只有乾瞪眼的分。

臺糖產製的冰棒和冰水，使用的都是道地的砂糖，絕不含糖精，不管口味或衛生，都遠較一般市售的冰品為佳，因此每到夏天，糖廠福利社前總是大排長龍，爭購各類冰品，晚到一步的可能就要向隅。小孩子們吃過冰棒之後，還捨不得丟掉。因為竹製的桿子，可拿來做遊戲，人人蒐集成捆，聚集愈多，便愈受尊敬，因此小朋友都視為寶貝。

除了冰棒和冰水之外，刨冰也是相當普遍的冰品。一般都在小攤子販賣。小攤設在樹蔭下，或釘幾塊門板遮擋太陽。刨冰的種類繁多，主要有四果冰、粉圓冰、仙草冰、愛玉冰、米苔目，或由其中二至三種混在一起。當時的刨冰機都是手搖的，看老闆從木箱中拿出一大塊晶亮的冰塊，軋入刨冰機中，然後飛快地搖轉起來時，那冰屑就像雪花一般，一片一片飛落盤中，俄頃堆積成一座小冰山。老闆再淋上糖水，光看這等光景，已讓人消去大半暑氣，等端在手中，一匙一匙挖入嘴裡，冰花瞬即溶化，溶入舌尖，那種沁涼暢快的感覺，足以將豔陽溶化掉。

這些刨冰的添加物，像四果、粉圓、仙草、愛玉，或色彩鮮豔、或澄澈剔透、或方塊結晶，看起來都足以奪人眼目，令人愛不忍吃。這是傳統冰製品在視覺上的一大發明，讓人在烈日豔陽之下，萌生更多的想像，可以說已達到了藝術的境界。

此外還有一種芋冰，它們裝成大桶，由小販騎著腳踏車沿街四處販賣兜售。小販手上還持有鈴鐺，一路騎來，串串鈴鐺聲響徹街頭巷尾，人人便知是賣芋冰的小販來了，便一哄而上，團團將小販圍住。小販賣芋冰有兩種方式，一種按顧客需要，五毛錢一瓢；也有用賭注的，小販有一木製圓盤，上畫若干等分，每等分言明芋冰大小；顧客拿著小鏢，射在轉動的木盤上，射中那分便拿那分，俗稱「射芋冰」。小孩最喜歡玩這種遊戲，每次小販一來，便纏著不放。有生意上門，小販當然樂不可支，總會讓每個小蘿蔔頭射個痛快，直到他們口袋裡的錢全被掏光為止，然後又搖著手上的鈴鐺，騎著腳踏車逐漸遠去。

這些童年吃冰的記憶，如今多已消失殆盡，這一代的小孩子再也無從體會那種樂趣。每到夏天吃冰時，我都會想起這些往事，像鄉愁般地隨著現代化的冰淇淋一一嚥下，竟別有一番古老的滋味在心頭。冰淇淋的味道雖好，但總難敵童年那份甜美的記憶啊！

二

父親雖在糖廠上班，但對福利社的冰品向來興趣缺缺，反而喜歡到街上的冰店買冰塊。夏天日照長，日落也晚，他下班回家時，腳踏車的手把上總會掛著一塊冰，用麻繩綁著，搖搖晃晃地閃耀著晶亮的寒芒。我們一擁而上，接過冰塊後，便知道會有大碗的冰水可喝了。

父親一向懂得享受，事先會叫母親上市場時買些仙草或米苔目回來，先用糖水泡勻，等他將冰塊買回來放在裡頭。不消半個小時，原本像一座冰山的冰塊，就會融去一大半，升起薄霧般的氤氳水氣，將仙草或米苔目的表面浸泡得更為光潤。那種視覺上的享受已不亞於味覺本身了。根據父親的說法，一根冰棒或一碗冰只能一人享受，吃完之後就沒有了，而一大塊冰塊化成的一大桶冰水，卻可供一家人喝上半天，當然比較划算。

父親這時就會流露出得意的臉色，好像在告訴我們：吃冰就是要這種吃法，大碗大碗的喝，糖廠的冰棒和冰水只能騙小孩子。嘴裡儘管這麼說，但心地軟弱的父親有時下班回來，也會繞到福利社，買些冰棒回來。

等我年紀稍大，能騎腳踏車上街時，父親常會叫我幫他上街去買冰塊。在火傘高張的盛夏午後，尤其是放暑假的漫長時光裡，上街買冰塊已成了我最感興奮的差事。小街上的商店這時總是靜悄悄地，只有冰店或冰果室的生意最好，父親最常去的那家叫「李福冰店」，老闆平常坐在騎樓下的一張椅子上，有生意上門時才起身，然後一把拉開冰櫃的門。

「碰」的一聲，沈重的門打開之後，馬上會有一團冰冷的空氣飄出來，白霧茫茫，冰櫃四壁全凝結著白皚皚的霜，潮溼的木棧地板上灑滿了黃澄澄的米糠，橫七豎八地躺著幾塊碩大的冰塊，冰塊上同樣沾滿了米糠，且冒著凜然的霧氣。在我幼小的心靈中，那冰櫃簡直就像個神奇的寶庫，藏著太多我無法了解的祕密。

老闆接著拿起一個鐵鉤，彎下腰探進冰櫃裡，將一大塊的冰塊拖到門口，然後拿出鋸子鋸成一小塊。一小塊方方正正的冰塊便切割出來了。再用麻繩打個十字結，牢牢地綁好後才交給我。我將手中捏得發燙的硬幣拿給他，立刻跨上腳踏車，為了怕冰塊融掉，總是飛快地騎回家裡。

三

每年六月杪，第一期的稻作收割時，正是天氣最炎熱的時候。我們家在二崙鄉下有幾分薄田，平常有佃農幫忙照料，到了割稻時節，父母都要親自前往看顧，他們總會準備好一大桶的仙草冰或米苔目，搬到田裡讓佃農們享用。

等載滿了稻穀的牛車隊回到虎尾，在糖廠的籃球場卸下一袋袋鼓鼓脹脹的稻穀，我們就得開始曬穀了。豔陽當空，曬穀場上一片炙熱，白花花的陽光照得人張不開眼睛，大人們拿著耙子來回地翻動稻穀，將它們耙成一畦畦，讓稻穀充分地在陽光下曝曬。累了就坐在旁邊的樹蔭下，舀一碗仙草冰來解渴，我們小孩當然也有一份，可以盡情地喝個痛快。

一個禮拜之後穀子曬好了，一包包打包好裝進麻袋裡，用牛車載往碾米廠時，曬穀的工作便告一個段落。大人們收拾好耙子等農具，小孩子們則若有所失，因為那個大冰桶也被抬回去了，往後要再天天吃冰已不太可能。

年復一年，一代傳過一代，多少吃冰的故事發生了，譜成了夏日的組曲。像一條冰河，載沈載浮地流過我們的歲月和生命。

長大之後，我仍喜歡在夏日吃一大碗的冰塊，來緬懷我的父親和他身處的那個年代的夏天！

原載九十五年八月十六日中國時報「人間副刊」

澡堂春秋

一

澡堂者，眾人洗澡的地方也，和浴室純屬個人洗澡的地方稍有不同。臺灣有所謂的「三廳電影」，指的是文藝片中經常出現的客廳、餐廳和咖啡廳；也有所謂的「三堂電影」，指的是江湖片中經常出現的澡堂、教堂和堂口。可見澡堂的格局較大，出入的分子也較複雜，絕非一般浴室所可比擬。

從社會發展的歷程來看，澡堂應是工商業發展之初的產物，這時人口開始朝都市及城鎮聚集。居所普遍狹隘擁擠，很難有足夠的空間做為浴室，鄰里中的澡堂乃紛紛出現，一舉解決了眾人的沐浴問題。從衛生與隱私的觀點來看，澡堂確實不盡理想，可是當時民智未開，眾人在澡堂裡裸裎相見，已習焉而不察；不敢進澡堂洗澡者，反而會被人另眼看待。至於衛生與否，不同澡堂之間的差異仍大，只要管理得當，注意清潔，也少有傳染惡疾的情況發生，因此眾人仍趨之若鶩，樂此不疲。

臺灣早年的日式澡堂，大體沿襲了日本人的遺風，乾淨、衛生，唯一不同的是男女不能共浴。中國人講究男女授受不親，看來是比日本人保守多了，因此女澡堂自然得另闢一間，以應雙方之需。

小時候，我住在虎尾糖廠的日本宿舍裡，宿舍區的澡堂正好在我家後面，一男一女，毗鄰而建。靠近我家這邊的是女澡堂，晚上點燈時，大片大片的毛玻璃上還可看到紛亂雜遝的各種投影，就像我們小時候常看的皮影戲一樣。不過並不很清楚，加上外面還有一道竹籬笆，擋住了路人的視線，否則誰還敢在裡頭洗澡？

因為這種地緣關係，從小我就和澡堂結下了不解之緣，對於澡堂風光乃至於大眾的洗澡文化知之甚詳、其中的趣味與人情的溫馨，都是現代化的浴室裡無法看到的。原因無他，因為只有在澡堂裡，大家才能真正的水乳交融，袒裎相見。原形既已畢露，再深的城府、再善變的心機，也都無從藏匿，要想不肝膽相照也難！

二

日式澡堂的格局，大體上都是一致的，中間一個長方形的大水池，一邊靠牆，設有冷熱兩個大水龍頭，其餘三邊空出來讓人汲水。為了防止人們滑倒，池內池外都是磨石子的地面。

後端略高，兩旁設有木櫃，供人們存放衣物，再後方有一個木架高枱，供小孩子換穿乾淨的衣服。因此空間並不很大，頂多只能容納五十來人，而且經常雲天霧地，水蒸氣瀰漫，益發顯得擁擠熱鬧。

澡堂開放時間，從下午五點到晚上九點，由於僧多糜少，大家都想搶在前面洗最乾淨的水，因此每天下午四點半左右，澡堂門前就開始大排長龍了。這時候前來打頭陣的，大多是小孩子和婦女，人人一手臉盆，一手換洗的衣物，一路搖晃著到此。

男女兩排，涇渭分明，除了年幼的稚子之外，男人休想魚目混珠。大家邊等邊聊天，等到時間差不多了，一些頑皮的小孩便會搶先去敲門。那扇木門敲來砰砰做響，彷彿戰鼓一般，一陣比一陣急驟，那經得起眾人的拳頭？因此每隔一陣子，就要找木匠來修理一番。

管澡堂的老人——我們都叫他「澡堂伯仔」，是個溫吞的好好先生，每次總要等到兵臨城下，號角猛吹的時候，才慢吞吞地出來開門。柵門一開，外面的千軍萬馬便像旋風一般，一陣呼嘯，夾雜著哐啷哐啷的臉盆碰撞聲，大舉登堂入室。

這下可好了，每個毛頭小子都使出了看家本領，占櫃子的占櫃子、占池子的占池子，臉盆滿場飛舞。加上呼朋引伴的尖叫聲，澡堂的屋頂真會給掀了。他們飛快地脫下衣服，便衝往池邊，原本平靜無波的池水，霎時就像被暴風雨侵襲的海洋，洪流滾滾，波浪兼天，片刻也不得安寧。跟在後頭的大人們進來後，天下早就去了一半，因此除非萬不得已，他們都會避開這段尖鋒時刻。

小孩們到澡堂來，除了洗澡之外，還可打水仗，大夥兒既是同學又是鄰居，一天到晚打打鬧鬧，在澡堂裡當然不會罷休。尤其當澡堂裡沒有大人在場時，情況更是熱鬧，只要有人起鬨，雙方人馬便會大打出手。不但在池子外打，用臉盆潑水互相攻擊，到後來還會打到池子裡，一顆顆小腦袋瓜載沈載浮，遂行肉搏戰，總要等到「澡堂伯仔」拿棍子來恫嚇時，雙方才會鳴金收兵。

打水仗雖然過癮，但小孩畢竟不敢明目張膽，只要有一兩個大人在場，便會安分多了。尤其是冬天嚴寒時節，脫下衣服全身都要縮成一團，這時還有誰願意光著屁股到處亂跑？大家洗淨了身子，便飛快地泡到池子裡。夏天時空蕩蕩的池子，這時便顯得擁擠不堪了。

不管是大人還是小孩，一個挨著一個，全泡在熱騰騰的池水裡，只露著半個腦袋在外頭，半閉著眼睛，彷彿無限陶醉的模樣。一向嘈雜的澡堂也安靜下來，只有氤氳的水氣，瀰漫在小燈泡的光霧裡。澡堂不僅顯得寂靜、溫暖，也帶有詩意。每個人都要泡得全身泛紅，才願意起來，這時便有足夠的體溫，來對抗外面的風寒。

三

與男澡堂一牆之隔的，便是女澡堂。所謂的一牆，其實只有三分之二牆，因為屋頂的大樑是相通的，因此澡堂兩邊不僅空氣可以流通，男女雙方也可互通聲息。最常見的情況是一對夫妻臨時有事，為了提醒對方，便在兩邊隔牆對話；媽媽有事要叮嚀這邊的小孩時會隔牆點名。一呼一應，一問一答，大家聽在耳裡，也不以為意。

有時這邊忘了帶肥皂，還會要求對方用過之後丟過來，一不小心這塊從天而降的肥皂，還會打到別人的頭，而引起一陣哄笑。總而言之，兩邊的浴室其實是相通的，雙方的潑水聲與笑鬧聲也清晰可聞，足可繞樑三日，與眾人共享，這就是澡堂最溫馨、最富人情味的一面。

我最初到澡堂見習時，是從女澡堂開始的，讀者老爺千萬別吃驚，以為我上錯澡堂投錯胎，不安好心。其實那時我年紀還小，只有三、四歲，根本分不清什麼男人女人。每次洗澡時都是由母親押著去的，我大概玩過了頭，洗澡時常常打盹，母親一邊為我搓洗，一邊還得打我屁股，免得我一不留神，睡倒在人潮之中。

因此兩三年下來，我對女澡堂的印象竟是一片空白。唯一記得的是裡頭特別吵雜，女人天生的長舌果然厲害，那戶人家發生了什麼事，當天一定傳遍澡堂，所以洗了澡之後，左鄰右舍的各種動態都可了然於心，大家心照不宣地拎了臉盆回去，都會有滿載而歸之感。

上了幼稚園之後，我這半大不小的孩子，對於上女澡堂便覺得有些不自在了，因為老是會被其他的小孩取笑。一方面女澡堂也有不成文的規定，到了這個年齡就該出師了，改由父親帶著到男澡堂洗澡。

這項「改土歸流」的措施，好像男孩的「割禮」一般，對我們小男孩確實是一種解放，因為媽媽總是嘮嘮叨叨的，洗個澡就像出基本教練一樣，叫人動彈不得。回到男澡堂之後，自然如魚得水，要怎麼翻江倒海，悉聽尊便。再大一點之後，也不用父親帶了，每次洗澡都和鄰居結伴前往，大家又洗又鬧，洗起來真是痛快，自然不再視澡堂為畏途。

四

我們宿舍區一向平靜，加上彼此都是熟人，很少去提防什麼。但有一天晚上，大約九點多的光景，女澡堂裡突然傳來一陣騷動；有人尖叫，有人咒罵，還有匆促的跑步聲和碰撞聲，由於就在我家後面，聽來特別清晰。

我打開窗子去看，原來是有個陌生男子企圖窺浴，由於形跡敗露，當場被人逮捕，正在洗澡的婦女們人人義憤填膺，堅持要把該男子拖進去修理。那男子站在門外，低垂著頭，婦女們人手一桶，一桶一桶的冷水不斷潑在他身上。他支撐不住，終於癱在地上。由於人聲鼎沸，路人愈聚愈多，最後有人建議將他押到派出所，大家才跟著慢慢散去。

這件意外雖因及早發現，未擴大事端，但已在人們心中投下一片陰影；尤其是婦女們，驚慌之色久久不散。許多已不敢在夜間上澡堂，有些保守的甚至連澡堂都不肯去，寧可在家裡簡單地洗濯。直到半個月之後才又恢復平靜。

當然大家也提高警覺，澡堂伯仔職責所在，晚上常會出來巡邏，左右鄰居也幫忙監視，連我這小孩也不忘探頭出去瞧瞧，渴盼著再有黑影出現，好讓我顯露一下身手。不過以後這種事情就不曾發生了，這個倒楣的窺伺狂偷雞不著，還弄了一身腥，已成了女澡堂裡流傳最廣的一則笑話，一輩子翻不了身。

這件事情大概給父親不少刺激，加上我們小孩不斷長大，一家大小老是扶老攜幼地到澡堂洗澡，確實不太方便，便在廚房旁加蓋了一間浴室。從那時起，我們就不必再到澡堂裡跟人湊熱鬧。每天放學回家，我便得蹲在火爐前燒熱水，聽到火爐內轟隆轟隆的燃燒聲，心頭也跟著雀躍不已。畢竟這是屬於我們自己的浴室，左右鄰居中能擁有澡堂的少之又少，相形之下便顯得幸福多了。

五

每年秋冬之交到翌年春分，是糖廠「廍動」的時節。所謂廍動，就是糖廠開工榨甘蔗了，糖廠附設的酒精工廠也要跟著動工。提煉酒精剩餘的酒精水滾得燙人，在嚴冬時分正是最好的熱水，澡堂每年到這時節都不用燒水，而將這酒精水直接引到浴池裡，供大家使用。由於沒有限制，根本不用考慮節約用水，大家洗來格外痛快。因此每當酒精水一到，澡堂裡總會歡聲雷動，大家洗得格外有勁，這大概是一般澡堂裡難得見到的景觀。

這酒精水的輸送水管，剛好經過我家門口，粗大的水管隱約露在地面之上，就像人體的筋肉裡躍躍欲現的動脈血管一樣。當酒精水日夜不斷地流過時，水管上的泥土都會被燙成白色的粉末，宛如土撥鼠翻過的痕跡。父親靈機一動，接了一條小水管到家裡的浴室，酒精水便滔滔不絕地流了進來。

這時節，浴室裡二十四小時都有熱滾滾的水，盈盈注滿了浴缸。我們每天早上起床第一件事，便是泡到浴缸裡，起來後再冷的天氣都不再怕了。晚上睡覺前也一樣，誰要是感到寒冷，便到浴缸泡一下，保證血脈賁張，躺進棉被裡馬上就能進入夢鄉。

這酒精水的妙用，逐漸地便在鄰居間傳開來，有些不願到澡堂裡洗澡的人，商得母親同意後，便改到我家來洗澡。在鄰人奔走相告之下，來我家洗澡的人愈來愈多。母親是個好說話的人，幾乎有求必應，不久之後，我家已經成了名副其實的公共澡堂。每天晚上吃過飯後，來洗澡的人便如過江之鯽，穿梭不停；有些人還沒到，便先拿臉盆或水桶來排隊，曲曲折折，有時還會排到大門外，不知情的路人還會以為我家在開水桶店呢！

這些熱情而善良的鄰居們，進得門來少不了要找母親聊聊，母親也是天生的聊天高手，聊出興致時，有些婦人連澡都捨不得洗了。吵吵鬧鬧的情景，完全是公共澡堂的翻版。等她們一一洗濯完畢，挽著臉盆揮手說再見時，夜也差不多深了。留在院子裡的只有縱橫四處的水漬，以及一屋子瀰漫的水蒸氣，母親雖然樂此不疲，卻把我們的生活秩序全弄亂了。早知如此，還不如到公共澡堂裡洗澡，耳根子還比較清靜一點呢！

六

讀高中後我因負笈他鄉，而離開了故居，而家裡也在二年之後遷離宿舍區，日式的澡堂和浴室從此遠離了我的生活圈，代之的是蓮蓬與塑膠簾子，雖然較乾淨、衛生且具有隱私，但我總無法習慣。尤其天寒時節，不泡到浴缸裡，總覺若有所失。直到四年前我由美返國，順道到日本旅遊，住在京都附近一家天理教的詣所裡，才重溫了正宗的日式澡堂的舊夢。

我在詣所一共住了七天，白天忙著四處觀光，晚上才回到詣所。那時恰好不是參詣的季節，詣所裡冷冷清清地，只有幾個大學生住在裡頭，洗澡時人也不多，頂多一兩個人共浴。我一個人浸在氤氳的池子裡，時而凝神諦聽寂靜的水流聲，時而觀察日本年輕人沐浴的動作。但覺清寧和平，心如止水，與幼年時澡堂裡亂烘烘的情景，宛若兩個世界。

當然年齡與心態都不一樣了，時空的變遷也如過眼雲煙，就像池面上氤氳的水氣，聚散飄逸，無從捉摸，只有身體內的一股暖流卻恆常不變。即使在異國最寒冷的冬夜，在最陌生的土地上，它依然那麼親切地擁抱著我。其實那汩汩的聲音，就是源自我的童年，從故鄉的澡堂一直流到天涯的另一個澡堂。我在這段曲折的旅程裡，聽到了最真摯、最純樸的鄉音。

原載七十九年七月六日中國時報「人間副刊」

日片初戀情

一

在我童年的記憶中，電影一直占有一席之地，其中印象最深刻的便是日本片，民國五十年到六十年間臺灣上演過的日本片，我幾乎都曾看過。有些當然早就遺忘殆盡，但大部分直到目前我仍記憶猶新，因為它們是伴隨著我長大的，每一部影片的背後，都可找到我童年的影子，也可發現自己成長的痕跡，這種刻骨銘心的感受，確實是歲月所難淘洗磨滅的。

我會喜歡日本電影，是受父親的影響。父親受的是日本教育，又在臺糖公司任職，日常生活一向就帶有很濃的東洋味道。臺灣早年的社會相當貧乏，看電影大概是市鎮小公務員僅有的嗜好和消遣，而當時的影片市場都是日本片的天下。父親會喜歡日本片，可說是其來有自。

從我上幼稚園開始，父親就常帶我們一家大小去看電影。那時我還小，被大人帶到黑矇矇的戲院裡，還不知道要幹什麼，只會和弟弟搶著問誰是好人，誰是壞人。看到好人被欺負時，會感到難過；最後壞人被好人打敗後，便會樂得拍手叫好。幾乎所有其他小孩都像我們這樣，因此放演過程中，全場好人壞人的詢問聲始終不絕於耳，結束時掌聲也會如雷一般響起。鄉下戲院這種熱鬧嘈雜、洋溢著親切溫暖的氣氛，以及是非分明、支持正義的呼聲，便是最初我對戲院的印象。

上了小學之後，隨著年齡的增長，慢慢看得懂電影時，我便開始對電影著迷了。平均每個月，父親就會帶我們去看一場電影；遇到有好片上演時，更不在此限。最令我興奮的是放學回家後，母親要我們立即寫功課，那就表示又有電影可以看了，寫起作業來也特別有勁。

寫完作業，父親下班回來後，一家大小忙著吃完飯、洗過澡，換上乾淨、舒服的衣服，便相偕上街看電影。由家裡步行到電影院只要十五分鐘，我們小孩少不了要蹦蹦跳跳一番，圍繞著爸爸媽媽互相追逐，或和同班同學打招呼。滿天彩霞映照下，這樣的天倫之樂誠然是人世間最溫馨、最美麗的畫面。而這一切都是電影所賜。直覺地使讓年幼的我，將電影與幸福聯想在一起，更堅定地認為，看電影是天下最快樂的事。

二

小學時代，我看過的日片真是多得不可勝數。從《宇宙大怪獸》、《魔斯拉》等科幻片，到《月光假面》、《無敵超人》等超人片；從《愛染桂》、《君在橋邊》等純情片，到《再見賭城》、《銀座旋風兒》等黑社會片；從《日俄戰爭》、《零戰黑雲組》等戰爭片到《宮本武藏》、《鞍馬天狗》等時代俠客片……對一個小學生來說，這樣的胃口確實大了一點，但我還是覺得意猶未盡。

上述諸種類型中，最令我著迷，看得最多的便是時代劇，也就是俗稱的「千百樂」，內容不外是劍客、遊俠、浪人、武士、忍者之間比劍、鬥法的故事。

其中又以《少年猿飛佐助》和《里見八犬傳》這兩部片子最令我難忘，前者是部少年忍者上山學藝，長大後為父報仇的片子。後者是八個幼時離散的兄弟，長大後互相追尋團聚，力克強敵的故事。兩部片子都曲折離奇，長達三個小時，但最吸引我的地方卻是忍術。

其實那時我那裡知道什麼叫忍術？只知道主角們都會變。他們一襲黑衣，身手矯健，飛簷走壁，如履平地。變起法術來，急雷迅火，山崩地裂，看得我目瞪口呆。看完之後少不了要學幾招回去和弟弟比畫比畫，我們披上被單，拿毛巾當頭巾、將全身綑綁好，便在屋子裡大戰起來。

《里見八犬傳》裡的八兄弟原本互不認識，只靠刻著「忠、孝、仁、愛、信、義、和、平」的八顆寶珠做為證物。我和弟弟也如法炮製，兩個人花了好幾天的時間，將八個最大的玻璃珠上彩，再分別寫上八個字。雙方持珠變法時，口中念念有詞，煞有介事。也經常和左右鄰居的玩伴們假戲真做，一場混仗下來，總有人鼻青臉腫，最後總得靠家長們出面才得以收場。

這些鄰居玩伴們也都是影迷，大家看了電影回來，一聚在一起便聊個沒完。不外爭辯誰是好人、誰是壞人。相持不下時便搬出大人的話來壓制對方，因此談到後來常會聽到雙方扯高喉嚨說：「我爸爸說的啦！」連爸爸都罩不住時，只好打一架。兩派人馬各護其主，擺開陣勢時仍不忘學電影裡某個角色的姿態。但這種火爆的場面多維持不了多久，大家吵嚷一陣過後也就散了。

三

我們小鎮上共有三家戲院，各家檔期不一，上片前都會派出宣傳車四處宣傳。這些宣傳車通常由三輪車改裝，背後及兩旁掛著海報，一路播放音樂，一邊散發傳單，遇到人多的場合，車伕才拿起麥克風解說。

我們小孩子最喜歡追宣傳車，一方面是湊熱鬧、一方面是為了揀宣傳單。有些大膽的還會攀上車子的後架，車伕常氣得下來追人。我揀到宣傳單總是拿回家擺著，沒事就拿出來端詳，真是百看不厭。因此小小年紀，就能背出許多明星的名字。像三船敏郎、石原裕次郎、淺丘琉璃子、里見浩太郎等，不下數十個。

儘管看電影占去了我這麼多時間，也花了許多精神在背明星的名字，卻沒有影響我的功課，我六年的成績一直名列前茅。因此日後我更相信，看電影不但不會耽誤功課，還會增加想像力與說故事的本事。我五年級時參加全省兒童作文比賽，曾得過首獎，顯然是得自看電影的幫助。

升到初中後，我對日片的喜愛有增無減，這時當然不必再靠父親了。我平時節衣縮食，把錢存下來就是為了看電影。碰到好片子，再貴的票價我都捨得出。我第一場自己掏錢去看的片子是《日本誕生》，既是一部史詩，又是一部神怪片。最精彩的一幕是三船敏郎獨斬三頭巨蟒的鏡頭，運用了許多特技，從頭到尾雲霧蒸騰，氣氛詭異，我一個人看得毛骨悚然。加上片子長達四個小時，分上下兩段演出，我下午二點進去，看完後出得戲院，天居然已經黑了。

那時恰是冬天，小街上冷冷清清的，疏落的街燈在夜風吹拂下顯得尤其淒涼。我從來不曾那麼晚了還一個人待在外頭，驚慌之下竟然涕泗交下。我邁開腳步，死命地跑回家去。進得家門，抱住母親就哭，使全家人大吃一驚，以為發生了什麼意外。

父母百般追問，我就是不說，更令他們焦急。我當然不能說偷跑去看電影，便騙他們說我看到了可怕的東西，嚇得母親當晚就帶我去燒香拜神，忙到半夜才回來。這是我看電影的一段小插曲。曲折離奇之處並不亞於電影，因此迄今依然鮮明如同昨日。

四

之後有很長一段時間，我不敢一個人去看電影，尤其是鬼怪片，更避之唯恐不及。但等到一代大師小林正樹執導的《怪談》上演時，內心又面臨考驗。

這部影片曾贏得威尼斯影展的藍帶獎，是日本當代電影登峯造極之作，因此上片之初即備受各界注目。我在電影院前的櫥窗看過劇照之後，便決定冒險一試，了不起幾個晚上睡不著覺就是。因為有了這層心理準備，我看電影時真是如臨大敵，全場正襟危坐，深恐一不小心被嚇著了。

這部影片共分四段，由四個獨立的鬼故事組成。色調陰晦幽暗，配樂懸宕淒寂，極盡恐怖之能事。我雙拳緊握，瞳孔放大，心跳聲清晰可聞。到最後一段「雪女」即將結束時，倒是鎮定如常，沒被嚇著。

這樣一想，心頭的防線便暫時鬆懈了。等到劇終的字幕出現，觀眾紛紛離座，但電燈並沒有及時放亮，我跟在眾人後頭，小心翼翼地踩著階梯下樓。這時銀幕突然一暗，隨著傳出一聲悽厲的叫聲，雪女又告出現，觀眾冷不防地都嚇了一跳，樓梯上霎時跌倒了一堆人，連我也沒能倖免。這下我對導演總算服氣了，臨尾這一奇招確實出人意表，我的馬奇諾防線遂被一舉突破。

這時日本的東映電影公司，出現了一位時代劇的天王巨星，那就是有「天下第一美劍士」

之譽的大川橋藏。他長得唇紅齒白、溫文儒雅，古裝扮相器宇軒昂，英氣煥發，渾身散發著一股逼人的魅力，看過他片子的人很少不被傾倒。我對他著迷的程度，到了匪夷所思的地步。他主演的片子從來沒有一部錯過，比較著名的像《海賊八幡船》、《新吾二十番勝負》、《右京之介巡察記》、《大勝負》等，還一看再看。

除了看電影，我還收集他的照片。那時正是他當紅的時候，書店裡陳列了許多他的劇照，每出一張，我就買回去壓在書桌的玻璃墊下，後來把整個書桌都占滿了，便貼到牆上去。我做功課時常看著他的照片出神，腦海裡總是浮現著他在某部影片中的姿影，也幻想著自己有一天能擁有他的丰采。誠然是我青少年時代的偶像，對人生的憧憬和夢想，也都因他而起。二十多年之後我到日本京都遊覽，在東映公司的大秦製片場看到他的紀念館時，真是百感交集，恍若隔世。

我初中時代還迷戀過一位日本女星，那就是吉永小百合。那時日本有一本暢銷書叫《愛與死》，後來拍成電影，女主角就是她。那年她才十七歲，首度躍登銀幕便光芒四射，成為日本首屈一指的玉女紅星。在電影中，她蒙著眼罩的茫然神情，真是哀怨欲絕，楚楚動人。後來我也收集她的照片，一度為了寫信給她，還發憤勤學日文，請父親指導。父親得知我的念頭之後，認為我是和尚念經，有口無心。果然還沒把五十個字母學會，我便知難而退，但對吉永小百合的喜愛卻一直沒有減退。

五

到我念高中時，日片已了成強弩之末，一方面是政府基於政治、經濟的立場，抵制日貨進口，日片也在管制之列；一方面是政府大力輔導國片，使得國片逐漸抬頭，搶走了不少市場。

但我對日片仍一往情深，只要有片子上演一定不會錯過。當時臺南的大全成戲院專演日片，且都是全省首輪，我便是該院的座上常客，每個月花在看電影的錢極為可觀，但我絕不後悔。我記得看過《十七歲之狼》、《野菊之墓》、《湖底沈情》、《佐佐木小次郎》、《御用金》、《風林火山》以及《切腹》之後，日本片就被禁止入口，活躍在臺灣舞臺長達二十多年的黃金歲月終於正式落幕，我的惆悵和失落感既深且重了。

臺灣再度公開上演日片，是民國七十年配合該年金馬獎頒獎所舉辦的外片觀摩會，共有四部日片獲邀參加，分別是《望鄉》、《砂之器》、《二〇三高地》及《老師的成績單》。這時我已年近三十，心情微近中年了。對於日片這次公演，好似與分別經年的初戀情人再度相逢，既興奮、又害怕；興奮的是終於得以一償夙願，害怕的是情人是否年華老去，面目全非？這種複雜的心情，大概是所有日片的老影迷們共同擁有的，因此大家都希望一睹為快。

公演那幾天，所有日片場次的預售票全被預訂一空，臨時售票口前出現了近年來罕見的長龍，曲曲折折地繞著西門町打轉。買一張票最少得排三小時的隊，黃牛票叫到每張一千元，南部的阿公阿婆們還包遊覽車專程上來看電影，為那次的觀摩會掀起了前所未有的熱潮。

那幾天真把我累壞了，所有的時間就花在排隊買票和看電影上。中午有時吃便當，有時乾脆餓肚子，一天連趕三場，看得我頭昏腦脹，天旋地轉。幸好老情人總也不老，韻味尤其香醇，十多年未見仍然相看兩不厭。我陶醉在她的懷抱裡，幾疑置身在童年的時光中，一時不知是真是幻，是虛是實。

當然，只有電影本身才是最真實的，這四部電影的傑出表現，確實令人驚喜莫名。臺灣電影閉關十餘年，十多年來還在原地踏步，徒然斷送了與日片觀摩的機會，徒然浪費了十多年的寶貴時間，這種「文化自閉症」硬是把自己拖垮了，思之令人心痛悲切！

六

其實，我對日本電影藝術有更進一步的體會，是在美國讀書那二年。美國大學校園裡對日本電影頗為重視，幾乎每周都有日片上演，而且每隔一季就會推出著名導演的回顧展，像黑澤明的《羅生門》、《用心棒》、《天國與地獄》；溝口健二的《雨夜物語》、《山椒大夫》；小津安二郎的《春日局》、《秋刀魚之味》；大島渚的《官能帝國》、《儀式》等名垂影史的代表性作品，我都是在這時看的。

有些以前就曾看過，像黑澤明與小津安二郎絕大多數的片子，但小時候只會看打打殺殺的場面，對於影片所要探討的題旨反而無從窺知，長大後再看感受已完全不同。羈旅異國的孤獨心境，彷彿更加細膩澄明，對於人世的滄桑已能感同身受。

其中尤以小津安二郎的作品，給我的感觸最深。他作品中一貫的沈靜、穩健的風格，表現出戰後日本小市民的悲歡離合，宛然就是我的家庭寫照。我看他的回顧展時，正值學校放春假，校園裡空空蕩蕩，春雨整天落個不停，處身西方的社會，心靈卻縈繞在東方的古典婉約中，使我度過了一個充實愉快的春日假期。

有人將電影比喻為造夢的工廠，證諸日片對我前半生的影響，倒也相當貼切。尤其在童年和青少年這兩個階段，日本電影提供了我太多的想像空間，帶給我歡樂、幸福，也伴我走過青澀、懵懂的歲月。

如今美夢雖已漸去漸遠，我也不太適合再作夢，但造夢的工廠卻不能停止——不管是東洋的、西洋的或本土的。因為一旦沒有夢，只有夢囈和夢魘，這個世界將會何等地荒涼！何等地可怕！

原載七十九年四月二十九日中時晚報「時代副刊」

天人五衰大家樂

一

第一次切身感受到大家樂的存在，是在去年年底返鄉的時候。我每次返鄉，名義上是探親，其實都躲在三樓的客廳裡看書。客廳旁邊是堂屋，有一神龕，供奉列祖列宗的牌位，平常總是非常肅靜，最適合看書。那天上午我照常在籐椅上看書，不久妹妹也上來了，她躡手躡腳地從我旁邊走過，在神龕前祭拜，又是燒香，又是擲筊，口中念念有辭，十分神肅。

那天既不是初一、十五，也不是什麼祖宗的生辰，妹妹為何專程回家祭拜呢？我雖有些納悶，卻不便過問，便任憑那筊杯落地的清脆聲，一聲聲地在耳畔迴響，不知不覺已過了大半個上午。我看完書，到樓下走動時，妹妹還沒弄完，這下叫我不得不起疑了，便問母親個中原委。誰知母親沒好氣地說：「她呀——在問明牌啦！最近玩大家樂，玩得快瘋了。」

明牌？大家樂？這兩個平常只能在報章上看到的名詞，從母親的嘴裡跳出來，好像變成兩個鬼魅，咚！咚！連續兩聲，迎頭打在我腦門上。原來妹妹也在玩大家樂？這一驚非同小可。從小我們兄妹四人，就在極嚴格的家教下長大。父親嗜酒，卻不賭，我們偶爾喝喝酒，他還不太反對，但只要一提到賭，連過年自家玩玩小牌也被禁止。從小到大，我們都不曾賭過一次。因此乍然聽到妹妹在玩大家樂，確實有一種陌生的、驚懼的震撼。

妹妹出嫁已六年，孩子都已經五歲了，我當然不好意思說她，何況自己對大家樂還是一知半解，不曉得輸贏是怎麼一回事，要勸也無從勸起，只能旁敲側擊，探點蛛絲馬跡。原來那天是大家樂開獎的日子，所以妹妹顧不得我正在看書，在祖先神位前求到明牌後，就飛奔去簽注了。

結果如何，因她事後沒再提起，我也沒有細究，因此吾家祖先是否靈光，我也不得而知。但是對妹妹在神明前低頭膜拜的神情，卻久久難以忘懷，筊杯落地的清脆聲響，也一直縈繞耳際。原來大家樂已與民間信仰掛鈎，求神問卜，廣求明牌，我才從而明白，大家樂為何能在鄉間掀起一片狂熱。

二

隔沒多久，我帶著新婚的妻子返家過年。年夜飯的餐桌上多了一副碗筷，家裡顯得格外溫暖、熱鬧。飯後與家人閒話家常，東聊西扯，不知怎麼又扯到大家樂。眾人七嘴八舌，氣氛好不激烈，只有我和妻一無所知，瞠目以對。連一向最痛恨賭博的母親，也如數家珍地轉述著誰家輸贏多少的傳聞。我已有許久不曾見過母親對一件事情這般興趣盎然了，她嘴裡雖不說，我也可以憑感覺判斷，她老人家大概也私底下去簽過幾回了，而且好像還小有斬獲的樣子。怪不得她說起來頭頭是道，眉飛色舞。

第二天大年初一，我們一家開車出遊，沿途的話題還是繞著大家樂打轉，我對大家樂的玩法總算有點概念了。兩個兩個一組的數目字，像一隻隻小精靈，在我眼前跳上跳下。母親說，簽對了，就是千萬富翁；押錯了，也可能傾家蕩產。可是我卻無法將它們聯想在一起，就像眼前上百隻蹦蹦跳跳的小精靈，彷彿繁麗多端，不可勝數。定睛去看，卻純屬子虛烏有，杳無蹤影。

我們先到近郊的濟公堂去燒香，父親是該堂執事之一，三十多年來，每逢周日都要上山參拜。小時候，我也常到山上玩，因此對那片竹林蔥籠的山坡，印象至為深刻。那天因是大年新正，朝山的香客不絕於途，殿裡殿外萬頭鑽動，都是膜拜的善男信女。我已多年未到該堂，見到信眾膜拜的熱烈場面，心中甚為感動。沒想到母親偷偷地對我說：「看到嗎？自從大家樂流行以後，這裡的香火愈來愈興旺了。」

我的腦門又是轟然一陣雷鳴，幾乎不敢相信自己的眼睛。下山後，車子繞過許多村鎮，母親又開始指指點點。某村的村口有塊奇形怪狀的石頭，據說靈得很，人稱「石頭公」，名聞遐邇，許多他鄉的大家樂賭迷，常遠道前來朝拜。某庄的土地公祠前有棵大榕樹，枝椏繁茂，也曾出過明牌，轟動四鄰，人稱「大樹公」，賭迷視為搖錢樹，經常被圍得水洩不通。某戶人家有個白痴小孩，有一次在鄰人的屁股上各拍四下，那期大家樂開出來的號碼恰好是「44」，那位鄰人因而贏了近百萬的彩金。從此那小孩被視為「囝仔仙」，常假借瘋言瘋語透露明牌，賭迷又一擁而至，把那小愣子捧得像小王爺……

母親一說，大家都笑了，又有人補充一些神跡軼聞，當笑話般笑鬧一陣，愈扯愈荒誕。我好像在聽天方夜譚一樣，心裡一百萬個不信，但還是津津有味地聽下去。說也奇怪，只要你願意聽下去，便好像被催眠般，慢慢會相信：那是一種天啟，一種許諾。你的眼前會出現一張描摩好的圖畫，有人會告訴你，只要照著他們的方法去做，你就可擁有圖畫裡的一切。

父親是不相信這一套的，他雖然拜神，卻有極科學、極理性的頭腦。每當母親提起這些「神啟」，他總會不屑地說：「瘋子。」然後勸我不要再聽下去。父親的態度，給我一種中流砥柱的厚實感覺，就像平常家人圍在電視機前癡迷地觀賞連續劇時，他一個人架著老花眼鏡坐在一旁看書一般。顯然大家樂的狂濤，並沒有席捲吾家，也因為如此，周遭的鄰閭才不至於滅頂，這是在我節節敗退的心防領域裡，唯一值得慶幸的最後一道清流。

三

三個月後，在斷魂的清明時節雨裡，我又千里迢迢地回到南部老家，碰巧又趕在大家樂開獎的前夕。停車在路旁加油時，礦油行的廊下聚集了五、六個婦女，左一句「你簽幾號？」右一句「這次一定出 X 牌！」到水果店買水果時，也有一群閒人圍在那裡，比手畫腳，議論紛紛，老闆忙得做生意也不太想做。不用問，又是一群大家樂賭徒。小至小小的檳榔攤，大至人群熙攘的菜市場，只要有人駐足的地方，談的都是大家樂的賭經。原本單純、憨直的鄉人，一個個脹紅了臉，拉高了嗓門，亢奮地像一隻隻發情的公雞。站在他們面前，我像是一只洩了氣的皮球，心裡好像被掏空了，沒來由地感到一陣空虛、頹喪。

回到家裡，只見鄰居穿門過戶，熱鬧得很。母親和弟弟也跟著忙進忙出，一下子有人傳來「消息牌」，一下子又有「議員牌」，直忙到掌燈時分，大家才各自回去做飯。霎時各家廚房油煙四起，鍋鏟碰撞聲齊發，匡琅匡琅，適才那股緊張、熱鬧的情緒，又被炒熱起來，隨著菜香、飯香，溢滿四鄰。

我平日難得返家，每次返家母親必以滿桌佳餚款待，姊姊妹妹和外甥侄兒也會趁機回來聚聚，場面一向熱烈。那晚獨不見父親，少了他，喝酒就不起勁。母親低聲對我說，當天晚上濟公堂有法會，眾信徒準備竟夜誦經，並備牲禮祭拜，探詢濟公活佛意旨，如能求得「明牌」將用來修繕廟宇，所以父親當晚不回來了。

母親言下喜不自勝，對這次法會彷彿信心十足。據她說，齊公活佛法力無邊，平時不輕易許人，這次管理委員會破例為祂祈福，必能求到「明牌」。到時濟公堂將蓋新廟，做大戲，大肆慶祝一番。

「你等著瞧就是了。」母親最後說。

那頓豐盛的晚餐，在和樂的氣氛中度過了，我卻無法像母親那般地樂觀。母親生性純良，篤信神明，半生禮佛拜神，吃齋茹素，只求家小平安，從不求回報，沒想到在大家樂這個浪頭上，竟然頭暈眼花，生了非分的妄念。更令我不解的是父親驟然改變了態度，三個月前他斥責母親的話語，猶在我耳畔打轉，怎麼這個中流砥柱一下子就垮了？怎麼也跟一般沒見識的鄉人去求「明牌」了？

莫非大家樂真有什麼魔力，叫人無法抗拒？莫非大家樂已成了中南部鄉民的集體潛意識，沒有一人能夠倖免？從一向溫厚淳樸的族人和家人身上，我真切地看到了它那幢幢陰影底下潛沈的一股巨大的蠱惑……

第二天上午，父親拖著疲累的身子回來了，見到我，訕訕地笑著。我問他有沒有求到「明牌」，他一逕訕訕地笑著，並不直接回答，只揮揮手，好像要揮掉眼前的蒼蠅，然後說：「啊！都是一群瘋子。」

四

我因第二天一早要上班，當天下午兩點就開車回臺北了。心裡雖然惦掛著父親的明牌，卻壓抑著不忍打電話回家問結果。我當然希望父親能簽中，中得愈多愈好；但一方面又有些不甘，不甘心讓濟公撿到這麼大的便宜。這兩股力氣掙扎、鬥爭的結果，我終於沒有勇氣去求證，而父親也一直沒有打電話給我。其實這股不尋常的沈默，不就是最好的答案嗎？

但是，我仍小心翼翼地，深怕碰壞了什麼禁忌。在家人深信不疑的濟公和大家樂鉅大的彩金之間，確實存有某些微妙的關係。假如法力無邊的濟公活佛，果真在大家樂前敗下陣來，那後果顯然遠比輸掉一筆彩金還要嚴重，可是能希望它贏嗎？贏了，一定還有下一回，濟公後面還有一大堆的菩薩，這樣纏鬥下去，幾時方休？

這件事，在我這邊就此不了了之，在家裡不管是否有過軒然大波，總算也逐漸平靜下來。一個多月後，我例行地打電話回去報平安，父親跟我寒暄幾句之後，突然欲言又止，我再三追問，他才如實地吐露出來。

原來中南部盛傳某報的漫畫家有「消息牌」，常藉漫畫提示或暗示籤號。據說屢試不爽，非常靈驗，鄉人已將注意力轉移至此，每逢開獎前幾天，人人搶購爭閱，然後按圖索驥，反覆研究，真可謂一紙風行，洛陽紙貴。

父親有一位世交，精通大家樂各種門檻，他知道我曾在某報待過，希望透過這層關係，看能不能問到「消息牌」，省得他們捕風捉影，胡猜一通。最後父親還特別強調，許多記者、編輯們都因此發了橫財，人人腦滿腸肥，油膩得很。

我還沒聽完，就忍俊不住地失聲大笑，那幾位畫漫畫的朋友，我雖不很熟，對他們的狀況多少了解一些，無非是仙風道骨，兩袖清風的清談人物罷了，那有什麼明牌？什麼橫財？

我的話還沒說完，就被父親打斷。他有些懊惱了，罵了我一聲，要我不要太自信，先去問問看再說。他的理由是：假如沒有，外界怎麼會傳得那麼厲害？假如有，而不去打聽，不是把財神爺擋在門外了嗎？不管怎樣，打通電話問問看，又不會怎樣？

在他們想來，當然不會怎麼樣，但對我來說，卻有無從問起的窘困。假如我真的打通電話給某漫畫家，開門見山地問他有沒有「明牌」，不被當成神經病才怪；即使用話去套他，萬一不慎露出馬腳，還是會被消遣一頓。無論如何，這個面子我拉不下，對於父親的耳提面命，只好東風吹馬耳——恕難照辦。

五

父親一看久無音訊，大概知道事情並不簡單，也就不了了之。可是父親的朋友仍不死心，非打這張「漫畫牌」不可。難得逢上端午節，父母親不惜以粽子為餌，計誘我返鄉過節，一方面通知他的老友，火速從臺中趕到家門。介紹之下，我少不了喊他一聲「歐吉桑」，並以父執之禮款待。

該歐吉桑也是性情中人，二話不說，開口便提大家樂的事。他真是有備而來，隨手取出一大堆漫畫剪報，慎重其事地為我解說漫畫中的玄機。一個人的鼻子代表「7」，大耳朵是「3」，但「7」得倒過來看，所以是「37」，而不是「73」，果然那期開出來的號碼，有一組是「37」。

另一幅漫畫畫的是一個運動員在賽跑，他的背心上貼著「78」的號碼，最明白不過，果然那期有一組「78」中獎。再來是一隻小狗和小貓在打架，小狗的耳朵裡藏著一個「2」，小貓的鬍鬚有三根，組合起來剛好是「23」，說也奇怪，該期中獎的號碼真的是「23」。……

戴著老花眼鏡的歐吉桑，一張一張地翻著，被煙薰黃的指頭興奮地顫抖著，彷彿那玄妙難測的玄機，正汩汩地自他的指尖滴出。一點一滴，都是珠璣，都是上天的意旨，要傳達給世人發財的。可惜——可惜——歐吉桑廢然長歎一聲，將那紛雜的漫畫剪報小心闔上，黯然地說：「我就是沒這個命，不是弄錯了，就是忘了倒放，這個漫畫家真會捉弄人。」

歐吉桑的意思再明白不過了：直接去找漫畫家要明牌。由於上述物證確鑿，我的猶豫和懷疑，在他看來統統不能成立。為了加強我的信心，他又講了許多拆解大家樂籤謎的具體例子。包括臺銀的搖獎機、電腦的概率，以及愛國獎券第X獎的末尾兩字……看得出他確實下過苦工夫，對大家樂的鑽研已達學術化的水準。假如他把這分心力放在事業上，所獲取的效益必定在大家樂之上，而今卻落得這般下場，是非功過，已很難分得清楚，只能直闖到底，再見分曉了。

六

為了對兩位老人家有所交代，吃了粽子北上之後，我真的拉下臉皮，去詢問漫畫的真相。一位在某報當美編的朋友聽了我的問題，差點沒笑掉大牙。據他說，自從傳出該報的漫畫欄暗藏明牌後，打電話來求明牌的民眾何止千萬，每天電話從早響到晚，弄得報社人仰馬翻，不勝其煩，早就不接這類電話了。一句話說得我面紅耳赤，連忙顧左右而言他，對大家樂走火入魔的現象痛加撻伐之後，才稍稍挽回一點顏面。

很快地，又到了愛券開獎的前夕，我因未能達成使命，久久不敢打電話回去，父親忍不住，十萬火急地打電話來催了。遙遠的電話彼端，清晰地傳來他熱切的聲音。他，以及歐吉桑，以及諸位遠親近友，一雙雙灼熱的眼睛彷彿盯著我看，冀望我給他們帶來好消息。可是——可是——叫我從何說起呢？

我答得很乾脆，明白地告訴父親，根本沒有什麼明牌，那個漫畫家每天按時打卡上下班，情況比我好不到那裡去。父親「哦」了一聲，良久之後才說：「人家大概不願跟你講吧！這種事情，誰會隨便告訴別人呢？」他喃喃地說完，便嗒然地將電話掛斷了。

這種結局果然不出我所料：父親一定不會相信我的話，即使從小到大，我都不曾令他失望過。他寧可相信空穴來風的傳言，寧可相信無知民眾的誑語，因為人人都這麼說，因為那麼多人都中了獎，因為……我突然覺得沈痛、寂寞起來。

從此之後，我就不曾再返鄉，也很少和家人通電話，他們是否還玩大家樂，也不便過問。我像是個戰敗了的將軍，在一場莫名其妙的戰爭中，莫知所以的敗下陣來。從此投閒置散，再也乏人問津，耳畔已有許久不曾這麼清靜了。午夜夢迴，捫心自問，我至今還不知錯在那裡？

原載七十六年七月二十五日中國時報「人間副刊」

鐵鞋傳奇

一

日前返鄉，父親問我怎麼處理「那雙鐵鞋」，他特別做了一個很大的手勢，一下子把我問住了。但我很快明白他指的是「那雙」鐵鞋，因為這個年頭穿過鐵鞋的人並不太多，而我迄今也才穿過一雙這樣的鐵鞋。

他用「那雙」這個字眼，聽來真是熟悉又親切，相信熟知我的朋友們也樂於知道它的下落。因為當年我練「鐵鞋功」時，曾令他們大開眼界，而後廣陵散絕，臺北街道便看不到此種奇景，想來確是現代都會的一則傳奇。

如今這則傳奇已流失遞變成為一雙鏽痕斑斑、沾滿塵埃、粘著蛛絲的舊鞋，擱在老家樓梯下的貯藏間裡。我用腳踢它幾下，瀰漫著霉味的地板傳來沈甸甸的撞擊聲，兩隻重達八斤的鐵鞋仍是舉足輕重。我端詳了片刻，實在找不出搬回臺北的理由，又捨不得丟掉，便對父親說：就留在這兒吧！哪天心血來潮，說不定還可穿出來重溫舊夢一番呢！其實用不著穿它，光是看到它，就夠我發思古幽情了。年輕時的一些想法和做法，如今想來只能會心一笑。

從小我大概看多了漫畫書和武俠小說，對於武功高深的俠客總是非常嚮往。讀小學時最大的夢想便是上山去學藝，那時正值惡補最熾烈的時候，讀書累了，最喜歡托著腮幫，幻想遇到神仙在山上練武的情形。同學們的想法都差不多，一談起來便沒完沒了，有時為了山上到底有沒有神仙，還會爭辯不休。爭到後來總是有神仙的一方獲勝，獲勝的這一「國」便很神氣了，好似神仙就站在他們這邊似的。

到了初、高中階段，神仙夢當然是破碎了。但我仍具尚武精神，以鍛鍊體魄來實踐我童年的夢想。我參加學校的田徑隊、學柔道、洗冷水澡，為了增強臂力，每晚在院子裡舉重，果然練出了一身結實的肌肉。當我攬鏡自照時，總會聯想起俠客矯健的身影，因而滿足了我那分小小的虛榮心。

上大學後，我對運動的狂熱未減，我常和當時國內的長跑健將張金全一齊越野跑泰山，和鐵餅名將郭燦星一齊做重量訓練，每天都弄得汗流浹背、筋疲力竭才罷休。這種肉體的磨鍊與精神的煎熬，我視之為武德，周而復始的淬礪奮發，便是我每天意志和快樂的泉源，我仍未能忘情俠客磊落坦蕩的襟懷，堅決地在習武的道路上勇往前進。

二

但運動與習武畢竟還是有所區別，運動員與行走江湖的遊俠也難相提並論，我會跨過這道鴻溝，還是託一位室友之福。這室友來自香港，一身細皮白肉，出門必穿西裝、打領帶，滿頭油光，是典型的僑生派頭，與我牛仔褲不離身，不修邊幅的名士派恰成強烈的對比。這傢伙本來是不太喜歡動的，大部分的時間都躺在床上做白日夢，因此我們都稱他為「小豬」。

一年寒假小豬回香港，回來後卻叫我們吃了一驚，因為他的行李箱中除了紅澄澄的加州蘋果和巧克力糖之外，還多了許多道具，像雙節棍、沙袋、鉛塊，以及跌打損傷的膏藥。據他說，他返港時看了李小龍主演的《精武門》之後，對李小龍崇拜得五體投地，乃決定起而效尤，因此把行頭都帶過來，準備好好地練他幾招。

小豬果然言而有信，第二天一早我就聽到他猛劈床鋪扶梯的聲音，吵得我無法安睡。睜眼一看，只見他身穿功夫裝，足踏功夫鞋，手纏紗布，輪番以手刀及手肘攻擊圓柱形的扶梯，好像在磨菜刀似的。

我問他在幹嘛，他說在練少林拳裡的打樁功夫。由於寢室只住我們兩人，把我吵醒後他便無後顧之憂了，因此隔了一陣子，他又練雙節棍，動作雖很生疏，不小心還會打到身體，但他仍像發怒的李小龍一般，一邊使棍，一邊啊啊啊地亂嚷亂叫。如此折騰了一個小時，弄了滿頭大汗之後才歇止。

小豬十分內向害羞，因此練武必在室內，看他練得那麼認真，我也不忍心抗議。如此約莫月餘，他突然又有新的點子，想練輕功了。他先把鉛塊縫在功夫裝的褲管上，以增加重量，然後練迴旋踢，或在臥鋪的扶梯上爬上爬下，據他說可以鍛練腿力。

隔了一陣，他又嫌鉛塊踢來拖泥帶水，動作不夠俐落，便決定改掛沙袋。哪裡找那麼多沙呢？據他觀察的結果，運動場上跳遠的沙坑可以利用。為了成全他，某個夜黑風高的晚上，我們兩人偷偷地潛往沙坑，神不知鬼不覺地偷了兩袋沙，他連夜就把沙袋縫在褲管上，開始練飛砂走石的輕功。

據他說，李小龍的腿功、譚道良的壁虎功，就是這樣練出來的。小豬雖然有心，但因閉門造車，沒有名師指導，半年下來，別說飛簷走壁了，爬臥鋪的扶梯也沒有我快。他的踢腿和少林拳，充其量也只是花拳繡腿，中看不中用，看到塊頭比他大的傢伙，明明被占便宜了，連氣也不敢吭一聲。

小豬這段練武趣事，雖然沒有什麼結果，但我卻印象深刻，尤其是腿綁鉛塊和沙袋，日後對我練鐵鞋功是個很大的啟發。畢業後我們勞燕分飛，各奔東西。他續往美國研修企管，我則留在國內的新聞機構工作，因採訪的關係而認識了許多奇人異士，號稱臺灣「鐵鞋功」傳人的林康雄就是其中之一。

三

林康雄是個有多方面才能的傳奇人物，既是野外求生專家，又是登山好手，跌打損傷乃至推拿針灸無不精通。我初識他是在洪荒峽的野外求生訓練營裡，他表演捉蟒蛇，掏虎頭蜂窩，憑著一把開山刀和一盒火柴，可以在野外生活一個禮拜。平常他在忠孝東路三段開設國術館，我沒事就到他那兒喝茶聊天，身體不舒服時，還會請他針灸幾下，逐漸地便和他混熟了。

有一回看他店鋪裡擺了好幾雙碩大的皮鞋，便問他是怎麼一回事。他說那是鐵鞋，練鐵鞋功時用的。按功力深淺而輕重有別，從六斤、八斤、十二斤到十六斤重的都有。他已擁有十六斤的實力，穿著它登山健行如履平地，聽得我嘖嘖稱奇，在好奇心的驅使下，他拿了一雙八斤重的要我試穿。我在門口走不到一百公尺就氣喘如牛，差點走不回來。

那鐵鞋做得十分堅固、精巧，鞋底及鞋跟都是鉛塊做的，除了比一般皮鞋大一點之外，實在看不出有何異樣。但售價可不便宜，一雙三千六百元，這個價錢在十年前可以買好幾雙義大利的進口皮鞋了。

林康雄看我興味盎然，便慫恿我買一雙。從皮鞋上厚厚的一層灰來看，這些鐵鞋好似被人冷落了，來來往往的行人並沒有注意到它們的存在。我忽然想起小豬和我同住的那段日子，當年他費盡心機地裝鉛塊、縫沙包，兩隻褲管弄得拖拖拉拉的，還沒有人家一雙鞋子重，假如穿上它們就可以練輕功，那不太省事了嗎？

除了這分熟稔的感情之外，還有許多現實的因素，讓我對鐵鞋的興趣大增。我雖喜好運動，但自從踏上採訪生涯之後，幾乎已沒有閒暇運動；加上往來酬酢多，喝啤酒像喝白開水，腰圍贅肉已不勝負荷，我已警覺到身材變形的危機。

林康雄一下子捉住了我的弱點，保證我若每天穿鐵鞋，根本不用刻意去運動，不出一個月體重便可以減輕三、四公斤。既然有這許多神效，我牙根一咬，便把那雙鐵鞋買下來。

四

我平常穿慣了輕便的涼鞋和球鞋，乍然換上八斤重的鐵鞋，鬧的笑話真可以寫上一籮筐。當天我舉步維艱地離開林康雄的國術館，走不到一百公尺就難以為繼。那時正是下班的交通尖峰時刻，忠孝東路的車陣和人潮摩肩接踵，想過馬路比登天還難。一來是鐵鞋太重，我的足踝已擦破了皮；二來是人太擁擠，深怕一不小心踩到別人的腳，因此只能如臨深淵、如履薄冰，比纏小腳的太婆還要踉蹌。

既然行走不便，只好坐計程車了。我上車的瞬間，車身猛地往下一沈，司機老爺連忙轉過頭來，一臉託異地問我說：「先生，真看不出你有這麼重！」我當然不能說是鐵鞋的關係，否則就有得扯了。我只能訕訕地告訴他說：「剛吃了一客十六盎司的丁骨牛排，體重當然重了。」等我下車後，車子又明顯地彈回來，司機還是滿臉疑惑地從後視鏡裡端詳著我，好像我是什麼鐵人似的。

為了早日達到減肥的目的，我每天外出都穿鐵鞋，但都無法走完全程，而需靠計程車代步，因此那陣子計程車錢花得特別凶，司機們也都會以懷疑的眼光看著我。因為憑他們多年的載客經驗，我的身體顯然不該這麼重，多付點小費彷彿也是應該的。

到市區辦事時，我最怕碰到天橋，因為爬起樓梯雙腿很容易痙攣或癱瘓，那種痛苦的情況比爬一座大山還累。因此中華路西門町一帶就成了我的禁區，因為那一帶陸橋多如牛毛，且縱橫交錯，深富玄機。一個不當錯走一步，就得爬下重來，若要回頭已是百年身。偏偏我又喜歡看電影，一個下午趕兩場是家常便飯，苦就苦了我的雙腿，忽上忽下，鐵鞋可是由不得人。當我疲憊不堪時，它正可使出渾身解數，教我一步一徘徊，兩步雙淚垂，恨不得將它脫下扔了，赤腳跑回家去。

剛穿鐵鞋去上班時，為了避免同事促狹，我一直祕而未宣，誰也不知道我足下玄機。但是過重的腳步聲，踩得膠塑地磚砰砰做響有如大象過境時，仍會引人側目。

有一次下班後，詹宏志請大夥兒到紗帽山下的土雞城吃消夜，我興匆匆地隨大家前往。下了車之後差點昏倒，因為那土雞城在山腳下，石級沿著山坡蜿蜒而下，起碼有五、六百級吧！大家一路談笑風生，只有我一人殿後且戰且走。

好不容易坐下來吃喝了一頓，又得循原路上山，還沒走完一半，剛吃飽的肚子又餓了。

肚子一餓，手腳便發軟，那六百級的石梯真像天堂倒懸的天梯，最後到底怎麼爬上去的，我已不復記憶。

五

紙包不住火，我的鐵鞋也藏不了祕密，沒多久同事朋友們都知道我在練鐵鞋功，對我的鐵鞋也滿了好奇。大家都想試穿看看，連我的老闆簡志信也不例外。有一次在辦公室，他當眾試穿它，兩腳還沒站穩，便習慣性地跨步前進，身體已經衝出去了，但兩腳還粘在原地，差點就跌個踉蹌。

他小心翼翼地在辦公室走了一圈，好像戴著腳鐐的囚犯，看得大家哄笑不已。後來又有幾位自告奮勇地接棒，情況都差不多。誰也不相信鐵鞋穿在腳上是這般沈重，對我的能耐和毅力，從此就另眼看待了。

到朋友家做客時，我的鐵鞋也能提供輕鬆的話題，特別是當主客都枯坐著無所事事時，鐵鞋必能博眾人一粲，只要話匣子一打開，保證絕無冷場。

有一次在某友人家做客，鞋子原來放在外頭，主人特別要小孩將客人的鞋子都拿進來。拿到我的鐵鞋時，小孩不知該鞋輕重，還沒提起來，便一屁股跌在地上，嚇得他哇哇直叫，我才知道鐵鞋又闖禍了。幸好小孩不久就破涕為笑，一個晚上都在玩弄那雙鐵鞋，還吵著要爸爸也為他買一雙。

諸如此類，鐵鞋倒也為我建立了不少人際關係，使我在人群中突然成為一個被討論的對象，許多飯局宴會也爭相邀我參加，並指定得穿鐵鞋赴會。席中酒酣耳熱之際，少不了要表演幾趟鐵鞋功，或脫下來讓人試穿、把玩。不過久了之後，後遺症也出現了，因為酒席中吃來的卡路里，已遠非鐵鞋所能消化。因此有一段時間，我鐵鞋愈穿，腰圍卻愈粗，盡失練鐵鞋功的本意，這樣的飯局以後我就敬謝不敏了。

六

熬過這一段被人評頭論足、趕場做秀的日子之後，我才算真正能夠定下心來練功。其實鐵鞋功並沒有什麼高深的學問，只要每天穿著到處跑就是。幾個月下來，我已習慣了它的重量，達到人鞋一體的境界，不但能在大街小巷閒逛，走陸橋或地下道也如履平地，和穿一般鞋子沒有兩樣，只不過夏天時汗流得比別人多就是了。

流汗當然是好事，因為我穿鐵鞋就是為了運動減肥，腰圍的贅肉經不起鐵鞋的一再折磨，逐日離我遠去，大腿的肌肉也明顯地結實精壯，整個人好像脫胎換骨一般，顯得輕鬆自在，精神奕奕。

林康雄看了之後，認為我可以升段了，改穿十二斤的鐵鞋。我估量自己的實力和需要，還是謝絕了他。誠如一位好友開我玩笑道，萬一我被黑道上的弟兄圍上了，想腳底抹油、溜之大吉的機會都沒有，還是知足點吧！

這雙鐵鞋一共陪伴了我二個寒暑，朝夕相處的結果，自有一分難以言喻的感情，精誠所至，鐵鞋亦當笑我多情。民國七十三年我赴美國讀書，就曾為了是否攜它同行而煞費苦心。朋友都以唐山大兄相勉，要我穿鐵鞋遠征新大陸，讓洋人瞧瞧中國人鞋堅腳利的神威。但最後我還是割捨了，因為行李和書籍已夠我心煩了，再把鐵鞋穿出去真會弄得寸步難行，那已不是我負笈海外的本意了。

我出國後，母親把我臺北的家當都搬回虎尾老家，這雙鐵鞋也不例外。據說家鄉的小孩都對它十分好奇，時常拿出來把玩，很多小孩因太過大意，手腳還被它壓傷。每回接到家書，聽父母提起鐵鞋的趣聞，都不覺莞爾。而它就像我的親人，也在癡癡地等它的主子早日歸來。

但返國後，我便不曾見過它，也不曾再穿過它，原以為它已被扔掉了，孰知如今還在。雖然它已老態龍鍾，我也不可能再穿它，但塵封已久的記憶，竟還這般清晰。我練鐵鞋功的年少往事，已難再追憶。過往者盡成歷史，我和鐵鞋亦如是。做為現代都會生活的一則傳奇，只能在茶餘飯後與昔日老友細細品味了。

原載七十九年五月二十一日聯合報副刊

梵唱

一

我不是佛教徒，對佛經也少有接觸，更不曾參加任何法會，唯獨對「唸經」或「頌經」情有獨鍾，耳朵對之更是靈敏；只要聽到「唸經」或「頌經」聲，再細微的聲音都能穿入耳膜，引起我內心的共鳴，確實是天地間最美的天籟。

我知道，那是源自童年的聲音，也是我的童年的迴響。三十多年後餘音嬝嬝，依舊在我耳畔縈迴不已。事實上它已與我的生命合而為一，從小到大，伴著我一路成長，永難分離。

其中的關鍵人物，就是我的父親。早年臺灣的家庭，都有很濃厚的民間信仰，舉頭三尺有神明，儒釋道不分，逢廟就拜，遇神必燒香，只求能得到庇蔭，心靈有所寄託，再多的宗教禮俗都能兼容並蓄，一視同仁。

父親可說是這方面的集大成者，而唸經則是他伺奉諸神最直接、最具體的禮儀。因此家裡的神明桌上，一天到晚香煙繚繞，沈香撲鼻；每逢初一十五，必供奉香果牲禮；遇到神明誕辰，更會舉家到寺廟頂禮膜拜。從小我就是在這種濃厚的宗教氛圍中長大的。

到我小學四年級時，父親的信仰更為堅定，和一群同道在鎮上一家齋堂中發願成為鸞生，也開始學唸經。他特地買了一台錄音機，在家沒事便翻開佛經，跟著錄音帶喃喃地唸起經來。從此家裡的宗教氣息更濃了，每逢早晚晨昏，南無阿彌陀佛的梵唱聲，就會在家裡迴旋起來，帶給我們寧靜安祥的心靈。

由於錄音機在那個年代還相當地罕見，買得起的人家並不多，為了與他的同道分享，父親常邀請他們到家裡來一齊練習。一來就是五、六人，盤腿坐在榻榻米上，肅穆地翻著佛經跟著吟誦，把我們家六席大的客廳擠得滿滿的。有時為了避免外面干擾，父親還會將紙門拉上，一大群人在裡頭像在合唱一般，吟哦不止，聲若洪鐘，更有一股虔誠肅穆之氣，籠罩在我們家中。

我們小孩對家裡變成了道場，知道是大人在辦正經的事，只覺得十分有趣，並不覺得吵雜。但我們最感興趣的還是那台錄音機，父親寶貝得要命，平常都放在一個很高的櫃子裡，我們根本拿不到。只能趁眾人齊聚家裡唸經時，躲在紙門後偷看，才能看到那二個神祕的轉盤，正不停地轉出一連串的誦經聲，而感到好奇不已。

二

父親的嚴厲是出了名的，尤其是他唸經的時候，誰都不敢太過接近，以免擾亂他的心緒。後來屢次看我們在紙門後偷窺，知道我們對錄音機充滿了好奇，只要他的心緒不錯，便會在唸完經後，叫我們過去看看。我們如獲至寶，每次父親召喚都十分興奮。

剛問世時的錄音機十分脆弱，操作時稍一不慎，那細若遊絲的磁帶便會走音甚或斷裂，怪不得父親不讓小孩子觸碰，而由他操作給我們看。他為了滿足我們的好奇心和新鮮感，總會故意按「快轉」或「倒退」的鍵，讓錄音機發出一連串稀奇古怪的聲音；或錄一段我們的講話、唱歌，然後播放給我們聽，要我們辨認自己的聲音，並比較其中的差異。

看我們一臉驚訝、錯愕的表情，他就會樂不可支地笑個不停，然後變出更神奇的戲法來吸引我們的注意。我的鄰居和同學聽說之後，也會央求到我家來開開眼界。父親一反外表給人嚴峻的觀感，本著與人為善的修行理念，倒是很樂意與小朋友分享這個「高科技的奧祕」，盡量讓每個人都能在錄音機中發聲，以滿足我們的好奇心，充分達到娛樂的效果。

總之，這個新奇的錄音機，已成了他唸經之餘親子之間共同的話題，也是他敦親睦鄰、拉攏小朋友的最佳法器，為他刻板的修行生涯增添了不少的親和力，贏得了小朋友的友誼和尊敬。

這樣的收穫和喜悅，也許是他無心插柳，也許是他悟道過程中引發的童心。對於他內心的轉折，我們雖然無從了解，但卻在我們童稚的心靈裡種下了佛緣和善因，只要他正經八百地跟著錄音機唸經時，我們也會隨口跟著吟唱，同儕之間也會以呼喊佛號的方式打招呼。唸經已成了我們日常生活中最活潑的一種互動，在潛移默化中，接受了佛法的感召。

三

一、二年後父親即學成出師了，和他的同道合組了一個誦經團，並自願擔任最繁忙的團長一職。除了擔綱齋堂例行的誦經重任外，也經常應邀到其他寺廟團體或喪家誦經做法事，開始了他異常忙碌的誦經生涯。

對父親來說，誦經是在積功德，所以再怎麼忙碌，只要有人來邀請，他都不會拒絕，也從不收費。一場法事做下來短則一、二個小時，長則要通宵達旦，中間少有休息，一站就是大半天，若非有極堅定的信仰和過人的毅力，一般信徒很難支撐下去。

尤其穿著密不通風的鸞生道袍，夏天時熱得汗流浹背，冬天時又常凍得全身發抖。結束後拎著法器回到家裡，通常夜已過半，全家都已在睡夢中。但父親卻能甘之如飴，樂在其中：家中雖然因此少有與他見面的機會，母親與祖母亦從未有怨言，全家都贊同他做功德的善行與義舉，也贏得鄰閭的尊敬與好評。父親因此更是義無反顧，宵衣旰食，夙夜匪懈，全心全力來服事他所尊崇的佛祖和菩薩。

父親儘管忙碌，仍不忘帶全家大小去參加寺廟的節慶活動，最常去的還是齋堂。每年中元節那兒都舉行盛大的盂蘭盆會，齋堂都會搭起牌樓，排好供桌，各式供品在上面擺起來時像一座小山，煞是壯觀。當天晚上，父親一定帶著我們在神明靈前燒香膜拜，然後率團登場誦經，超渡亡魂。

父親一襲白袍，手持法器，朗朗誦讀經文佛典，伴隨著清脆的法器敲擊聲，四周旗幡飛舞，香煙繚繞，我們坐在底下聆聽仰望，真會為父親感到驕傲。但往往尚未等法事做完，我們小孩已哈欠連連，打瞌的身子東倒西歪。總要挨到半夜，音沈響絕，街道一片寂靜，被父母攙扶著才能歪歪斜斜地走回家裡。

四

這些兒時的記憶是如此的生動、鮮明，蘊含著如此豐富的宗教色彩和聲音，卻又像一場繽紛多姿的美夢。我耽溺其間，像個任性且愛撒嬌的小孩，任父母如何呼喚，也不願醒來。

在我那時的心目中，父親宛然菩薩的化身，他身披白袍，在壇上率眾唸經，與天上的諸神可以直接溝通，足以證明他法力無邊，最得菩薩的眷顧。他的肉身何其神聖，與菩薩一樣，一定可以永保金剛不壞之身，來度人世間所有的不幸與劫難。

可惜事與願違，在他主持齋堂長達三十多年之後，終因堂務繁忙，四處奔波為人誦經，身體不堪長期疲累而罹患絕症，在群醫束手之下，臥病不到三個月即撒手人寰，享年只有六十四歲。

匆匆我已邁入中年，午夜夢迴，四壁闃然，唯時聞誦經聲如絲如縷，穿牆而來。我常凝神諦聽，若有還無，乃知那是父親的魂魄化為梵唱，正在庇蔭他的子孫，也為眾生所祈福。

原載九十六年五月二十八日聯合報副刊

鼾聲乍息

一

年輕的時候父親是個魁梧壯碩的漢子，兩臂孔武有力，走起路來虎虎生風，肺活量尤其大得嚇人，睡覺時一向鼾聲如雷，而且終宵不斷。他的鼾聲十分規律，時而高亢，時而低迴。每於低迷徘徊流連，若有似無之際，便又拔高而起，波瀾壯闊，直上雲霄。如此反覆不斷，周而復始，就像一組溫柔纏綿、雄渾有力的交響樂，在長夜漫漫裡不斷地激盪起伏。

小時候我最喜歡躺在父親的身邊，聆聽他的鼾聲，暗暗地和著它的節奏，載沈載浮地進入夢鄉。尤其是午夜夢迴之際，面對著黑沈沈的夜色，耳畔迴盪著悽愴的狗吠聲，難免心生恐怖憂懼之情，這時只要聽到父親的鼾聲，各種妖魔鬼怪的幻想便會一掃而光，立時湧起一股難以言喻的溫暖、和平、幸福的感覺。久而久之，父親的鼾聲已成了安全與信賴的音符，引領我度過了懵懂無知、充滿了不安全感的年歲。

民國七十九年十一月十六日午夜過後，我在家鄉的天主教若瑟醫院裡，再度聽到了睽違已達三十餘年的熟悉的鼾聲——父親規律且充滿了生命意志的鼾聲。父親安祥地躺在病床上，鼻孔底下裝著氧氣罩，氧氣罩底下還插著一根灌食用的導管，腰的左邊另外插了一根輸尿管。儘管牽牽絆絆，父親的鼾聲仍然不失順暢、平穩，且透露出他臥病以來罕見的生氣與活力。

那是個令人緊張、焦慮，且充滿了變數的夜晚。根據家人求神問卜的結果，農曆九月三十是父親生命的一個關卡，假如能安然度過，父親的病情可望逐漸好轉，僥倖逃過一劫；假如拖不過去，當晚就會撒手塵寰，永離人世。我一向不信鬼神，然而到了生命攸關的地步，在群醫束手之際，竟也深信不疑，因為父親一生忠於他的信仰，他所信賴的神祇必會庇蔭他，適時地伸以援手。

當晚前半夜的情況，依然叫人憂心忡忡，為了翌日驗血，護士小姐在父親右手扎了一針，誰知那針孔竟然瘀腫起來，半個小時不到，整個右手腕腫脹得像一個剛蒸熟的饅頭。覆蓋在毯子底下的腹部，也像一座即將爆炸的火山錐，圓圓、鼓鼓地聳立著。父親的雙手習慣性地在上面摩挲著，佈滿黃疸的眼球怔怔地望著我，看來是那麼的無奈，那麼的絕望，看得我辛酸不已。

二

父親的感受，只有我能真確地了解。從八月初我陪他到榮總檢查，確定是肝癌之後，我便一直隱瞞著他，也隱瞞著家人。雖然西醫已經宣告無效，而且存活的時間不會超過三個月，我卻不甘心，不甘心父親就這樣不明不白地離去。我每個禮拜帶他到中壢看一位朋友介紹的中醫，買昂貴的大陸藥給他服用；還四處去打聽偏方，只要問到成功的病例，便不遠千里地去求取。

那一陣子我做什麼事都沒心思，腦袋裡團團轉的只有父親的影像和治癌的藥方，任何有關癌症的報導和書籍，都不會輕易地錯過。有一次開車經過士林，偶然瞥見一輛計程車的後窗上貼著一方治癌的廣告，我的眼睛驟然一亮，便在車陣中尾隨著它，想記下上面的電話號碼；一直追到北投，還是沒能看清楚，因而懊惱了一整天。

九月我因出差路過新加坡，在唐人街的中藥鋪裡看到了尋覓已久的「八五一」口服液，不計代價將店裡的十二瓶全部買下來。那些藥重達十餘斤，為了便於上下飛機，我特地買了一個手推車，推著它們跑了大半個東南亞。我一點也不感到累，因為它們可能是父親的救命仙丹，只要能夠救父親一命，再高的代價，再重的重量，我義無反顧都願意承擔！

所有能夠找到的藥都找來了，也給父親服用了；所有能夠請教的中、西醫，也都請教過了，然而父親的病況卻難有起色。對於自己的病情，父親一直渾然不知，一向好強的他，看我弄了一大堆稀奇古怪的藥要他吃，有時也會感到不耐，甚至像小孩鬧脾氣般拒吃。我還得哄他半天，安慰他趕快把肝硬化的宿疾治癒，過完年後便可以安心地去日本探望他的老友。這說辭最切合他的心意，看在到日本遊覽的心願上，他才釋懷地繼續服藥。

雖然惦掛、憂慮，前兩個月總算有驚無險地過去了。精神好的時候，父親能騎腳踏車出去兜風、租錄影帶回來看，甚至到林內濟公堂探望他的老友。每次打電話回家詢問，只要他稍有起色，我便雀躍不已，整個世界彷彿充滿了希望和生機；然而這樣的歡欣也像浮雲一般，來去無蹤，難以捉摸。一旦他的病情又起變化，吃不下飯，整日躺在床上，我的心情又會跌入谷底，陰霾難展。

十月中旬之後，空氣中已可嗅到微涼的秋意，潛伏在父親體內的癌細胞迅速地擴散開來，進食逐漸困難，嚥下去的食物哽在胸口，一餐吃不到一口飯，下腹也因積水而告突出、據我的了解，這正是肝癌進入末期的警訊。

母親及家人也察覺出病態的嚴重，一再催促我帶父親去做進一步地檢查。我知道再也隱瞞不了了，便將真相和盤托出。一家大小聽了全嚇獃了，大家面面相覷，誰也不敢出聲，只剩下一屋子的死寂。母親木然地回到她的房間，將門關上之後，不久就傳出了抽噎和低泣的聲音。

對家人而言真相總算大白了，但誰也不甘罷休，尤其是母親，哀傷的神情中恆常流露著一種堅決的意志，要與父親的命運抗爭到底。每打聽到一種偏方，她就騎著腳踏車到荒郊去採擷，每次回來，衣襟上總沾滿了草芥，手指也常被刺破刮傷了。這些傷痛對她都無關緊要，只要能找到新鮮的藥草，她就開心地像小孩般手舞足蹈，連忙煎了要父親服下。

可歎的是，父親這時連服藥都有困難了，我們千方百計求來的藥方，煎好之後放在他眼前，他勉強地淺嘗一口，便會蹙緊眉頭說喝不下了。母親比誰都著急，在一旁又哄又勸，苦苦哀求，父親才會接著啜一小口，久久之後再一小口。一碗藥斷斷續續要一個多小時才能喝完，碗底的殘漬早就涼了。想起他從前大碗喝酒，大塊吃肉的情景，一條鐵錚錚的漢子，竟被疾病折磨至此，我們冷眼旁觀，只能背地裡黯然拭淚。

三

直到這時父親仍被蒙在鼓裡，不知道他患的是絕症，看到我們為他擔憂，他還會安慰我們，不要太為他牽掛。對我經常南北奔波，頻頻回去看他，尤其過意不去，每次都勸我少回去，不要把身體累壞了。為了要證實他確實沒問題，談話時他都故作輕鬆狀，笑我們庸人自擾。因此有一陣子，他因腹部絞痛住院，住不到三天腹痛稍止，就吵著要出院。出院後還打了一通電話給我，告訴我醫生說他沒事了，叫我不必擔心。

事情哪有他想像中那麼簡單？我再回去探望他時，他已經完全無法進食，單靠打點滴來補充養分了。躺在床上的他，身體困難地屈臥著，手腕上、足踝上佈滿了針孔，食鹽水的瓶子高高地吊著，二十四小時滴個不停。看了我淒然地一笑，一向倔強的他，也不得不躺下來任由病魔擺布。

我趨向前去用力握著他的手，然後用力地拍拍他的肩膀說：「爸爸，你一定會好的，這次回來一定要看到你好了才走。」我關上門時，眼眶裡都是淚水。那天是十一月十日，連續例假日的第一天，我下定決心要陪父親走完最後一程。

我搬了一張躺椅，放在父親房間的門口，整天就守在那兒不動。父親那時已非常虛弱了，連說話都有點困難，除了打針時醒著外，大部分的時間都閉著眼睛，或打盹，或昏睡，身體蜷臥著，從任何一個角度都可以看到那令人憂心的腹部。護士每來打一次針，就搖著頭出去。三餐飯端到他桌上，原本都熱騰騰地冒著煙，到最後涼了、冷了，只好原封不動地端去倒掉。家人看在眼底，也只有搖頭歎氣的分，心底的疼痛彷若刀在刮著一般。

一天下午父親從昏睡中醒過來，突然對我說他想吃餛飩，而且指名要廟口那家的。我一聽大喜過望，連忙蹬著腳踏車去買。父親的食慾出奇地好，一個鋁碗竟然吃個精光，當他意猶未盡地抹著嘴唇上的油漬時，我的精神也跟著一振，以為父親喜歡吃點心，怪不得對三餐毫無興趣。可是當晚我到夜市買回他平時最愛吃的壽司和米糕時，他又不想吃了。下午吃下去的那些餛飩哽在胸口，平添了他的痛苦，家人的歡欣恰如曇花一現，轉瞬間便杳然無蹤。

十四日凌晨二點，我被一陣輕輕的敲門聲驚醒。母親悄悄地告訴我，父親的肚子痛得十分厲害，再也忍不下去了，恐怕要到醫院掛急診。我一躍而起，匆匆穿好衣服，父親已在樓下等我。他步履維艱，表情極為痛苦，我問他哪裡痛，他用手指著腹部，已發不出聲音。弟弟迅速拉開鐵門，嘩啦啦的碰撞聲音，在午夜聽來分外刺耳。我發動車子的引擎時，全身都在發抖。十月寒冬，夜涼如水，車燈照在無人的街道，白露漫漫橫阻，靜闃中只聽到自己猛烈的心跳聲。

父親是個很能忍的人，不到痛澈心肺，絕不會輕易表露出來。半夜急診，這已是第二次了。上次打止痛針，這次打嗎啡，劇烈的疼痛已非常人所能忍耐。醫生臨時安排住院，等疼痛被壓制下來時，父親已飽受折騰，看他衰竭地入睡後，我賁張的血液和神經這才跟著鬆懈下來，茫茫然然地，全身有如虛脫般地困頓和勞累。

十五日上午，父親接受進一步檢查，我用輪椅推著他在腸胃科、X光室、檢驗科間往返穿梭。走道上擠滿了門診的病患，嚶嚶嗡嗡的一片。父親木然地呆坐著，枯黃的臉孔上沒有任何表情，對於疼痛的感覺彷彿已然痲木。我極力叫自己冷靜下來，然而主治醫師楊大夫的話，卻像夢魘般地縈迴在我的耳際：「這次令尊住院，恐怕無法像上次那樣自己走出去了……」

四

中午回去吃飯時，一家大小難得都聚在一起，妹妹剛從王巡佐的神壇回來，神明指示，十六日午夜，父親有個劫難，要家人特別當心，只要逃過此劫，或許還有一線生機。神明並保證，會盡最大努力助父親一臂之力。妹妹肅穆地說罷，逕自上三樓的祖先神位前燒香去了。

我回家這幾天，妹妹一直守在家裡的神案之前，頂禮、膜拜、磕頭、上香，香火二十四小時不斷。為了延續父親的生命，她極盡所能地和諸神溝通。下樓之後她正色地告訴我，關聖帝君、太子爺、五府千歲，以及濟公活佛都已答應，當晚會聯手保佑父親。

神明的意旨在這關鍵的時刻，顯然特別受到尊重，連我不自覺地都受到感召。假如神明果然有靈，能保佑父親度過此劫，我發願下輩子甘為諸神的忠實弟子、奴僕，無怨無悔地侍奉終生。

當我發願之後，冥冥之中彷彿有股安定的力量，使我在面對父親的劫難時，竟是出奇地冷靜與肅穆。十點過後，母親、弟弟、姊姊、妹妹們陸續回去休息，病房只賸下我一人，我拉了一把椅子，坐在父親床邊。父親似睡非睡，眉心攢聚著痛苦的陰影，望著他浮腫的腹部與右手腕，我情不自禁地握住他的手掌，用力地摩挲著。這雙巨大、粗礪的手掌，就是掬我、育我四十年的手啊，曾經是我最熟悉、最溫暖、為我遮風擋雨、嘘寒問暖的這雙手，如今卻是這麼地冰涼、蒼白與陌生。撫今追昔，淚水霎時湧了出來。

父親彷彿能知悉我的心意，他的眼瞼下垂，俯望著我，隱約可見到一絲淚光，嘴唇蠕動著，想講話，卻又被插在鼻孔上的導管和氧氣罩牽絆著，而說不出話來，便反過來握緊我的手。我們的手緊緊地握著，良久之後，因他的力氣耗盡才鬆了下來。

時間一分一秒地過去，夜已闃深，病房周遭一片死寂，世界已經沈睡了，只有我愈來愈清醒。只要熬過午夜，父親就可得救，隨著時刻的逼近，我的心情固然益趨緊張；然而另一方面，彷彿在另一個世界，卻又益趨平和與寧靜。

大約是靈界或神界吧！我想到妹妹的話，天上諸神今晚會一起聯手來保佑父親。憑窗外望，黑漆漆的天際，只有鄰近高樓上的一盞指示燈，一明一暗地閃爍著。久久地凝神之後，我竟冥想著，那迸躍的電光石火，就是諸神關愛、垂憐的眼神吧！或是在與病魔激戰時迸出的火花呢！神果然來了，就在窗外，在祂君臨之前，我肅然合掌，為我的父親一再拜謝。

就在這時，我聽到了父親的鼾聲，像天籟一般，規律的、飽滿的、愉悅的，遠遠地傳來，忽而在我的身後大聲地呼應著。我瞿然而驚，回頭一看，果不其然正是父親的鼾聲。那樣酣暢、甜美的鼾聲，是我返家一個禮拜來未曾聽過的；甚至是我十六歲離家在外求學以來一直未曾再聽過的。剎那之間時光好似倒流了，逝去的歲月清晰地浮在我的腦際，一幕緊接一幕，年輕的、壯碩的父親，又活了過來。

我回到父親身邊，不經意地捧起他的手腕，卻驚訝地發現，原本像熟饅頭般的手掌已經消腫了，再看他的腹部，原本鼓起有若火山錐的部分，也明顯的凹陷下去。難道這真是神旨嗎？是奇蹟嗎？我驚喜莫名，握著父親的手掌反覆地察看。確定自己不是在做夢之後，不禁在心頭狂喊著：父親過關了！父親終於得救了！我恨不得能立刻跑回家，將這個驚人的消息告訴母親，告訴家人，告訴關心父親的每個親戚朋友，讓他們早一點分享我的興奮和喜悅。

子夜過後，父親的鼾聲愈來愈規律，愈來愈平穩，像潮聲一般，一波一波拍打著我的軀殼和靈魂。懸宕在我心頭的千鈞重擔驟然消失了，取而代之的是一片寧靜、和諧，充滿了人子的感激以及對神明的恩寵。雖枯坐終宵亦不知勞累，靈臺反更見澄明剔透。我倚在牆角，凝望著窗外的夜空，虔誠地等待黎明的到來，以便迎接父親的重生。

五

夜空終於露出了曙光，大地的輪廓逐一浮現，父親的好夢方酣。我悄悄地離開醫院，很快地回到家裡，把家人一一叫醒，告訴他們父親的情況。每個人都開心地笑了、叫了，隨即熱心地討論起來，一屋子都是歡騰的聲音。母親的嗓門尤其大，一掃往日陰霾，滿臉都是掩飾不了的笑意。那是十七日清晨，在家人起床的快樂聲音中，我終於感到疲累了，連早餐也等不及吃，回到房裡倒頭就睡。

十點多，我再趕到病房，遠遠地就聽到了洋溢的笑聲，許多親友都在裡頭。陽光和煦地照進來，父親怡然地躺在床上，神情是安祥愉快地。母親開心地告訴我，父親不但能夠下床，還能自己洗臉、刷牙、刮鬍子、洗澡；連護士送來的早點也難得地吃光了。

母親繼續和親友們談話，我聽了卻感到些微的不安，這種戲劇化的轉變，確實有點不太尋常，到底是喜訊？是凶訊？暗藏著太多的玄機。梳洗後的父親顯得出奇地潔淨、舒適，臉上也泛著紅光，被暖暖的冬陽照著，看起來像極了宗教畫裡的人物。我看著他，握著他恢復常態的手掌，隱約感到一絲絲的焦慮與不安，一種不祥的預感，莫非這就是迴光返照？

下午四點，父親的病情果然又起變化了，胸口又告鬱塞，腹部再度鼓起，甚至壓迫到心肺，呼吸顯得特別急促，情況十分危急。住院醫師趕來診斷後，發現是吃下去的食物無法消化，在胃腸裡作怪。醫師只好把它們抽出來，那些流體食物沿著鼻孔下透明的導管，迅疾地宣洩下來，一次比一次汙濁，且散發著惡臭。天哪！原來它們不但沒消化，而且已在胃裡發臭，怪不得父親會那麼難過！

胃腸被掏空後，父親腹部的積水仍沒改善，呼吸仍有困難，醫師迫不得已，只好採取下下之策了——抽腹水，短短一個小時，抽掉了五百ｃｃ。劇烈的疼痛加上胃腸空虛，父親整個人形同虛脫，艱苦地在床上翻滾、掙扎，一下子吵著要起來，一下子嚷著要下去。我在一旁幫他扶上扶下，怎麼動都不對勁；情急之下，只好央請醫生再給他打嗎啡。等他安靜下來，黑夜已早早地降臨了，在淒冷的夜色籠罩下，家人的臉上又佈滿了愁容，離開病房時，每個人的腳步都異常的沈重。

即使情況已危急若此，我始終不願放棄最後的希望，當然，我也不敢奢望父親能夠好轉，好歹這種情況總還得拖一段時日吧！因此當晚母親表示要留在病房陪父親，要我回去休息時，我稍稍猶豫便答應了。

六

萬萬料不到的事，就在午夜發生了，睡夢中突然傳來急促的鈴聲，我直覺地驚跳起來，是母親從醫院打來的。她的聲音充滿了恐慌，而且發抖，要我趕快到醫院去。我和弟弟兩人已有預感，三更半夜的電話，一定是死神在召喚了。

匆匆地在醫院前停好車，匆匆地走在靜闃的長廊，匆匆地上了電梯。這些日子來最熟悉的景物，好像都換了另一個世界，蒼白、幽冥、飄忽，而且遙不可及。衝進病房的瞬間，我幾乎嚇獃了。天哪！父親已拔去了鼻下的氧氣罩和導管，嘴邊和胸口染了一大片鮮血，兩顆濁黃的眼睛望著遠方，氣喘咻咻，正在病床上痛苦地掙扎。我和母親合力按著他，他一直嚷著：「你們幹什麼？讓我回去，我要回家啊！」

回家！是的，回家！這句最平常不過的話，現在聽父親說來卻倍覺傷感和辛酸。其實早在入院之初，主治醫師早就宣判了：「這趟住院，恐怕沒辦法像上次一樣活著出院了。」其實在更早的三個月前，榮總的醫生也宣布了：「最多只能活三個多月吧！」然而父親卻被隱瞞著，直到臨終之前還不知道，他已經回不了家了。

接下來的事情來得太快，太突然了，現場一片混亂，我幾乎來不及反應，也無從記憶。醫師又打了二針嗎啡，但仍止不了父親的疼痛，鮮紅的血仍一口一口地從他嘴裡吐出來。

接著世界彷彿靜止下來了，父親緊握的雙拳逐漸放鬆，瞳孔逐漸放大，等最後一股鮮血從肛門大量地湧出來後，雪白的床單整個被染紅了，濕淋淋一片。父親的頭一歪，脈搏寂然消失，就此遠離他的兒孫、他熱愛的人間和世界。時在十八日凌晨一時十五分，享年六十四歲。

原載八十年一月九日、十日中央日報副刊

溪山秋色

一

斗南鎮的新庄里，是雲林縣境內一個尋常的農村聚落，從前我根本不知道這個地方，也不曾去過。然而自從去年十一月父親安葬在那兒之後，就成了我經常叨臨的地方，也是我的思念縈迴不去的地方。我今生最大的遺憾和對父親永恆的懷念，都一齊埋葬在那兒，成了我的生命中難以癒合的一道傷口。

第一次去新庄，是為了勘察父親的墓地。我和堂兄開著車子，從車流如矢的省道拐進村子裡，眼前的景觀倏然一變。寬闊的柏油馬路兩側，屋舍儼然，綠竹叢叢，竹籬笆裡，菜圃成畦，老人和小孩在庭院裡曬太陽，或玩耍。這般靜謐安詳的農村景致，是我許久不曾見過的，想到父親就要安眠於此，竟有一股難以言喻的親切之感與孺慕之情。

花園公墓位於村子後頭，周遭都是稻田，十分遼闊。那時正值稻田結穗的季節，入眼的盡是一片金黃的稻浪，被溫暖的冬陽照著顯得格外耀眼。從看到的第一眼起，打從心坎底我就喜歡上這個地方。

小時候每當家裡稻子收成時，都在糖廠的籃球場上曬穀子。白天將稻穀攤曬在太陽下，晚上收攏後覆上帆布，還得有人看守。父親常帶我一齊去露營守夜，兩人躺在稻米堆中，呼吸著熟透的稻香，連夢境中都瀰漫著稻穀的芬芳。如今這片黃金般的田野，就是父親的安息之地了，一年四季都有稻禾簇擁相伴，父親仍然躺在稻米堆中，只不過換了另一個世界罷了。

二

第二次去新庄，是父親出殯那天。送葬的行列迤邐蜿蜒地進入村道時，鑼鼓喧天，村民在旁駐足圍觀，那是個晴朗的好天氣，村裡村外陽光遍照，顯得生氣蓬勃。菜圃裡有人在工作，院埕前有小孩在玩耍，小雜貨店前有一群老人在聊天，一如往常的悠閒自在與安祥。

從村人和顏悅色的臉色，看得出他們對喪家的友善以及對亡者的接納。我手捧木斗，坐在父親的靈車裡，緩緩通過村廓時，原先的悲慟、哀傷消失了，胸壑一片歡欣晴朗，感覺上是要送父親到友人家一般。友人的親切與熱忱令我感動，也叫我放心，甚至隱隱約約可以感覺到，新庄是我們的另一個家，父親暫時要住在那兒，我們隨時可以去看他。

入土的儀式簡單而隆重，地理師喃喃地念著吉祥的禱文，在墳前燃燒紙箔，祭拜皇天后土。當父親的靈柩緩緩地停放妥當，緩緩地被泥土覆上時，家人和我都怔怔地望著。每個人的眼眶雖然紅腫，卻沒有人哭泣，因為父親在塵世的責任已了。身體髮膚洗滌一淨，再也沒有病痛。

他生前是個鸞生，一生敬奉神明，如今穿著鸞生的素袍，就要被垂愛他的神明接引到西方樂土。我們燒香為他送行，祈禀土地神沿途多加保祐，還燒了紙糊的汽車、洋房、電視和冰箱，以及成綑成綑的庫錢，只希望他在神界也能和人間一樣的寬裕，一樣的享福。

第三次到新庄，是辦妥了父親的後事，要動身北上的前夕，我一個人開著車，沿著出殯當天的路線，再一次到父親的墳前。仍然是暖洋洋的冬陽，下午時分日頭已偏西，因此空曠的村野看來有些蕭索；遠遠地看到父親的新墳時，不覺一陣鼻酸，眼淚不知不覺地滾了出來。

出殯那天的鑼鼓聲消失了，送葬的行列也不見了，熱鬧嘈雜過後如今只賸下一片死寂。我坐在父親墳前，望著那堆孤單的墳塋，回想父親生前的音容，這才真切地感到父親已離我遠去，今生今世父子再也無緣相聚了。

這種失落傷痛的感覺，是我從前無從想像與體會的，我所經歷過的人世間的滄桑和無奈，雖有程度上的差別，畢竟都是相對的，有其極限，也有彌補挽回之道。唯獨這次喪父之慟，昊天罔極，地老天荒，星月摧折，頓失所倚。念天地之悠悠，父恩之浩蕩，雖愴然淚下，亦難滌盡人子的哀傷與孺慕之情。

三

第四次到新庄，是為父親完墳。闔家大小攜帶香燭紙箔、鮮花素果，去慶賀父親的新居落成。地理師在墳前揮舞旗幡，昭告土地諸神，我們依禮供奉牲禮、瓜果，並合力整理父親的廬墓。我們挖石填土，再覆以青草，未幾隆起的墓地即煥然一新。

這是母親第一次到父親墳前，她穿著球鞋，揮舞圓鍬，事必躬親，一草一木，都經她悉心調理。表面上她鎮定如常，吆喝兒孫，指揮若定，其實她是強忍著心中的創痛，用吞下的淚水來灌溉她親植的墓草。自十六歲與父親結褵以來，她對父親的情與愛都是默默的，只有付出不求回報。來年墓草若能鬱鬱菁菁，必是她的愛心孕育以成。

以後每次返家，我都會到父親墳前憑弔，進出新庄猶如自家門檻，一次比一次更感親切。有時帶一束鮮花，插在父親墳前；有時點燃一根香菸，插在殘餘的香腳上。看著菸頭一紅一滅，嬝嬝輕煙隨風散去，依稀可以想見父親抽菸的模樣。父親生平最大的嗜好是喝酒和抽菸，自從身體不適之後已戒去了酒，唯獨菸還是抽的，一直到臥病不起之前都是菸不離手。無怪乎我每次點菸敬他，菸頭的星火總不曾熄滅，一呼一吸，暢快自在得很，彷彿父親真在吸著一般。

佇立在父親的墳前，心緒的起伏激盪自是難免，有時無緣無故也會潸然淚下。時間的流逝並不曾減低我對父親的懷念，但我逐漸學會了以一種較為寬容的態度，來看待周遭的景物。原先結實纍纍的金黃田野，收割之後只賸一片短短的殘梗，天地是開闊多了，風裡的涼意也愈來愈重；那種繁華凋盡之後的空寂荒疏之感，最貼合我的心境。

秋盡冬殘，人世間的悲歡離合，就像節氣的遞變循環。唯大地無言，接納蒼生，包容萬有，在蕭瑟零落的表層底下依然生機盎然，活力充沛。農人又在田裡做活了，燃燒稻梗的輕煙一篷篷冒起，極目四望，胸壑竟是出奇地開闊寬朗。

悲懷難遣，往者已矣，庚午年孟冬，在新庄父親的墓園，也埋葬了我近半年來的憂愁和哀傷，取而代之的是慘悟與豁達。父親另遷新家，原就該為他祝賀，為他高興的啊！虎尾與新庄今後已連成了一體，都是我們的家園。

原載八十年二月二十二日中國時報「人間副刊」

重返蔗鄉

一

為了配合《中央日報》策劃的「作者的原鄉」專輯，我在百忙之中又返回我的故鄉虎尾，追溯童年的足跡，盼能重現蔗鄉昔日的盛況與風貌，以與現代的讀者分享那個逝去的年代。

六月的南臺灣，夏天的氣息已很濃郁了。灼亮的天空，濃綠的稻田，從原野拂過來的溼濡的南風，教人感到燠熱、慵懶。我擦著汗，走出人跡寥落的月臺，迎面便是斗南車站那紅色的鐵欄杆，穿著白汗衫的剪票員，掛滿書報、擺滿餅乾糖果的售貨攤。二、三十年了，斗南車站恆常是這幅容顏。

做為故鄉的門戶，我對斗南懷有太深厚的感情，幾乎把她當成故鄉的一部分。小時候出遠門，我們都得搭糖廠的小火車，搖搖晃晃地來到這裡。我們最常去的地方，便是臺南的姑母家。因此我最喜歡把頭探進欄杆裡，望著伸向北方的鐵道，等待「大火車」轟隆轟隆地開進站來。

乘火車是我孩提時代最大的願望，臺糖的小火車便是一切願望的起點。那時臺灣的交通還相當落後，村鎮之間的聯絡完全靠小火車。那深藍色、小小的車廂，載著我們駛過一望無垠的甘蔗田，駛過長長的虎尾溪鐵橋，我們幼稚的心靈，彷彿禁不住滿心的喜悅，要飛出車窗外去了。

初中畢業後我遠赴臺南讀高中，一個人離鄉背井，非常想家。每個週末都要搭二個半小時的火車，回虎尾與家人團聚。每次回家後就不想回學校，總是在母親的好言勸慰下，由父親騎著腳踏車載我去車站。當小火車嘟嘟嘟地駛過虎尾溪橋，我的眼眶經常蓄滿了淚水。

以後我到臺北讀大學，離故鄉愈遠了，可是我的羽毛已豐，正想振翼高飛，返鄉的次數反而少了。那時的公路已較發達，客運公司乘機而起，因為車班多，行車快，鄉人們進出時有較多的選擇，小火車悠然的夢境，顯然不適合工商社會的新速率。民國六十四年，臺糖當局因不勝虧損，將營業線關閉，小火車從此正式退出故鄉的舞臺。

小火車停駛後，斗南的小火車站也關閉了。門前寥落，旅客不再，只有荒草萋萋，愈長愈長，火車站只剩下一個斑駁空洞的殼子。除了像我這種有心的舊客，會再走過去瀏覽憑弔外，它已遠離了現代的生活圈，不復為人記憶。

我到客運站買了票，像往常一般地搭上開往虎尾的客運車。從斗南到虎尾不過五、六公里的路途，從前乘客擁擠，上下車頻繁，客運車走一趟總要二十多分鐘。現在人少了，路寬了，錯開了省道，可以一路疾馳，整個行程只要十來分。公路兩側以往都是甘蔗園，像一片綠色的海洋，迤邐到天邊。現在都空疏下來了，稻米、雜糧、蔬菜間雜地種著。

故鄉的原野已不再美麗了，從前搭車時只要過了小東的村落，穿過虎尾溪堤防旁的竹林，就可看到虎尾總廠那四根巨大的煙囪，挺立在虎尾溪的盡頭。冬春之交，糖廠開工時，那煙囪便拖著長長的煙灶，橫過虎尾溪寬闊的河床向遠方飄去，看起來非常壯觀，看在臺糖子弟的眼裡更是親切。它們是虎尾糖業王國的象徵，是員工子弟們的驕傲，只要它們存在一天，便是大家生活的保障。

如今四根煙囪只剩下兩根，氣勢已經弱了很多，再加上虎尾溪那破損的河床，那死水般的河流，我記憶中那幅美麗、壯盛的風景，已被無情的歲月撕得粉碎了。

二

客運車搖搖晃晃地進了虎尾小街，我在圓環站下車，附近是虎尾最熱鬧的商業區。麇集著商店、醫院、旅社、食品店，以及無數的流動攤販。時值午後三點，太陽熱烘烘地烤曬著，街道上靜悄悄地，店員多在裡頭吹電風扇打盹，只有幾輛腳踏車或機車偶然路過。小鎮的午後恆常是這般地寂靜，充滿了舒緩、慵懶的氣息。

小學時每逢放暑假，我和鄰居幾個玩伴，最喜歡趁大人午睡的時候，偷偷摸摸跑到街上去蹓躂。那時的街道比現在還簡陋，既沒有電視可看，也沒有電動玩具可打，唯一的去處便是租書攤，花幾毛錢就可以在小攤子蹲一個下午。我們最關切的是諸葛四郎和黑蛇黨最後的決戰，最開心地便是阿三哥被大嬸婆修理。有時看得入迷了，連回家吃晚飯都忘了。總要等到父親騎著車子，滿街找人時被他逮到了，才心不甘、情不願地回家。

有一次我看得愛不釋手，多看了好幾本，租費已遠超過口袋裡的銅板。看完之後心裡大為焦急，不知如何脫身才好，便趁老闆午寐方恬的時候，躡手躡腳地溜出側門，拔腳就跑。一雙木屐敲得馬路咯咯作響，一顆心好像要從胸口跳出來，從來沒有那麼緊張、害怕過。我一口氣跑回家裡，渾身都是汗水，話也說不出來。那次雖然沒有被老闆發覺，可是我已嚇得不敢再到那租書攤看漫畫，有時路過那兒，還得繞道而行，深恐被老闆逮到。

那個租書攤就在民國戲院旁邊，以前只是用木板和鉛片拼湊成的，有許多孔隙，夏天時南風一吹，裡頭很涼爽，怪不得老闆常要睡著了。除了租書，那兒還兼賣零食和玩具，琳瑯滿目地掛滿了整個攤子，小攤子規模也不斷擴充，儼然是個現代的兒童百貨屋，後來不知為何卻關掉了，取而代之的是一家飲食攤。攤販愈聚愈多，如今那兒已是虎尾著名的夜市。生啤酒和海鮮的市招，霸佔了那小小的巷閭。入夜之後的猜拳聲不絕，曾是兒時織夢的小天地，於今已讓度給財大氣粗的大人了。

沿著小往南走，沒多久就到了平交道。這是糖廠鐵道與小鎮的大通（大馬路）交接的地方，小火車的總站就在馬路邊，不僅交通地位重要，也是另一個商業區。車水馬龍，行人如織。為了交通安全，糖廠在這兒設有一個很大的欄柵，二十四小時有人負責看守。每當火車經過時，汽笛總會嗚嗚地叫著，老火車頭還會冒出一篷篷的蒸氣。看守柵門的工人便會將欄柵搖下來，人車一律止步，待火車大搖大擺地走了，大家才繼續趕路。

小時候我們常在鐵道邊玩，玩伴的父親有許多是在機關庫工作的，他們便是各種機關車的司機。到了採收甘蔗的季節，他們便得忙著拖運甘蔗。那滿載著原料甘蔗的五分車，一拉就是四、五十輛，長達好幾百公尺。只見他們站在火車頭上，戴著灰色的大盤帽，手上揮著紅色的小布旗，從我們身邊疾馳而過，看起來威風凜凜，好不神氣。我們便會揮著手，與他們打招呼。他們也會揮著旗子回應，充滿了小鎮的人情味。

我是個早熟的孩子，上了初中後，便開始感到人生的悲歡離合，聚少離多。而火車站在我當時的感覺裡，便是一個無常的人生的縮影。當時有一首很流行的臺語歌，叫「哀愁的火車站」，那哀愁的歌詞和旋律，傾訴的正是一股我說不出的哀愁。

我的哀愁的小火車站，早在我大學畢業那年就關閉了。那時雖已不再營業，剪票口、鐵欄干，以及長長的月臺還是存在的。這次回來這些遺跡統統不見了，火車站原址已被糖廠出售，正在趕工興建一批四層樓的公寓店鋪。現場塵沙飛揚，一片凌亂，往日遺跡再也無從辨識。

三

過了平交道，算是進入糖廠區了。筆直寬敞的馬路，兩旁的茄冬行道樹修剪得十分整齊。不同的是以前綠蔭如蓋，現在已老態龍鍾，擋不住驕陽矣。馬路兩側都是圍牆，左邊是廠區，右邊是宿舍。那兩堵圍牆上仍舊寫著斗大的反共抗俄的標語。墨跡退了再漆，牆壁破了又補。三十多年來始終未變絲毫的，恐怕只有這堵愛國牆了。

愛國牆的盡頭，左邊是保警中隊的隊部，右邊是員工福利社，都是我們小時候經常玩耍的地方，保警中隊現址原是火車站的停靠站，讓宿舍區的員工上下車。迭經各種單位使用後，才歸保警隊所有。我生平第一次看電視就是在這裡，那時電視還非常稀罕，整個糖廠好像只有這一架，開放供員工欣賞。

記得是我初二的時候吧！一天晚上鄰居小孩來找我，說要帶我去看電視。我們趕到保警中隊去，裡頭已經擠滿了人。大人們搖著蒲扇，小孩們東鑽西鑽。正在上演的節目叫「臺北之夜」，是一個以表演魔術、歌唱、跳舞為主的綜藝節目。

當時的鄉下哪裡見過新潮的歌舞？因此當那些穿得極少的女郎，在螢光幕上扭著細腰時，立刻引起了騷動，大家議論紛紛，口耳相傳，每逢這個節目播出時，圍觀的人總特別多。我經常在那兒碰到丟下功課的同班同學，大家心照不宣地看完了，再回去開夜車。

至於員工福利社，就有更多屬於我們的記憶了。福利社裡面有理髮廳、碾米廠、洗衣店、冷飲部、日用品供應部，我最難忘的便是冷飲部。冷飲部以糖廠自產的糖來製冰，既衛生又好吃。裡面總是飄浮著阿摩利亞的臭味，機器隆隆地響著，冷凍箱一打開，便冒出一團團的冷氣，以及各式各樣的冰棒。

一根冰棒那時才賣一毛錢，一杯冰水三毛錢，夏天時我口袋裡只要有四毛錢，在玩伴之間一聲吆喝，大夥兒便溜進冷飲部濕濕涼涼的空氣裡。一根花生冰棒，沾著一杯冰水，一坐便是大半天。吃完後我們還會搜刮一番，將地上所有的冰棒棍子撿個乾淨，用棍子編成一堵小籬笆，就這樣打發無聊的夏日時光。

再往前走就是糖廠的大門，警備森嚴，進出都有保警盤問。我的堂姑丈就是守大門的警衛。他是外省人，只會講一點臺語，脾氣非常好，可是當他戴著警盔，腰上佩著手槍，站在崗哨裡服勤時，卻是很威嚴的。我們到糖廠玩根本不用走大門，只要沿著鐵軌走一段路，再找個草叢一鑽，便混到裡面去了。

印象中糖廠一直是很龐大、很遼闊、很神祕的，它的前身是日糖興業株式會社，曾轄有十四個糖廠、一個冰糖廠、五個酒精廠，外加一個甘蔗示範場，分散在中南部各地。種蔗面積達二十餘萬甲，運甘蔗的小鐵道長達一千餘公里，最高糖廠量曾創下十萬公噸的紀錄，是當時臺灣規模最大、生產最豐的製糖會社。

四

臺灣光復後，所有的製糖會社都由政府接收，改組為臺糖公司虎尾總廠，仍轄有虎尾、北港、斗六、大林、龍岩五個糖廠及一所蔗作改良場。總廠所在地的虎尾糖廠，擁有兩個龐大的製糖工場，仍為臺糖公司所屬各廠之冠。四十七到四十八年間，產量達六萬四千餘公噸，也在公司各廠中名列前茅。

整個五〇年代，可說是虎尾總廠意氣風發的年代，員工總數超過二千六百人，士飽馬騰，鬥志高昂，怪不得紀錄不斷創新。那時糖廠有個廣播臺，三個擴音器就架在附屬醫院旁邊的一個鐵塔上。每天早上七點五十分，擴音器裡就會響起輕鬆的音樂，飄送到廠區及宿舍區的每個角落，提醒員工們一天又開始了，大家得準備上班了。父親總會等到這時才出門，在輕快的音樂節奏下，騎著腳踏車去上班。在臺糖小學就讀的我們，也得結束晨間自習，準備排隊去參加升旗典禮。

一到甘蔗採收的季節，鄰近村莊的蔗農就開始忙了。我的舅舅家在大庄，種了二甲多的白甘蔗，蔗園就在糖廠後面二、三公里的地方。採收甘蔗時媽媽常回去幫忙，要是逢上星期天，還會帶我們到蔗園玩。白甘蔗又硬又小，牙齒咬不動，平時根本沒人要吃。可是在蔗園工作時，農人口渴常會順手一刀，砍下一小節來解渴。小孩子們常爭著要，你搶我奪，好不熱鬧。

那時採收甘蔗完全靠人力，大人拿著鋒利的劈刀，全身都包在厚厚的衣服裡，以免被狹長的葉片割傷。甘蔗長得比人高，又種得很密集，人鑽進去後就不見了，因此採收時極為辛苦。鄉人們大多站成一排，一人一畦，刀起莖斷，逐步向深處挺進。小孩子便跟在後面撿甘蔗，成綑成綑地綁好抬到牛車上，再由牛車拉到就近的集蔗區。總有幾輛五分車停靠在竹林下。等甘蔗都載滿了，黃昏時便有一輛小火車頭，沿著個個集蔗區開過來，將一車車的甘蔗拉到糖廠去。

五

這時的糖廠早就忙碌不堪了，一列列滿載著甘蔗的火車，像一條條蠕動的毛毛蟲，在製糖工場前排班等候進場。壓榨機轟隆轟隆地響著，二十四小時不停地工作，煙囪吐著濃濃的黑煙，向遠方飄去。入晚之後廠內燈火通明，火車的汽笛此起彼落。雪白晶亮的特級粗砂，不斷從輸送帶上輸出來，堆積有如一座雪山。工人忙著打包，卡車忙著運送，小火車又急急地載著一袋一袋的產品，連夜輸送到各地的市場。

這樣巨大的聲音，這樣繁忙的場景，交織成一幅偉矣盛哉的畫面，透露著一種莊嚴肅穆的氛圍，鼓舞著每一個員工的心，安撫了每一個員工的家庭。從小我就在這種氣氛中長大，深刻地體會到產業的偉大和勞工的神聖。透過糖廠所提供的福利設施，我從小就養成了游泳、打球、運動、上圖書館的習慣，從而影響了我對精神世界和生活品質的追求。

我時常在睡夢中醒來，傾聽遙遠而低沈的、像心臟一般搏動著的輪機聲，以及小火車駛過虎尾溪鐵橋像音樂一般迷人的震動聲，而感到一種被庇蔭的溫暖和幸福。在我幼年想來，糖廠就是我們員工子弟的衣食父母。它的生命那麼充沛，它的力量那麼強大，它將永遠屹立在家鄉的土地上，成為我們的精神支柱。

然而，我的預言並沒有成真，我的一廂情願的美夢很快就破滅了。民國五十八年，我家搬出了糖廠。就在這年國際糖價大幅滑落，糖廠開始步入衰弱期。員工退休的退休、資遣的資遣，短短幾年內，只剩下一半。第一製糖工場先在五十年停用，繼在六十二年拆除。酒精工廠也在六十四年停止生產。十二月營業線鐵道業務全面關閉。

六

我像幼時一樣，沿著鐵軌慢慢逛進糖廠裡。剛剛停工後的廠區靜悄悄地，沒有幾個人影。兩根大煙囪兀自撐著，也顯得無精打采。連那大鐵橋都是銹痕斑斑，旁邊的人行道用鐵絲拒馬擋著，早已封閉多年。童年時我常在溪邊釣魚，在公園的樹上捉小鳥。初中時我變得憂鬱，經常一個人坐在堤防上發呆，或在河邊讀書、散步。往日的情景歷歷如在眼前，瞻前思後，百感交集，只好匆匆離去。

我在家鄉待了一夜，與家人敘些家常，總覺得氣氛有些低迷，自從父親四年前過世後，老家便失去了昔日的溫暖，觸景生情，平添惆悵。第二天一早又出去逛了一下，便決定回臺北了。當客運車搖搖晃晃地駛過虎尾溪，我又習慣性地回頭去看家鄉一眼。白雲靉靆，晴川數里，心中似乎坦然多了。昔日的蔗鄉雖已不再，但小鎮也在不斷地更新成長，感情上雖有點令人依依不捨，它畢竟是要往前走的。我只能衷心地盼望，它在蛻變之後，能成為一個更有朝氣、更有活力的小鎮。

原載八十三年七月十八日中央日報副刊

輯二

麥城遊學

春望

一

從來不曾想過，春天是怎麼來臨的，也從不曾見過異國的春天。直到今春，在麥迪遜（Madison），我才明白了什麼是春天。江南草長，群鶯亂飛，暮春四月的麥城，竟叫我想起從來不曾到過的故國。只因身在異國，目睹了生平未曾見過的春天，一切的聯想都叫人惘然。

其實麥城今年的春天，已算來得晚了，四月杪還飄過幾場雪，連著又颳了好一陣風。月底了還看不到春天的蹤跡。我的英文老師傑夫瑞（Jeffry）每天上課前，都會望著窗外發一頓牢騷，因為早在月初，他就宣告了春天即將來臨的消息，並要我及早準備膠卷，以便捕捉春神乍臨的瞬間。我的相機早就準備妥當了，可是春風硬是不吹，大地仍然僵臥著，倒是意外地拍到了幾場亂紛紛的春雪，怪不得老美人人都青寒著臉，閒來無事便罵老天爺出氣。

日子在風吹雨打中慢慢地過著，大家似乎都學會了耐心與等待。每天早晨我拉開窗簾，總會習慣性地看看公寓後面那幾叢橡樹的枯枝。據久居麥城的朋友說，春天來臨常是一瞬間的事。一夜之間，樹梢便會爆滿了嫩葉，聽來真像神話一般的神奇。

為了一窺個中奧祕，我經常站在窗前望著那些枝椏出神。連盤踞在裡頭的一隻松鼠，都警覺到我這雙不懷好意的眼光，每當我探頭一瞧，牠也會圓睜著兩隻眼睛瞪著我。可憐的松鼠，竟連一片遮身的樹葉也沒有，整個冬天我都看著牠在枯枝上爬上爬下，狀至狼狽，連起碼的隱私權都沒有，牠才最盼望春天的來臨吧！

果然春天的腳步，就在一夜之間逼近了。那幾天晴空萬里，難得見到的陽光從雲隙灑下來了，照耀得大地一片金黃。還沒看到綠葉冒出來哩，老美已迫不及待地剝下了衣服，將冰凍已久的一身白嫩的肌膚，曝曬在豔麗的陽光下，彷彿急著昭告世人，春神已然來臨。

二

從那一天開始，剛剛解凍的大地，瞬即冒出了大把大把豐厚鮮綠的青草，像驟然怒漲的春水，一瀉千里，偌大的一片校園，轉眼已鋪上了一片青蔥的綠意。那許多裸裎的身子，也隨著那片無限延展的草原，堆滿了校園的每個角落。麥城春暖，洋妞先知，瞧她們恣意地躺在青草地上；或看書、或聊天，把大地點綴得燦爛無比。上課途中，經過行政大樓前的大草坡時，我常會不自覺地放慢腳步，為的就是享受陽光的盛宴，仔細瞧瞧春之女神翩然蒞臨的美姿。

從草坪到樹梢，幾乎所有的顏色，都讓給了生命最初的那抹鮮綠，大大小小的樹木，幾乎同時吐出嫩芽來。先是一粒一粒，歡欣而勇猛地跳躍在枯枝上，繼而是一片一片的初蕾，迅疾地掠上枝幹。等你再看到它們時，已有一長串肥厚的葉片在春風中招展了。

每天早晨映在窗外的，都是一株株脫胎換骨後的樹影。那隻松鼠機伶如常，滴溜溜地在樹梢轉動著兩隻狡黠的眼睛，只是不那麼容易見到牠了。幾天過後便再也見不到牠的蹤影。那幾株橡樹，已枝葉茂密，亭亭如蓋矣！

抖落了雪季的枯寂，重披春衫的樹木，突然顯得無限豐腴、圓熟。當它們像孔雀的彩羽般孃孃地撐開時，天地似乎頓然變得狹隘不堪。窗口外那許多尖閣的屋頂，有一大半已在綠蔭的籠罩之下。樹影婆娑，蔭濃似海。一波一波的綠浪隨風拂過，氾濫開來，整個麥城好似淹沒在這鮮綠的波紋之下。

三

這時節最美的是湖邊，麥城多湖泊，大大小小，莫不羅列有致。我每天黃昏跑步，最喜歡擇湖邊小徑。二月初來時湖水猶結冰，北風慘厲，了無生氣，跑步時還得穿雪衣，戴毛線帽子，一路猛吐白氣。三月時湖水解凍，野鴨又回到湖邊，小徑一片泥濘。四月時湖畔已生出青草，湖水轉為豐盈澄澈，湖畔也顯得熱鬧起來。小夥子們在草地上擲飛盤，情侶們在樹蔭下交頭接耳，一邊還弄起烤肉來。到處都有野餐桌、烤肉架，一縷一縷的肉香從林蔭深處飄出來，混合了青草的芳香，溢滿了大地，常常逗引得我飢腸轆轆。

此外，還有那許多麕集在湖邊的釣者。楊柳樹下、岩石邊，那些動也不動的人影，都是一竿在握的釣客，可是我卻看不出誰真正在釣魚。湖底雖多魚，那拇指粗細的小魚一點都不起眼，因此有人釣到後立刻又放回水裡去，一派謙謙君子的風度。其實那些釣者的胃口，早就給湖上的夕照餵飽了，那裡還在乎釣到什麼呢？

那時的湖面真是波光瀲灩，喜歡刺激的小夥子，便開了遊艇在上面飛馳，把平靜的湖面攪出一道道閃耀的波光來。那湖實在太大了，這邊翻天覆地之際，遠方的帆船猶動也不動地浮在天際，片片白帆，帶有些許慵懶的睏意，彷彿要駛向青天一般。而自己的腳步也變得飄忽起來，彷彿在奔向一幅巨大的油畫，那淋漓的、鮮耀的油彩，不斷地滴落下來，便淋得我一身都是。

四

一天黃昏，天氣極為清朗閒適，我出城去散步。偶然行經一湖，湖上有一橋，兩岸柳絲如風，款款飄搖。對岸樹叢中赫然聳立一塔，與萬千柳絲一齊倒映在如鏡的水波上，驀然令我想起灞陵柳色。那青青柳枝，那巍峨塔影，那澄淨的湖面，無一不是中國的風景。麥城的緯度相當於大陸的黑龍江，而灞陵道上自古即是傷別之地。昔我來兮，楊柳依依，所謂的春天，卻也是令人黯然銷魂的時節。然而這異國的山水，那裡負載得了中國千百年來的悲情？

過了橋，沿湖邊小徑走到一處湖濱碼頭，只見楊柳林中掩藏著一軒軒幽雅潔緻的小屋，而來往路人盡是碧眼黃髮之輩。麥城生畢竟不是長安古城，綺麗的中西部風景，總令人覺得少了一點物我交融的情傷與感懷。所謂的故國之思，恰如湖上那抹夕照，悄悄地來，又悄悄地走了。彷彿什麼也不曾留下，卻經常流連在我的胸臆。

和煦的春風不斷吹拂著，春天的色澤更深、更綠了。城春草木深，這深綠色的異國小城，偶爾也有一些單調、憂鬱的氣息，浮盪在橡樹濃密的樹蔭下。薄午時分走過車少人稀的街道，我常會想起一聲聲嘹喨的蟬鳴，穿過無邊的寂靜，在悄然的城隅迴響。

惜乎麥城無蟬，那片神祕的林蔭，當然遠在太平洋的彼岸。臺灣的春天多雨，晚春的蟬鳴，永遠是我生命中的第一聲驚蟄，從我寧靜的故鄉，一直啼到人聲鼎沸的臺北。如今隔著八千里路聽去，此身只覺惘然罷了！

原載七十二年七月六日聯合報副刊

湖濱之夏

一

暑假一到，正是大搬家的時候，學生們回家的回家，打工的打工；舟車四出，絡繹於途，到處都是扛行李、提背包的人，狀至繁忙。誰也想不到幾天過後，麥城竟成了一座空城。街道清冷，人跡罕見，四萬多名學生恰像一灘退潮的海水，一聲呼嘯，轉眼便無跡可覓。

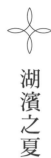

每天黃昏我行經街頭，總覺若有所失。麥城初夏竟是這般冷寂，確實叫人有些茫然失措。所幸不久之後，我就習慣了這樣冷寂的氣氛。小街人影疏落，校園林蔭深掩，反增添了無限幽靜。麥城的夏日，原就需要細細地去體會才能了悟的。

隨著搬家的熱潮之後，我也得搬家了；為了學好英文，我決定搬去與美國人住。我的英文老師傑夫瑞比我還熱心，建議我去住合作學舍（CO-OP）。那是一種互助性質的居住團體，大家一起做飯、做工、管理房子。他認為從實際生活中去學習語言，比在課堂上還有效，因此自告奮勇地為我打電話，一切都問妥了，還親自帶我去看房子。

那房子正好在湖邊，有極寬闊的院子，後院還有個小碼頭，夢斗塔湖（Lake Mandota）的湖光山色盡在眼前，我一下就被那夢幻般的湖景迷住了。那是個小雨初過的黃昏，我和傑夫瑞站在陽臺上，看著柔和的夕照重新照臨湖面，那細緻的波紋倒映在臨湖的玻璃窗上，老式的紅磚樓房也一下子亮麗起來。那房子真大，樓高三層，每層都有迴廊陽臺；迴廊裡有搖椅吊床，陽臺上有盆景花卉，透過那些紅花綠蔭，不難想見當年它優雅高貴的氣質。因此當傑夫瑞詢問我的意見時，我立刻點頭表示衷心的喜歡。

二

與老美一起生活，對我是一種新鮮的經驗。過去雖不乏與他們接觸的機會，但多限於學校裡，或街道上；頂多打聲招呼，寒喧幾句罷了。在我寄租的小公寓裡，我依然吃中國菜，聽臺灣民謠，用中文與臺灣來的朋友聊天，一點也沒有身在美國的感覺。

住進合作學舍之後，這種感覺立刻強烈起來。學舍住了三十多個人，除了我一人是「老外」外，其他都是藍眼睛、黃頭髮的老美。我夾雜在眾多的老美之間，更顯得人單勢孤。我不但得費盡唇舌用英文去與人溝通，還得虧對胃腸去忍受美式食物的虐待。

幸好這些老美都是年輕人，大部分還是學生，熱情豪放得很，我很快地便與他們打成一片。後來他們知道我出版過十本書，對我更是客氣，常主動來找我聊天，問些臺灣的問題。有什麼音樂會或舞會，他們一定通知我，希望我去參加，我也樂得和他們去逍遙。在震耳欲聾的音樂會裡，在酒氣沖天的酒吧間，我觸到了美國年輕心靈的躍動。它像一道勁流，不斷地沖刷著我，從飲食、衣著、生活習慣到休閒活動，無一不受到影響。我的 CO-OP 生活，加深了我「美化」的程度；當然，也更使我了解美國及美式生活的真義。

而夢斗塔湖便是我生活的重心。夏日的夢斗塔是蔚藍的，我在湖濱閒居的日子，也閃爍著藍色的波光。每天清晨起床後，第一件事便是到二樓的陽臺去看湖。夏天日出得早，七點多的光景，金黃色的朝暾早已灑遍湖面。沿著湖濱那些錯落參差的樓閣屋宇，也一齊浸潤在朝日的光輝裡，顯得尤其明亮。

這時的湖濱猶靜悄悄的，只有陣陣晨風打樹梢輕輕拂過，在湖面上留下粼粼的波紋。那波紋因湖水顏色的深淺不同，水光映著天亮，便各自形成一片片或藍或黛、或金或紅的色澤，在廣闊的湖面上無盡地流淌著。湖水便彷彿畫成許多不同的層次，深邃悠渺，曲折有致，從遠遠的彼岸，流經州長半島、野宴半島，俄而簇擁到我的眼前。

清晨的夢斗塔，總給我一種遼闊、悠遠、深邃的襟懷。凝眼眺望，不覺中也湧起萬頃浩蕩的湖水。昨夜的夢境和清晨的湖景交疊在一起，直到一切復歸平靜，我才真正清醒過來。

三

離我陽臺左方約二百公尺處，有許多木造的小碼頭，或長或短，不下十來個，一一伸入湖泊裡，後面便是學校的帆船俱樂部。沿著湖濱的水泥路面上，大大小小的帆船一字排開，桅檣林立，整整齊齊地列成一條天線。

每天清晨八點，碼頭就開始熱鬧起來，弄船的都是粗粗壯壯的傢伙。他們打著赤膊，穿著紅紅黃黃的救生衣，彼此大聲地吆喝著，看起來很神氣。只見推船的推船，扯帆的扯帆，一艘艘帆船從碼頭滑下水。不一會兒的工夫，湖面上已昇起了一張張白色的帆，被晨風吹得鼓鼓騰騰的，在湖面上乘風前進。

它們有時各自散開，有時集體行動；一會兒是一路縱隊，一下子又成了橫隊。縱橫湖上，飄忽無蹤，瞻之在前，忽焉在後，狀至逍遙自在。在陽臺上遠眺，它們恰像我的遐思，被晨風習習地吹著，稍不留心就不知漂往何處，待我尋覓回來，竟在那帆影驀然出現處。面對浩浩湖水，我只有啞然失笑了。

除了傳統的帆船，學生們還玩一種叫風浪板的玩意，它也是靠帆前進，可是構造簡單多了，只有一個船板，一張風帆，而且只能一人玩。人站在船板上，順風起帆，極為靈巧；在湖上馳騁，速度比帆船還要快。加上那片片彩帆在風中招展開來，五顏六色，紛飛雜陳。一眼望去，只見到一道道彩色的波浪，在湖心綻放開來，彷彿有百十種顏色在變幻。湖上便洋溢了一股熱鬧、喧嘩的氣息，隨著彩帆過處，溢滿了每個角落。

風浪板的帆和桅檣都是活動的，完全靠人力固定，需要相當的技巧和經驗，初學的人當然沒有那麼風光。常看到一些小夥子們顫巍巍地扶著帆，離岸不到十公尺就被浪打翻；像倒栽葱一般，連人帶帆一齊跌落湖底。好不容易爬將起來，還沒站穩，一個浪頭過來又被打翻了。這種情形真是屢見不鮮，光看他們那種狼狽相就令人發噱不已。老美一向喜歡刺激、冒險，風浪板正好可以滿足他們的需要。怪不得夏天一來，彩帆風行，縱觀夢斗塔湖上，就數它英姿煥發，最為壯觀。

四

薄午過後，日照稍斜，正是游泳的好時候。沿岸的公園沙灘早就擠滿了人，花花綠綠的泳裝，把湖邊點綴得熱鬧不堪，只有我們住宅一帶最安靜。樹叢底下處處是涼蔭，連湖水都是沁涼的。我們只要走下階梯，在林陰中脫去衣服，撲通一聲，就可躍入湖裡。美國的游泳風氣好盛，幾乎每個人都是游泳好手，下水之後一眨眼就不見人影。我常和他們一道游，不久之後泳技即突飛猛進，一口氣可以離岸百十公尺。

在水中看湖，更見其大。頭上是蔚藍晴空，眼下是碧藍湖水，細浪輕湧至眼前，身體沈浸在起伏的波浪間，彷彿也帶著某種律動；柔和地伸展開來，復又收縮回去，整個人好像已與那汪湖水擁抱成為一體。渴盼著將自己的身體，回歸到大自然永恆的調息裡，無怪乎我能在湖上連續游一、二小時而不知疲累。

除了下午，晚上也是游泳的好時光；尤其是有月亮的晚上，皎潔的月光遍灑在湖面上，湖水好似水晶一般地透明。藍色的水波輕輕地搖晃著，清晰地迴蕩著拍擊湖岸的潮聲。月光下的夢斗塔，如夢似幻，充滿了蠱惑。子夜過後，我常情不自禁地下樓到湖邊，卸下所有衣服，迎著月光，一步一步走向湖心的月光，直到全身都沒入水底，才開始游動。

斯時萬籟俱寂，明月在天，迴望岸上燈火也是一片寂寥。悠悠天地，多少俗世濁夢，我獨鍾情那湖上的月光，渴望緊緊地攬它入懷，貪效李白水中撈月的風雅，幸好我泳術尚佳，不至滅頂。然而水中逐月，游走於夢與醒的邊緣，還是有些風險，只有像我這種浪漫情懷的人，才甘冒死亡與美的誘惑吧！

五

夏日的黃昏總顯得比較長些，學舍的晚餐多在後院的草地上吃，這是一天中屋子裡最熱鬧的時刻。每天下午六點，負責做飯的人將食物、碗盤端出去，然後著鈴鐺，上上下下走一遭，表示開飯的時間到了，這時樓梯便會傳來一陣雜遝的腳步聲，眾人好似傾巢而出的蜜蜂，營營嗡嗡地簇擁到樓下，各自拿了菜，便圍在長條形的餐桌上吃將起來。且吃且聊，大家交換點見聞，談些生活上的趣事，氣氛非常地和諧、融洽。

晚飯後有的繼續在後院聊天，有的在陽臺上看書。有時他們會輪流念書，大家在旁邊聽；讀到有趣處，便會引來一陣哈哈大笑。

這時湖上的夕陽，正是最動人的時候，湖水是金黃色的，帆影片片在天邊無聲地漂流，湖邊不時傳來泳者戲水的聲音。而家家戶戶的陽臺上、後院裡，更可看到小型的舞會和烤肉。一片歌舞昇平的氣象，瀰漫在這濱湖的住宅區。置身其間，似真似幻，常令我有些迷惘。我便會思念起千里之外的故園，想起家鄉質樸的田園風光，汲汲營營的生活圈子底下，那些為生活奔波的可親可愛的朋友們。

子夜過後，夢斗塔便悄悄地入夢了。那規律的濤聲，多像它飽滿的鼾息，一波一波湧上我胸口，不僅帶給我平靜安詳的心境，也帶給我熱烈而高昂的胸懷。每晚臨睡前，我總會在陽臺上憑欄遠眺，默默汲取它蘊藉深厚的力量，以便迎接另一個日子的開始。

夏日的夢斗塔，即是以它這股充沛洋溢的生機，為我展現了最豐盛、最燦爛的一季。湖濱歲月若夢，悠悠忽忽，不可勝數，惟盼羈留異國的這段日子，能與這盛夏的湖泊，同其豐盛而壯美。

原載七十二年十月十七日世界日報副刊

再會江湖

一

高信疆到美國來，不僅是今春臺北文化圈最熱門的話題，也在美國的華人社會中備受矚目。我二月中旬抵麥城，所遇到的臺灣人，不論教授或學生，識與不識，都在詢問此事，且以他為話題。認識他的人當然感到高興，不認識他的人也充滿了期待。至於我，除了興奮與期待之外，還多了一點牽掛。這個不按牌理出牌，且經常「遲到」的人，會不會臨時變卦，而取消美國之行？

我的牽掛當然是有道理的，他所處的環境、家庭因素與報社的決策，都有可能在他行前發生變化。我深知個人在命運之前那種飄浮無力的感覺；更何況我深知他內心深處種種掙扎、煎熬的痛苦。他不能像我一樣毅然拋開一切，因為比起他，我真是一無所有，而這些都足以動搖他出來的心志。

三月中旬時，他打越洋電話給我，說月底就動身，兩人在電話中長談了十餘分鐘，那是我到美國後接到臺灣來的第一通電話。麥城是上午十一點，臺北是凌晨一點，那正是臺北文化人、新聞人最活躍的時刻。臺北那場愁煞人的冬雨，在我離開一個月之後，仍然清晰地在電話彼端落著。

談話中他有太多的感慨，總覺得與他平常豪邁的性格大不相同。我想起自己出來前一個月那泥濘一般的心情，便安慰他出來後一切就好了。那一通電話一定花他不少錢，但對他最後是否來美，仍沒多大信心，心頭總有一種悵惘的感覺。

四月來臨了，久久的等待之後，依然沒有他的消息，而麥城的氣候，據說也相當反常；不是颳風，就是飄雪，一點也嗅不到春天的氣息。弄得老美人人惱怒不堪，成天窩在暖氣房裡發牢騷。每天下午五點半，烏黑的雲層下總會鑽出一架 Republic 的班機，我總要站在公寓六樓的窗口，看著它滑進市中心層疊的大廈間。一個半月前，我搭著它在風雪中飛來麥城，以後便習慣性地喜歡望著它出神。所謂的家園之思，已抽象到這麼簡單的一個飛翔的姿勢。對於久候不至的故人，聊以解憂之道，不是杜康，卻是這天外飛來唯一的蹤影。

二

四月十日他的電話終於來了，謂人已到了西岸，預計十二日傍晚由芝加哥飛麥城。那兩天我頻頻和羅智成接頭，研究如何接機，並安排他的住宿等問題，好像在辦什麼喜事，心裡頭真是興奮得很。

十二日下午二點一下課，我將書本往屋裡一丟，立刻與羅某開了車子往機場接人去，料不到一出市郊竟然下起雨來。那雨不僅來得突然，且十分急遽，往機場公路兩旁的風景，被烏黑的雲層一蓋，霎時變得沈鬱不堪。到達機場時雨勢正疾，從候機室的大玻璃窗望出去，停機坪上一片朦朧蒼灰的水光，即使置身暖氣房裡，都可以感到一絲涼意。

機場的燈光如畫，但人影疏落，旅客在這兒出入總有一種清冷的感覺。二個月前我初抵斯地，窗外盡是寒徹的積雪，厚厚的一大片，把整個停機坪和停車場都掩蓋了，那種孤寂荒涼的感覺迄今印象猶深。

時間很快到了，卻不見班機飛來，我們正在查詢時，我的指導教授劉紹銘先生也趕來了。他原本有一個會議，六點才結束，說好了我們先來接機，然後直接到他家裡去。沒想到會才開到一半他便跑出來了，稍後飛機也跟著降落了。雨依然急遽地落著，暮靄沈沈地罩著機場，即使身隔百餘公尺，我還是一眼就認出了他。

依然是在臺北經常穿的那套灰褐色的西裝，依然是漫步在臺北街頭那沈穩的腳步，長長的走道彼端，只見到他沈默地朝我們走來。我彷彿看到了臺北的風風雨雨，也緊隨著他來到了美國這遙遠的小城。十二年的風霜，八千里路的雲月，使得這個英年的媒體英雄，看起來確是有些疲態。

然而高信疆畢竟是高信疆，他永不知疲憊，只要見到朋友立刻又充滿了活力。只那麼一瞬間，我們所熟悉的笑臉，又在他的臉上綻開了。我們熱烈地握手，急急地說著許多應該慢慢說的話。異地乍逢，朝思暮念的臺北，隨著他飛揚的神采又一股腦地湧向眼前，一拿到行李，劉紹銘先生便提議去喝幾杯。

三

一行數人在他的引導之下，進了市郊著名的一家酒吧。一進到那兒，彷彿進入了時光隧道，可不是嗎？侍者端來上好的啤酒，高信疆點起了香煙，劉先生的煙斗也啪啪地響著。煙香、酒香，圍繞著那小小圓桌之上的盡是臺北的近況，我們宛然又回到了臺北那些高談闊論的日子。

回到劉紹銘先生家裡已近九點，意外的是紅學專家趙岡夫婦赫然在座，他們聽說高信疆要來，特別先過來看看，那晚餐便吃得更熱鬧了。劉師母的菜是出名的，尤其是紅燒牛肉，吃過的人無不叫好，加上貴州茅臺助興，那餐飯直吃到夜半。酒酣耳熱，賓主盡歡，我們回去時一向逼人的寒氣，都不覺得怎麼襲人了。

當晚高信疆暫住在我的公寓裡，幾口大皮箱把小小的斗室塞得滿滿的，兩人便在皮箱的空隙間打地鋪。我的生活一向簡單，來美之後更是一切從簡，連個枕頭都沒有。我曲肱可以安眠，這下卻苦了他，幸好兩人興致都很好，抵足而聊，徹夜未眠；聊到興奮處，他還起來抽煙，一個晚上很快就打發過去了。

第二天晚上，協調會駐芝加哥辦事處有人到麥城來，在「楓林小館」宴請東亞系的教授及同學會代表，我們也被邀參加。在座的有周策縱、趙岡、劉紹銘、林毓生、鄭再發、陳廣才諸位先生，幾乎威大著名的中國教授都到齊了。高信疆與他們都是舊識深交，相見之下特別高興，因此一入座，大家就找他聊個不停。杯觥交錯，笑話不絕，飯後周策縱先生還邀我們到他家去喝茶。

過去二十年來，「周公」一直坐鎮在威斯康辛大學東亞系。那一頭白髮，看起來既威嚴，也慈祥，一派長者的風範，可是他的心卻永遠是年輕的。他一個人住在郊區，屋子又高又大，僅有一頭老狗伴著他。然而那滿牆的字畫，那滿屋子的藏書，以及世界各地蒐集來的奇珍異物，在在使人感到他內心的充實。

他真是個溫厚的長者，可以不厭其煩地為我們解說一塊從曲阜孔廟拾來的舊瓦；也可以拿著義大利比薩斜塔買來的小模型，仔細地解說那塔目前的斜度。引經據典時，順手便可翻出文獻引證；吟詩誦詞時，又出口成章，滿腹經綸，如泉水汩汩瀉出，令我們眼界大開。

聊到半夜，王家聲和黃碧端夫婦也來了，黃教授代表中山大學到俄亥俄大學開會，順道到麥城來探夫。我出國前她才在「羊城小館」為我和高信疆餞行，沒想到這麼快又見到她，倍感興奮。周公一時心血來潮，提議玩文學的接龍遊戲，由他起頭，輪番由眾人按字尾另起一句。

名為遊戲，實為考驗本事，弄得在座諸人既開心，又擔心，誰也不敢輕忽。到我們告辭時，那本紀念冊上已密密麻麻一片。周公雅好此道，路過麥城的各方高人，都有一招半式可覓，觀其文，想見其人，周公不愧是性情中人。

四

十四日起一連三天，威大歷史系主辦了一個中國思想研討會，由林毓生教授主持，出席的有余英時、勞思光、李歐梵、張灝等教授及大陸的知名的學者李澤厚。去年暑假《中國時報》曾在棲蘭山莊辦了一個類似的討論會，參加的海外學者幾乎是原班人馬。座談會後還舉辦了一系列公開而盛大的演講，在臺北轟動一時，主持人便是高信疆。事隔半年，誰也料不到會在麥地生再度相逢。

那幾天真是熱鬧極了，每天一早我們就到會場去旁聽。高手過招，畢竟不同凡響，一招一式，絕不含糊，稍一不慎就會潰不成軍，怪不得劉紹銘先生戲稱為「修理所」。可是一離開會場，大家又是一團和氣。吃館子，到朋友家去聊天，談臺灣的現況，國家的前途，憂國之思，溢於言表。高信疆又成了臺北的高信疆，精力充沛，豪情萬丈，愈晚愈活躍，一聊就不知所止。每晚陪他回來，街道上已難見到人影，與臺北夜貓子的生活完全沒有兩樣。

五

連著幾天，他都擠在我的小公寓裡，吃不成吃，住不像住，生活就像一團拆散的毛線，找不到頭緒。直到這些朋友紛紛賦歸，他才真正安定下來。在我對門租下一間套房，買來了炊具，開始在美國營生起來。

每天我們一齊到學校上課，回到家裡便得挽起袖子，洗鍋做飯。苦讀ABCD之餘，還得為柴米油鹽傷神，當然沒有臺北的生活那麼舒服。然而遠離了臺北的俗世濁塵，來到麥城這個寧靜優雅的大學城，單純規律的讀書生涯，比起心力交瘁的編輯工作，當然輕鬆自在多了。

何況到美國來進修一直是他多年的心願。這些年來他雖然意氣風發，活躍於臺北的新聞界、文化界；在內心裡，他卻更具有詩人的傾向。他的思路敏銳，才華洋溢，不管走創作路線或學術路線，都有相當深厚的潛力。過去的十二年，他既然已獻身報界，往後的日子還長，路更遠，有更多的時間讓他走更遠的路。此番美國之行，正是他多彩多姿的人生的另一個起點。聰明如他，幾歷滄桑，回顧既往，種種寵辱得失，無不了然於心，他當然更能把握自己未來的方向。

前幾天晚上，我們同赴趙岡先生家吃飯聊天，夜半回來，信步逛到夢斗塔（Mandota）湖畔，時朔風野大，湖上一片黝黑，僅有對岸燈火，在遠處的水平線上流蕩。無盡的長夜，猶有那終宵不熄的燈火。想起出國前，我們經常在花園新城的「攬翠樓」上，眺望大臺北的夜景。那時我正在等候托福成績，能否出國未可逆料。他則一貫忙於工作，無暇旁顧其他。誰也沒想到三個月後，我們會在麥城眺望這異鄉的燈火。

人生的離散，命運的轉折，總蘊含了太多的奧祕，他認為是緣分，我卻歸之於命運。我的命運的軌跡，十年前與他在臺北初會，十年後一齊延伸到海外的麥城，確是曲折離奇。乘桴浮於海的心願既遂，如何潛沈奮發，砥礪向學，已刻不容緩。他常以「華山練劍」自喻當前心境，我不像他熟讀武俠經典，且以「洋法煉鋼」自嘲兼自勉。在麥城迎故人，既興奮，也多感慨，因成此文，以誌其盛。

原載七十二年五月十日中國時報「美洲版」

秋夕五月花

一

「五月花」（Mayflower Apartment）是愛荷華大學國際作家工作坊的大本營，歷年來受邀到美國訪問的各國作家——包括臺灣來的許多作家，都居住在這裡。因此它不僅在臺灣的知識界裡人盡皆知，在其他國家也享有盛名。愛荷華大學因它而出名，愛荷華城寧靜樸實的風光，因它增添了更多的魅力。每年秋天當世界各地的作家來到這兒，正是「它」盛開的時候，它的芳香便瀰漫了中西部那片無垠的草原。

中西部的秋天一向比別處來得早，從明尼蘇達到威斯康辛到愛荷華，這兒橫亙著美國最肥沃、最廣闊的平原，秋天的腳步就從這兒悄悄地走進來。九月下旬，猶是翠綠的樹葉開始黃了，一片一片隨著秋風飄拂而下，一夜之間便占滿了枝頭，教那天地的顏色倏然為之燦爛起來。麥城在愛荷華之北，當我們驅車一路南行，正趕上季節遞變的腳步。我們的車子恰像魔術師的魔杖，車輪過處，顏色由紅而黃而綠，十分明顯。中西部的平原，便這樣一步一步地被秋天占領了。

那是一個秋日的午後，晴空萬里，一絲雲蹤也沒有。黃澄澄的秋陽，照在黃澄澄的玉米田上，天地間溢滿了豐熟、飽滿的氣息，使人的心胸也不覺明亮、溫暖起來。我們的車子更是精神抖擻，在廣無人煙的玉米田間向南一路疾馳。

劉紹銘先生一邊開車一邊咬著煙斗，難得看他心情那麼好。一路上只聽他說，怎麼樣？中西部的秋天，這才叫秋高氣爽。我和高信疆坐在後座，除了貪賞原野的秋光，也分享了瀰漫在車裡的菸草的香味。我們開心地交談著，三個半小時的車程，一眨眼就被摔落在遠遠的地平線上那片壯麗的雲彩後。

二

比起麥城，愛荷華真是名副其實的小城，小城的黃昏顯得尤其寧靜。愛荷華河澄靜的波光，緩緩地流動著天邊的晚霞，穿過愛荷華大學如茵的草坪，穿過夕陽中瀟瀟的林木。遠處彎彎地架著幾座石橋，再遠處有教堂的尖塔和學校的樓閣。高高低低，參差嵯峨，在天空畫著優美的曲線。當夕陽愈偏愈斜，它的陰影便愈陷愈深，秋天的影子便紛紛地跌落在它們身上。

「五月花」公寓正好在愛荷華河畔，依著背後一片小小的山坡，竟是一座龐大的現代建築，與我想像中小巧的模樣大異其趣。原來它是愛大的學生公寓，秋天時，最上面的一層便供來訪的作家們住宿。五月花，這樣詩情畫意的名字，只有這時才能盡情地吐露它的芬芳吧！

我們找到「五月花」時，正是夕陽將盡的時候，一下車就看到韓國詩人許世旭，他正捧著一鍋菜，小心翼翼地走下石階，看到我們連手都沒辦法握，只是一逕地笑著。兩年前我在臺北一家日本館子見過他，這次再見面他手上仍然端著菜，想起來未免好笑。據他說，聶華苓知道我們今天來，特地要「五月花」的朋友每人做一道菜以示歡迎。他正要端到聶家去，不想被我們撞上了，說罷大家相顧一陣大笑。

我們沿著公寓旁邊的一條小徑，走上小山坡，那山坡上覆滿了綠蔭。幾個盤旋來到一片小山坡，聶華苓的家就在路邊的平臺上。房子很寬大，院子裡落了好些枯葉，看上去顯得好幽靜。

三

可是一進門可熱鬧了，約莫有十來個男女學生正在裡頭忙碌著；端菜的端菜，調酒的調酒，接待的接待。經聶華苓一一介紹，才知道他們都是臺灣來的留學生，知道這兒晚上有聚會，特地趕來幫忙。瞧他們一張張年輕稚氣的臉上，堆滿了熱情誠懇的笑容；一下子遞酒，一下子拿煙，氣氛便這樣熱烈地激盪起來了。我和他們年齡最接近，攀談之下，有些還是朋友的朋友，一下子距離便拉近了許多。

正忙著與他們寒暄時，樓梯口又傳來一陣腳步聲，領頭的便是陳映真，他趿著一雙拖鞋，手上捧著一鍋熱騰騰的紅燒蹄膀，笑呵呵地走上來。後面跟著的是李歐梵，他一個人開車從芝加哥來，一路僕僕風塵，見了那許多老友在座，精神一下就振作起來。不久七等生也來了，他手上無鍋，卻是一瓶茅臺。誰也想不到，平常在臺灣都難得碰面的朋友，卻在這個小城聚在一起了，每個人都很興奮，見了對方便急急地問起近況來。

這次陳映真能出來，在海外的華人知識界中頗受注目，行前有關他的消息、訪問和作品，便不斷見報；加上他的新著《華盛頓大樓》甫問世，人人都在談論他。他作品中所批判的跨國企業、消費文明，更成了流行的名詞。近一年來，他可說是臺灣被討論得最多的一位作家，他的文學觀、政治立場和文化理想也備受爭議。在這種情況下他能獲准出境，連他本人都覺得意外。不管對他或主管當局，這都是一樁好事，顯示臺灣近年來確實進步了許多，怪不得海外的反應會這麼地熱烈。

今年應邀到愛荷華的中國作家，還有劇作家吳祖光，小說家茹志鵑，和年輕一代的王安憶——茹的女兒。我們用餐時天已經暗下來了，但從聶家的陽臺望出去，仍可看到愛荷華河黝黑的波光，在夜空下沈靜地流著。

秋風颯颯，外面的世界彷彿帶著無限淒冷，只有屋子裡的氣氛愈來愈熱烈、愈溫暖，由於菜是自己燒的，人手一鍋，在飯桌上擺開來竟有十幾道，其中不乏那些同學們的傑作。我不曾聽說陳映真會燒菜，但他端來的那鍋紅燒蹄膀卻一點也不含糊，色香味俱佳，手藝絕不比館子的師傅差。一時成了搶手貨，每人只嘗了一小口便鍋底朝天。

至於許世旭做的什麼菜，由於他祕而不宣，知者甚少。但每道菜都不錯，可見他也是烹調高手。這餐飯吃下來，人人酒足飯飽，大呼過癮。古人有煮字療飢之說，我們的作家朋友卻能大碗煮肉，大碗燒酒，何來千古之難哉？

四

聶華苓是個細心而周到的主人，不僅張羅了這樣豐盛的晚餐，還準備了精采的餘興節目。甫用過餐，就要我們二十來人圍過去，人人座前擺上一杯咖啡、一杯香茗，或一杯好酒，然後逐個點名起來表演節目。大概趁著那麼一點酒興吧！平常一定會忸怩作態的我們，居然敢放膽高歌了，先由許世旭唱「阿里郎」，一邊唱，一邊還打鼓。他這個高麗人，唱起歌來真有那麼一股粗獷豪放的氣概。

接著陳映真唱「客家山歌」，硬是唱得委婉有致，曲折動聽。高信疆唱抗戰時期的老歌「流亡三部曲」，舉座為之熱血沸騰。七等生也是鴨子逼上架，皮鞋跟在地板上一陣猛敲，露了一手西班牙鬥牛舞。李歐梵以交響樂哼「滿江紅」，劉紹銘先生索性吟了一首古詩交差。比較起來，大陸作家是保守多了，在全體掌聲的一再敦促下，勉為其難地唱了一些小調，總算人人過關，皆大歡喜。

接著便是那些年輕人表演了，其中有個娟秀的女生在愛大念音樂，聶華苓鄭重地介紹她上臺。音色純正、圓潤，看得出是受過正統音樂訓練的，一曲「昭君出塞」，果然不同凡響，每個人都被那種動人的氣氛感染了。立刻有人唱起「長城謠」，大家不約而同地跟著唱，每一個熱血澎湃的心靈，通過連接在一起了。

當歌聲沈靜下來，夜已深至不知何處，每個人都累了，喉嚨也有點啞了；但精神仍極亢奮，臉上都閃動著興奮與滿足的光彩，依依不忍離去。迴望落地窗外，夜色漆黑如墨，愛荷華河已不復可見。子夜三時，我們一夥步出聶家，走下山徑回「五月花」，依稀看到一些疏落的星子，在黎明前靜極的天空，冷冷清清地閃亮著。

原載七十二年十月二十七日中國時報「人間副刊」

農民市集

一

星期六上午，我正閒適地在沙發上看書時，好友馬克・諾斯（Mark North）突然來敲門，問我要不要一齊去逛農民市集（Farmer Market）。我看窗外陽光普照，確實是個散步逛街的好日子，但又有點捨不得放下書本。他看我有些猶豫，便說：「這是今年最後一次的市集了；再不去，就得等到明年夏天了。」聽他這麼一說也覺得機不可失，立刻帶了相機，和他一齊出門。因為我早就想到那兒拍照，都因分身不得而耽擱了。

說起農民市集，也算是麥城的一個特色。威斯康辛是個典型的農業州，全州四百萬人口絕大部分賴農業為生，以酪農為多，因此乳酪業特別發達。像鮮乳、奶油、起士、酸奶等，四時不斷，產品堆積如山；除了供應超級市場外，還有許多存貨。為了清除這些多餘物資，農民們便在州內各主要城市設立市集，定期開市。由於物美價廉，廣受消費大眾歡迎。逢到趕集時總吸引了許多人來逛，好不熱鬧。

麥城是威州首府，又是第二大城，居民將近二十萬，擁有相當廣大的消費人口。因此這兒的農民市集頗具規模，就在州政府廣場四周。那是個環形的公園廣場，州政府大廈屹立其中，周遭花木扶疏，還有各種噴泉、雕像。夏天時遍地綠蔭，是市民休憩時的好地方。擁有這麼好的地理條件，難怪它會如此出名。

每年六月到十月，是它開市的季節。這時天氣開始暖和了，而農產品也進入收穫季。每逢星期六，來自四面八方的農民，一早就滿載著農產品到麥城來趕集。很像早年墾荒時代的篷車隊，他們的車隊沿著廣場四周停泊，剛好圍成一個大圈圈；然後便在路邊擺起小攤子。一個攤位緊接著另一個，迤邐開來，首尾相連，不下百來個，這便是農民市集的輪廓。

二

我第一次去逛這市集是六月初夏時，是學長楊茂秀和白珍夫婦帶我去的。白珍是第一個以臺灣當代文學做為博士論文的美國學者，曾在臺灣教過書，對於民間的活動非常注意，因此特別帶我去逛了一遭。那時市集甫開，風和日麗，廣場上擠滿了人，好似什麼節日喜慶的活動。我們在人群中自在地散步，一邊瀏覽攤子上陳列的食品。鮮花、水果、蔬菜、穀物、蜂蜜、麵包、餅乾，應有盡有。

其中最多的還是乳酪製品，黃澄澄的起士、奶油，潔白無瑕的鮮奶、酸乳，被初夏的豔陽照耀著，真是光彩奪目，引人垂涎，每個攤位上都備有碎片，供顧客品嘗。吃了以後不買，老闆依舊笑臉送客，一團和氣。我們且走且吃，看到什麼可口的東西，都不忘取一片放在嘴裡。一圈逛下來，把肚子填飽了，連午餐都解決了。像我們這樣的食客很多，卻從不曾發生什麼齟齬，我想這就是市集吸引人的地方吧！

美國人一向愛花，因此賣花的攤位也不少。有些是一束束的花莖，有些是一盆盆的盆景。萬紫千紅，雜然並存，將那些小攤子點綴得花團錦簇，好不漂亮。那麼鮮豔的花一束才賣十幾分。那麼別致的盆景一盆也是十來分，怪不得大家願意買。臺灣來的女生也喜歡大清早來買花，看她們胸前抱著紅紅綠綠的花朵，一副陶醉的模樣，連自己都想去買一把。雖然我不曾買過花，心中卻是盛放的花季，始終洋溢著一縷芬芳。

三

除了賣東西的攤位，靠近州政府裡面的草坪上，也常有流動藝人的表演。有拉小提琴的、有彈吉他的、有玩火吞劍的，也有小小的街頭劇團，總會吸引許多人駐足旁觀。有一次我還看到一整團的管樂隊，儀容整齊地那兒吹吹打打。樂聲裡帶著無限愉悅的氣息，飄散在廣場的四周。許多人走累了，便在草地上坐下來，邊曬太陽邊聊天；或讓小孩打打滾，這是何等快樂、安詳的畫面。

大多數的攤位都在中午以前賣完，他們收拾妥當，車子一掉頭就走了。少數沒賣完的，過了中午之後便開始大拍賣，半賣半送，也多趕在二點以前收攤。老於此道的人便等到這時才出現，不但免去了擁擠之苦，還可大肆搜刮一番，滿載而歸。二點過後人潮退盡，廣場上又恢復了寧靜。地上乾乾淨淨地，誰也看不出幾個小時之前，這兒還是個人聲鼎沸的市集。

這週末市集，來來去去，給了麥城居民一處散步溜達的地方。許多人去那裡，只是純粹逛逛看看，呼吸點熱鬧的氣息。馬克就是這種人，他幾乎每個禮拜都去。兩手插在口袋裡，東晃西晃，隨便到攤子上摸摸捏捏，然後吹著口哨回來。偶爾他也會買一根玉米，或一個番茄，一路晃回來；有時在半路上就晃掉了。

沒想到一眨眼，今年的市集就要結束了，心裡真有一種依依不捨的感覺。我和馬克走到州街（State St.），發現人比往常多，而且都向著州政府廣場的方向。也難怪，一年最後一次的趕集了，誰不想去瞧它最後一眼？

四

那天天氣出奇的好，入冬以來就罕見的太陽難得的露臉了，照得大地暖洋洋。州政付那棟白色的半圓頂大廈更是耀眼得很。環繞著它四周的市集依然是往昔的風貌，水果攤、鮮花攤、乳酪攤，一個挨著一個，好似從來不亂的樣子。人群也是一個接一個，沒有什麼空隙，也不會出什麼亂子。這個看似閒散的市集，其實有著何等牢固、嚴整的秩序啊！那是無數人的經驗，在歲月裡醱酵、沈澱、累積出來的。它是昔日田園生活殘留，在當今美國社會裡僅有的篷車夢了。

我和馬克順著人潮，自然也往前流去，隨著季節的不同，攤子上也有一些新的陳列品。那天正是萬聖節前的日子，南瓜簡直成了新寵兒，到處都可看到它黃澄澄的胖臉。此外便是一種叫印第安的玉米，果實是紫色的，又大又硬，掛在門上據說有辟邪的作用。其餘的起士、乳酪，概如舊觀。連草地上曬太陽的人群，翻筋斗的小孩，也沒有什麼兩樣。

其實與前一個月相較，已很不一樣了。最大的區別是周遭的樹葉都掉光了，草也黃了，空氣裡有著明顯的寒意。已是十月底了，田野一片蕭索，農莊已在準備過冬，這農民市集當然也得告一段落了。

我一邊走一邊想，一邊還拍照。馬克又買了一根印第安玉米，拎在手中，邊走邊晃。我們從人群中鑽出來時，剛好又回到原先那一點。那是市集的開始，也是結尾，是一個完整無缺的圓。等明年春夏之交時，它又會回到這兒來！

原載七十三年一月八日時報周刊

萬聖節之夜

一

十月三十一日是美國的萬聖節（Halloween），就是俗稱的鬼節，是美國的一個大節日。還記得萬聖節的前一個晚上，我從外面回來，打開房門，黑漆漆的房間裡赫然擺著一個大鬼臉，裡頭還點著一枝小蠟燭。那幽微的燭光，從挖空的眼睛、鼻孔和嘴巴渲照出來，彷彿正對著我獰笑，自有一種特殊的、陰森的氣氛。我還來不及開燈，就有幾個女室友衝進門來，問我有沒有嚇一跳。老美一向喜歡作怪，我早就見怪不怪。可是乍然見到那些火螢螢的大鬼臉，還是免不了吃了一驚。

這意外的驚喜，充滿了我的心頭，也感染了一股節日的喜氣。不久家家戶戶的窗口，都擺著燭光照耀的南瓜。燭影搖曳，遠遠望去，那紅紅的光暈，把那鬼臉烘托得更是傳神。朦朦朧朧的，只令人覺得又可怕，又可愛，鬼節就這麼姍姍地來臨了。

這傳統的鬼節，大致是屬於小孩子的。小鬼們四出搗蛋，人人滿載而歸，確實令他們興奮。然而在麥城，這節目卻是屬於年輕人的。每年的這一天，在校區著名的州街上，都有盛大的化裝晚會。不只學生們傾巢而出，連鄰近城市的年輕男女也雲集於此。一條不到五百公尺的街道，可以擠滿了十萬人，場面比臺灣的大拜拜還熱鬧盛大。因此化裝晚會已成了麥城鬼節的另一個傳統，不僅婦孺皆知，而且聲聞全國，成為當地的一大特色。

由於每年都有超量的群眾，鬧到後來總會滋生一些事端。比和酗酒、打架、妨礙安寧，甚或失足傷亡等，給警察帶來許多困擾。今年警伯先聲先奪人，早在二個多月前就到市議會請願，希望將晚會改到星期一舉行，企圖以此減少群眾，壓低學生熱情，以免再增麻煩。市議會為此開了幾次會，終於說服學生代表，將晚會由週末改到週一。

二

可是有些學生還是不服氣，週六晚上就開始遊行亮相了。我不明究裡，當天晚上由圖書館出來，就發現街道上非比尋常。人群裡夾雜著許多獨眼海盜、斷腿船長，以及其他非人非獸的怪物，正在昂首闊步；或相互追逐，或互別苗頭，真是非常怪異有趣。只這一段小小的序曲，就看得我目瞪口呆。從那一刻起，我就被捲進那狂烈而譎異的氣氛裡，真正感受到了節日的喜悅與震撼。

星期一學校照常開課，可是那熱烈的氣息，已佈滿了每一角落。上午我行經學生活動中心，那兒已搭起了演唱臺。下午我遇過州街，烤肉攤子的香味四處飄揚，薰得人食指大動。至於啤酒供應站、流動廁所，都已佈置妥當。

天黑時我回到住處，室友們正忙著對鏡裝扮。畫臉的畫臉，敷粉的敷粉，各種奇裝異服應有盡有。有人也想在我臉上畫幾筆，更有個傢伙丟了一件女人的衣服要我穿。我逃回房間，關起大門，這才得以保全清白之身。照理說我該入境隨俗，弄個鬼臉戴戴也好。可是一想到這畢生難逢的場面，我的主要工作是拍照，便婉拒了他們的好意。我將器材準備好，下樓先拍了他們化裝的過程，然後便隨著他們出發到州街。

那時還不到七點，一走近州街，便聽到喧嘩之聲；再至路口一瞧，不得了，人山人海，整條街上早就擠得水洩不通。人影幢幢，被華麗的街燈照著，像一條波瀾壯闊的人河，極其緩慢、困難地流動著。每個街口都是人潮洶湧，連警伯的警車都被擋駕在外。車頂的警示燈在一旁空轉，徒呼奈何，怪不得他們竭力反對這鬼晚會。

我在人群中左右折衝，終於殺出一條血路，進得街來立刻被捲起激流之中。四面八方全是妖魔鬼怪，如影隨形，將我團團圍住，並對著我嘿嘿獰笑。我揹著攝影箱，幾無轉身餘地。既然掙扎不得，只好隨波逐流了。

人潮緩緩向前流去，兩旁商店裡的音樂震天地響著，陽臺上不時有人拋下彩條、紙花。人們的叫聲、笑聲，一齊混雜著，隨著密密麻麻的人頭起伏跳躍。一向寧靜、優雅的州街，彷彿沸騰、瘋狂了，擁抱著萬千年輕狂熱的心靈，壯烈地將自己焚燒起來。

三

人潮的盡頭，是學校的紀念場（Memorial Mall）。從此兵分兩路，一通活動中心前的街頭舞會，一通紀念廣場後端的化裝舞臺，兩邊底下都是一片黑壓壓的人頭。舞會有樂隊在現場演奏，七彩的燈光像閃電一般，不斷打在人潮之上。那一顆顆亂搖亂跳的頭顱，恰像一鍋煮開的稀飯米粒，上下不停翻滾。起碼也有三、四千人吧！在尖拔的音樂蠱惑下，發狂似地扭個不停。

而化裝舞臺就是群鬼公開亮相的地方，任何人都可粉墨登場。因大多數人都是化裝好出來的，隨時可以上臺即興表演，兩分鐘後就滾蛋下臺，消失在人群之中，誰也不曉得是誰。因此節目緊湊，競出奇招，看了令人捧腹大笑不已。

於是那小小的舞臺，頓成一個大千世界。裡面有紳士淑女，有販夫走卒；有聖經中的人物、有地獄來的厲鬼；有肥肥胖胖的兔崽子、有毛毛茸茸的黑金剛；有穿和服的日本姑娘、有蘇格蘭長裙的英國少女；有外太空來的ET、有星際大戰中的機械人，令人目不暇給。

我最感興趣的卻是化裝的人群，他們在臺下時遠比在臺上還好玩。當他們混跡人群中，在現實的街道、商店間晃蕩時，常使我有時空錯亂的感覺。再加上那誇張的造型，維妙維肖的動作，在刻意營造出來的喜劇氣氛烘托下，將現實與幻想巧妙地融合在一起。

讓我們回到州街好了，阿拉伯的勞斯與大鼻子阿拉法特並肩走過來了；甘地披著白袍，趿著草鞋，正在旁邊與女超人喝啤酒；鐘樓怪人駝著一個大背，站在酒吧前與兔女郎調笑，尼克森與雷根在噴泉旁邊打拳擊，耶穌基督抱著十字架在一旁觀戰，前面來一個西部警長，後面跟著的是大力水手卜派和細長的奧麗薇；然後是日本浪人，將武士刀揹在脖子上；後面又來了吸血鬼卓九勒，手擁兩位金髮美女，做吸血狀……

當這些傢伙與我擦身而過時，我總會多瞧他們幾眼，然後冷不防地與人撞個滿懷，抬頭一看，卻是個青面獠牙的惡鬼。不用緊張，它會禮貌地說：對不起，然後飄然而逝。諸如此類，化裝之輩，如過江之鯽，不勝枚舉。

四

若想要出人頭地，引人注目，就得挖空心思，巧立名目，發人之所未有。老美喜歡作怪，於此又得明證。有一個大男生裝扮成修女的模樣，卻身懷六甲，挺著一個圓滾滾的肚子，一邊還喝著啤酒。另有一個傢伙在肩上裝了兩條長腿，在胯下懸著一個南瓜當腦袋，做倒立狀，卻露出一對賊溜溜的眼睛，橫行街道，其艱苦用力狀，幾可亂真，行人紛紛倒退，以利其倒行逆施。另有一傢伙則把衣領開至頭頂，脖子好似被一刀砍斷，血跡猶存，一手捧著腦袋，一手拿著啤酒，動也不動地站在街心，一口一口地將啤酒倒進藏在脖子裡的嘴巴。有一對男女各自打扮成牙膏和牙刷，結伴而行，既可愛，又好笑，可說是人緣最好的一對。

但要討人喜歡，又要出奇制勝，豈是易事？因此有些即落得粗陋鄙俗，不堪入目。像前面提到的尼克森和雷根，他們把大衣下襬掀開時，赫然各自懸掛著一具橡皮性器。女性見之無不花容失色，掩面而逃。而尼、雷兩人依然面帶微笑，施施而行，四處播弄。後來尼克森脫去面具，坐下來休息，原來還是個眉清目秀的女孩子。

眾女生驚魂甫定，無不嘖嘖稱奇。就在眾人稱奇之際，人群中又出現一男子，渾身上下不著一縷，安步當車，神態閒適。比之別人在衣飾上爭奇鬥妍，獨該男子赤裸袒裎，以真面目示人，可說是以不變應萬變，無衣勝有衣的最高化境。斯時氣溫在攝氏六度左右，該男子絲毫不以為意，在人群中自在悠遊，令滿街英雄好漢黯然無光，一一俯首胯下稱臣。

整個晚上州街的人潮便如此地迴流不斷，直到十二點過後，人群才漸漸散去。只見那些牛頭馬面，神仙老虎狗，帶著狂歡之後的疲態，向四方做鳥獸散。有的早就醉倒了，三三兩兩，東倒西歪，似殘兵敗將；有的卻賈其餘勇，在街道上追逐嬉戲；有的一言不合，早就扭成一團，大打出手。街道上頓時亂成一團。在路口竚候已久的警伯，索性出動消防車大舉掃蕩。那些散兵游勇也一擁而上，紛紛跳上消防車。警伯卻一點也不理會，一路嗚嗚響著向前挺進，這才把街道清理出來。

人去街空，子夜過後州街真正地安靜下來了。到處都破醉的紙杯，瀰漫著啤酒的惡臭，被街燈斜照著，顯得尤其寂靜。所有的妖魔鬼怪，都被夢鄉召喚回去了。夜闌人靜，煙霧繚繞著街頭，一年一度的鬼節，就此拉上夜幕。麥城鬼節就是如此這般，令人興奮、瘋狂，怪不得喜歡熱鬧、刺激的老美，逢人便津津樂道此事。

原載七十二年十二月十八日時報周刊

寒潮

一

去年美國的氣候大反常，一年四季不按牌理出牌，搞得老美人人叫苦連天。其中最令人難忘的就是七月間的那場熱浪。以芝加哥為首的中西部，氣候一向涼爽，那陣子氣溫竟昇高到九十幾度，光是芝加哥地區就「熱」死了十多條人命。

那時我正在西岸旅行，僥倖逃過了那一關。回來後一看，偌大一片的田野好似遭火燒了，僅餘灰燼，真是慘不忍睹。其中以玉米的損失最慘，大約有四分之三分上的玉米田都被毀了，農民的收入僅有往年的四分之一。

有了這次慘痛的教訓，中西部的居民總算學乖了，再也不敢對老天爺的牌氣掉以輕心。十月時芝加哥大學一位退休的氣象學教授，在報紙上發表了一篇研究報告，指出即將來臨的冬天，將是美國歷年來極罕有的冬天；尤其是中西部，很可能會是一個最冷的冬天。

這篇報告豈止像一枚炸彈，簡直像一顆原子彈般地在中西部炸開，頓時人心惶惶，好像末日就要來臨。對於麥城的居民來說，他們比別人更有理由先天下之憂而憂，每年長達四個月的雪季，總是一場嚴酷的考驗，要想安然度過總得花一分苦心。在我寄租的那棟濱湖的大屋子裡，在得知這個消息後，立刻動員起來準備過冬。

二

我們的學舍是一棟古老的木造樓房，占地頗廣，擁有二十多個房間，外加兩個大餐廳、兩個大陽臺。夏天時門窗洞開，風從夢斗塔湖上吹進來涼爽無比。可是一入冬就慘了，風雪從湖上大舉來襲，它正好首當其衝，只要有丁點見隙縫，冷風就會颼颼地灌進來。加上屋子的暖氣設備老舊，為了節省能源，只賴火爐取暖。在這種窘迫的狀況下，要想過一個溫暖的冬天確是不太容易！

進入十一月，氣溫陡然降下了許多，湖上的野風更是颳得緊烈，門窗被風吹得乒乒作響，統領冬天的神祇，向中西部發出了第一聲警告。我們不得不「閉關」以求「自保」。所謂的閉關，包括「封門」和「封窗」，不但原有的門窗緊閉，還要在外頭加上一層擋風玻璃，再在每個隙縫間填上防風膠捲。這是一年中的一個大日子，當天一大早所有的人都被喚起來，吃了一頓熱騰騰的早點，分配了工作，便分頭去幹活。

那麼一大幢房子，少說也有五、六十面窗。我們二十來人，爬梯的爬梯、使鋸的使鋸、黏膠的黏膠，一個個忙得煞有介事。整整耗了一天才將那幢千瘡百孔的老屋，修補成滴水不進的不壞之身。從此它便與外面的天地隔絕了，屋子裡總是陰陰暗暗的，不復有嘈雜的聲音，在靜待著風雪的來臨。這一年一度的閉關封屋，使我想起了中國的中元鬼節。一開一關之間，天地好似都變了顏色。

三

封屋之後，緊接著便是貯存燃料，這是另一樁大工程。美國的山林一向保護得很好，要想偷偷摸摸上山砍柴無異自投羅網，此路當然不通。剛好有個室友的叔父在市郊有一片樹林，以半賣半送的方式允許我們去砍一些。

記得是一個颳大風的清晨，我們開了兩部小卡車，到了他叔父的農莊去砍柴。一陣刀斧交加，十來條漢子個個砍得筋疲力竭，硬是運回了兩座小山一般的木材，把上下兩個陽臺都堆滿了。然後從貯藏室裡搬出一個大鐵爐，在底樓的起居間架設起來。還等不及飄雪哩！火爐寬大的胃腸就被我們餵飽了木柴，一把火燒得它轟隆轟隆地響，過冬的氣氛就這麼熱烈地燃燒起來了。

溫度計上的水銀一天一天往下掉，氣象圖上的雪線不斷往下壓，人人都硬著頭皮在期待著，卻不見雪的蹤影。何時下雪，竟成了人們主要的話題。按照往例，第一場雪總會在感恩節前降下來，今年遲來的雪蹤把這個慣例又打破了。

感恩節那天下午，我和幾個室友在湖邊遠眺，湖面上突然颳來一陣蝕骨的寒風，老美們若有所思地說：莫非就是今天晚上吧！回屋子時，我們特地看了高掛在大門上的溫度計，紅色的水銀正好壓在三十度左右處，已然在冰點之下。

第二天清晨我比往常略早地醒來，一看對面的屋頂上，赫然敷著一片白撲撲的雪花。下雪了！我激動地滾下床，憑窗外望，一小片一小片細細亮亮的雪花，在微明的天空中無聲地飄著。屋頂上、草地上、馬路上，到處都是白皚皚一片，好個晶瑩美妙的世界。我立刻披上雪衣，套上雪鞋，趁著四下無人的時候去觀雪。

那是週末的清晨，校園裡空蕩蕩的，街道上無限冷寂。初雪一碰到地面就化成水，雪水融融，每一腳踩下去，都留下一個清晰的足跡，再逐漸被雪掩去。我一人沿著湖邊、街道，不停地走，不知留下了多少個腳印，兩頰被凍僵了，猶不覺得寒冷。

四

第一場雪只象徵性地下了一兩小時，雪花也很快地溶掉了，晚起的人根本無緣見到。第三天上午，我正在上課時它又悄悄地來了。初不覺得，再抬頭時，那雪花已像鵝毛般大小，密密一片，漫天飛舞，極其壯觀。我上課的地方在十二樓，從空中俯瞰下去，更見它們飄搖飛旋，紛紛直落的美景。

那場雪下得真大，半小時之間大地已變了顏色。那許多樹木花草披著雪衣，看起來像一株株白色的珊瑚；而那巍峨校舍更像一座座潔白無瑕的殿堂。一下課成千上百的學生蜂擁而出，在雪地上追逐打滾，大聲疾呼。每一張臉都被凍得紅撲撲的，還堆滿了笑容。紅的、綠的、藍的、黃的夾克、雪衣，將那片落雪的校園點綴得尤其鮮豔，彷彿一簇簇跳躍著的青春的火焰，把雪天照得一片明亮。

這場雪落下來後就不曾化去，每隔三兩天就會再下一陣雪，愈積愈厚。房頂上、樹梢上、地面上、汽車上、行人的衣服上，俱是一片白茫茫的積雪。每次出門都得穿雪衣，著雪鞋、戴手套，再將腦袋套進毛線帽子裡，渾身上下只剩兩隻眼睛露在外頭，走起路來還得彎腰弓背，逆來順受。

人們對於初雪的興奮與熱情，畢竟不敵天寒地凍的現實，不久之後便消失殆盡。取而代之的卻是麻木不仁，無可奈何的心情。除了天氣較暖時，有人在外頭打雪仗外，再也看不到吟花弄月的閒雜人等。

五

一天晚上我和室友到學校看電影，散場時那雪下得正起勁，鵝毛或者柳絮都無法描述那種綿密緊湊，飛灑自如的境地。尤其是夜晚，歐洲古風的街燈映照下，凌空而下的雪花真像千萬個白色的精靈，飛舞著降臨人間。那新降的雪又鬆又軟又輕脆，每一個腳步踩下去，都陷入大半截小腿。我們一路跋涉著回去，剛抵家門，大氣還沒有喘定，我又揹著相機，扛著腳架出來。

那時夜已經深了，雪愈下愈大，雪花打在臉上幾乎連眼睛都睜不開，只看到朦朦朧朧的燈光。我像一縷幽靈般地逡巡在無人的雪地。架腳架、按快門、換膠捲，都必需脫手套。沒幾回合手指就凍僵了，鏡頭上也結滿了霜氣。有時為了取景多走了幾步路，一腳踩空了，連膝蓋都會埋到雪堆裡。那時索性一屁股坐下去，久久無法動彈，活像個雕琢出來的大雪人。

如是的雪暗天約有二十天之久，然後雪突然停了，陽光重新探出頭來，積雪紛紛結成冰。這時候千萬別慶幸，比下雪更可怕的寒潮，大軍壓境般地，正從加拿大邊界向下移動。天是澄明的，天氣是乾燥的，從屋裡往外看十足小陽春的氣候。可是別上當，那隱伏的寒氣就像透明的剃刀，隨風四處飄盪，一旦被它困住，保證讓人一輩子忘不了。

大約是聖誕節左右吧！這無以名之的冷氣團，氣勢洶洶地殺到威州來了。氣象局、電臺、報館、公路巡邏隊，立刻忙亂成一團。水銀柱一瀉千里，一下子掉到零下三十度，我們那幢沒有暖氣的房子立刻窘態畢露。儘管放了加倍的木柴，二十四小時燃燒不停，冷氣還是源源不絕的滲進屋子裡。

火爐四周成了唯一避寒的地方，我們在那兒吃飯、讀書、編織、聊天，上一號都要飛奔來去；彷彿離此一步就會凍斃。晚上睡覺時連毛衣都不敢脫，一頭鑽進昂貴的鵝毛睡袋裡，上面再蓋一牀毛毯，脖子上纏著大浴巾，仍然只露著兩個眼窩和鼻孔在外頭。即使這樣的重裝備，仍然不能保證有溫暖的夢，我即經常半夜被凍醒過來。繞室三匝，無枝可依，只好穿了夾克再鑽回睡袋裡，繼續和冷冰冰的夢鄉博鬥。

六

這寒潮一來竟不走了，水銀柱終於破了零下三十五度的大關。就在這一天夢斗塔湖結冰了，我站在窗口看著結冰之後的湖面，水蒸氣昇不起來，竟化成了一團團的霧氣，瀰漫在整個湖面上。那湖十分遼闊，結冰之後就像瀚海，望不著彼岸。只見那陣霧氣愈聚愈濃，雷霆萬鈞的隨著風移動。這樣壯闊的場面是我不曾見過的，我突然想起了戈壁上的風沙，當狂風捲起時，大概就像這風雪同其壯觀吧！我在窗前眺望了一天，直到黃昏時再也忍不住地拿了相機，衝出門外去拍照。那幾天正逢學校放寒假，我龜縮在家裡，直到這時才算出了門。要下湖邊原有一排石階。這時那有它的影子？早被埋在十八層積雪之下。

步步為營，往湖岸一站，頓時吃了一陣寒風。那風何等厲害，毫不留情地鑽進衣領、袖口、褲管；鑽過毛線帽的孔隙，像針般狠命地戳在我身上。我咬緊牙關，好歹總得挺個十分鐘，拍完照再回去吧！看那結冰之後的湖面，又揉又皺，裂痕斑駁，大小窟窿密在，好似月球表面。我舉起相機，卻按不下快門，原來手指早就凍僵。使盡吃奶力氣，勉強按了兩張掉頭就走，因為我已感覺到大勢不妙，再也無心戀棧。

倉皇奔回屋裡，我的手指真的凍傷了，費了好大的勁才把手套脫下來。正要放到熱水裡去泡時，室友連忙將我喝住，要我先沖冷水，再洗熱水。這間不容髮之際，及時挽救了我的雙手。我稍事休息，擦拭了鏡頭，愈想愈不服氣，再度衝出去拍照。這次學乖了，不再東張西望，看準目標就拍，拍了就跑，總算圓滿達成了任務。

在這一天內還真發生了不少事，高信疆和羅智成結伴企圖橫越夢斗湖。走到一半聽到了湖底冰塊的撞擊聲，嚇得連忙跑回來。我的室友Mark的車子發動不了，一路步行回來，衣衫單薄，差點凍成一根冰棒。同樣的情形發生在州內的每個角落，一個老農開車回家，忘了攜帶鑰匙，凍死在車庫外面。光是麥城市區，一天之內有一千五百輛汽車在公路上熄火，害得公路巡邏隊疲於奔命。至於農莊受害的情形一時還無法估計。

看了這許多可怕的報導，我下定決心不再出門。每天窩在火爐邊看書、喝茶、聽音樂、看火爐閃耀的火花。再不然便是披著毛毯，縮在房間裡寫文章，給臺灣的親人寫寫信，苦寒的日子便這樣一點一滴地打發過去。

七

這陣寒潮在麥城盤桓了五、六天才離去。壓力驟減，水銀柱悠然回昇，人們又開始出來走動。夢斗塔湖上成了天然滑雪場，每天總有無數紅男綠女在湖上疾馳穿梭。也有人在上面鑿冰垂釣，怡然自得。我和高信疆、羅智成幾個朋友，常到濱木山莊玩雪橇，或到州長半島打雪仗，每天都在雪堆裡打滾，把衣服褲子都磨破了。雪使我們返老還童，回到原本的赤子之心。每次仆倒在雪地上，臉頰埋進雪堆中，那種冰涼酥麻的感覺，好似已然與雪地擁抱成為一體，多麼不願意再爬起來啊！

儘管雪季仍漫漫無期，大風雪隨時都會來襲，麥城嚴寒至極的生活，仍使我留下了極其甘美的回憶。就像今夜，雪花又悄悄地來敲我的窗扉，猛一抬頭，窗櫺上又多了一蓬蓬的新雪。這午夜的神祕客人，彷彿已成了我的知心密友，隨時隨地，總不會忘記來看我，默默地陪我度過一個又一個孤寂的夜晚。

它是否知道，此時此刻，我正在寫它呢？我會心地對它笑笑，然後坐到窗口。它彷彿開心起來了，又灑了我一蓬紛紛的細雪。在窗扉上，我聽到了那極其細緻的、愉快的聲音。

原載七十三年四月一日時報周刊

哈囉！洋妞

一

所謂洋妞，與洋火、洋裝、洋酒、洋房、洋娃娃這些「洋」字輩的東西，並無二致，都是隔著一個太平洋的產物。

既是洋妞，理應包括太平洋彼岸各色人種、各種國度的妞。可惜我的見聞有限，迄今為止到過的洋邦，只限美利堅合眾國；加上國人的一個怪現象，只要是黃頭髮、白皮膚的「阿凸仔」，一律稱之為「美國仔」。因此這裡指的洋妞，只限美國大妞；其餘諸妞暫且不表。

其實洋妞並非美國本土才有，臺灣的洋妞照樣滿街跑。未去美國之前，我即識得曾在「漢聲」雜誌工作的蘇珊諸妞。可是既是在自家國度，講的又是中文，那種洋勁與洋味就不夠道地，對洋妞的認識自屬有限。因此本文所談的洋妞，是純「土產」，真正在美國本土的大妞。

將美國女孩逕呼為大妞，有二點根據。一是多半長得高頭大馬，體形夠得上大的標準；

二是每個都落落大方，儀態萬千，氣質、風度都有大妞風範。兩者加在一起，叫起來順口，聽起來悅耳，自然便「大妞長」、「大妞短」地朗朗上口了。

二

我在美國碰到的第一個洋妞，是銀行的職員。那是我到麥城的第二天，為了註冊一早就到學校的銀行去辦理存款、提款的手續。那時我的英文還很破，加上長途飛行，時差還沒調整過來，人站在隊伍中，卻渾渾噩噩的在做夢；連夢的背景也在臺北，尚未登陸美國。

輪到我時，先被一聲嬌滴滴的聲音喚醒；睜開眼後眼前赫然是個面帶微笑、態度親切的金髮正妹，真是嚇了一跳。我拿著臺灣國際商業銀行開的一張一萬美金的收據，說了一大堆連自己也不懂的英文。她當然聽不懂，急得我滿頭大汗。可是她並沒有白眼瞪入，仍然微笑著，耐心地、和顏悅色地聽完我的「手語」。她一邊聽，一邊頷首，鼓勵我說下去。好不容易她總算會意了，便熟練地幫我處理完畢，再微笑地跟我說再見。

那一天我眼前盡是她的笑臉，那樣親切、自然的笑臉，是我在臺灣的女性職員中從來不曾見過的；不但受寵若驚，還有一絲輕飄飄的陶醉感。她的身材高挑，穿著剪裁得十分合身的窄裙，質地極佳，兩條修長、白皙的小腿露在外頭煞是迷人。我大概被她迷住了，以後常藉機到銀行，為了領十塊錢，往往得排二十分鐘的隊，走三十分鐘的路，卻甘之如飴，精神振奮得很。

有一次我到超級市場購物，意外地遇到她。她穿著輕便的毛衣、牛仔褲，推著小車子，神閒氣定地在架子間挑東西。我正想過去跟她打招呼，突然走出一個「雅皮」型的男士，幫她推著車子，兩人有說有笑地走了。招呼沒打成，恨得我心裡癢癢的，可是銀行仍然照去。跟她寒喧幾句，比幾個手勢，都是令人開心的。

後來我才發現，原來大部分的美國大妞都是笑口常開的。在路上碰見了，即使不認識，也會笑臉迎人，說聲Hello。初時我常誤以為自己有什麼獨特的魅力，居然能讓這麼多的洋妞大拋媚眼，心底著實樂了一陣子。等明白她們的習慣後，自尊心雖然稍受損傷，也習以為常，回敬她們一個微笑，再加上一聲Hello便是。

三

第二個與我比較接近的洋妞，是我的家教（tuitor），芳名琳達。她是系裡大學部的高材生，已在系裡待了六年，卻只念到大四。因為她老姊經常念一年，便休假一年。到處雲遊、打工、玩耍。為了在暑假前拿到學位，不得不回來K點書。我在一次討論會上認識她，我們說好了，我教她中文，她教我英文，每個禮拜碰兩次面。

琳達是個不修邊幅的女孩，整天穿著一套磨得泛白起毛的牛仔衣褲，頭髮剪得很短，走起路來又急又快，從背影看好像是個精力充沛的高中男生。冬天時我們常坐在學生活動中心的落地窗前，一邊上課一邊欣賞窗外湖邊的積雪。等雪化了，春陽乍露，她便迫不及待地帶我到行政大樓前的大草坡上，一邊曬太陽一邊和我閒聊。時間一到立刻翻身而起，說聲拜拜，揚長而去。

相處久了，我對她才略微了解一些。在政治上她原來還是個激進分子，經常看她抱著各類反雷根的標語、旗幟，四處張貼，到處參加示威遊行。在一次大規模的反對中南美洲政策的遊行中，她還帶我去參加。我看她在隊伍中搖旗吶喊，十分活躍，不禁為她的言行稍稍地擔心。她卻一點也不在乎，依然抱著各種標語進進出出，偶爾也會對我「洗腦」一番。我總是不置可否地笑笑，她便聳聳肩，然後拿出一本平裝的小故事書，要我回去念。

第一個學期結束後，我搬到合作學舍去住，她又四處雲遊去了。暑假過後她仍沒拿到學位，卻在學校謀到一份工讀的差事，當學生餐廳的收銀員，工作相當忙，我們的家教遂告中止。有時在餐廳遇到了，她高高地坐在收銀機前，總會對我嫣然一笑，然後按下按鈕，一些零錢角子，便叮叮噹噹地滑下金屬溝槽。我伸手一撈，說聲拜拜，這便是僅有的對話。我們見面的機會愈來愈少，後來竟不知她的下落。

四

我居住的合作學舍是男女混合雜居的，三十多個室友有一大半是大妞。在面試時碰到的第一個問題便是：你對裸體的看法如何？如果有人在屋子裡裸體，你有何反應？問這問題的面試委員，不是別人，正是一個活潑健美的金髮大妞艾麗絲。她面容神肅的問罷，我居然心虛地說一點點都不在乎，這是東方人與西方人之間很不容易跨越的一道鴻溝。她們看我這黑頭髮、黃皮膚的老小子，竟然如此開通，大喜過望，便同意我住進去，成為一個正式的成員。

艾麗絲的問題果然是個很具體、很實在的問題，因為不久之後我就發現這些大妞室友，大多有裸體的癖好。不只光著屁股在屋裡跑來跑去；在陽臺上日光浴時固是玉體裸裎，在湖裡游泳時照樣一絲不掛。每次與她們打照面，常羞得我不敢正眼視人；一齊下湖游泳時，也唯有我這昂藏七尺的男子穿著泳褲，惹來這些大妞一陣竊笑。

笑罵且由她們，孔老夫子的禮教，硬是叫我無法入境隨俗。橫亘在東方與西方之間的那道鴻溝，事實上是不容易跨越的。這與道德無關，而是一種觀念，一種習俗，一種生活習慣。美國大妞喜歡裸體，我只好尊重她們的裸體。何況人家事先已打過招呼，此地衛道之士不宜。既進入伊甸園，只好睜一隻眼，閉一隻眼吧！

除了裸體初時使我較不習慣外，與美國大妞一齊生活其實是樂趣無窮的。住在合作學舍裡頭的女生，思想本就比較開放、前進，生活又帶有濃厚的浪漫、自由的色彩，比起一般大妞更好接近，更容易相處。加上合作學舍一向注意團體生活。要求全體成員生活在一起、工作在一起。我與這些大妞朝夕與共，對她們的了解也日益深刻。

她們大多是威大的學生，有念英文系的、有念昆蟲系的、有念舞蹈系的；也有暑假短期課程的學生。所習的科目就更加廣泛、繁雜了。

五

我剛搬進去時正值暑假，本州的學生紛紛往外跑時，也有許多外州的學生往麥城校區跑。其中一個叫葛瑞倩的，專程從紐約跑來學尼泊爾文。我因去過尼泊爾，又出過一本有關尼泊爾的攝影集，她看了我的書後對我崇敬有加，經常來找我問尼泊爾的事，我們談得最是投機。

葛瑞倩長得很甜，有一頭蓬鬆鬈曲的金髮，算得上是個美人胚子。可是從不打扮，老是穿得邋邋遢遢的，像個尼泊爾婆子。她一心想到尼泊爾去流浪，因此學習得非常認真。每天清晨總坐在陽臺的一張破沙發上，面對著夢斗塔湖的朝陽，大聲誦讀尼泊爾文。然後歪七扭八地寫些像梵文的尼泊爾文字。這時我常在陽臺上做早操，或者遠眺，她便會淘氣地用尼泊爾語向我問安，或者念一段文字。當然，事後她會得意地用英語再解釋一遍。

她與我同住二樓，每晚刷過牙後，就會披著毛巾到我房間來，改我的英文日記。遇到錯誤的地方，總不忘調侃我一下，然後要我下次注意。改完了她差不多也睏了，便半瞇著眼睛，一邊打瞌睡，一邊回去睡覺。

有一次我在洗澡，她剛好也在隔間洗澡。我們一邊洗，一邊聊天。她突然說要到我這邊來，我以為她開玩笑，並沒當真，料不到她真的一躍跳進我的淋浴室來。幸好我那時已浴罷，穿戴整齊，否則不曉得會是什麼局面。

暑假過後，葛瑞倩果真的隨著她的班級到尼泊爾。她寄給我一張在當地某寺廟拍的照片，照片中的她穿著尼泊爾傳統的服飾，十足的尼泊爾婆子的模樣。她在那兒待了半年，回來後又到麥城晃了一下，以後據說到大峽谷當嚮導。我第二次到大峽谷時曾想去找她。但那麼大的一個地方，從何找起？我至今還是不明白，她那邋邋遢遢的樣子怎麼當嚮導？當然，她假若稍加打扮的話，必然是個明眸皓齒、嬌豔動人的女子。

六

那年暑假，念昆蟲的瓊安，決定不回維吉尼亞州的老家看鳥，而留在麥城幫人粉刷房子，賺下學期的學費。我初次見她時，她戴著一頂印有某啤酒廠牌的鴨舌帽，提著一桶油漆，正要出去工作。

我問她去幹什麼，她說去 painting（油漆）。我沒聽懂，以為她要去畫畫，心想她大概是個學藝術的學生，便和她談了一大堆畫畫的事。她愣了半天，不知我在說些什麼。直到很久以後，我才弄清楚她那天原來是要去油漆，而且根本不是藝術系的學生。她知道這個誤會後，笑得腰都直不起來。

瓊安是個開朗、結實，非常熱心的女孩，碰到人一定先來個擁抱，連我這老外也不例外。跟她熟了之後，我也會主動擁抱她一下，她便樂得咯咯地笑。她體力充沛，喜歡跳舞，每個週末都要到市中心跳個痛快。

有一次我隨她去，買一張二塊錢的門票，居然可以跳到夜半。我們每支曲子都跳，跳得汗如雨下，索性把鞋子外衣都脫了。回來後我腰瘦背痛，連著幾天無法正常走路。她卻什麼事也沒有，仍然像灌飽了氣的皮球般蹦蹦跳跳，我真是服了。

在合作學舍裡，我的工作是做飯和洗碗，做飯在星期三晚上，沒什麼問題。洗碗卻排在週六晚上，這可麻煩了。因為週末我常和朋友開車出城去玩，一去就是兩天，沒辦法回來洗碗。管理家務的是個叫凱西的女孩，為此她和我談過幾次，希望我趕不回來時，能找人代勞，或與別人對調，確實是兩全之計。

有一次我和高信疆應詩人非馬之邀，到他芝加哥的家度週末，臨行之前特地委託一位室友代勞。他老兄糊里糊塗居然把這事忘了。等我回來後發現房間的門上貼了一張大字報，對我頗多指責，一看就知道是凱西的傑作。她要我去找她談，我說明原委後，她反而不好意思了。除了向我道歉外，並幫我下樓去洗碗，以後兩人的交情反而更加融洽。

凱西是藥學系的高材生，身材健美，有一雙令人豔羨的大腿。她最喜歡騎自行車，把那雙美麗的大腿曲線展露無遺。有一次她扭傷了，大概聽說「中國功夫」很厲害，便來找我幫她按摩。我推脫不了，只好胡亂在她的腿上又搓又捏，痛得她哇哇直叫。說也奇怪，我的「馬殺雞功」居然奏效，「馬」過之後她就不痛了。她再三向我道謝，我卻不知是什麼道理。

七

那麼多室友中，對我最照顧，待人最熱心的是梅莉。她來自威州北部的農莊，仍保有農家子女樸實、勤勉的特質。為了家計她沒有正式註冊念書，白天在超級市場工作，晚上在教會學西班牙文。她有一張娃娃臉，雙頰紅通通的，隨時隨地都掛著親切的微笑。

我是學舍裡唯一的東方人，文化背景不同，語言的溝通也有障礙。每次開家庭會議，我常不知道討論的內容，表決時往往亂舉手，弄得大家很傷腦。這時梅莉就會悄悄地告訴我，是什麼議題，應該做什麼決定。經她委婉解說後，我才能進入狀況。在其他類似的場合，當我被語言困擾下不了臺時，第一個來解圍的總是她，因此我對她充滿了感激。

她心細如髮，善體人意，關懷別人而不露形跡。第一年的萬聖節前夕，她跑來告訴我，晚上回家時我會有個意外的驚喜。我不知她葫蘆裡賣什麼藥，她也祕而不宣只是微笑。當晚我從圖書館回來，打開房門，赫然發現桌上擺了一個南瓜削成的鬼臉，裡頭還燃著一根蠟燭，黝暗閃爍，形容譎異。

我正驚訝之間，梅莉突然從門後悄然掩至，怪叫一聲，嚇了我一跳。她才得意地說，南瓜是她削的，送我當紀念，並祝我萬聖節快樂，然後飄然下樓。那種溫暖和溫馨，對一個初度西方鬼節的東方人來說，確是刻骨銘心，永遠忘懷的。

八

劉紹銘先生聽我談起這些大妞室友的作風後，曾戲謔我是住在「盤絲洞」裡，並警告我少與這些「蜘蛛精」來往。因為西方人處理感情的方式太直截了當，東方人受不了。他是怕我誤落陷阱，受到傷害，因此極力勸我另搬新家。

我卻是抱著不入虎穴，焉得虎子的大無畏心理。步步為營，深入了解，周旋於諸妞之間，不但不為色相所誘，還與她們相處甚歡，建立了深厚的友誼。這種定力大出他意料之外，也使他修正了「盤絲洞」或「蜘蛛精」的看法。

有些朋友聽說我身處眾香國，有美女圍繞，非常羨慕，常到湖邊找我，冀一窺虛實究竟。可惜他們沒有眼福，老是來錯了時候。下湖游泳時徒然多了一些泳裝男士，諸妞在陽臺上看了，想必又多了一個笑話。伊甸園本就幽祕難測，外人不易得知。箇中風流情事，是真是假，只有局內人心裡明白。

我在合作學舍前後住了一年三個月，諸妞搬進搬出，所識者何止這些？不過順手拈來，列舉其事，以見洋妞諸貌。對於女孩，不管洋妞土妞，我全無偏見，更沒有比較孰優孰劣的意思。我因與洋妞有這段因緣，將她們的事蹟寫成文章，除了紀念我與她們交往的過程外，別無他意。若用有色眼光來看我或者看她們，便非我的本意，望讀者諸君諸妞明察是幸！

原載七十四年八月二十一日中國時報「人間副刊」

開洋葷，吃洋素

一

國人出國觀光喜歡自嘲為開洋葷，其實「洋葷」兩字的涵義極廣，只看你怎麼「開」法。有人在國內照樣每天開洋葷。食有沙拉、牛排；衣有比基尼、晚禮服；住有席夢思、安樂椅；行有卡迪拉克、鱷魚皮鞋。至於看的電影、聽的音樂、抽的香煙、喝的可樂，盡是舶來品，其生活方式，言談舉止，比洋人還洋化。

可是也有人人在國外，洋葷沒開成，卻吃了一肚子洋素，區區在下便是；而且吃了一年四個月。老實說，吃素並沒有什麼不好，我有幾個吃素的朋友，照樣吃得容光煥發，精神飽滿。在臺灣吃素食，既有素雞，又有素魚，滿漢全席都能弄出一大桌來。這種視覺享受不能等閒視之，對胃腸食腹之欲大有裨益。相較之下洋素便瞠乎其後了，色香味俱不全，吃起來好不辛酸，個中滋味，待我慢慢道來。

我既非和尚，又非信徒，在臺灣喝慣了大碗酒，吃慣了大塊肉，到了美國反而吃起素來，連自己都想不到。道理很簡單，因為我住在合作學舍裡。這合作學舍說來也真奇怪，裡頭有裸體夏娃，有嬉痞亞當，還有一大群吃素的準和尚，因此規定成員一律得吃素。

就像我在〈哈囉！洋妞〉一文中提到的，他們先要考我一考。面試委員的第二個問題便是：你是不是個素食主義者？你能適應得了素食嗎？第一個問題我既已搖頭在先，對第二個問題只好趕快點頭，否則就被掃地出門，根本別想入住合作學舍。我當時的想法是：吃素？你們這些洋妞還敢跟我談吃素？憑我母親吃了三十多年素的經驗，難道吃不過你們不成？

按照規定，在住進去之前，我必須先在學舍吃過三頓飯，看我是不是真能適應裡頭的伙食，以及能否和他們相處融洽，再決定是否讓我住進來。當然這三餐是免費的，我一聽有三餐免費的飯可吃，還特別餓了一餐，準備晚上連本帶利吃回來。

二

第一天晚上我興匆匆地準時赴約，進得地下室的餐廳，逕自拿了盤子、叉子，尾隨在諸妞眾生之後到飯桌上取菜。輪到我時卻傻住了，上面除了一大鍋像漿糊一樣的糙米飯外，僅有一大盆生菜沙拉。只見萵苣、青椒、紅蘿蔔、白芋頭、細豆芽、碎洋菇、紅紅綠綠、粗粗細細，切也沒切齊，洗也沒洗好，翻江倒海，混成一團。那作料更絕，只有一碟醋，上面灑些芝麻般的黑點。這算那門沙拉？又算什麼晚餐？光看它們我就氣飽了。

為了表現我的禮貌和風度，我當然不便拂袖而去，還得裝出興趣盎然的樣子，拿起木杓從鍋裡挖出一團漿糊，再從盆裡撈起一些沙拉，與眾人在長桌並肩坐下。細看之下才發現那團漿糊原來是香蕉飯，不過並沒有煮好，香蕉是香蕉，糙米是糙米，顏色混沌，味道怪異，一聞之下差點昏倒。

我吃飯一向要喝湯，卻看不到湯的蹤影，便問鄰座一個傢伙。湯？那傢伙遲疑一下，指指桌上一桶冰開水說那就是了，說完還熱心地幫我倒了一大杯。

眾人到齊後便開動了，我雖飢腸轆轆，卻怎麼也沒有勇氣吞下第一口。斜眼偷看諸人，只見他們談笑風生，兩腮鼓騰騰的，手上刀叉旋起旋落，忙碌不堪，未幾便有人吃了第二撥。為了怕啟人疑竇，我彷彿吃得津津有味。真是天曉得，我只不過是好漢打脫牙齒和血吞罷了。

用罷晚餐各自散去，我躲在一個角落反芻一下，愈想愈不對。不過東西已吃到肚裡，要吐出來已不可能，只好將就點了。我一路散步回去，還沒走到家門，那幾片生菜幾粒糙米，已消化殆盡，肚子又開始餓了。只好踅反小街，找了一家麥當勞，又吃了一個大麥克，一包炸薯條，以及一杯中型可樂，才算真正把晚餐解決。

以後的兩餐情況大同小異，不過是香蕉飯變成蘋果飯，生菜變成薄餅，也可以用鮮奶代替開水。不過對我已沒有什麼影響，因為我都是先吃飯了再去。在那兒只是虛晃一招，亮亮相，露幾個笑臉，聽人講些笑話而已。

三

面試委員冷眼旁觀，對我的表現至感滿意，中了我的「移花接木」之計仍不自知。因此第三餐飯甫吃罷，她們交頭接耳一番，就當眾宣布我已是學舍的一員，以後就要與大家同艱苦、共患難了。說罷還一一上來跟我親頰擁抱，以示恭賀之意。

明知山有虎，偏向虎山行。這種大無畏的精神真把我害慘了，因為往後的日子還長呢！我們三餐是這樣規定的，早餐大家各做各的，各吃各的。學舍有人負責做麵包，每次一做就是一籮筐，又粗又大，做好後放在冰庫裡，要吃時得先拿出來解凍。一塊一塊，既濕且硬，好像橫七豎八的磚頭。我們的早餐通常就是啃這些磚頭，先用刀子鋸成小片，放到烤箱裡烤；一不小心就會烤焦了，因此廚房裡經常瀰漫著一股焦味。

這磚頭麵包是主食，此外我們經常吃的還有鮮奶、雞蛋、酸乳和奶油。鮮奶是用塑膠桶裝的，冰得沁涼，任君飲用，平常沒事時，我們也拿它當開水喝。因此一天的消耗量嚇人，也是我們營養的主要來源。雞蛋同樣大量進貨，貯放在冰庫裡，堆積有如一座小丘。早餐時煎兩個蛋，在麵包上塗些奶油酸奶，再加上一些豆芽菜，這一餐吃下來扎實得很。美國人重視早餐，大半天的精力都有賴於此，因此早餐也是我們最豐盛的一餐。

有些吃素的人吃得很徹底，連牛奶、雞蛋這些動物性的產品都不吃。他們只喝些開水，吃些麵包，其他營養只好從馬鈴薯片、豆類、瓜果中去攝取。說也奇怪，這些「吃純素」的傢伙，一個個都吃得壯如牛犢，精力充沛得不得了，而且絕大部分是嬉痞，足可當素食館的活廣告。

四

我們做早餐時都會多烤兩片麵包，塗好果醬、奶油，加上幾片青菜，用塑膠袋包好，出門前再到冰箱拿個蘋果，這便是午餐。午餐很少人在家裡吃，大多帶到學校去。中午時分到自動販賣機前丟個銅板，買杯可樂，到湖邊找片樹蔭坐下來，打開塑膠袋，這便是很愜意的一頓午餐。

真正大家在家裡用餐，僅有晚餐一餐；這也是最令人難以領教的一餐。飯是大家輪流做的，不管是阿貓阿狗，只要對做飯有興趣，都可加入做飯的行列。由家務管理委員會排定時間，按時下廚。每次由兩人擔綱，任務包括採買、做飯、燒菜，將碗盤、菜式羅列整齊，然後搖鈴通知大夥兒下來用餐。

老美的烹調水準本就差人家一大截，再加上這些嬉痞胡整一通，燒出來的菜真是慘不忍睹。我們廚房裡有一書架的書，堆的都是食譜，東西雜陳，各國名菜都有。每當有人做飯它們便得遭殃，做飯的人一邊動手，一邊翻書，什麼時候加什麼作料，一律照本宣科。原料、步驟都沒有錯，可是燒出來的東西卻南轅北轍，完全不是那回事。

我們的食譜雖多，做出來的永遠是那幾道菜。吃久了，只要知道是誰下廚，就可以知道會有什麼菜。不外是沙拉、匹薩、通心粉、烤麵包、墨西哥燒餅，以及最難以下嚥的印第安食物。

每晚鈴鐺響後，大家蜂湧進入餐廳，我只要看到那些奇形怪狀的食物，原本飢腸轆轆，瞬間會變得全無胃口。但是不吃也不是辦法，常常一邊吃，一邊怨歎。怨歎自己到底犯了什麼天條，竟被貶到這個地方，接受這種酷刑。

五

光是怨歎當然無濟於事，餓肚子的滋味比什麼都難受，為求自飽，我自告奮勇地加入烹調的行列。老實說，我從沒有下廚的經驗，一下子要煮供二、三十人吃的大鍋飯，還是不太容易。那些老外倒是天真得很，一聽有中國菜可吃好不興奮，紛紛奔走相告，人人都在等我露一手，好大快朵頤。

為了不負眾望，我對菜式苦思良久，不但翻食譜，還從記憶中去搜尋母親的拿手好菜。

最後決定做個蕃茄炒蛋、炒青椒，以及一大鍋的青菜豆腐湯。因顧及素食者的胃口，中國菜最膾炙人口的肉類只好割愛。

我下廚那天除了有助手幫我分菜、打蛋外，還有幾個對烹飪特別有興趣的女生在旁圍觀，想學點中國菜的做法。像用油熱鍋，用蔥蒜調味這些基本概念，她們完全懵懂未知，因此我還沒正式操鏟，那蔥油的香味已瀰漫一室，把一大夥人引誘到廚房裡，人人嘖嘖稱奇，垂涎三尺。不用說，當晚的菜還不到第二輪時已被搶吃一空，老外的味覺何等容易滿足可想而知。

以後每輪到我做飯時，大家即使再忙都會趕回來吃；有些還會呼朋引伴，齊來「開中國葷」。天曉得，我只不過把番茄炒蛋改成番茄炒豆腐，炒青椒改成炒茄子，青菜豆腐湯則變成蛋花湯而已。這幾套招數居然能歷久不衰，佳評潮湧，太出我意料之外。好歹我一禮拜總算能飽食一頓，其餘六天吃點苦，受點氣也就值得了。

六

我的師長知道我在合作學舍裡過這種非人生活後，都非常同情。起初他們主張我搬出去，但知道我想學好英文的苦心後也不再反對，便經常邀我到他們家裡吃飯，打打牙祭，解解饞。因此每逢週末有師友請吃飯時，我無不欣然前往，在滿桌的瘦肉、肥魚之前，暫時恢復肉食者的身分。

一年四個月的素食吃下來收穫還真不少，首先是我的烹調技術進步了，尤其是啤酒雞更是拿手，在留學生圈子裡相當叫座，大部分的朋友都領教過它的滋味。其次身體苗條了不少，身上的贅肉紛紛消失，穿起衣服來一副仙風道骨的樣子。再來便是深深地體會到中國食物的博大精深，洋人雖然船堅砲利，口腹腸胃卻不堪一擊，隨便一碗牛肉麵，一碗酸辣湯，便可叫他們在桌上稱臣。

回臺灣後，我第一件差事便是回復「肉食族」的身分，做一個快樂的吃葷人。管他西洋大餐、東洋料理、臺灣小吃，有肉就吃，有酒便喝，人焉「瘦」哉！人焉「瘦」哉！

原載七十四年十二月二日中華日報副刊

烏合壘球隊

一

老美是個年輕、好動的民族，這種熱情洋溢、活力充沛的民族性，最能夠從他們的體育活動上表現出來。夏天游泳、冬天滑雪，加上各種球賽，從籃球到棒球，從業餘到職業，一年四季賽個不停，那種盛況只有兩個字足以形容：瘋狂。

有一次上英文課，老師要我們談談美國的特色，每個人都得站起來談一段。有的說資本主義，有的說高科技，有的說好萊塢，還有的扯上西部牛仔。好像都能說出一些道理，可是老師還不滿意，頻頻地追問，一邊暗示著：and……and……我們的答案顯然都沒有切中要害。老師and了半天，終於有一位從伊朗來的女孩子說：運動。

此語一出，老師的右拳狠狠地擊在手掌上，說：Exactly!（正是！）當下誇獎了那位女孩子一番。那種誇張的表情和動作，十足像比賽進行中的球隊教練。

運動，真是一語道破，言簡意賅，牢牢地捉住了老美的精神。放眼校園裡，慢跑的、擲飛盤的、滑滑板的、玩帆船的；足球從這頭丟到那一頭的，都是一團團在動的人影。因此校園裡總是充滿了喧鬧聲，生機充沛，活力十足。

我這個老大不小的學生，受到這種氣氛的感染，幾把懶散已久的老骨頭不由抖擻起來。黃昏時跟著人家在湖邊慢跑，晚上到體育館拉兩下單槓，週末時騎單車，下雪時玩雪橇，夏天時還可躍入湖裡游游泳，划划獨木舟，悠閒而刺激，倒也其樂融融。

上述這些運動我都是玩票性質的，隨興之所至，找個地方跑跑玩玩。因此也經常虎頭蛇尾，不了了之。不追究還好，追究起來總有一大堆藉口：不外是天氣熱了，下雪了，馬路結冰了，完全一副業餘運動員的口吻。

二

第二年夏天，雪還沒有化盡，我們學舍裡幾位運動細胞比較發達的傢伙，已在摩拳擦掌，躍躍欲試了。一個叫狄佛的寫了一份計畫書，提議籌組一支壘球隊，在家庭會議中提出來討論。大家反應非常熱烈，七嘴八舌地鬧了一個晚上總算通過，有興趣的人自由參加，沒興趣的不准搗蛋。

狄佛來自加州的陽光帶，身高六呎八吋，既能打籃球，也能打棒球，壘球對他只是小兒科。那陣子只見他拿著計畫書，到處找人談，學舍允撥一百元做為基金。至於那些熱心的傢伙，有的提供球棒，有的提供手套，東挪西湊，一支雜牌壘球隊就此成軍。

我原本抱著觀望的態度，一來自己從來沒打過壘球，水準太差，怕連累了球隊，二來英文不太靈光，平常溝通都有點困難，更不用說那一大堆運動術語。偏偏球隊少了一個人，隊形不夠完整，狄佛又正好住在我對門，每次經過就來敲我的門要求我加入。拗不過他的殷勤和好意，我便以「外籍球員」的身分，加入了這支雜牌軍。

盼望著，盼望著，雪融了，春風拂動了，草坪偷偷地綠了。四月底的樣子吧！一個晴朗的週六下午，狄佛正式發出練球的通知。我那時還好整以暇地在睡午覺，樓下乒乒乓乓的，都是木棒互擊或拖地的聲音。狄佛一聲吆喝，我才慌忙地滾下牀來，換上運動衣、戴上紅色的棒球帽，騎著破腳踏車，尾隨著他們到湖邊的棒球場。

我們的球隊真是名副其實的雜牌軍，男生的大鬍子和長頭髮隨風飄搖，女生的寬鬆衣衫婀娜多姿。至於高矮長短、環肥燕瘦，羅列其間，更是參差有致。可是誰也不在乎，大家一邊嚼口香糖，一邊虎虎生風地揮著棒、投著球，滿場飛奔，煞有介事。

三

狄佛既是發起人，教練一職自然非他莫屬。他老兄也不含糊，不知那兒弄了一個哨子，掛在脖子上；又找了一份訓練表格，挾在腋下；陽光較強烈時，還會戴上太陽眼鏡。當他扠著腰，斜眼看我們練球時，真是派頭十足。一會兒拍手集合大家來講解，一會兒擊球讓我們練習接殺；還大聲吆喝著，用粗魯的話罵不聽話的人。

我即是經常挨罵的傢伙，並不是本人耍大牌，不服指點，而是壘球的術語太多，外行人實在聽不懂。比如說：他叫我短打時，我往往擺出全壘打的姿勢；他叫我盜壘時，我卻閒散地抱著雙臂站在壘包上；他叫我不要離壘時，我又跑得像一溜煙散，被刺殺在本壘之前。凡此種種，不只把他氣得七竅冒煙，我也羞得無面見人。可見並非本人技不如人，而是語言的障礙難以克服也。

有一次我們在練習接殺高飛球，大家先輪流上場打擊，然後誰接到球，誰就可回來再擔任投手或打擊手。我一時沒聽懂，一個人站在遙遠的外野區，癡癡地望球興歎；因為我們的打擊普遍不好，能打到內野的位置已經不錯，因此大部分的球都與我無緣，連個邊也摸不著。

眼看別人頻頻上場打擊，我卻形單影隻地守著邊疆，心裡不是滋味。心想這些老外真是過分，政治干涉體育，連打球都有種族歧視。便去向狄佛抗議，吵了半天，才發現自己理虧。因為自己沒有把規則聽懂，沒主動去接球，只好被放逐在邊疆地區，耗掉了大部分時間。

一個月後天氣已有些炎熱了，麥城的戶外活動愈趨熱絡，我們這支雜牌軍在狄佛的調教下，總算有個樣子了。狄佛是有心人，看看時機差不多已經成熟，便決定帶我們出去南征北討，以便測量自己的實力。他跑去找市體育會協助，幾經斡旋，終於得以參加該會舉辦的一個小型的比賽。規模雖小，參加的球隊卻不少，每個禮拜廝殺一場，整個賽程得延續個把月才能結束。

狄佛把賽程表分給大家後，一連幾天都興奮得不得了，他老兄真有辦法，又到學舍裡弄到一筆小預算，給每個球員買了一頂帽子，並在上面繡了一個M型的字樣。據他眉飛色舞地說：M就是代表我們學舍的簡寫，有了這麼鮮亮的標幟，即使沒有相同的球衣，彷彿頃刻之間就有了如虹的士氣。

四

我們第一場比賽的對手，是麥城屠宰公會支持的一支球隊，該隊球員雖非屠夫出身，但個個高頭大馬，連女孩子都比我們健美高大。尤其令人生氣的是，他們每人都有一套鮮亮耀眼的深藍色球衣。比賽之前雙方球員彼此握手寒暄時，我只覺得一波藍色的浪濤突然朝我們湧來，在他們熱情的擁抱下，我們只不過是一顆顆載沈載浮的泡沫罷了。

狄佛不愧是見過世面的人，他雙手一拍，把我們集合起來，面授機宜一番。然後像趕鴨子一般，揮舞著球棒將我們趕進球場，一場龍爭虎鬥於焉展開。

兩軍一接觸，我們才發現對方也是「烏合」級的，彼此的實力約在伯仲之間。只不過對方個子較大，手臂較粗，擊出去的球較遠，弄得我們的外野手比內野手還要忙。左右兩個外野手經常滿場飛奔去接球，也經常人仰馬翻，撞在一起。至於漏接，誤傳，更是家常便飯，本該被接殺的球，常因一誤再誤，球傳回本壘時，人家壘上的球員早就腳底抹油，跑得精光了。

我方進攻時，對方情況也差不多，只要揮棒，大概都不會落空。揮個三次，總有一次可以摸到球的邊。這時別緊張，只要球能夠打出去，保證對方同樣手忙腳亂，失誤累累，輕輕鬆鬆就可奔回本壘。因此雙方一開打便欲罷不能，積分扶搖直上。最後的比數好像是三十幾比二十幾，到底誰贏了，我現在已記不得。只記得那種比數好像該是打籃球，而不是打壘球的。

事實上，輸贏真的並不那麼重要，老美搞體育有他們的體育文化。比賽時固然全力以赴，要爭取最後的榮耀。但賽過之後什麼都忘了，雙方球員互相握手擁抱，讚美對方的球技，連在旁觀戰的家屬親友也會跑進場來歡呼。然後大家換了衣服，便各自開車回家，秩序井然，彬彬有禮，真個君子之爭。

五

我最喜歡比賽後那種鬆散的感覺，贏球了，大家高興地跳躍幾下；輸球了，大家依然有說有笑，各自拎了球具，在狄佛的吆喝下，跳上他那部可載十人分的小貨車，到酒吧去喝酒。

每人一大杯啤酒，一邊聽音樂，一邊還可射飛鏢、打撞球。直到長夏的夕陽隱入西山，大夥兒才回學舍吃晚飯。一路總是又唱又叫的，非常興奮。

一個禮拜賽一場球，壓力其實不很大，體力也足可應付。難卻難在我們這批烏合之眾，既屬玩票性質，敬業精神就不太夠。這次約翰有事要出城，下次傑克要考試，再來瑪麗生病了，安娜要約會。每次總有一些意外，因此我們的球隊從來不曾到齊過。今天缺個二壘手，下次缺個游擊手，再下次保證缺個什麼手，弄得狄佛頭大如斗。每次事到臨頭要比賽了，還得四處找人來頂替。有時是敵是友都搞不清，更談不上合作了。

在這種情況下，雜牌軍林立，我方戰績自然會受影響，吃敗仗的比例相當高。在體育會的排行榜上，名次不斷往下掉，只差沒敬陪末座就是了。不過我們真的不在乎，我們確實從比賽中得到了莫大的樂趣，也結交了許多「道上」的朋友，分享了難得的友情。有些僅有一面之緣，日後在路上碰見仍然認得出來。你就是那個被三振的傢伙，對嗎？雙方一辨認，總會笑個不停，何等有趣。

我是市體育會旗下眾多球隊中唯一的「外籍球員」，由於身分特殊，萬白叢中一點黃，每次出賽都備受注意。不只我方球員高呼我的名字，為我加油；連友軍也頻頻對我示好，以表現他們的風度。身處眾目睽睽之中，我真是拉風得很，可是出糗時也無所遁跡。因此每場比賽無不全力以赴，如履薄冰，普獲好評。我的隊友們還戲封我為「最有潛力的球員」，可見受歡迎的一斑。

六

球賽結束後，暑假也差不多來臨了，隊友中有的要遠行，有的要回家，還有的要打工，我們這支屢敗屢戰的烏合壘球隊只好宣告解散。當晚到酒吧喝酒時，大家都特別帶勁，啤酒一杯接一杯，狂歡痛舞。狄佛帶著濃濃的酒意，逢人便舉起杯子，咕噥著說：打得好！打得好！

那晚過後我就不曾再摸過球棒，繁忙的課業、堆積的報告，把我逼死在圖書館裡。狄佛從加州回來後也在忙著找差事。偶爾他到我房間來串門子時，還會提起幾段精采的球賽，比手畫腳一番，過足老癮才離去。

對他，那也許只是數百場球賽中的一些片段；對我，卻是記憶中的全部。迄今為止，那是我唯一參加過的一支球隊，雖是烏合之眾，卻留下了比一般球隊更深刻的記憶。

原載七十五年一月二十九日中華日報副刊

褪色的彩虹

一

嬉痞雖非古已有之，也不是什麼新鮮的玩意，而且中西兩方的觀點還頗為一致。

中國人對不正經的人，喜歡說他嘻皮笑臉。在英文裡面，Hippie 一詞，指的是六〇年代冒出來的一群反傳統的年輕人。這群嬉痞先驅中雖不乏有思想、有見地、敢作敢為的好漢，可是他們披頭散髮、衣衫襤褸、行為乖異，在白領階級看來總覺不倫不類。

這種巧合絕非字形或字音所造成的幻覺，它們背後似乎真有相通之處，不信的話，請看看咱們竹林七賢的榜樣。當他們笑傲山林，遊戲人間時，這些嬉痞娃兒的祖先還沒橫渡大西洋呢！

竹林七賢雖足可做嬉痞的開山老祖，畢竟不叫嬉痞。我們既談嬉痞，就談正宗的美國嬉痞。吾生也晚矣，未能躬逢六〇年代風起雲湧的嬉痞運動，只能從書報、影片中想見當時的盛況。可是我卻有幸見到八〇年代的第三代嬉痞，且與他們生活在一起，成為莫逆之交。這段因緣完全是誤打誤撞造成的，姑且稱它為「誤入嬉痞窩」吧！

說它是窩，好似有點不敬。從來只聽人們說蛇窩、烏窩、賊窩，反正窩裡藏的都不會是好東西。嬉痞能夠成窩當然不在少數，這窩也不是什麼好窩，偏偏卻結在我寄居的合作學舍裡，叫我也成為同窩之貉。

老實說，我住進合作學舍之前，對它可說毫無所知，只想利用環境好好地磨練我的英文，因此一點心理準備也沒有。看到那許多留長髮、蓄鬍子，像落雞的耶穌一樣邋邋遢遢的室友，只覺得有點怪異，並不知道他們就是嬉痞。等我恍然大悟時，已經他們相處甚歡。

二

我第一次到合作學舍看房子，是個陰霾霾的夏日午後。寬敞、老舊的三層紅磚屋子裡陰影幢幢，好似一座空城。拉了半天繩索繫著的鈴鐺，才有一個體形高瘦，滿臉絡腮鬍子的傢伙出來應門。他一手端著咖啡，一手握著書，慢條斯理地帶我到裡頭參觀。送客時既沒說多多指教，也沒說歡迎再度光臨，一聲拜拜就將我掃地出門。他那沈默寡言的樣子，好似一個深思熟慮的哲學家。

這個嬉痞哲學家——我後來給他的封號，就是日後與我相交最深的摯友，叫馬克．諾斯。

那時他剛成為「職業嬉痞」不久，碰到人還有些靦腆，因此不太和人講話，對過去的事也絕口不提。許久之後他才無意間透露，他曾幹過兩個職業：一在一家匹薩店當侍者，一在一個叫「老鷹」的俱樂部當酒保。但因慢條斯理慣了，做不來那些瑣碎的活兒，索性辭職不幹，乃轉入嬉痞業，專心地做一個全職嬉痞，每個月就靠四百五十元的失業救濟金生活。

我們學舍一個月的房租和伙食費只要一百九十元，加上他唯一的嗜好，買罐上好的咖啡和幾瓶解渴的啤酒，一個月的開支僅要二百元就足可打發，因此每月還有二百五十元的結餘，放在銀行生利息。吃穿不用愁，他便可以悠哉遊哉地當一個清高的嬉痞。

他因無所事事，我因新換環境，人生地不熟，許多事情都要請教別人，自然而然地去找他。他雖沈默寡言，神情又有些冷漠，有事找他時倒是熱心得很，幫了我不少忙。在料理家務上我們也成了好搭檔。購物時他記帳，我推車；做飯時他切菜，我掌廚；週末到酒吧喝酒時，他教我英文，我付帳；晚飯後還經常一齊出去散步，我們的感情就是這樣一點一滴地建立起來的。

三

馬克充分具備了一個優秀的嬉痞的條件，他清心寡欲，對這個世界的期望、索求並不高；他遠離家庭，一年難得回去幾次；他不願意結婚，也很少和女孩子有什麼瓜葛；他吃素，除了偶爾和我吃吃中國館子的紅燒肉外，絕不沾腥。

他的個性溫和，可以在屋子裡悶坐一天，從不和人發生爭執。他的心地又極其善良，白天義務到一家托兒所幫人看小孩，晚上還到男士之家（Man's Center）當義工。他活得很快樂，且有尊嚴，無論做什麼事總會哼著歌，自得其樂一番。我看得出他極力地想扮演好他的角色，做一個成功而快樂的嬉痞。

他的另一個嗜好便是抽大麻，在美國校園中抽大麻的風氣很盛，三五人圍坐成一圈，將大麻煙點燃了，一人一口輪流吸著，他們稱之為 Getting High，就是飄飄欲仙的意思。在嬉痞圈中抽大麻是必修的課程，從沒聽說那個嬉痞不抽大麻；除非他不想混了。

馬克抽大麻是很講究，很藝術化的，沒事時他便坐在二樓陽臺的小圓桌上，將大麻攤開，用一特製的紙片，將它們捲成像香煙一般細長的條狀。由於大麻得來不易，又很昂貴，他總是能省即省，盡量把它捲得細長一點。有時捲得太粗了，他捨不得，便會拆開拿出一些煙草來，再重新捲過一遍。他一邊捲，一邊用舌尖的口水將它們黏牢，那種小心翼翼、虔誠神肅的模樣，好似宗教裡的科儀，我看了常俊不住地想笑。

捲好了大麻，他便有備無患了，煙癮來時隨時都可拿出來享用。馬克的習慣是在早餐之後先來一根，清醒清醒自己的腦袋。他先放上一張嬉痞唱片，隨著節拍手舞足蹈一番，等血液沸騰了，氣氛熱烈了，再倒在沙發上點起大麻來。

一時光沈響絕，連唱機也被關掉，只見他一人癱縮在沙發上，鼻孔、嘴巴不停噴出煙柱來。等到眼圈發紅，淚水汩汩流出時，我便知道他已在騰雲駕霧、飄飄欲仙了。半個小時之後，他揉揉眼圈站起來，喘一口大氣，立即破涕為笑。腳底像裝了彈簧，三步併做兩步，又唱又叫地出門看小孩去了。

馬克曾屢次暗示我，要不要吸一口看看。這是魔鬼對浮士德的誘惑，我拒絕了幾次，倒不是怕那黑暗的煉獄，而是還有其他的牽掛。後來實在拗不過他的好意，便答應只試一次，下不為例。我當然對自己深具信心，平常我煙都不抽，難道還怕大麻？何況前面既有個煉獄，不下去看看，怎知道裡頭的黑暗、恐怖？

在馬克的示意慫恿下，我接過那細瘦如老鼠尾巴的大麻煙，輕輕吸了一口憋在嘴裡，不敢貿然吞下。馬克在一旁猛敲邊鼓，比我還焦急。直到憋不住了，我才把心一橫，像吃藥一般將它吞到肚子裡，卻煙消霧散，不知所蹤。等了許久毫無反應，馬克問我感覺如何？我據實以告，他恨得直咬牙，說我平白糟蹋了他的大麻。在以後的嬉痞聚會裡，我和他們團團而坐，又吸過幾回，同樣沒有反應。他們才正式認定我是朽木不可雕，以後「飄飄欲仙」時便不與我分享了。

四

與馬克的虛無、冷漠、孤僻的嬉痞哲學大相逕庭的，是史杜爾的積極、淑世、擁抱蒼生的嬉痞觀。長髮披肩、鬍子稀疏、體形瘦小的史杜爾，全名是史杜爾・史密司。這個音外國人很難發得準確，我老是把他叫成「死豬兒」，雖有些荒腔走板，他倒是不以為意，仍會笑著回應。

史杜爾來自華府一個中產階級的家庭，他的父親是「華盛頓郵報」的紅牌記者，曾當過郵報駐柏林的特派員，他像狗窩一般雜亂的房間裡，有一張高中畢業時和家人的合照像片。那時的他顯然有些羸弱，衣著整齊，十分清秀可愛；與淪落嬉痞之後髒兮兮的模樣判若兩人。每次我端詳他的照片時，他便一把搶走，丟到一旁說：去它的！

眾所周知，嬉痞運動最鮮明的旗幟便是反白領階級，所以他們最大的特徵，便是在衣著形貌上與白領階級大唱反調，弄得像乞丐一樣。史杜爾從華府一個上流社會的家庭，遽爾投向麥城的嬉痞陣營，與馬克這類窮小子的皈依嬉痞，顯然更值得探究。我問過他好幾回，他不是笑而不語，就是避重就輕，儘管說些個人的覺醒與對嬉痞生活的嚮往這些搪塞的話，我始終弄不清他轉變的心路歷程。

史杜爾雖然瘦小，在長人如林的嬉痞中不很顯眼，但他的活力卻是夠瞧的。他主修植物學，同時兼任麥城合作社區聯盟（MCC）主席，底下轄有八個合作學舍。經手的業務包括與全國性的合作聯盟聯繫，制定麥城合作學舍的政策，並發行一份油印刊物，報導 MCC 的活動。他每天忙進忙出，不是去開會，就是去搞運動，把課程耽誤掉了，連著被「當」了好幾年，可是他一點都不在乎。

一天黃昏他突然心血來潮，帶我到他的主席辦公室去參觀。這傢伙望之雖不似人君，好歹也是個擁有一、二萬元年度預算的主席，應該是有些氣派的。見識之後才發現嬉痞的頭頭並不好幹，僅有一張木板釘成的辦公桌，幾張破椅子。他卻得意得很，東指西指，頻頻為我介紹；包括他貴為主席的薪水，一個月僅有五十元，我聽了差點笑掉大牙。

當主席當然是奉獻的，史杜爾並不在乎他的待遇，何況他生財有道，州政府除了付他全額的學費外，每個月還給他三百元的生活費。此外他還在一家餐廳當煎蛋的師傅，煎得一手好蛋。我不知道他有這手功夫，一天晚上他筋疲力竭地走進廚房，我正在做番茄炒蛋，便問他要不要來一點。他揮揮手說：下一次吧！我剛煎完五百個蛋回來，看了蛋就頭昏腦脹。

五

嬉痞的標幟是彩虹，所有的衣著都以粉紅色為主調。史杜爾既是嬉痞領袖，自然得在衣著上特別講究。他經常綁著紅色的頭巾，穿著粉紅色的T恤，上面還有白色的蛛網圖案，看起來全身好似被蜘蛛黏住了。再穿一條吊襠的破牛仔褲；連肩上的兩條吊帶都是七彩的彩虹，非常鮮豔醒目。說也奇怪，這套衣服穿在他身上真是恰到好處，也顯得特別精神奕奕。假若穿上一般的服裝，保證沒有人能認出他來。

第一年暑假的一天黃昏，我在行人稀少的街頭散步，突然看到七、八個形容怪異的人，神情肅穆地從街上走過。有的像印度高僧，有的像西藏喇嘛，有的像越南難民，有的像街頭乞丐，還有幾個龐克打扮的年輕男女。我正閒著沒事，就跟在他們後面，想看看他們到底是何方神聖。這群人穿過大街小巷，走啊走的，已經走到湖邊居住的社區。再一轉彎，老天！他們竟然昂首闊步地踏上合作學舍的臺階，並伸手拉了鈴鐺。我這一驚非同小可，顯然家裡又有什麼新鮮的事情要發生了。

我搶先一步開了大門，這些傢伙也不多話，魚貫地上了二樓，直趨史杜爾的房間。史杜爾和幾位 MCC 的嬉痞幕僚，早就穿著筆挺的嬉痞裝在裡頭恭候。那天他的房間特地清理了一下，還鋪上一張地毯。大家分賓主坐下，史杜爾看我在後面探頭探腦，也邀我入座。大家圍坐成一圈，先點起大麻「飄飄欲仙」一下，等大家的精神都振奮了，史杜爾才正式開講。

原來這批怪客都是各州派出來的嬉痞高人，受史杜爾之邀，到麥城商議如何召開該年度的全國嬉痞大會。因該屆大會輪到威斯康辛州主辦，史杜爾自然榮膺大任，負責籌備事宜。這一年一度的大會，在嬉痞圈中是一件大事，每天參加的人數都在十萬人以上，不亞於共和黨或民主黨的全國代表大會。這批嬉痞頭頭當然不敢等閒視之，關在小屋子裡密商了二天二夜，才各自賦歸。

那陣子史杜爾簡直忙昏頭了，整天看他東撞西撞，像一隻斷了頭的胡蜂。我原有意去參加這個盛會開開眼界，因與我西遊的計劃撞期而放棄。史杜爾啟程那天，我從窗口看他揹著大大小小的包包，穿著全套的嬉痞裝，神情極為興奮，碰到人就打招呼。半個月之後他回來了，人也曬黑了。我從他拍回來的照片中看到人山人海的嬉痞時，真是歎為觀止，有點後悔錯失了良機。以後縱使想看，恐怕也沒機會了。

第二年暑假，史杜爾總算修完學分畢業了，他的老爹特地從華府趕來參加他的畢業典禮，我看他皺著眉頭走進學舍的大門時有點想笑。史杜爾對我聳聳肩，做個鬼臉，不久就被他老爹押回去了。華府街頭是否多了個穿吊襠褲的嬉痞？不得而知。他走了之後，學舍裡沈寂了一陣倒是事實。很多後生嬉痞依然對他懷念不已。

六

嬉痞的個性大多是溫和、沈靜的，在我們學舍中，尼克是最溫和、沈靜的一個；即使他在屋子裡走動，好像也沒有這個人似的。別看他溫溫吞吞的好欺負，他的學歷卻是最高的，擁有地質學博士的學位，並在威大地質系任助理教授。他的服裝簡直糟透了，怎麼看都不像是站在講臺上的人。更好玩的是他的房間裡一本書也沒有，初識他時我還以為他在公園裡打雜，或是做資源回收的呢！

尼克也是高瘦瘦的個子，行動安詳遲緩，走路時連膝蓋都不彎。他最大的特徵便是漆黑、濃密，而稍微鬈曲的頭髮和鬍子。他老是將頭髮綁成兩條瓣子，編織得頗為精細，像兩條麵線一般垂在背上。一放開來時便像湍急飛騰的瀑布，自頭頂狂奔而下。這時他就得用一條粉紅色的頭巾將它們綑綁在額際，像孫悟空的緊咒箍。那蓬鬆、蔓生、雜亂無章的鬍子，就更難收拾了，上面老是沾著飯粒、麵包屑，或啤酒澆濕的痕跡，我們便可據而判斷他用過餐沒有。

尼克是個雙手萬能的人，什麼活兒都難不倒他。既能當木匠，也能修水管，學舍裡任何東西壞了，我們第一個想到的便是他，因此每次看到他時，人不是懸在天花板上，就是吊在屋簷外，再不然便是趴在抽水馬桶下，咬牙切齒地在和保險絲、螺絲釘、鉛管之類的東西搏鬥，而從不抱怨什麼。

尼克和孔夫子一樣，既多能鄙事，又喜歡沈思。只要人在地面上，便可看他拿著一罐啤酒，在壁爐前、在搖椅上、在湖邊、在水湄，專注沈思，像化石一般動也不動。有一天晚上颶風來襲，雷電交加，臨湖的門窗乒乓作響，我們那座老舊的房子差點被連根拔起。就在眾人紛紛走避之際，只有尼克一人坐在陽臺的搖椅上。風吹得他衣袂飄飄，獰厲的閃電幾乎要燒掉他的鬍子，他卻悠哉遊哉地喝著啤酒。

我出去問他在幹麼，他不假思索地說在沈思，而且是在沈思天地造化那樣深奧的東西，我便坐下來陪他一齊沈思。結果除了淋得一身濕外，並沒有想出什麼名堂來，我想大概是少了一罐啤酒的緣故吧！

七

第二年暑假，我們又多了兩個有趣的室友，一叫大衛，是半個洋和尚。他同樣留著及腰的長髮，卻把它梳成一個油光水滑的小髻，盤在後腦杓上。也不留鬍子，看起來非常清爽。他的行李不多，反在房間裡布置了一個小佛堂，每天頂禮膜拜，梵香靜坐。那濃烈的沈香從門縫游嫋出來，使得屋子裡多了一點宗教的肅穆氣息。

一向懶散、隨便慣了的室友，走過他房門時，都會放輕腳步，深恐打攪了他的修行。至於有裸體癖好的女孩，進出時也都改道而行，怕亂了他的心性，褻瀆了神明。因此大衛一來，學舍裡一時弊絕風清，道德水平提昇了不少。

大衛供的是西藏活佛，行的也是喇嘛禮法。他自奉甚嚴，吃素、打坐、苦習藏文。年過三十依然保持童身，一心想到西藏剃度出家，了卻紅塵妄念。選擇嬉痞只是做為遁入空門的跳板，因此他不算正宗嬉痞，倒有點寒山的味道。

我嘗數度與他促膝談佛，發現他對佛法、佛學的認識都很有限，只是嚮往喇嘛的神奇與西藏高原的神祕。我約略可以看出，他所追尋的其實是香格里拉的塵世樂園，而非宗教的涅槃。如此混淆不清，真不知他如何皈依三寶？更遑論立地成佛，修成正果。

另外一位叫理查，名字雖很正典，人卻窮得要死，連失業救濟金都沒有。唯一的生財之道便是編織嬉痞袋，拿到路邊攤去寄賣，一個賣到三十元，根本乏人問津，因此常常窮得連房租和伙食費都付不起，老在「留舍察看」的邊緣度日。

儘管在物質上如此匱乏，理查的精神世界卻是十分富足的。白天時他坐在湖邊的樹蔭下編織，一邊引吭高歌，或讀些詩篇；累了便躺在草地上打盹，睡飽了再起來工作。晚上便到圖書館去看書，他告訴我，他曾讀完英譯的老子《道德經》，對中國的「道」非常景仰。我聽後大樂，便請他吃了一客冰淇淋。我們沿著人行道散步，一邊談道，一邊舔冰淇淋。愈談愈樂，一個晚上便被他吃掉了三客。得其所哉，怪不得他最喜歡與我論「冰淇淋之道」。

二個月之後他實在撐不下去了，學舍開會決議請他走路。他靈機一動，誘惑了一位叫艾蜜莉的女孩，兩人立刻打得火熱，每天像橡皮糖一般黏在一塊，幾天之後就偷偷搬進她的房子。他白天在外頭晃盪，晚上才回來睡覺。不僅省去了房租，有美女在抱，別人不注意時還可溜進廚房吃些殘飯剩菜，倒也可以溫飽，頗為躊躇滿志。眾人看在眼裡，恨在心頭。未幾便召開臨時會議，直搗他的香巢，並將他逐出門外。他被逐那天只拎著一個小包包，開了那輛五〇年分的福特老爺車，一路落荒而逃，確實狼狽至極。

八

比起六〇年代那些拋頭顱、灑熱血，雖千萬人吾往矣的嬉痞先驅，我的這些嬉痞朋友顯然是「矮化的一代」。當然，時代是變了，所有可歌可泣的事蹟已被先人做完，八〇年代的嬉痞即使如何奮發圖強，想要有一番作為，也不復有當年的氣氛和條件。

嬉痞運動既已式微，做為嬉痞標幟的彩虹，被被譏為「褪色的彩虹」（faded rainbow）。這些逐日凋零的嬉痞，究欲何去何從呢？情勢已經非常清楚，他們正是那個狂飆時代的最後一道彩虹，是殘留在社會底層的最末一個支流。再怎麼衝擊、迴旋，也不過是幾顆微不足道的泡影罷了。

每想起這個殘酷的事實，我就會想起馬克、想起史杜爾、想起尼克，以及那許多我不認識卻極其善良的嬉痞的命運。他們的存在只是印證了一段軼史，以及他們卑微的生命。他們安靜地活著、安靜地死去。世人視他們如糞土，他們也視這個世界如糞土。聖賢愚劣，功名富貴，於他們何足道哉！

原載七十四年十二月十六日中國時報「人間副刊」

歸來

一

在美國時，不管是與朋友聊天，或一人胡思亂想，常會談到或想到，回臺灣時要怎樣怎樣。在國外待久了，難免會想念故鄉，解決鄉愁的最好辦法，便是做個白日夢。想像著自己回到了家鄉，面對著親朋故舊，吃著美味菜肴，畫餅充飢一番。因此在友朋的清談場合，常會聽到這樣的論調：我一回臺灣，什麼事都不做，先到西門町喝幾杯木瓜牛奶再說；先到永和吃燒餅油條；或者到圓環夜市去喝啤酒、吃生魚片。

七嘴八舌，眾多英雄好漢個個說得如醉如癡，一輪下來保證欲罷不能。彷彿人人已身在國內，親人故舊就在眼前，談得興起，不知東方之既白。甚至連著幾天，在備受美式食物荼毒之際，依然嘴角生香，以為吃的是故鄉風味。所謂鄉愁，所謂故園舊夢，就這麼化解於無形；甚至昇華為精神的支柱。

除了談天，我還有更多的時間花在想像上。有時坐在圖書館裡，被那夾纏的英文弄得火大了，七魂六魄立刻遁入空中，強行登陸臺灣，眼底便出現故鄉親切的影子。有時午夜輾轉，不能成眠，只好祭出「臺灣綿羊」，如數家珍一番，才能進入異國的夢鄉。無論何時何地，「假如我回到臺灣」，永遠是一個令人神往的假想，而且有千萬種的姿態，千萬個不同的答案，在挑逗著、撫慰著我困頓的心靈。

春、夏、秋、冬；花開、草綠、楓紅、雪飄。一年、二年，直到聖誕夜我離開美國的前夕，在麥城師友為我送行的晚宴上，我們還熱烈地談論著：回臺灣後我要怎樣怎樣。第二天清晨四點，我搭阿狗巴士（Alco bus）離開麥城時，表面上我鎮定如昔，骨子裡卻已經了然於心。我對故鄉濃烈的懷念，已開始分散給我在美國的第二故鄉。不知何年何月，才能再回到這優雅、寧靜的小城？再能吃到「派桑」的橄欖匹薩和酒釀冰淇淋？

二

華航的班機載著我的另一種鄉愁，飛越了太平洋上空。我先降落在東京羽田機場，繼而在新幹線的子彈快車裡放縱我的想像。半個多月的扶桑之旅，使我備受「語言不通」的困擾，像個啞巴、聾子一般地徘徊在日本社會文化的邊緣。

東京、大阪、京都、奈良，再怎麼神奇、美麗，於我也是徒然地霧裡觀花。我的鄉愁也在這時溢滿了心頭，就像五社英雄的新作《北之螢》，從冰封的北地，急急地撲向南方的家園，將近兩年的期盼，我的歸來終於成為事實。

元月十七日晚上八點，華航班機穿過厚厚的雲層，闊別了兩年的家鄉的土地，乍然出現在我的眼底。暮冬時節的故鄉，披著薄薄的一層夜霧，桃園臺地農宅疏落的燈火，寧靜安詳地在夜色裡燃亮，我的心底不期然地悸動起來。兩年前我離開時是個落雨的清晨，眼底盡是澹澹的煙雨，那時的心情也是迷迷惘惘地一片濕冷，彷彿西出陽關就是終老天涯，再也看不到這亞熱帶情調的島國風光。

起飛、降落，兩年來出門總是搭飛機居多，人在空中心也縹緲虛無得很。紐約璀璨耀目的夜景，芝加哥櫛比鱗次的摩天巨廈，洛杉磯龐大的棋盤市容，一聲聲的 Happy Landing，我頂多投下幾個漠然的眼神。然而當七四七班機展開巨大的雙翼，呼嘯著衝上故鄉的跑道時，我的熱血陡地沸騰起來。一種落實的、歸來的感覺，一下抖落了我滿身的疲乏和風霜。

三

在機場迎接我的是朝思暮念的家人，我的雙親、弟弟和小甥女。他們望眼欲穿地擠在接機的人潮中，看我推著行李出來，便高舉著手臂朝我揮舞，每張臉上都掛著盈盈的笑意。尤其是媽媽，她那張略微蒼老、瘦削的臉孔，笑得嘴巴都合不攏。

我出國的前一天正是大年初五，媽媽和我坐著弟弟開的車子，到臺北收拾我的家當。一路上苦雨霏霏，媽媽也是淚眼漣漣，低頭不語。到了我中和的家，忙了一個下午，把屋子裡裡外外都收拾乾淨了，媽媽說要待到明天到機場送我。我怕她早起趕路，倍增旅途辛勞硬是不肯。我們爭執許久，她終於屈服，無奈地和弟弟開車回去。

出國之後每想起和媽媽分別的一刻，我便覺得不忍。兩年對她而言是一個多麼遙遠的期待，而相隔大半個地球的美國，更是一輩子不曾離開故鄉的她，做夢都不曾到過的地方。她只不過想多看她的孩子幾眼罷了，而我竟然連這樣的機會都不願給她。我不難想像在返鄉的路上，她暗自垂淚的令人鼻酸的模樣。

而今兩年的期待終於成為事實，難怪媽媽會笑得那麼開心。機場裡人聲鼎沸，我走出候機室大門，迎面是一陣陣涼風撲翻在我的身上。風裡有些凜冽的味道，這是久違了的故鄉的海風啊！猛吸一口氣，似乎還可以嗅到大園海邊潮汐的氣息。即使是隆冬，我都可以聞到那一縷縷濃郁的亞熱帶的芬芳。風雪肆虐的日子再也不會有了，零下四十度的滋味，只能冰封在記憶裡頭。臺灣的冬天對歷經風寒的我來說，只是較涼爽的秋天。我迎風而行，風裡顧盼，兩年之後，仍是一條好漢。

為了迎接我的歸來，家人特地包了一輛計程車，從家鄉千里迢迢地趕到桃園來。見了我不由分說，先押回虎尾老家再說。二千二百ｃｃ的裕隆柴油轎車，像風般地在高速公路上飛馳。夜已深了，沿線的丘陵臺地、城鄉小鎮，沐浴在夜霧之中，像夢境般一一在我眼前閃過。

以前為了到各地採訪，我幾乎每個禮拜都要跑一趟高速公路，那些城鎮的輪廓，我閉著眼睛都可以辨識。楊梅、三義、泰安……我不僅經過，還在那兒留下許多足蹤。

逝去的日子像走馬燈般在我眼前浮現，遠方飄忽的燈火更引發了我的遐思。速度、時間、里程、風聲，無止境的旅途，孑然一身的漂泊。眼底也浮現了科羅拉多的峽谷，猶他的沙漠，那筆直的、荒涼的超級國道，橫無際涯，直通到天涯海角。不同的是，以前我老是在趕路，現在卻要回家。

四

我的老家虎尾仍是兩年前的模樣，澄澈的夜空下高聳著糖廠的煙囪，歲末正值「廍動」時節，一團團煙柱從煙囪騰起，飄向虎尾溪的彼岸。那是虎尾永恆的象徵，也是我生命的搖籃，吃糖長大的孩子，永遠比別人多一分甜蜜的回憶。

小鎮的夜色恆常是靜謐的，以往入夜後便少有人蹤，可是都市腐化的氣息，已逐漸感染了這個純樸的小鎮。我家鄰近左右赫然多了兩家觀光理髮廳，對面還有一家卡拉OK的餐飲店。妖嬈的霓虹燈入夜之後猶在閃爍，汽車的喇叭終宵不絕。媽媽沒好氣地對我說：都是他們在作怪，夜裡都不能好好睡覺了。

我悄悄地回來，還是驚動了一些親友。有些來詢問美國大學的入學情形，有些來談美國的風土人情，也有一些媒婆在向媽媽通風報信，說某家的千金如何如何。但我大部分的時間都關在自己的房裡，看書、睡覺。晚上和爸爸、弟弟看租來的日本錄影帶。妹妹捉來三隻肥鴨，說是要給我進補。媽媽更是費盡心機，餐餐大魚大肉，還附帶啤酒、水果，要我吃個痛快。我在美國吃了二年素，弄得面黃肌瘦回來，媽媽看了當然心痛。在她細心料理下，不出十天，臉頰果然逐日豐隆，身上油脂又恢復昔日舊觀，此時也正是我告別老家，到臺北會我老友的時刻。

我一出門天空就開始飄雨，中興號在迷濛的雨景中疾馳，我又想起兩年前那個灰暗的日子。媽媽、弟弟、我，以及異國的一個未知的夢。那年的雨季彷彿特別長，雨足足下了一個月，街頭巷尾到處響著「心事誰人知」的流行歌曲。

那時我們幾個朋友最喜歡唱這首歌，每次在小酒館裡喝醉了總要高歌一曲，然後各自散去。那氣氛有些傷感，好像什麼東西壓在胸口，怎麼也擺脫不了。那場雨一直下到我登機前的一刻，而後化為漫天的雪花，飄在麥城的機場。而後才從朋友的來信中知道，我走了，雨也停了。

五

兩年前未了的往事，因我的回來，似乎又要繼續發展了。從我回到臺北那天下午開始，惱人的雨絲又網住了臺北盆地。天空的雲層又厚又低，淡水河畔的野草在風雨中飄搖，我搭著計程車回到我中和的老房子，卻再也聽不到「心事誰人知」那支熟悉的曲子，心裡因而空虛著。

也許現在的人已不再關心別人的心事了，也許心事本就不該被人知道的。酒後高歌一曲，也不過是為了排遣那鬱積的塊壘。醒來之後心事依舊，依舊沒人知，漸漸地便不再有人唱了。

我的老房子依然傍在小山坡下，兩年前的一個黃昏，我看到一位鄰人在山坡上鋤草整地，種下小小的椰子樹種。我的窗口正好對著它們，每天讀書、寫作之餘，抬頭便可看到。它們那麼瘦、那麼小，我都懷疑它們能否長大，如今在我眼前的已是一片綠雲拂動的椰林。相對的，我的房子似乎蒼老了不少。兩年沒人住了，在國外時每次看到臺灣颱風淹水的消息，我都擔心它是否無恙？兩年沒人看管，沒人照料，它像是個棄兒，委屈地等待著它的浪子主人的歸來。

我打開一重重的鐵門、木門、玻璃門，那幾把跟著我跑了大半個地球的鑰匙，好不容易才打開那一個個鏽痕斑斑的銅鎖。陽臺上滿覆著過了兩個冬天的落葉，伸縮的鐵門被鏽蛀蝕得難以動彈，牆角屋頂佈滿了蜘蛛罟。看到這一幅殘破、頹舊的形容，我的心也荒涼著，莫名地沈痛著。

暮色漸漸濃了，窗外的雨聲淅瀝不斷，我坐在客廳的沙發上，逐漸沈向微涼的夜色中。

回來十多天了，直到這時我才真正孤獨、冷靜下來，可是腦子裡還是渾渾噩噩一片。美國、日本、臺灣；桃園、虎尾、臺北，空間的巨大改變，使我對時間的意識也模糊了。尤其當我回到兩年前生活的地方，坐在出國前最喜歡坐的沙發上，一切好似沒有什麼改變。

兩年好似只有一瞬，而我也一直坐在那裡，看報、讀書、沈思或打盹。在國外時覺得度日如年，現在回想起來竟像南柯一夢。我的美國友人，我的中國同學，我們那許多同歡笑、共患難的日子，而今安在哉？彷彿還和人約好了，週末到威斯康辛河去滑雪，禮拜一有一篇報告要打字，週三下午得到超級市場去購物，還得給馬克打個電話，說週四的約會取消了……我怎麼還一個人坐在這裡發呆呢？

六

第二天從睡袋裡鑽出來，順手撥了一個電話給老杜，我還沒搞清楚是怎麼回事，老杜卻大驚小怪的嚷起來。他問我在那裡，我說在家裡。他要我馬上穿衣服，到老爺酒店去和他喝咖啡，我才警覺到這通電話對他的衝擊有多大。

我依約到了那家新開張的飯店，老杜已西裝革履地坐在裡頭。他說他已幫我聯絡好了，中午到老曾家吃飯，晚上到小張家小聚，然後再一齊去吃消夜。出國前一夜，我們四人在一家小酒館喝酒，老曾喝醉了，開著車子一路闖紅燈，嚇得我們哇哇叫。我出國後老杜給我寫信，每次都歎遍插茱萸少一人，不管做什麼事都不對勁。我不聲不響地回來，出其不意給他們電話，就是要給他們一個意外的驚喜。

這一招幾乎每次都能得逞，較熟的朋友都在電話裡被我「突襲」了一番，聽到他們驚愕的聲音確實令人快慰。以後一個多月的時間，我都花在看朋友，與朋友聊天上，每天上午出門，回到家裡已是午夜。臺北是夜貓子的天堂，我這頭夜貓子再度出現臺北，如貓得魚。有時聊天興起，就在朋友家打地鋪，一杯清茶、一碟花生，永遠不愁沒有話題，也不必擔心沒有聽眾。

感覺上，過去的日子又回來了，臺北「文化人」的種種毛病又在身上發作了。午夜漫步臺北街頭，我確實能感覺到臺北特有的一種節奏，而且一步一步地跟著走進去。在那更深更暗的地方，在眾人皆睡我獨醒的角落，我的心靈和它共鳴著，愉悅地溶進那恆常的律動。

二年的異國寒窗苦讀，就是在等待歸來的今天，踏遍八千里路雲月，也不過為了尋找生命的另一個起點。我走了一大圈回來方才了悟，臺北既是我此行的終點，也是我另一個起點，短暫的休息過後，我又要開始走向它！

原載七十四年四月三日中國時報「人間副刊」

輯三

天母歲月

龍子難纏

一

小兒出世，正好趕在嬰兒潮的「龍年」。一般人都以為我和太太必然經過縝密的計畫，才能得此「龍子」，真是高估了我們的企畫能力。不瞞您說，此龍子降世，完全出乎我們預料之外，天地沒有異象，斗室亦不曾生輝。好像岩塊裡蹦出的孫悟空，說來就來，真個讓老子和老娘措手不及。

回想結婚之初，我和太太都是新手，對於婚姻生活頗難適應。別的不說，單說睡覺好了，我打了三十幾年光棍，臥榻之側從不容他人鼾睡，這下突然多了一個女子，而且這女子的臥榻之側也不曾容過他人，一張小小的牀遂成了烽火連天的戰場。為了爭奪翻身之地，兩個人輾轉反側，從沒有一天好好睡個覺。

在這種情況之下，哪有時間和心情去想家庭計畫？因此當半年之後，太太出現懷孕的徵兆時，我們兩人都嚇了一跳。去看婦產科的結果，證實太太果然懷孕了，我這才由驚轉喜，趕緊調整自己的心態，準備做一個爸爸。

太太的心情則比我複雜多了，因為孩子就在她的肚子裡，平添出來的這塊肉，固然孕育了無限的希望，也增添了許多不便，尤其是生產時的痛苦，更是普天下做母親的夢魘。太太每想到這兒，便會惶恐地蹙起眉頭來。

但媽媽最偉大的地方就在這裡，再大的苦難都能夠一個人承擔。隨著產期逐日接近，太太的肚子已隆起有如一座小山，原本苗條的身材完全變形走樣不說，還得忍受小傢伙在裡頭頻頻造反。小傢伙對未曾謀面的老娘一點也不客氣，大概悶在裡頭十分難受吧！動不動就拳打腳踢，打得老娘叫苦連天，有時睡到半夜，都會痛醒過來。

這時她只好向我討救兵，拉著我的手在她肚皮上逐一搜索，小傢伙一有動靜，就要我立即反制。一對未曾謀面的父子，隔著母親的肚皮，大玩捉迷藏的遊戲，真是新鮮有趣。小傢伙精靈得很，聲東擊西，神出鬼沒，我這老爸揮棒連連落空，徒呼負負，只有等他出世再來算帳了。

二

千盼萬盼，終於盼到了小傢伙出生那天。一大早我就陪太太到了榮總的產房，推門一看，不由暗叫一聲苦也。這天不知是什麼黃道吉日，居然有那麼多產婦待產，病牀不敷使用，只好在走廊生產了。據護士小姐說，自從龍年以來，該院每天都人滿之患，能排到一牀已算祖上積德，既然要得龍子，只好將就點吧！說完推來一個屏風，往牆角一隔，就算是太太臨盆的地方。環顧周遭，只要是能容得下病牀的角落，橫橫豎豎躺著的那是待產的產婦。情況如此，夫復何言？

龍子，龍子，多少迷信與虛榮假汝之名橫行？如今老爸老媽都認了，只希望你趕快降世，少給我們折磨了。看著太太的陣痛逐漸加遽，在狹窄的病牀上翻騰不已，我只能喃喃地禱告上帝了。

這點小傢伙倒是夠意思，只折騰了媽媽兩個小時，便哇哇地哭著降世了。「是個龍子！」操刀的產科醫師走出產房，劈頭就對我說恭喜。聽他說母子平安，懸宕在我心頭的那顆千鈞巨石，這下才得以輕輕卸下。

老實說，對於是不是龍子，我並不在乎，我只關心母子是否都能平安。就在我前面的一對夫婦，顯然生產並不很順利，當醫師護士頻頻出來和他交換意見，問他是要嬰孩還是母親時，那先生的臉慘白有如一張白紙，左支右吾，就是無法遽作決定，走道上圍觀的人都為他著急和難過。面臨這樣的抉擇，相信所有的人都會方寸大亂，任何答案都足以摧人心肝，生死之別，原來就在這一線之間。

沒多久小兒已換洗一淨，身上裹著毛巾，安靜地躺在育嬰室裡。對於這個新生的生命，尤其是自己的骨肉，我真是充滿了好奇。隔著育嬰室的玻璃窗怔怔地望著，很難相信就是昨夜還在太太肚子裡和我打游擊的傢伙，如今總算露出真面目了。

瞧他那微翹的嘴唇，簡直就是太太的翻版，至於那高挺的鼻樑，大概是得自我的真傳，除了這兩個特徵，再也找不到和我們兩人相似的地方；看得我一頭霧水。不過看他一切正常，能吃能睡，也堪告慰吾家祖先。

太太因是自然生產，產後十分虛弱，需有人隨侍在側，這擔子自然落在我身上。可是病房同樣暴滿，一牀難求，護士小姐如法炮製，又要我們睡走廊，這下可把我整慘了。

太太好歹還有個牀鋪可棲身，我卻只能打地鋪，臨時去買了一張躺椅湊合湊合。這還不打緊，當天晚上的產婦據說是破天荒的，產房裡燈光通明，產後的媽媽們一個個被推到走廊來。每隔一段時間，護士小姐就要進來與我溝通，要求我們把病牀往裡挪。一再讓步的結果，已退無可退，只剩牆角一隅，我的躺椅幾乎要擠到太太的牀下。

即使情況如此危急，產婦還是源源而來，橫七豎八的病牀，把走廊擠得水洩不通。有的呻吟，有的哀號，再加上各種嘈雜的聲音，整條走廊好像野戰醫院，在昏暗的日光燈照耀下，顯得尤其悽慘。弄得我一夜無法闔眼。

一連三夜我都似睡未睡，白天到育嬰室看小傢伙時，眼皮都似睜非睜，累得猛打哈欠。小傢伙倒是心安理得得很，每次我去探班，都睡得不亦樂乎，兩隻眼睛始終瞇成一線，片刻也不曾打開過，看得我又羨又妒。心想：這傢伙一出世，就將自己的快樂建在老爸的痛苦上，真該罪加一等，日後若要算帳，當然連本帶利都要算個清楚。

三

出院之後，我更沒好日子過，為了恭迎這位龍子，家裡早就亂成一團，嬰兒床、洗澡盆、尿布、牛奶、牛奶瓶、奶嘴等大大小小的嬰兒用品，堆積如山；加上太太坐月子的中西各式補品，房子裡經常瀰漫著乳臭與藥草混雜的氣味，薰得我頭暈腦脹。丈二金剛沒事窮忙，當然於事無補，幸有母親大人前來坐鎮，局面才穩定下來。

母親年近六十，這才抱到第一個孩子，既是金孫，又是龍子，喜上加喜，怪不得樂得兩片嘴巴都合不攏。家裡四兄妹，我排行老大，卻最晚成婚，甥侄成群，有些已屆適婚之齡，一天到晚被他們調侃揶揄。如今一舉得男，多年晦氣一掃而光，連母親都刮目相看，父因子而貴，莫此為甚。光憑這點，小兒的功勞簿上就該記上一筆，將功贖罪，咱們父子兩人的前世恩仇正好扯平，今後可是誰也不欠誰了。

話雖這麼說，我還是覺得我欠他的較多，否則我就不會那麼無怨無悔地對待他了。每天下班回到家裡，第一件事就是衝到屋裡去看他。小傢伙還是那副愛理不理的樣子，照常睡他的大頭覺，不幸被我吵醒了，還會哇哇哇地猛哭，以示抗議，總要母親或太太伸出援手，他才會停止，讓老爸下不了臺。

幸好老爸的臉皮夠厚，前仆後繼，卑躬屈膝，只為了逗他一笑。有時在睡夢中，他也會咧嘴一笑，常笑得我受寵若驚，不知所措。後來母親才告訴我，那是笑神在逗他。我活了半輩子，從來沒聽過什麼笑神，專門在逗嬰兒發笑；我想笑神一定是最幸福的神祇了，因為祂每天都可看到天底下最純真、最可愛的笑容。

可惜笑神上門的機會並不多，反倒是哭神常來光顧，因此大部分的時間小兒都在哭，而且中氣十足，聲若洪鐘，半夜哭起來聲勢更是驚人，每天晚上我總要被他吵醒好幾次。母親忙著餵奶，換尿布，太太在一旁乾著急。

我當然不能袖手旁觀，跟著忙進忙出，幹的盡是打雜的事。好不容易回到牀上閉上眼睛，他的哭聲又起，一切又得來過一回。等到小傢伙心滿意足地安靜下來，天已差不多亮了。怪不得我上班時經常打瞌睡，兩眼滿布血絲，內行的同事看了都知道這是典型的「坐月子老爸」症侯群，對我不知是要恭喜或是同情才好。

四

太太的月子剛坐完，馬上面臨工作與帶小孩的抉擇，幸好母親愛孫心切，答應由她來照顧，但必須把小兒帶回南部。老實說，我們都有點不忍心，但迫於現實，只好與小兒暫時分別。我開車送他們南下那天，車子裡盡是小兒的家當，心頭也洋溢著一股歡欣的氣息。攜子返鄉，認祖歸宗，這是一樁何等大的喜事，家裡上上下下也興高采烈，著著實實地熱鬧了幾天。

可是回程時就夠令人傷感了，臨別的依依不捨固不待言，原本擁擠的車子也突然冷清下來了。我因要專心開車，還忍得住心頭的哀傷，坐在一旁的太太卻怎麼也克制不了自己的情緒，一路淚眼汪汪，除了抽噎，不曾發過一言。好不容易返抵家門，打開大門的瞬間，屋子裡還洋溢著小兒的乳臭，而一室闃然，小兒已遠在南部。我立刻哽咽起來，太太的眼眶一紅，兩人就抱著大哭了一場。

對於甫彌月就分別的小兒，我們感到無盡的疼惜，也有無比的愧疚！以後每個星期，我和太太都要回去探望小兒一次，我們成了高速公路的常客，吃在車上，睡在車子，四個輪子永遠不斷地在趕路。為了早一點到達，即使超速被開罰單都在所不惜。而且一切的煩惱和憂慮，這時都會被拋到九霄雲外，因為我們要回去看小兒，這就是一切的希望！

小兒在母親悉心的照料下，逐日地成長，但我們總覺得不夠快，每個禮拜看起來都差不多。碰到這麼急性的老爸和老媽，小兒倒悠哉悠哉地像個慢郎中，沒事再弄個感冒或喉嚨發炎之類的毛病來嚇嚇我們，彷彿是他最大的快樂。因此南來北往，有不少的時間是花在跑醫院。雖說都是小毛病，但碰到高燒不退，或是咳嗽不止時也真令人擔心，太太有時急得都會哭了，我一下子要照顧大小兩個孩子，捉襟見肘，更是沒輒。

這樣兩頭奔波，久了之後真是辛苦，有時實在忙不過來，兩個禮拜回去一趟，小傢伙立刻翻臉不認人，視爹娘如同陌路。這對太太的打擊最大，母性的敏感己使她驚覺到問題的嚴重；假如再這樣下去，親子關係恐怕就更疏遠了，這又回到當初是否自己帶小兒的老問題上了。宿疾一發作，益發難以收拾，顯然太太又墮入親情的泥淖之中，猶豫彷徨，難以自拔；每次和我談起，都會黯然垂淚。這樣的難題連我都感到棘手。太太愈吵，我愈心煩，更下不了決心是否要將小兒帶回來。

五

春去秋來，轉眼小兒已滿周歲，不但開始牙牙學語，也能顫巍巍地學走路了。正當一切如常，我們的「戀兒情結」也逐漸鬆懈時，母親突然摔了一跤，這一跤摔得不輕，一向堅強的母親不得不躺到病牀上，小兒的命運也在一夕之間有了巨大的改變，在別無選擇的情況下，終於回臺北與我們同住。

為了照顧小兒，太太毅然地辭去工作，成了全職的管家，洗衣、煮飯、餵奶、洗尿布，樣樣都得自己來。我這老爸也不輕鬆，一下班就回家幫忙打雜，洗碗、掃地、倒垃圾，外加跑腿採買，全由我一人包辦。夫妻兩人同心協力，總算在最短的時間內穩住了陣腳。而母親臥病半個月之後，也恢復了健康。

事後看來，小兒重返我們懷抱，彷彿是冥冥之中上蒼的安排。母親這一摔，一下子解決了我們夫妻爭辯經年的問題，一家三口終於得以團圓。不過卻又苦了母親，她一手帶大的金孫，這下又離她遠去，她怎麼捨得？因此每隔一段時間，她就要上臺北探望小兒。餵他牛奶，為他洗澡，哄他睡覺，祖孫兩人就像橡皮糖，整天黏在一塊。等到分別時又是一把鼻涕，一把眼淚，連小兒都不敢回頭看一下，就要我連夜送她去搭車。知母莫若子，知孫莫若祖，母親的用心與苦心，串連吾家三代，吾家的香火才得以代代遞傳下去。

自從小兒重返家門之後，家裡頓然顯得溫暖、熱鬧多了，原本空蕩蕩的房子，這時才真正地像個家。有喧鬧、有斥責、有哭泣、有歡笑，一天二十四小時，輪番上演著小傢伙的各種悲喜劇。

小傢伙是主角，太太是配角，我除了偶爾客串一下天才老爸外，大部分時間是當觀眾。小傢伙的一顰一笑、一舉一動，都是我不願錯過的；即使和他玩得正起勁，或是在處罰他時，我也不會忘記旁觀者的角色。這個生命是我所賦予的，我極希望在他身上找到自己的影子，從每一個成長的痕跡中，去印證、瞻望他的未來。

對一個年僅二歲半的稚子來說，要看到他的未來，確實太遙遠、太縹緲了一點。不過對父母來說，卻永遠不嫌早，也不嫌晚。因為孩子的存在就是一分希望，一種信念，跨在父母的肩頭，孩子一定比父母站得更高，看得更遠。這些期望和遠景，我彷彿已能在小兒黑亮的眸子中看出一些端倪……

原載七十九年八月八日中央日報副刊

忍者怪貓

一

三歲之前小兒的世界裡有什麼東西，我雖約略知道一些，但並不十分清楚。拿玩具來說好了，不外是一些小貓、小熊、小汽車、機器人這些小玩意，都是我隨意買給他的。小傢伙大概也不知道它們是幹嘛的，因此玩玩丟丟，沒多久就被五馬分屍、身首異處，玩具箱裡多的是小動物的殘骸和機器人的零件，只要能滿足他的好奇心，訓練他手腳的活動，這種慘不忍睹的下場，做父母的通常都不會干涉。

後來我又給他買了一些圖書文具，像彩色筆、畫圖本、識字卡等，小傢伙一樣玩得起勁，常常趴在桌上塗塗抹抹。說來奇怪，從沒有人教他，他握筆的手勢倒是中規中矩，年紀比他大的孩子都比不上他。太太因此推斷他可能是個天才，而且可能和我一樣，將來也是個搖筆桿的。看他一本正經地在紙上塗鴉時，那專注的神情，斯文的舉止，連我也被太太說服了。

小兒彷彿真的是文曲星下凡，溫文儒雅，才華橫溢，假以時日，必是一代大儒！

在他小小的生活圈子裡，任何新的嘗試和變化，都會被太太賦予新的意義。在媽媽的眼裡，每個孩子都是不世出的天才；既然是天才，當然得好好地琢磨栽培了。因此唱童謠、背唐詩，十八般武藝都被太太搬出來了；小兒果然不負老娘的期望，十來首唐詩都能琅琅上口，幾支童謠也唱得有板有眼，偶爾在客人面前表演一番，做爹娘的也與有榮焉，好不光采。

在太太妥善的規畫之下，小兒正一步一步地踏著天才兒童的軌跡前進。沒想到在他滿三歲那天，情況突然有了變化，小天才出軌了。原因無他，一把從天而降的寶劍落到他的手中，從此咱家的小小江湖裡，頓時刀光劍影、殺聲震天，我們夫妻兩人苦心經營的文化城堡，再也拘禁不了這位小劍客狂野的心了。

二

事情起於去年十月，我攜小兒返鄉探親，某日姊夫載他出去兜風，在夜市買了一把玩具劍給他。那把劍做得還算精巧，劍上有鞘，柄上有穗，上面還寫了「新桃太郎」幾個大字。小兒拿在手上欣喜萬分，一會兒佩在腰上，一會兒揹在背後，抽劍拔劍的架勢十足，見了人就要比畫一番。

我們一家都曾是日本武士片迷，打打殺殺的場面看多了，如今蹦出這個小劍客，難免要逗弄一番。小劍客以一擋百、揮劍周旋於列位姑叔之間，非但毫無懼色，且鬥志高昂，總要纏鬥至筋疲力盡，寶劍被奪，才甘罷休。

在家鄉盤桓了數日，回臺北時小傢伙身上別無他物，只有懷中那把寶劍，而且著迷的程度與日俱增，已到了廢寢忘食的地步。從前他喜歡的玩具，像小貓、小熊、小汽車等，已被他棄之如敝屣；喜歡拿來塗塗抹抹的文具，像彩色筆、繪圖卡等，也被打入冷宮，不復聞問。總之除了那把劍之外，小傢伙的眼中已別無他物。

起先他的劍只拎在手上，走到哪裡便拎到哪裡。後來大概覺得雙手不夠用，索性找了一條塑膠繩子，要我們幫他繫在腰上，用來佩戴他的寶劍。有時佩在腰際，有時插在肩後，這樣一來行動果然俐落多了。沒多久他又有了花招，大概覺得光是一把寶劍不夠威風吧！便又找出我買給他的高爾夫球具，將兩把塑膠球桿截頭去尾，也在腰際佩戴起來，為了配合新造形，原先的寶劍便固定揹在背後。

三千寵愛集一身，小傢伙這下有得忙了，每天早上起床第一件事，就是伸手去摸放在枕頭邊的三樣寶貝。只要少了一樣，非同小可，保證先哇哇大哭一場，我們非得趕快幫他找回來不可。

再來就是侍候小劍客佩劍了，冬天小孩都穿和式的棉襖長袍，除了腦袋瓜之外，全身幾乎都包在棉襖裡，等太太耐心地將那三把寶劍佩戴妥當，小兒從小牀上一躍而下，圓滾滾的身體就像一粒長條形的冬瓜，分別在腰際及腦袋瓜後面露出三個劍柄，那模樣真是滑稽可愛。

小傢伙可是一本正經得很，人家愈是笑他，他愈要裝出一副威風凜凜、神聖不可侵犯的表情。走起路來搖頭擺尾，兩肩一高一低，雙手按在劍柄上，兩顆眼珠往上吊，白眼球比黑眼球還要多，大有睥睨群雄，千萬人吾往矣的氣概與架勢。連吃飯的時候三把劍都要揹著，誰若是想要解除他的武裝，他準和誰沒完沒了。第一個法寶就是拒吃，任你好話說盡，小傢伙的嘴巴就是緊緊地撅著，對挾到他眼前的食物視若無睹；僵持到最後，獲勝的總是他。久而久之，我們也見怪不怪了。

三

當然，小傢伙這個法寶不見得無往不利，假如實在鬧得太不像話，或碰到太太心情不好時，也有吃癟的份。只要太太臉一拉，心一橫，把他的塑膠寶劍奪過來，威脅恫嚇一番，小劍客也會嚇得縮成一團，乖乖地繳械投降，含著豆大的眼淚，無限委屈地將飯吃完。

小傢伙一向精力過人，寶劍拿到手後當然不只佩佩掛掛、擺擺姿勢而已，大概受電視武打片的影響吧，沒事他就會把劍抽出來展露兩手。看他雙手握劍，怒眼圓睜，左砍右殺，前刺後劈，每個動作都煞有介事，毫不含糊。有時殺興大發，還會跳上沙發或牀舖，忽上忽下，滿場飛奔。一場混仗下來總是遍地狼籍，滿室瘡痍，彷彿真的經歷了一場大戰。

幾天之後小傢伙又有新花招了，大概自認為一番苦練之後，武藝已十分了得，可以找人比畫比畫了，第一個被他開刀的不是別人，正是他的老爸。一天我下班回家，門縫才打開一點點，就看到一把亮晃晃的寶劍橫在眼前。小傢伙全副武裝，三把寶劍都佩在身上，滿臉殺氣騰騰，看我進門，不由分說，一劍就砍在我的公事包上，然後正式向我宣戰。

我左閃右避，躲進房間，他仍不放過我，一路追殺到底，逼得我不得不搶過他肩上的佩劍，兩個人就此廝殺起來。小劍客看我反擊，樂不可支，愈戰愈勇，一點也不把我這個超級強敵看在眼底；出手又快又狠，我稍不留意，就會被殺得手腳發麻，著實吃了不少暗虧。

這檔「父子對決」一上演，便欲罷不能。小劍客彷彿殺出興趣來了，以後我每天下班，他就躲在門後把關，只要我一腳踏進門來就會陷身戰場。小傢伙在家憋了一天，正愁精力無從發洩，一旦開打真是驍勇得很，連砍帶殺，手下絕不留情。

面對他凌厲的攻勢，我只好且戰且走，退到房間後再力圖反攻。把他逼到牆角，要他跪地求饒，才放他一馬。有時也會佯裝不敵，躺在地毯上詐死，讓他贏得勝利。小劍客這時就威風了，忙不迭地就會奔找媽媽報告戰果。

四

這種捷報當媽媽的聽了，大概只有皺眉頭的份，哪裡還高興得起來？原本聰明伶俐、文質彬彬的小書生，如今成了崇拜暴力、使刀弄劍的小霸王，一下子將太太苦心擘畫的天才培養大計全給攪亂了，太太心情的沈重不難想像。

有幾次她在氣頭上，要將小兒的三把寶劍扔掉，都被我婉言擱阻下來。在我看來喜歡刀槍這種玩具，都是小男孩的天性，和小女生抱洋娃娃完全沒有兩樣。何況他們對玩具的選擇，都是有階段性的；沈迷一陣之後自然會轉移興趣，另尋他物，大人根本用不著杞人憂天，順其發展就是。

不過話說回來，自從小兒迷上刀劍，闖入吾家江湖，轉眼已近五個月，小子對他的寶劍卻仍一往情深，愛不釋手。為了轉移他的注意力，我又給他買了許多新玩具，包括最熱門的黑星手槍和忍者龜，沒想到新歡對上舊愛，卻能相安無事，小傢伙照單全數，都被他拿來佩在身上。

如今他總共有三把刀、兩把槍，一個小小的肚子塞得滿滿的，一不小心就會被絆倒在地上，爬起來又是一條好漢。我只好安慰太太說，咱們小傢伙將來說不定會是一代劍客、一代槍手、一代豪傑呢！棄文從武，又有何妨？

原載八十年二月二十日中時晚報「時代副刊」

平安神袋

一

利用青年節的連續假期，我應臺中市、新竹市兩文化中心之邀，到他們舉辦的文藝營上課。一在鹿谷鄉的小溪頭，一在竹東鎮的萬瑞森林遊樂區，兩者都是新興的風景名勝。

由於機會難得，我把太太和兩個小孩都帶去，一家四口一齊出門遠遊，這還是我們這個小家庭的第一遭。因此大家都很興奮，兩個小孩更是雀躍不已，一路在車上又跳又叫，連我都感染了他們歡樂的氣息，深信這必是一趟快樂且溫馨的旅途。

兩個孩子都還小，老二才剛滿二周歲，每次出門都得帶一大堆奶粉、尿布，十分不便，而且不好照顧。小傢伙一到陌生的環境就難以適應，連返南部老家，晚上睡覺時都會驚醒好幾次，一醒就哭，吵得一家人都無法安眠。

為了這個惱人的問題，我什麼地方都不敢帶他去。如今好不容易挨過兩個寒暑，看他逐日長大，情緒稍微穩定，連奶嘴和尿布也已棄置多時，應該可以帶他出去見見世面，嘗嘗遠行外宿的滋味了。

二

我們的第一站是小溪頭，這個新興的風景區連我也是第一次造訪。它位於溪頭外緣，除了溪頭特有的竹林煙嵐美景之外，它的特色是精心規畫了一大片的小木屋，並有一座大型的休閒旅館，美輪美奐，造形十分新穎。

車子一駛進庭園，我就被它周遭典雅的氣氛吸引住了。空氣中滿是林木的清香，原本因趕路而顯得浮躁的情緒立刻沈澱下來，感到一股說不出的甜美舒暢。太太和小孩看了也十分滿意，下了車，就忙不迭地跑到草坪上玩耍去了。

上課的地方在會議廳的二樓，我從玻璃窗望出去，還可看到太太和小孩在草坪上追逐的影子。時近黃昏，中部山區溫暖的太陽，把山谷照得黃澄澄一片，與臺北近半月來陰霾不展的天氣大異其趣。我一邊給學生上課，一邊偷空瀏覽窗外的黃昏美景，以及太太和小孩嬉戲的身影，不禁感到得意起來。心想這次把他們一齊帶來，可真是明智的選擇啊！

用過晚餐後，負責接待的人員帶我們去看房間。打開房門時，小孩一陣驚呼：「好棒喔！」原來房間是日房的，紙門、玄關，地板乃至其他陳設都是原木做的，既寬敞又堅實。

小孩哄哄一陣，就跑到裡頭玩起來。太太到浴室放水準備給他們洗澡，我晚上還有課，看一切安頓妥當，便到戶外草坪與學生吟風弄月去了。

三

與學生的聚會一直到九點多才結束，我拖著極度疲憊卻依然極為興奮的身子回到房間，二個小孩已躺在床上準備睡覺，卻仍圓睜著兩隻眼睛，在等待我歸來。房間裡只賸下幽微的檯燈，照著他們黑亮的眸子，這時我才發現，這陌生的環境已使他們感到有些惴惴不安，因此雖然已十分睏倦，他們仍不敢安心地闔上眼皮。這使我有些愧疚，一一吻過他們的臉頰後，他們果然很快地便進入了夢鄉。

我匆匆地洗過澡，很快地爬上牀鋪。開了一天的車子，又連著上了二堂課，真把我累壞了，躺在牀上後，渾身好像虛脫一般；但真正想睡時卻偏偏睡不著。腦袋昏昏沈沈的，意識卻十分清醒，令我十分苦惱。

也不知過了多久，當我逐漸有些睡意時，老二突然「哇」地一聲哭起來了。這一哭不得了，好像河水決堤一般，澎湃洶湧，沒完沒了。太太習慣地起來拍他，哄他，原以為略微安撫，他就會像平常一般倒下去再睡。沒想到什麼法子都不靈了，小傢伙緊閉著眼睛，張著一張大嘴，就是哭個不停。

太太索性起來抱他、搖他，他一點也沒有停止的意思，仍然嚎啕大哭，連老大也被吵醒了。他眨著眼睛問我說：「弟弟怎麼了？」我哪裡答得上來。只能哄他趕快睡，但小傢伙仍哭個不停，聲若洪鐘，一波高過一波，他哪裡睡得著？

小傢伙足足哭了一個鐘頭，片刻沒有歇止。太太和我都覺得不太尋常，用手指彈他的肚皮，並沒有脹氣；問他哪裡疼痛，他也不說，只會一味地哭。太太有點慌了，擔心他身體哪裡不舒服，得了腸炎或什麼的，才會哭得這麼厲害。

給太太這麼一說，我也覺得事有蹊蹺，看他那種歇斯底里的哭法，好像真的得了什麼急病。那時夜夜已過半，我們又投宿在荒郊野地，哪裡有醫院？哪兒找得到醫生？我們都一無所知，真要看醫生，還不知到哪兒求呢？

小傢伙還在哭，太太心急如焚，我也覺得不能再坐視下去，因此起來穿好衣服，準備問服務生哪裡有診所，好帶他去求醫。老大看我穿衣更是惶恐，嘴角抽搐著一副想哭的樣子。真要去看醫生，當然連他也得一齊帶走，否則誰來照顧他？因此太太太也催他起來穿衣服。

她的語氣裡有太多的恐懼和不安，隱隱約約還有責怪我的意思；把一家大小弄到這個人生地不熟的地方，如果真的出了差錯，應該是誰的責任？這時我也感到事態嚴重，一邊幫老大穿衣，一邊便在盤算著，即使再累，再睏乏，也得把小孩送下山去求醫。

四

小傢伙的哭鬧仍沒停息，而且彷彿進入了交響樂的快板一般，聲勢更為浩大，連屋頂都快被掀翻了；可是房間裡的氣氛卻是十分地冷凝、傷感。太太六神無主，老大一臉茫然，我呢，我的腦袋是一片空白，下一刻該做什麼？怎麼做？我並不十分清楚，我約略看了一下腕錶，只知道那時是凌晨一點鐘。

就在這時突然傳來一陣敲門聲，起先十分輕微，我並沒聽清楚，還是太太聽到後提醒我，我才愣了一下，然後去開門。敲門的是兩位文藝營的女同學．她們穿著睡衣，頭髮是蓬鬆的，顯然是剛從睡夢中醒過來。我直覺的反應是，小傢伙的哭聲吵得別人睡不著，上門來抗議的；因此她們還沒開口，我便連聲說抱歉。

兩位女同學倒是十分客氣，表示是來探望小兒的，因此進得門來，便詢問小兒為何哭個不停。我和太太都說不上來，只說大概生病了，正準備送下山去看醫生。其中較年長的同學委婉地告訴我們，大概是小兒初到陌生的環境，十分害怕，才會哭得這麼可憐。她說她和母親都篤信神明，對這方面的事情稍有經驗。假如我們不反對的話，不妨給小兒帶上保平安的神袋，看看小兒是否能平靜下來。

對神明的事我平時雖有點「鐵齒」，但是長年受母親的影響，倒是寧可相信幾分，因此並不排斥。何況在這緊要關頭，有人上門表示關心，我還能做何選擇？當然連連表示謝意。

這位同學顯然是有備而來，看我們點頭，便從懷裡取出一只嵌著神像的小袋子，上面還繫著一條紅色的絲絨。她熟練地將它掛在小兒的脖子上，再蓋在衣衫底下，然後告訴我們，這只神袋是她從寺廟裡求來的，她走到哪裡都戴在身上，陪她已有好長一段時間。她看小兒哭得這麼可憐十分不忍，願意將它送給小兒，看對他是否會有幫助。說罷以時間已晚為由，便輕輕地推門出去。

這位同學的好意固然令我感激，但神袋是否有效我仍存疑，因此她走後，依然不敢掉以輕心，衣服都不敢脫，準備隨時要下山求醫。

約莫過了十分鐘，說來令人難以置信，小兒的哭聲果然逐漸平息下來，僅賸下斷斷續續地抽噎，終至於完全平靜，代之以急促的鼾聲。由疾漸徐，平穩而規律，顯然他已擺脫夢魘的糾纏，進入了夢鄉。我和太太心中那塊沈甸甸的巨石，這時總算暫時放了下來。

小兒一入睡，老大的鼾聲不久也跟著而起，兩組旋律此起彼落，一高一低，一急一弛，好像呼應著宇宙的天籟。我熄了燈和衣躺在床上，黑暗中凝神諦聽他們的鼾聲，真是和諧極了，美好極了。生平第一次，我感受到鼾聲帶給我心靈的寧靜、和平、安詳而悅耳。那是聖樂，撫慰了我不安、慌亂的靈魂，幫助我們一家終得以安抵夢鄉。

五

難得的半夜安眠，第二天睜開眼睛，金黃的陽光透過窗帷映在四壁上，屋外翠綠的山色彷彿要隨著陽光溢流進來，鳥聲啁啾，婉轉靈動，一切恍若夢境般美妙。

小兒醒過來後，一如往常般地展開天真的笑臉，像那朝暾一般璀燦、溫暖。昨晚一夜的哭鬧，並沒有在他臉上留下任何痕跡，他圓滾滾的身子在牀上滾來滾去，一邊格格地笑著，兩顆黑亮的眼珠也漾滿了笑意，昨晚的事好像根本沒發生一樣。我這才真正地放下心來，小孩果然比大人幸福，一覺醒來，天大的痛苦都已遺忘殆盡。每一天睜開眼睛，都是一個全新而美好的開始，看他笑得那麼開心，我也一掃昨夜心頭的陰影，準備迎接另一天的開始。

早餐的時候，昨夜來敲門那兩位女學生又跑來向我們問好。特別詢問小兒後來是否睡得安穩？我將實況轉述一遍，她們聽了好生愉快。太太一再向她們致謝，她們認為這是本份，也是緣份，是神明冥冥之中的安排，她們一點也不敢居功。短暫的寒喧過後，她們便愉快地趕去上課。

為了趕赴當天下午另一場講演，用過早餐稍事盤桓之後，我們又開車上路了，目標是竹東山區的萬瑞森林遊樂區。本想趕在中午之前到達，稍做休息，才有精神迎接另外兩堂課，但不巧在高速公路碰上塞車，多耽擱了一個小時。

更不幸的是天氣突然劇變，原本晴空萬里，進入竹東山區後已變成烏雲壓頂，涼風颯颯，吹得山區的林木一片蕭蕭風聲。氣溫也明顯地下降，氣象局預報將有一道鋒面來襲，果然不幸言中。看那山雨欲來的風雲變幻，我一邊加足馬力趕路，一邊也開始擔心，昨晚小傢伙夜哭的場面是否會再重演？

六

抵達森林遊樂區已將近兩點，新竹文化中心的工作人員已急得像熱鍋上的螞蟻，看我及時趕到，忙不迭地將我們妻小安置妥當。那時豆大的雨點已打在屋頂上了，我們住的是遊樂區新近開放的小木屋，單獨一間，倚在半山腰。從小木屋的小窗外望，滿山煙雨，陰沈沈一片，小木屋裡更是黝黑暗澹，陰影幢幢，雨已把我們孤立在小木屋裡。

此情此景，令我心頭的陰影猛然加深，比起小溪頭的現代精緻，這兒的原始粗獷風味，對小傢伙來說豈不更加陌生？更難以適應，一旦半夜地再哭鬧起來，如何是好？

我將房間稍稍整理一下，便要太太帶小孩去睡午覺。前後不到十分鐘，工作人員又來催我去上課。我掩上房門，撐傘拾級下了山坡，回頭望去那小木屋已經被縹渺的煙雨遮住，我不禁為太太感到憂心，更為晚上可能發生的情況發愁，心頭的壓力已使我心力交瘁，幾乎無心上課。

上課的地點在風景區的餐廳二樓，離小木屋頗有一段距離。驟來的寒雨把遊客都趕跑了，偌大的風景區看不到幾個人影，連上課的學生也僅有小溪頭的一半。我強打起精神站上講臺，但半小時之後體力明顯地不繼；昨晚一夜未睡，連著兩天開車趕路，加上額外的精神負荷，注意力完全無法集中，說起話來顛三倒四，常常連自己都不知所云。

這種情況是我歷年來應邀演講時不曾發生的，壞戲拖棚，兩個小時的課是怎麼上完的，老實說連我都不十分清楚。雖有些愧疚，但我實在管不了那麼多了，一個頭好像有千斤重，只想趕快回去睡個覺。不周到的地方，只能晚上的課再彌補了。

七

回到小屋不久，裡頭靜悄悄地，兩個小孩還在呼呼大睡。我連忙鑽進被窩，好歹睡它片刻補補元氣，才好應付晚上另二堂課，萬一小傢伙再哭鬧起來，也才有餘裕和他耗下去。

外頭雨聲淅瀝淅瀝，周遭靜謐得連雨打窗扉的聲音都清晰可聞，這景況最適合蒙頭大睡。萬事齊備，只欠東風，偏偏就是沒有睡意，我只能眼睜睜地躺在牀上，看著時間一點一滴地消逝。任由沈沈的暮色湧進窗內，將我一寸一寸地淹沒、埋葬。

既然睡不著，我乾脆起來泡個熱水澡，驅除了一身的寒意後精神確實好多了。不久小孩也甦醒過來，他們顯然睡過頭了。但這種天氣，這種地方，不睡覺又能幹什麼？看他們兩人獃滯地坐在牀沿，無所事事地玩弄著手上的玩具，那種寂寞的樣子，竟叫我有些不捨。

太太知道我沒睡著之後頗為關心，生怕我晚上上課時撐不下去。但我認為這並不是問題，真正令我擔心的，還是小孩晚上再吵怎麼辦？

我的心事太太當然了解，她自己也為這種可能而深感煩惱。我們一齊苦思對策，而且已做了最壞的打算。當然，我們也盼望奇蹟能夠出現，那只平安神袋，自然成為最後希望所繫。我們心照不宣，太太悄悄地附在我耳邊說，晚上一定會將神袋繫在小兒身上，是否有效只能祈求上蒼保佑了。

八

用過晚餐我繼續給學生上課，九點回到小木屋，小孩還在看電視。入夜之後的山林，氣溫明顯下降了許多，雨勢也更為勁疾，整座山林都籠罩在蕭蕭的雨聲之中，夜顯得更為寒冷，更為孤寂。

太太看我回來，連忙敦促小孩去睡覺，並把裡頭的房間讓給我。她自認為比我多睡了幾個鐘頭，精神還不錯，萬一半夜小兒哭鬧，先由她擋一陣子再說。總之，要我安心去睡就是，因為明天我還得開車趕路哪！

此時已由不得我選擇了。因為我的精神和體力早已衰竭不堪，躺下去不久即不省人事。這一覺睡著真夠沈，一覺醒來已見曙光微露，照得木質窗櫺濛濛泛青，小孩鼾聲此起彼落，一片靜謐安詳，令我暗自欣喜，我們果然安度荒山惡夜。隨即倒頭又睡，直至天色大亮，才被小孩吵醒過來。

第二天我問太太，小兒夜裡是否哭鬧？她卻不置可否，只是微笑地取下小兒身上的平安神袋，頗富禪機地說：「以後別怕出遠門了，帶著它，我們一家大小都可以放心。」

原載八十二年五月二十日中央日報副刊

桑葉青青

一

《詩經》中有關桑葉的記載不少，可見春秋時代種桑養蠶之風盛行，與日常生活頗為密切。但作者每不直抒種桑之苦樂，而以隱約譬喻的方式，另有所指，別有懷抱。或描寫男女在桑林中幽會，男歡女愛之情躍然紙上，溢滿隰桑之間。小人當道，由桑柔起興，抒發內心之傷感與不平之鳴，影射政治現實至為明顯。

單純的桑葉，落到二千年前的騷人墨客手中，可以寄託、宣泄這麼多的感情，這是我們後世子孫難以明白的。尤其到了後工業社會，環境污染日益嚴重，土地過度開發利用，植物所能生存的空間已相當有限，桑樹早就退出我們的生活圈子，想要養蠶也面臨無米之炊的窘境。

唯一能夠延續咱們老祖宗的養蠶事業，重享《詩經》時代的田園之樂，恐怕只有國民小學的小學生了。小學生養蠶已行之多年，代代相傳，迄今香火不絕，還得歸功於學校的自然教育。既然被列為教育課程，家長當然特別重視，身先士卒，任勞任怨，養蠶這樁事自不例外。

二

當年我讀小學時也養過蠶，不過事隔三十多年，過程如何已不甚清楚。倒是十多年前在金馬獎的外片觀摩會上，看了首次開放日本片《老師的成績單》，對小學生養蠶的故事記憶猶新。片中小學生對蠶寶寶那種專注、陶醉、忘我的神情，在在令人印象深刻。

十多年後，我終於有機會接觸到小學生的養蠶事業，而且全程參與。親眼目睹了蠶寶寶一生的生活史，也交出了一張漂亮的「爸爸的成績單」，因為養蠶的不是別人，正是就讀小學一年級的大兒子。

老大上學以來，我一向很少過問他的功課，因為凡事有太太代勞，舉凡入學註冊、購買文具、上下課接送、讀書指導，乃至參與學校的親子活動、教學觀摩，全由太太一手包辦，用不著我操心。我唯一的任務，便是假日帶他們郊遊爬山，逛街吃飯，或孩子不聽話時權充打手，視情節輕重予以恫嚇、修理一番。

老大剛養蠶時我也循此模式，問了事情的緣由，知道是學校指定的功課之後便不再問過。但老大熱情過人，蠶寶寶拿回來當天，特別捧著盒子來獻寶，要與我分享他的快樂。只見十來隻甫出生的小小蠶兒蜷縮在桑葉上，看不出是在睡覺或在蠕動，身子還沒有半截的火柴棒大，怎麼看都無法讓我聯想起以前養過牠們的模樣。醜小鴨要想變天鵝，不知要曠廢多少時日，因此對老大能否將牠們養大，我並不十分看好。

蠶寶寶唯一的食物便是桑葉，剛開始牠們的食量十分有限，幾片桑葉便足供牠們吃上一、二天。桑葉可在學校的福利社購得，一包十來片賣二十元，買一次可以吃上一個禮拜。兒子長了這麼大，還不曾自己掏腰包買過東西，養蠶之後每隔一星期，太太便會給他二十元零錢，讓他到福利社買桑葉。一夜之間兒子擁有了購買力，能夠拿錢去交換他想要的東西，讓他十分得意，自以為長大成熟了不少。養蠶使他提早「社會化」，也可算是一種意外的收穫。

這一切我都看在眼裡，但並沒有表示意見。總之孩子慢慢在長大，該學的東西遲早都要學。同時蠶寶寶也慢慢的在長大，表面上我事不關己，其實每天晨起，還是會偷偷的掀開養蠶的紙盒，看看蠶兒到底長多大了。這種默契正好吻合生命成長的原理，我不必多費心機，也毋需多所勞累，就能欣見二個生命的成長，並分享他們成長的喜悅，該是何等快慰的事！

三

但天下沒有白吃的午餐，蠶寶寶也沒有白吃的桑葉。二個星期之後蠶寶寶的食量大增，庫存的桑葉已供不應求，更糟糕的是學校的福利社也缺貨，情勢岌岌可危。眼看那十來隻蠶寶寶就要斷炊，兒子十分焦急，太太也跟著緊張。他們看我對此事不聞不問早就心生不滿，如今碰到難關便藉機拖我下水，要我去找桑葉。

這真是強人所難，我這人一向五穀不分，對植物更是毫無概念，如今要我出去尋找桑葉，無異大海撈針，真不知從何下手，光憑兒子提供的桑葉樣本，根本無濟於事。為此我翻出了《本草綱目》，又翻了《植物百科全書》和《植物圖鑑》，企圖找出一些端倪。但那些大大小小的葉片怎麼看都差不多，它的族群分布如何？寄生何處？也都語焉不詳，難以為據。

幸好這時母親北上探親，看我們一家大小為此爭論不休，坐困愁城，而蠶寶寶已無隔宿之糧，奄奄一息，便及時伸出了援手。

母親出身農家，小時常到田裡割草放牛，對野生植物知之甚詳。以前她到台北小住，我陪她至天母公園一帶散步，看到她認識的花木時常會指著告訴我，這是某某花，那是某某草。對於桑葉我曾聽她數度提起，便建議由她帶隊，全家總動員，來趟採桑之旅。母親愛孫心切，欣然同意，一家大小總算鬆了一口氣。

第二天一早，難得春雨乍歇，天空只飄著些許雨絲，是個適合外出散步的好天氣。我們全副武裝，兒子手中特別拎了一個塑膠袋，準備用來裝桑葉。在他想來，有阿嬤出馬必能滿載而歸，挨餓多時的蠶寶寶，也能享用一頓豐盛的大餐了。因此出發之前，我們都滿懷信心，心情至為愉快！

四

但事情並沒有想像中順利。有些東西不想要的時候，到處都看得見，真正要去找時，說也奇怪，任你使盡吃奶的力氣，就是遍尋不著。桑葉這東西也是這般邪門。

記得從前和母親外出散步，在天母的中國商銀之前，靠近公車總站的叢林中，母親曾看到幾株桑樹，並指給我看過，我約略還有些印象，因此那兒便成了我們採桑的第一站。

到了那兒，母親也覺得有些眼熟，一馬當先，便直趨某個角落。那片叢林如今已疏落許多，長期受公車油污影響，林相已遭破壞。因此找了半天，並沒有看到桑葉的影子。母親連呼奇怪，二個小鬼跟在她後頭踩進踩出，原本興奮的臉上逐漸失去笑容，嘴唇愈翹愈高，一邊還嘀嘀咕咕個不停。

既然找不到，只好轉移陣地了。第二個目標是天母公園前的一條長巷，兩旁原是美式的花園住宅，荒廢多年之後已經雜草叢生，荒蕪不堪，但仍有矮籬或鐵欄柵圍著。我們像獵犬一般，放慢腳步，睜大眼睛，豎起鼻尖，逡巡前進。

這條巷子早上攤販雲集，早已成了天母著名的晨間市集，兩旁的花草樹木久經蹂躪踐踏，也被破壞得十分厲害。我們走了一遍仍沒發現桑葉蹤影，母親嘖嘖喊怪，明明上次路過時還曾打過照面，這下它們好像刻意躲起來似的，紛紛避不見人，寧非怪事？

母親不信邪，又拐到另一條巷子，前後逡巡了一遍仍然毫無嶄獲。不得已問了幾個路人，大多搖頭以對，少數指指點點，也沒多大把握。我們趕來趕去，東翻西找，不是撲了個空，就是已被人捷足先登，採了個精光。路人也感到十分納悶，為何最近採桑葉的人特別多？僅存的幾棵桑樹不堪眾人採擷，多呈裸露之狀。

母親是個很有耐性的人，眼看老大一臉失望的表情，愈是不肯放棄，找了半天終於在一家幼稚園裡頭，找到一株較像樣的桑樹，偏偏周遭因整地而挖得泥濘不堪，母子兩人可顧不了那麼多，雙雙撩起褲管，就趨向前去摘採。

每摘下一葉，我就拿在手上瞧個仔細，總算把它的模樣看清楚了。因為以後採桑葉的重責大任就落在我身上，萬一錯殺無辜，採錯葉子，蠶寶寶吃壞了肚子，這種後果可不是我能承擔的。

幸好發現了這株桑樹，我們才得以滿載而歸，二個兒子的二張臭臉這才重新露出笑臉，載欣載奔的回到家裡。一個忙著擦拭葉片，一個小心翼翼的鋪在紙盒上，那十隻餓得兩眼昏花的蠶寶寶，聞到桑葉鮮的味道立刻甦醒過來，大口大口的囓咬咀嚼，一家大小因而開懷的笑了起來。

五

原以為這袋桑葉夠蠶寶寶吃上一個禮拜，我便可以再優哉個幾天，沒想到蠶寶寶有得吃後長得非常快，幾天不見身軀足足長了二倍有餘，已有了成蟲的架式，因此食量更是驚人，不到三天那袋桑葉便被啃個精光。老大又跑來向我告急，要我隔天趕快去採桑葉。

那陣子春雨綿綿，每天雨都下個不停。我雖有晨間外出運動的習慣，但雨水做梗，躲在家裡倒還愜意些，如今為了養蠶卻得冒雨出去採桑葉，真是搬石頭砸自己的腳。要不是兒子殷殷要求，我才懶得出門呢！蠶寶寶萬一餓死，也只能怨天，怪不得我！

話雖這麼說，我還是勉為其難的打著傘出門了，踩著泥濘的水窪到幼稚園裡採桑葉。連朝春雨洗得周遭的林木一片濕亮，鬱鬱葱葱，充滿了生機。唯獨那棵桑樹枝椏橫陳，除了幾片剛抽出來的嫩葉，全身赤裸裸的，葉子已被摘了精光。

看來附近養蠶的人不只我們一家，大家飢不擇食，管它葉子大小，只要有了就摘，殺雞取卵的結果，這棵桑樹終於落了個未老先衰的下場。春光明媚，萬物欣欣向榮，只有它形銷骨立，黯然神傷，還不都是蠶寶寶惹的禍。

「搖錢樹」既然已被人掏光，只好另謀發展了。幸好我已能分辨桑葉的模樣，在草叢中、水溝邊、牆角下，只要耐心的翻翻撥撥，尋尋覓覓，多少能找到一二株藏匿其間的桑樹。雖然瘦小孱弱，發育不全，還是有幾片葉子可供摘採，只不過需要東奔西走，勞累筋骨就是。

回到家裡，將瘦不盈握的塑膠袋交到兒子手中，雖然不能滿載而歸，兒子也知道得來不易，還是會報以感謝的眼光。看兩個小兄弟珍惜的擦拭著每一片葉片，小心翼翼鋪在紙盒上，深情的哄著蠶寶寶去吃的情景，感覺上兩個小傢伙確實懂事多了，也成熟多了。當太太戲稱他們為「蠶爸爸」、「蠶叔叔」時，他們也不再羞澀，而能坦然的接受。假如養蠶既能滿足他們的好奇心，又能建立他們的愛心和責任感，那麼收穫可就大了。

六

惱人的春雨過後，我又恢復了每天晨間的戶外運動。原本走路時我都習慣遠眺，看些空洞而又渺茫的景物，自從採了桑葉之後，眼光總會停留在路旁的樹叢上，看能否發現桑樹的蹤影，以增加桑葉來源，減輕供給的壓力。

這麼一注意，果然在我每天爬山的步道旁發現了幾棵桑樹，枝幹都很小，不是躲在牆角，就是長在水溝邊，一點都不起眼。唯其如此，少人發現，葉片倒是相當繁茂，每片都有巴掌大，比起公園附近人家採剩的要大多了。這麼大的葉片蠶寶寶咬起來才會過癮，我喜出望外，連忙採了回去，兒子和太太看了更是興奮，手舞足蹈，連呼爸爸萬歲，我在家庭中的地位陡然升高不少。

有得吃，蠶寶寶長的速度更是嚇人，一暝大一寸絕非虛言。每天早晨打開紙盒，看牠們在被啃蝕殆盡的碎葉間蠕動，那紙盒的空間頓然顯得狹小不堪。當然牠們的食量更大了，遠遠超過桑葉成長的速度。三天兩頭我新發現的那幾棵桑樹，就要遭我搜刮一空，葉片來不及長大，蠶寶寶只好委屈的回頭去啃那些小小的嫩葉。

直到有一天，我在一個山窪發現了一棵巨大的桑樹，有二、三個人那麼高，枝繁葉茂，一層一層疊蓋在一起，像一把濃密的巨傘擎在空中。以前我採桑葉都得彎腰俯身，或是蹲在地上，這是第一次得抬頭仰望，仰之彌高。葉片綠得發亮，肥得好似要溢出油脂。我再也忍不住心頭的狂喜，為自己如此偉大的發現而深受感動。

但桑樹長在山窪，離路面約三公尺，枝葉高挺在空中，離我雙臂也有半尺之遙，我只能望葉興嘆，徒呼負負。第二天細雨迷濛，我特別帶了一把雨傘上山。倒拿傘柄，將雨傘彎曲的部位鈎住樹枝，鈎住後用力往下拉，整叢的樹叢剛好可以拉到胸前。

我再也顧不了葉片上的水漬了，一葉一葉飛快的採下來，這叢採不到，便鈎下另一叢。手一逕往上攀，腳尖一逕往前挪，已接近懸崖邊緣。果然不出所料，一腳踩空，手又被樹枝彈起，整個人飛離地面，滾落山窪。幸好那山窪並不深，除了擦傷手肘，沾了一身的泥巴，身體並無大礙。

這個小小的意外我一點都不在乎，連忙將撒落在地上的桑葉撿起來，放進塑膠袋裡。一個大大的袋子，居然裝得鼓鼓騰騰的，那種飽滿、充實的感覺，是我畢生難得的經驗。我拎著袋子，渾身像個泥人，匆匆回到家裡，把太太和小孩都嚇壞了。

但當他們看到我倒出來的桑葉時，又是一陣驚呼，那樣蒼翠、碩大、肥厚、光澤誘人的桑葉，令他們眼睛為之一亮。我得意的拍拍兒子的頭說：「你想養多少蠶，你就儘管養吧！爸爸今天發現的這棵桑樹，足夠你養一百隻的蠶寶寶，而且保證牠們都能吃得白白胖胖的。」

七

然而這一袋桑葉還沒吃完，蠶寶寶就開始結繭了。先是一隻、二隻，牠們龐大的身軀緩緩的爬到紙盒的角落，在那兒結繭，其他的紛紛跟進，躲進小小的繭中，等待羽化成蛾，再也不吃任何東西。

終於，十來隻蠶寶寶全都不見了，變成了十來枚橫七豎八的白繭，一切的動作都靜止下來。兒子打開紙盒時，雖仍指指點點，卻難掩臉上的落寞之情。原本一隻隻蠕動、貪食的蠶寶寶，如今動也不動，而且不見蹤影，對勤於餵食牠們的小主人來說，確實有些難以適應，難怪會若有所失。

目睹此景，我也頓生英雄無用武之地的感慨。好不容易發現了山窪這棵大桑樹，正好可以大量供應桑葉，讓蠶寶寶吃個痛快時，牠們卻不聲不響的消失，再也不吃桑葉。陰錯陽差，真不知要怪蠶寶寶生不逢時，或怪桑樹長錯地方。總之二者未能躬逢其盛，棋逢對手，對飼養、發現它們的我們這一家人來說，真是一樁憾事！

蠶寶寶終於羽化了，小蛾破繭而出，產生一堆小小細細的黑卵。據說經過一段時日，那些卵又會孵出小蠶，開始另一個生命周期。但對飼主來說畢竟太遙遠了，牠們二個小主人也沒耐心，那批黑卵就隨著紙盒被太太扔進垃圾桶中，從此離開了我們的生活圈子。

我每天早晨依然出去爬山，在路旁、在山溝、在谷底，在那蔓生的野草叢林中，不時可以發現桑樹熟悉的影子。那一片片的桑葉，迎著陽光，沾著雨露，展現著無窮的生機，洋溢著充沛的生命，欣欣向榮，迎風招展。我才發現，原來我們周遭還有這麼多的桑樹、這麼多的桑葉，只不過在現代人匆忙的步調中未被發現罷了。

我於是告訴兒子說，等明年春天，我們再來養蠶寶寶，下次可以多養一些了，五十隻、一百隻，儘可養個痛快、盡興。因為桑葉青青，足以任我採擷。有這麼豐沛的資源，還怕蠶寶寶養不肥、養不大嗎？兩個「蠶爸爸」和「蠶叔叔」都同意，有我這個「蠶爺爺」當靠山，他們當然沒什麼好怕的。

原載八十四年六月二十一日中華日報副刊

彈指少年路

一

兒子學琴倏忽已過了好幾年，倏忽，當然是指時間過得很快；好幾年，也意指已有一段時間，但到底有幾年？一時也說不出來或無從算起。這種說法和算法，通常發生在為父者的身上。

事實通常是這樣發生的：兒女逐漸長大，脫離了襁褓階段，上了幼稚園——或最遲進了小學，母親便開始著急了。要不要學點才藝，好培養他們的興趣？人家隔壁的小毛已在學小提琴了，對面的美美也在學跳芭蕾舞了，連巷底的大雄也在學書法了。我們家的小孩怎麼辦？總不能一天到晚只在門口騎腳踏車，或賴在家裡看卡通吧！

母親們的著急和擔憂都是有道理的，大家有樣學樣，輸人不輸陣，再加上望子成龍、望女成鳳的普遍心理，不把兒女送去學點什麼才藝，不只會覺得愧對子女，愧對自己，甚至還會愧對列祖列宗呢！

這時做父親的便成了被諮詢、被騷擾、被折磨、被勒索的對象了。學什麼好呢？買不買樂器？挑那家才藝班？還有，就是把錢拿出來繳學費。

我家也不能免俗，打從老大進幼稚園那天開始，太太便一天到晚把這幾個問題掛在嘴上，沒事就找我懇談、遊說一番。老實說，我對這種揠苗助長的才藝訓練一向興趣缺缺。孩子的天賦或興趣，本來就要靠自己去發掘、尋找才能產生、建立的，胡亂塞一些東西給他們不但於事無補，反而會弄巧成拙害了他們。因此面對太太頻頻施壓，我的態度都不很熱衷，也不明確表態，準備以拖字訣或太極拳戰術混蒙過去，不了了之。

但太太也不是省油的燈，看我存心敷衍，知道問了也是白問，乾脆直接找左鄰右舍的媽媽們討教去了，這些社區媽媽們個個身經百戰，對社區內大大小小的才藝班都瞭若指掌，不但提供充分的資訊，還熱心推薦了適當的課程和老師。所以太太只和他們接頭幾次，便有了完整的計畫，並且以迅雷不及掩耳的速度，一一為二個小孩報了名。

二

當我被告知的時候，我才知道我所能做的只剩下二件事——一是掏腰包，二是偶爾跑腿接送上、下課。太太的底牌一攤，我差點沒應聲昏倒。因為二個小兄弟參加的才藝班包括鋼琴、畫畫、書法、珠算、英文外加空手道。照太太的說法是，智勇雙全、文武合一，如此才堪為國家未來的主人翁。

於是鋼琴買了，空手道的道袍也買了，文房四寶外加水彩、算盤、油墨、ABC課本及卡帶、錄音帶等等，族繁不及備載，一夜之間全進了家門，雖然肥了家俬，卻瘦了荷包。光是一架鋼琴，就去了荷包的半壁江山，經此浩劫，至今元氣未復。

生米既已煮成熟飯，我只好認了，該繳的學費一毛也不能少，工作再怎麼繁忙，也得抽出一點時間接送小孩上下課，以示為父者的溫馨接送情。一個禮拜總有那麼一、二天吧！每到下班時刻，我就特別緊張，深怕臨時有突發狀況需要處理，而耽誤了接小孩的時間。然後快馬加鞭，開了車子就往外衝，遇上塞車時真會急出心臟病來。我也練成了飛車的本事，總能在重重的車陣中殺出重圍，準時將小孩接回家裡。

不過和太太比起來，我所投注的時間和心力微乎其微。為了接送小孩上下學和上下課，太太真是馬不停蹄，開著她那輛嘉年華，一天要在學校、家裡和不同的才藝班之間進出好幾趟。小孩一下拿著樂譜、一下抱著算盤、一下全副武裝穿著空手道的白袍，跟在太太後面團團轉，母子三人就像一組跑馬燈，連停下來喘口氣的時間都沒有。可憐天下父母心，望子成龍的背後是多少金錢、時間和心血的堆砌和耗損啊！

太太雖然樂此不疲，為了她的抉擇從不曾喊累，但小孩可受不了了。幾個月奔波下來，明顯地看出他們的疲態和厭倦。別的課程我不清楚，但在我經常督軍的空手道班裡，個頭最小的老二，有幾次竟然出現踢腿拉筋時打瞌睡的現象，顯然諸多的才藝訓練，已超出了他體力所能負荷的程度，看了確實令我心疼。與太太磋商之後，她也不再堅持，一切端視孩子學習的意願而定。

小和尚唸經，有口無心，小孩子學才藝也多是出於好玩的心理，具有慧根、天分的畢竟不多，能夠堅持下去的更屬鳳毛麟角。因此我便跟孩子約法三章，既然有心要學，就得拿出恆心，不能中途放棄，否則寧可不學。以免拖累自己，也拖累老爸的荷包。

孩子果然善體人意，一心為老爸的荷包著想，因此一口氣停掉了空手道、畫畫和書法的課程，只保留鋼琴和英文二項。太太雖有點失望，但對他們的選擇還是頗為慶幸，因為既已買了鋼琴、不再學琴的話未免太暴殄天物，何況她一直堅信，學琴的孩子不會變壞。而英文則被視為培養小孩國際觀的最好手段，從小把英文學好，有助小孩早日成為世界公民，為日後的發展奠下良好的基礎。

我對這種事情一向不輕易表態，表面上不動聲色，心裡頭卻覺得有些不忍。尤其當我看到牆上掛著他們的繪畫作品，天真無邪的筆觸加上五彩繽紛的顏色，可以看出他們對畫畫的喜好和創意，卻因為我的警告而被迫中止學習，感覺上自己就像是個劊子手，扼殺了二個小畫家的才華。

三

而最令我感到扼腕的，則是停掉了空手道的課。真正要我做選擇的話，我寧可要他們把空手道學好，其他的暫時都可拋棄。這當然與我青少年的夢想有關，從小我對習武就極為嚮往，不管是柔道、空手道或劍道都十分喜歡，一心想成為黑帶高手。但因環境不許可，這個願望一直沒有達成，因此很自然地會把這個願望轉嫁到小孩身上，不辭辛苦地到道場為他們加油打氣。但一年之後他們還是放棄了，希望再度落空，心裡頭雖不是滋味，但對小孩的選擇還是得忍痛接受。

經過這一番取捨之後，小孩對僅剩的二個項目倒是很懂得珍惜，也學得相當起勁。尤其是學琴，每天晚飯後是他們固定的練琴時間。看他們正襟危坐，二隻手在黑白相間的琴鍵上輕快地游走彈奏時，一組一組的音符自他們的指縫婉轉流瀉而出。太太在廚房收拾碗筷，我則坐在玄關上繫鞋帶，準備外出散步。聽著輕快的音符溢滿家裡每一個角落，心裡頭也會充溢著幸福的感覺。

有時散步回來，在巷口聽到兒子彈琴的聲音，我常會被這個琤琤琮琮的琴聲吸引著，踏著這美若天籟的旋律回到家裡。琴聲使我們平靜的家居生活，增添了一股幸福、甜蜜的感覺，也使我格外珍惜這份美好的感覺，而這些都是五〇年代出生的我們這一代，在物質匱乏、精神荒蕪的社會環境之下不曾奢想過的美夢。如今能在下一代的身上實現，當然是父母們精神上的一大補償，因此再怎麼辛勞也是值得的。有時不免會阿Q般的自我解嘲，這一代的小孩真是天之驕子啊！

當然，比起我們小時捏泥巴、打陀螺，學琴不只沒那麼好玩，而且還十分辛苦，每星期有二天他們要到老師那裡報到，回到家裡還要接受太太嚴格的督促。他們練琴時太太便坐在旁邊，不時指指點點，稍一彈錯就會挨罵，令他們一點也不敢疏忽、偷懶。

日復一日，年復一年，許多與他們同時學琴的小孩已半途而廢，相繼退出，他們還是堅持下來，琤琮的琴聲因此不曾在吾家斷過。小孩固然辛苦，太太其實也居功厥偉，而我自始至終，只是一個旁觀者或欣賞者，只有在掏腰包付學費時，有那麼一點參與的意味。

四

以後在老師的安排下，太太又帶著兒子轉戰四處，時而升級檢定，時而小型發表會，每碰到這種場合，太太就比他們還緊張，這時就會拉我去助陣捧場。我雖然不十分樂意，但也找不到拒絕的理由，因此每次都得乖乖地跟去當觀眾兼鼓掌部隊。在兒子上台演出時為他們拍照留念，並在下台鞠躬時努力為他們鼓掌、喝采，扮演好父親的角色。

在這種家長大會串的熱烈場合中，我通常是最冷靜的一位，家長們參與的興致，顯然比上台演出的小朋友還高，有些大家庭還闔第光臨，連祖父母、姑姑、阿姨等親朋好友都聯袂出席，為他們寶貝的天才演奏家熱烈捧場、上台獻花。小小的演奏聽因此總是黑鴉鴉的擠滿了大人的身影，而且交頭接耳，竊竊私語，對每一位彈奏中的小朋友品頭論足，評比一番。

我保持低調冷靜，為的便於觀察這些大人們的言語舉止，而從中得到的趣味和喜悅，其實遠甚於兒童在台上演出。小孩的天真無邪與家長們的熱烈期待相映成趣，而大人們期待的眼神中難免有些世俗、炫耀的成分。學琴的小孩不只不會變壞，同時也是教養、身分與家世的一種表徵。父母的這種動機和心態，其實都是不值得鼓勵的。

我的小孩和我小時候一樣，都屬內向害羞型的，最怕在眾人面前講話或表演，上台常會怯場失態，無法發揮原有的水準。太太經常帶著他們四處登台表演，為的就是要他們克服心理障礙，建立自己的信心。但我對此並不特別在乎，因為我並不希望他們成為演奏家，只希望他們是個音樂的愛好者，自彈自唱，終身不移。

我在演奏會現場的低調，一如我對他們學琴的過程中所持的態度——依照他們各自的興趣去發展即可。因此，他們的舞台是在自己的心中，是在家裡的鋼琴之前。我仍然認為，他們在家裡彈的琴聲最美，當我散步回來，在靜謐的巷子底端，聽到家裡窗口流瀉出來的音符，彷若天籟，確是人間極品。

原載八十九年三月二十八日中國時報「人間副刊」

都市農民

一

「都市農民」，雖然是一個新名詞，卻不是新觀念，因為也有人稱之為「假日農民」，而且已行之有年。指的是都市新興的中產階級，因為嚮往田園生活，在郊區租了一些地，每逢周末、假日，便攜家帶眷前往種菜。一來勞動筋骨，二來做為休閒娛樂，讓小孩子親近泥土和大自然，收穫的蔬菜、瓜果，因不含農藥而可安心食用，無怪乎都市人趨之若鶩，都市農民乃紛紛出籠，蔚為現代人休閒的新潮流。

大體而言，都市農民以四、五十歲左右的年齡層居多；其次，他們都是中高收入的專業人士或事業有成的中小企業主，像教授、律師、醫生、高科技業者、傳播工作者、商場主管等，最重要的是，他們都已成家，婚姻美滿，有一、二個小孩。

這些特徵，使得都市農民和傳統的農民很不一樣。不僅在外形上一眼就可以辨識，在精神和內涵上也大異其趣，充滿了對比的趣味。

一、他們是典型的佃農，土地是向農會或農民租來的，自己並沒有田產，有些純玩票性質的，連農具都是租來的，所付的租金遠超過一家買菜的菜錢。

二、他們都是半路出家，初次下海的「農盲」，四肢笨拙，五穀不分。剛開始時連鋤頭都不會拿，莠草和菜苗也弄不清楚，蹲不到半個小時就喊腰痠背痛，站起來時滿天星斗，站都站不穩。

三、他們下田一定攜家帶眷，準備茶水點心，好似郊遊野餐。小孩的裝備更是齊全，玩具鏟子、水桶、捕蟲盒、小魚網，一應俱全，農漁業統包。

四、他們深通省工經營之道，講求效率，減低勞力，使用有機肥料，雞糞、鴨糞絕少沾手。即使只有幾畦田，也裝上自然灑水裝置，免去了澆水之苦。

五、他們只問耕耘，不問收穫。終歲憂勤所收穫的蔬果，除了少部分自己食用外，絕大部分拿來餽贈親友，還可向親友展示其刻苦耐勞，勤儉奮鬥的家風。這種精神方面的報酬，遠超過經濟方面的考量。

二

陽明山、北投一帶的山坡地，由於景色優美、交通方便，產業道路四通八達。台北市農會首先在這兒推出「市民農場」，開闢菜園，租給市民種菜。由於占盡地利之便，宣導得宜，加上附近有錢又有閒的居民特別多，因此推出後反應非常熱烈，菜圃被預定一空，一畦難求，向隅者還真不少。

每逢星期假日，開著名貴轎車上山種菜的民眾絡繹於途，已成了陽明山後山一帶的奇觀。菜園堵車、塞車的情況不亞於山下，都市農民就此崛起，而陽明山麓也成了發源地。由於住家就在附近，星期假日也常帶小孩在後山一帶轉，我對市民農場的接觸甚早，對那些開進口轎車、戴勞士錶的都農市民，因而有些認識。

起初我對他們並沒有特別的印象，也談不上什麼好感或排斥的心理。對我而言，他們更像是一幅田野的風景畫，在美麗的山坡上，有一群人正在勞動，彩霞滿天，餘暉遍照。這樣的畫面，簡直就像文藝復興時代的藝術品。莊嚴、古樸、和諧，且充滿了律動。我常被這樣的畫面所吸引，情不自禁地沿著小徑走進畫面中，讓小孩在田野間奔跑、玩耍，自己獨個兒沈醉其間，真正融入了渾然忘我的境界。

日子久了，難免有幾個熟人先互相打招呼，然後就在田埂間閒聊起來。他們建議我，既然有興趣，何不加入他們的行列，實地體驗種菜的苦樂。雖然農會的菜園已被搶租一空，但有些農民的私有菜園也可承租。租金貴不了多少，而且服務各方面都還不錯。

他們的話很有吸引力，太太和我都有些怦然心動。自己擁有一畝地，種些自己喜愛的花草果菜，一向是我們共同編織的美夢。如今終於可以實現，豈不是水到渠成，得來全不費工夫？兩個小孩一聽可以玩泥巴，也興高采烈，雀躍不已。上山種菜既然是大家一致的願望，當然值得一試了。

三

主意既定，我們立刻採取行動，在旁人的指引下，找到了出租農地的一位老農民「伯仔」。伯仔年近七旬，身材瘦小，赤著一雙大腳板，嘴上老是銜著一根紙菸，手腳敏捷，行動俐落，一點都看不出老態。

他是十足的大忙人，自己經營一大片的草莓園，後面還養了一大池的錦鯉。畸零的農地也沒閒著，便闢成菜園供人承租，山窪下還有一座露天的養雞場，養了成群的純種土雞，並在現場出售。每天他就在這兒鑽進鑽出，一會兒捉雞，一會兒撈魚，一會兒又爬到樹上摘果子，要找他還得費些工夫。別看他一個人住在簡陋的農舍裡，但坐擁大片山林，且善於經營，生財有財，還是個億萬富翁呢！

我們租的菜園位在魚池後方，沿著竹林小徑往下走五分鐘，視野豁然開朗，正好可以眺望紗帽山溪谷。沿岸的土雞城、湯池以及溫泉旅館歷歷在目。一畦一畦的菜園，在秋末的陽光照射下一片翠綠，令人渾身舒爽，我們看了非常滿意，當下就以一季六千元的租金租下。

菜園是狹長型，約莫十坪大小，相當十塊榻榻米排成一長條狀。伯仔先在上面整地鬆土，理出一個輪廓，並裝上二個自動灑水器才交到我們手上。此外他還提供農具、菜苗及肥料，總之一切瑣事全由他包了。我們闔家上山種菜就像郊遊踏青，賞風吟月，兩手空空，來去自如，真是方便之至。

時值秋冬之交，伯仔建議我們種 A菜、甘藍、蘿蔔這些既合節令，又不須特別照顧的菜種。老實說，這方面我和太太二人全無概念，凡事都找伯仔做主，我們夫妻兩個「佃農」只需奉命行事就是，舉凡下種、覆土、澆水、施肥，都在伯仔的指導和監督之下一一進行。

我揮鋤挖土，太太下種除草，兩個小孩則拿著小鏟子在一旁挖蚯蚓、捉昆蟲，各忙各的，煞有介事。每次收工大家都是一身泥巴，滿頭汗水，加上滿臉的傻笑。

勞動釋放了我們身上的活力，汗水則像是一場甘霖的洗禮，使我們通體舒暢，一家大小相顧大笑，洗手濯足，然後相偕離去。這樣的田園之樂，親子之情，確是其他的休閒娛樂難以媲美的，無怪乎都市農民樂此不疲。

四

這種田野之間的天倫之樂，固然樂趣無窮，畢竟只合週末或假日，平時澆水或拔草等雜役，自然落在我這一家之主身上。照理說水是每天都要澆的，草也不能坐視不拔，任其蔓延荒蕪。但我上山一趟往返約需一個小時，每天上下奔波，確實力有未逮。要伯仔代勞，這種話我也說不出口，不得已便採折衷的方法，我一個禮拜上山二次，每次多澆點水，多拔點草；碰上下雨天自然額手稱慶，因為便可少跑一趟。

清晨上山種菜，其實是一種非常美妙的經驗，朝日初昇，菜苗的葉尖及週遭的青草上都含著露珠，空氣鮮美甘醇，叫人恨不得多吸兩口。山坡上靜謐安詳，只有溪谷的澗水潺潺流過，以及間歇的鳥聲的啁呼靈囀，在空谷中回響不已。

這時扭開灑水器的開關，看水珠一圈圈地飛揚盪開，均勻地落在菜苗的嫩葉上，和露水滾在一起，一顆一顆晶瑩剔透，迎著朝陽金光閃動，真是令人賞心悅目。光看它們恣意地、悠然地在空中旋轉、飛舞，就夠我心馳神往，彷彿是清晨的小精靈墜落人間，而菜園就像是一個聚寶盆，一則田野之間不願醒來的童話。

拔草也是一種新鮮的經驗，有些草長得和菜苗一模一樣，眼生的人很難辨識，往往拔錯菜苗而不自知。當草被連根拔起，那「嗶剝」一聲，既清脆又俐落，聽在耳裡分外舒爽，好像拔去了心中什麼不快似的。隨之一陣飽含濕氣的泥土的芬芳撲鼻而來，更令人神清氣爽，大地的菁華彷彿盡納入肺腑之中，元氣淋漓，沛然充塞。

有時早上趕不及，便得利用下班時間補救。秋末天黑得早，六點上山夕陽已西斜，趕快打開灑水器，彎下腰去拔草。等人從菜葉中抬頭起身，暮靄蒼茫，夜幕已悄悄落下矣。陽投公路上的車燈在樹叢中穿梭，土雞城的霓虹燈閃爍不定，暮景深沈，已有幾分涼意。

穿過竹林小徑，走上產業道路，又是另一番景致，淡水河在山腳下蜿蜒流過，高速公路上的路燈和車燈密密地綴連在一起，彷彿一條金光燦爛的燈河，和淡水河並駕齊驅，朝遠方的泰山和觀音山流去。關渡平原上萬家燈火，遠處的台北宛然是一片燈海，把秋末清澄的天空照得更是明亮。

我開車一路下山，那片燈海也跟著在窗外盤旋，冉冉下降。這樣的夜景令我陶醉、迷戀，假如不是上山種菜，我大概無緣經常親炙體會。這種精神上的附加價值，已超過種菜本身，使我在勞動之餘，也享受了一場心靈上的盛宴，可謂滿載而歸。

五

日子久了，菜園的左右鄰居彼此也都認識了，在我的下方是一位洗衣店的老闆承租的菜園，面積有我的十倍大。他住石牌，幾乎每天早上都到菜園，有時太太也會一齊來。夫婦兩人都十分健談，而且十分熱心，遇到不懂的事請教他們，他們都樂於傳授；有時我連著幾天沒上山，他們也會主動幫我澆水、拔草。

他們在那兒種菜已有二、三年了，原本只種了十來坪，愈種愈有興趣。菜園便不斷地擴大，如今儼然已是個大戶級的園丁，收成的蔬果多得自己吃不完，便拿來送人。連我也成了被饋贈的對象，每次下山手都沒閒著。但因家裡很少開伙，只好轉送給親友。還沒收成就有如此豐頭的成果，難怪我的親朋友好友要感到意外。

老闆是個苦幹型的人，播種、施肥，樣樣自己來，打著赤腳，在菜園裡踩進踩出，一身都是汗水。由於菜園大，輪番種不同的蔬菜，這邊才下種，那邊已可收成了，昨天猶光禿禿的，幾天不見又是一片綠意盎然，看得我嘖嘖稱奇，他便會擦著汗水笑著說，我的也快了。

菜園上方，另有一塊十坪大小的畸零地，是一位萬先生租的菜園。萬先生和我一樣，也是上班族，四十出頭的年紀，已位居公司的高層主管。可是在種菜的資歷上，也和我一樣屬於新手農民。

萬先生出現在菜園的時候，多在星期例假日，而且一來就是闔家光臨，夫妻兩人帶著一對衣履光鮮的小孩，好似來參加田野的嘉年華會，總會和我們一家大小不期而遇。小孩子一碰面就玩在一起了，太太和太太之間也有話好聊，只剩下我們兩個大男人在菜園裡孤軍奮鬥。但過了不多久，兩個男人氣喘吁吁，也會仗著鋤頭，在田畦上聊將起來。

同是都市農民，談的自然是如何攜手合作，節省勞力。為了這個目標，我們達成了協議：平時二人輪流上山，互相支援，共同耕種，假日則一起上山，讓小孩多些玩伴。這倒不失為一個好主意，橫豎上山只是澆水、除草、舉手之勞，雙方互蒙其利，時間則可減少一半，何樂不為。我和萬家因此成了「共同菜園」。平時儘管勞碌，假日收工，順便還可向伯仔買一隻土雞回去打牙祭，田園之樂，莫此為甚！

六

隨著冬天的腳步逐日接近，北風一吹，天氣明顯地轉涼了。幾個寒流過境，氣溫急遽地下降。陽明山上更是冷雨霏霏，終日不斷，這時上山便有些辛苦了。北風酷寒，水凍如冰，菜園一片泥濘。太太和小孩已視上山如畏途，萬先生一家也有些意興闌珊，上山的次數不斷地減少。只有我仍強打起精神，三不五時上山探望被冷落的菜園，深深地體會到農家的苦樂與哀愁。

天候儘管惡劣，但大自然的生機仍然頑強充沛，A菜碧綠而蓬鬆的葉子，一叢一叢不斷地冒出來，甘藍肥厚的葉片，像綠色的捲雲一般日漸擴展，連埋在地下的蘿蔔，也隱約可以看到肥胖的根莖。野草更不用說了，稍不留意就恣意地怒長起來，盤據在各個角落，不立刻除草，菜園很快就要荒蕪了。

伯仔來看了幾次，表示A菜可以開始採收了，每次只摘些葉子，不要一次拔光，要不是他特別吩咐，我恐怕會連根拔起帶回去呢！A菜是我們喜歡吃的青菜，那皺柔蓬鬆的葉片，摘下時聲音十分清脆，還會流出白汁來，採後手上都沾滿了粘液。

我每次下山總會採一大把回去，下鍋炒後往往只剩下一小盤，二、三下就被掃個精光。看著一家大小意猶未盡的樣子，我就感到十分得意。畢竟我們吃的是自己親手種的菜，吃在嘴裡當然特別芳香可口。

到了採收蘿蔔時，我們特別挑了一個日麗風和的日子，全家都出動，讓小孩嘗嘗拔蘿蔔的滋味。兩個小蘿蔔頭使盡吃奶的力氣，每拔起一棵，就興奮地又叫又跳，拔不到幾棵，便滿頭大汗，渾身乏力了。看他們弄得一身泥巴，兩張小臉像冬日的陽光那麼燦爛地笑著，我和太太都感到二、三個月來的辛苦是值得的。因為收穫的喜悅和滿足，就寫在我們的臉上。

蘿蔔多得出乎我們意料之外，整整裝了二麻袋，沈甸甸地幾乎扛不動。我們根本吃不完，絕大多數都分送給親友。許多人都很意外，我們居然種菜了，紛紛打聽是在那兒種的。等我和盤托出時，他們都很興奮地表示，他們也要去租塊地，做個名副其實的都市農民。

七

前文提到，新新農民大部分是玩票的，體會了個中滋味，滿足了心中的好奇和玩興之後，便不想再玩了。

農曆年前，最後一批蔬果出土後，太太終於提出了上述的意見。其實她最大的考慮還是經濟的因素。女人家一向精打細算，租地種菜當然也得將損益情況拿到天秤上秤一秤。一個月租金一千五百元，已超過我們一個月買菜的錢，種的菜自己又不吃，連送人都十分費力，菜賤傷農，何不見好就收呢？

太太既有異議，我身為佃農長工，想到每天黎明即起，灑水拔草，鬆土施肥，天黑始歸，夙夜憂勤，風雨無阻，也有滿腹辛酸。菜園既蕪胡不歸，也就順勢找階梯，下台一鞠躬，和伯仔及菜園揮手說再見。

我取得「假農民」的身分，前後不過四個月，當都市農民的資歷也非常短淺，但親炙土地、擁抱田園的時間，卻超過這輩子的總和。晴耕雨讀的心願既了，重新回到我所熟悉的筆耕天地，更是別有一番體悟。執筆為文，勤耕深耘，也是一種收穫，何況自己的心園荒蕪久矣，都市農民確實有得忙的。

原載八十三年十一月十四、十五日中國時報「人間副刊」

陶笛霧中吹

一

四月上旬驅車從武陵農場下來，沿中橫北宜支線，經啞口、南山、四季，薄幕時分抵達棲蘭山莊，在此住了一晚，正好碰上陰雨綿綿的天氣。中橫支線兩旁的山區都籠罩在濃霧之中，伸手不見五指，須開霧燈才勉強看得到五公尺之內的景物，一路下來彷彿在騰雲駕霧，令我絲毫不敢大意。

饒是如此心情卻有點興奮，只因那重霧深鎖的原始森林，再度觸動了我喜愛冒險、千山獨行的內心渴望，而雲霧縹緲的境界，更是我衷心嚮往的意境。因此一路上車內的小孩和太太都在沈睡之際，我反而更加清醒，車內除了古典音樂沈靜的旋律，一片寂靜。與車外煙雨濛濛的山區一樣，只能感覺到雲霧縹緲的聲音，整整兩個多小時，我獨自陶醉在這片寂靜的世界中，心靈得到極大的滿足。

我喜歡中橫宜蘭支線，就是那份原始的粗獷，沿途幾乎都是人跡罕至的原始森林。何況沿線的南山村和四季村二個泰雅族部隊，都曾留下我當年從事報導寫作的足跡，這種親切感和舊地重遊的喜悅，當然是一般旅客——包括在車內呼呼大睡的太太和小孩在內，難以了解、無從體會的。因此只宜獨自咀嚼，無從與人分享。

二

棲蘭山莊也曾是我舊遊之地，當時是為了到太平山林場採訪順道到此一遊。二十多年前這兒僅是輔導會森林開發處轄下的一座苗圃，唯一的觀光景點是前總統蔣公的行館。今日的山莊和度假小木屋都是後來才蓋的，因此當時並未在此留宿，只在蔣公行館和苗圃附近逛逛，即趕赴太平山麓的仁澤溫泉過夜。

儘管只是短暫逗留，但我對棲蘭苗圃的印象卻極為深刻。從蔣公行館的木屋向下看，正好是蘭陽溪、南澳溪和天狗溪三條河流的匯集處，形成一片極為開闊的河床，再上去即是太平山高聳的山巒，山腰時有白雲繚繞，霧氣氤氳，宛然是一片仙鄉。底下的苗圃則遍植各種花木，尤以梅、梨居多，繁花綠葉，落英繽紛，令人幾疑置身桃花源中，而因地處偏僻，環境極為幽靜，在在都顯示出超俗脫塵之美，或許這就是吸引蔣公，並在此成立行館的主要原因吧！

緣於二十多年前這份美好的記憶，我在規畫此次行程時，就決定在棲蘭山莊停宿一夜，訂的還是林間的小木屋，就為了貪享這兒的山林幽境。

果不其然，我們到達時天空正飄著霏霏細雨，山谷間雲霧縹緲，暮色似乎來得特別早，我們連忙將行李搬進小木屋，便撐著傘在苗圃間的步道散步。正值梅花盛開的季節，粉紅色的花朵上滾動著晶亮的水珠，葉片被雨水洗得尤其碧綠。暗香浮動，綠雲遮天，暮色愈聚愈濃，步道上的箱型路燈初初綻放，山莊的燈火也逐次點燃，趕在夜幕低垂之前，為遊客指點迷津。

但遊客並不多，持傘在外走動就是那麼幾位，進了餐廳，用餐的客人包含我們一家在內，還不到三成，因此顯得有些冷清。據山莊的服務人員表示，由於氣象報告這幾天都會下雨，許多預訂的客人臨時都不來了，語氣十分地無奈，最後還加了一句話：雨天是我們的天敵哪！

三

遊客稀少，加上雨水不斷，山莊內外的氣氛便顯得格外寂寥，旅客也有些意興闌珊。我卻慶幸因而保有了這份難得的靜謐。因此晚餐過後，意猶未盡，便獨自打著傘再到外頭閒逛。這時天色已整個暗了下來，除了幽微的燈火四下一片漆黑。我沿著林間步道信步亂走，驀然聽到一陣悠揚的笛聲，不知從何處飄來，而且時斷時續，令我無從追蹤。

我看看錶已八點半了，誰會在這時吹笛呢？小木屋裡的遊客嗎？孤獨的雨夜觸動了他的旅愁，藉笛聲來排遣他的愁腸嗎？吹奏的是臺灣早期的民謠，像〈雨夜花〉、〈望君早歸〉、〈白牡丹〉等這些充滿哀愁的曲子。那笛聲也難以分辨，像排笛、又像直笛，益增哀怨悽惻之情。我被那飄忽的笛聲吸引著，走走停停，東尋西找，竟差點迷路，直到那笛聲戛然而止，嬝嬝餘音在雨夜中散去，再也沒有蛛絲馬跡可覓，我才悵然地回到小木屋裡。

第二天天氣難得放晴了，朝陽穿過雲層，金黃色的光輝均勻地灑落在山巒、溪谷，以及苗圃的每一片土地上，令人精神為之一振。早餐後我們一家便迫不及待地到外頭去散步，沿著苗圃裡的步道隨意亂逛，貪賞春光乍醒的那股歡欣之情，彷彿一切都因此受到了鼓舞。

這時我又聽到了笛聲，這次吹奏的是《鐵達尼號》的主題曲——我心永恆。低迴纏綿之處，吹來卻是令人迴腸盪氣，哀戚不已。由於這旋律太動人，我們都被吸引了，一步步循聲走去，終於在旅客服務中心找到了吹笛人。原來是一位患小兒麻痺症的肢障朋友，正坐在輪椅上吹奏陶笛，順便做點小生意——販賣陶笛。

這下我才恍然大悟，他是用美好的笛聲來吸引顧客。我二話不說，就要小孩一人選購一只，給他捧個場。旁邊的遊客看了也紛紛掏腰包，當場就賣出了四、五個。一早就有顧客上門，吹笛人喜不自勝，一邊教小孩如何吹，一邊又吹了幾首動聽的流行歌曲。我們乾脆坐下來聆聽，隨著動人的笛聲，我們的心靈彷彿也飄起來了，飄過棲蘭山莊，飄向更遠處的山谷、溪澗，飄向無垠的長空。

四

休息時我的職業病忍不住又犯了，透過閒聊對他做了一個簡單的採訪。吹笛人名叫湯武鑫。家住宜蘭壯圍，兩年前開始利用星期假日到棲蘭山莊來賣陶笛。由於他自己能吹，便利用悅耳的笛聲來吸引顧客。天下沒有白吃的午餐，客人聽了好聽的曲子之後，都會買個陶笛回家做紀念，一方面也是對自食其力的肢障朋友的體恤與鼓勵。

湯君靠此一技之長，不但得以養家餬口，也為棲蘭山莊美麗的園林再添一縷藝術的氣息。嘹亮的陶笛聲像霧又像花，雲裡來，霧裡去，絲絲縷縷，纏繞不休。此曲只應棲蘭有，人間難得幾回聞。旅人的愁緒，哪禁得起湯君唇邊的陶笛這般撫弄，無怪乎一曲〈雨夜花〉，會讓多愁善感的旅人夜夜愁。

今年三十五歲的湯君，不只擅長吹陶笛，還能彈電子琴，而他的專業卻是燈光師。原早年曾在礁溪溫泉鄉的夜總會工作，調燈光之餘，也從走唱的藝人那兒學會了電子琴。這樣的身世際遇，很容易令人聯想起溫泉鄉的歌舞昇平，夜夜笙歌。對一個肢障藝人，益增其落魄江湖的傳奇色彩。

離群孤雁逆風飛，江湖寥落爾安歸？聰明的湯君告別了溫泉鄉的旖旎風光，寄情棲蘭山莊的樓台煙雨，以陶笛開拓人生的第二春，兩年下來也累積了相當可觀的成果，不只自己小有知名度，利用這股人脈，也穩穩地擁有一定的市場。他所賣的陶笛都是自己設計，委託廠商製造的，音色、音階、乃至不同樂器聲調的模仿，都十分講究。非假日期間，他也常應邀到附近學校從事教學工作，對陶笛的推廣居功厥偉。

棲蘭山莊並不大，頂多兩個小時就可以走遍，倒是湯君的陶笛和他的故事十分吸引我。在窗明几淨，現代感十足的遊客中心，一坐就是大半個上午，與他閒聊，聽他吹笛，放眼陽光下靜謐而優雅的風景，心靈竟是意外地充實，也令我想起《心靈捕手》、《心靈訪客》這類電影的某些場景，湯君的故事其實也是絕佳的電影題材啊！

五

為了趕路，中午之前我們便驅車離開棲蘭山莊，這次改走北部橫貫公路。同樣的崇山峻嶺，同樣的原始森林，更糟糕同時卻也最合我心意的是同樣的濃霧瀰漫，車子在雲鄉霧境迂迴穿梭，霧燈仍難抵濃霧的封鎖。幸好我不必孤獨面對，兩個小孩索性打開車窗，讓雲霧飄湧進來，一邊咿咿嗚嗚地吹著陶笛取樂。

由於他們兩人都有鋼琴和直笛的基礎，很快地便能上手，依照湯君提供的簡單樂譜，吹起〈雨夜花〉、〈望春風〉這些曲調。小孩吹笛，太太跟著唱，我再跟著哼，倒也其樂融融。

陶笛的清音在山谷間迴盪，雲天霧地中惟它能貫穿一切，帶領我們走出迷津，飄向遠方。眾聲喧譁，但我聽到的仍是湯君的陶笛聲，從雲霧深處飄來，一路伴隨我們，蜂迴路轉，不知所終。

原載九十年五月二十八日自由時報副刊

輕騎過關山

一

農曆年前二度路過花東縱谷，一次是和水土保持局的探勘隊去採訪，坐著三千CC的越野吉普車，從台東卑南直上花蓮瑞穗，沿途盡是開滿油菜花的黃澄澄的田野。寒風凜冽，霜氣滿天，天地之間充塞著一股歲末的肅殺之氣，只有油菜花為大地抹上一層明亮的色澤，溫暖著旅人不勝風寒的胸懷。

第二趟台東之行則攜家帶眷，趁寒假已近尾聲之際，帶小孩去度假，從屏東繞經南迴公路抵達關山小鎮。二趟行程相差不到半個月，大地已換了顏色，原本黃澄澄的油菜田，轉眼已變成水光映照的水田。秧苗剛插上，嫩綠的色澤怯生生地彷如剛誕生的嬰兒的肌膚，微風拂過，水波粼粼，吹彈欲破，怎不叫人憐愛？

我們千里迢迢趕到關山，只緣上次路過關山時，聽同行的山岳攝影家阮榮助告訴我，關山新設一環鎮腳踏車道，頗值得帶小孩來此騎踏。阮兄行走江湖多年，見多識廣，聽他談起關山種種，彷如失落的童年國度，吸引著我們一家亟欲前來一窺究竟。縱使年關緊逼，關山重阻，一點也阻撓不了我們乘虛御風的嚮往，一路從台北驅車南下，在高雄歇腳一宿。第二天便長驅直入，叩關成功。

二

冬殘臘盡，一波波的寒流接踵而來，我們抵達關山那個黃昏，同樣是寒流籠罩的大冷天。天空灰濛濛的，氣溫只有十來度，這種天氣怎麼適合戶外活動呢？但關山小街上、田野間，到處是騎自行車的人，成群結隊，橫衝直撞，把個傳統的農村小鎮點綴得熱鬧不堪。看來關山的自行車熱潮，可真是其來有自，名不虛傳。

時值周末，遊客如織，每家旅社都客滿，要不是阮兄介紹的「如意休閒山莊」網開一面，保留了一棟小木屋給我們，真要投宿無門。莊主林先生曾在南橫救國團所屬的山莊服務，待客親切，辦妥住宿登記之後，就敦促我們趕快到租車店租腳踏車，一家四口挑了四輛嶄新的單車，順著路標騎上腳踏車道，終於得償闔家騎車出遊的多年夙願。

小孩尤其興奮，在都市長大的他們，從學騎腳踏車開始，就受困於都市的交通和空氣污染問題，無法享受快速馳騁的樂趣，只能在住家附近的巷道裡打轉。如今來到這片開闊的原野，恰似幼虎出柙，怪不得他們會興奮得又叫又笑，使盡吃奶的力氣猛踩踏板，像風一般地呼嘯著前進。

出了小鎮，車道沿著一條小溪前進，路邊種了二排高大的檳榔樹，伴著淙淙的溪水聲，往前迤邐到田野的盡頭。二旁則是剛剛插過秧的水田，一畦一畦，像一面一面的明鏡，映照著西天的霞光和遠處青黛的山巒，整整齊齊地羅列著。水氣氤氳，暮靄沈沈，水光天光交接之處浮盪著一片農村特有的寧靜，祥和氛圍。隨著腳踏車輕快的輪軸轉動聲，我彷彿騎進了夢境之中。

那是西部平原六〇年代的農村，是我童年時所看、所聞，所感受到的農村，如今都清晰地呈現在我的眼前，我的興奮之情更甚於小孩。我的小孩其實就是我和弟弟的化身，太太則像年輕時代的母親。不錯，我們正騎著腳踏車，要回鄉下外婆的家。同樣的小溪，同樣的竹林，炊煙四起，那兒就是我們的故鄉。

暮色愈聚愈濃，夜幕很快就降臨了，我們大約只騎了四分之一的路程，便不得不踅返。這時晚風愈颳愈緊，氣溫不斷往下降，原先體內沁出的熱汗被寒風一吹更是冰涼。年節將至，遠方的村莊燈火初燃，彷彿籠罩在年節的喜氣中，年的味道是愈來愈濃了，而這味道只有在傳統的農村裡才堪細細咀嚼，深入品味。此番來到關山，好像是一趟懷舊之旅，六〇年代的農村遺跡處處可見，旅愁加上鄉愁，點點滴滴，都烙在心頭。

三

第二天一早天才濛濛亮，我們就迫不及待地推車出門，準備遠征昨天未完成的旅程，順道到小鎮找家豆漿店吃早餐。想起這麼完美的行程，就令我們精神抖擻。但晨間薄霧繚繞，淼淼的水田冷霜霜，空氣裡有一股濃重的寒意，令人不自覺地打顫。騎了一段路之後身體才逐漸回溫，晨霧也漸漸散去，使我們得以一睹農村的清晨美景。

經過一夜的休息，水田裡的水彷彿更亮了，秧苗彷彿也更青、更綠了。連那遠山近樹都顯得青翠欲滴，生機洋溢；而車道旁的小溪，水流也更豐盈、充沛了，唏哩嘩啦地在一旁喧鬧個不停，陪著車輪輾過清晨的田野。

直到了小丘，才與小溪分道揚鑣。但小丘上仍有溪溝，蜿蜒地隨著車道前進，水溝的流水清澈見底，淙淙的流水聲片刻也不曾歇止。站在小丘上往下眺望，原本與我們視線平行的水田，如今都躺在我們的腳下，偌大一片，盡是盈眼的綠意。處處洋溢著一片蓬勃的生機，彷彿源源不絕地注入我的軀體，令我深受感動。二〇〇二年的早春，在關山，我比誰都早感知到季節的萌動，我的靈魂彷彿被洗滌一清，通體舒暢，不正顯示了我生命的另一個地點，以全新的面貌，來迎接新來乍到的一年！

騎了約莫一個半小時，小孩已經飢腸轆轆，我們便下到小鎮，在火車站前找了一家豆漿店，喝了一大杯熱呼呼的豆漿，吃燙手的土司三明治，輕鬆自在地看著小鎮悠悠地甦醒。原來關山小街也像六〇年代的西部小鎮，外在的環境並沒有改變它緩慢悠閒的步調，惟一不同的是，每逢週末各地蜂擁而來的單車愛好者，會給小鎮帶來一股喧鬧的氣息。

用過早餐，體力和精神都來了，我們繼續踩著單車上路。往後一路都是下坡，根本不用踏板，只要緊緊地握住手把，全神貫注，就能享受凌虛御風，風馳電掣的快感，虎口都會被震得發麻，全程十二公里的腳踏車環鎮道，就在親水公園之前畫下句點。

輕騎過關山，是我們一家新春的第一樁壯舉。我們回到如意山莊，辭別山莊主人，問清回程走南橫的路況，九點正，朝陽正要露臉，我們就開車繼續上路。遠望平原盡處的崇山峻嶺，白雲深處，正是我們遙遠的歸途。別了，關山，但我們一定會回來，今夏七月，孩子放暑假時，我們還期待著單衣短褲，迎風高歌的夏日單車之旅。

原載九十一年三月三十日中國時報「人間副刊」

離巢前奏曲

一

九月下旬，陪老二到新竹清大註冊，把他的家當悉數搬到學校的宿舍，幫他安置好住宿的一切所需，回程要發動車子時，他站在宿舍前的階梯上，一手插在口袋裡，一手朝我們揮手說再見，形影有些孤單，神情也有些寞落，我才驚覺到兒子已無法隨我們一齊回家了。

儘管老大還在車上，也在向弟弟揮著手，但他半途就要下車，也要回木柵政大的宿舍。此後我們一家四口就要勞雁分飛，天各一方了。在搖上車窗的剎那，我真有萬分的不捨，而且極不習慣，因為近二十年來，我們同住一個屋簷下、進出同車的美好時光終於結束了。

當晚回到家裡打開電燈，看著兒子空蕩蕩的房間，太太忍不住地說：「只剩下我們兩人了。」她的聲音有些幽怨，聽在我的耳裡尤其傷感。是的，兩個兒子都已長大，他們的羽翼已豐，是到了要離開我們的時候了，我們夫妻兩人辛辛苦苦築成的小巢，再也留不住他們堅實的翅膀和對外界強烈的好奇心了。

三年前老大初次離家住校時，我還沒有什麼感覺，一方面固然是學校離家較近，隨時可以去看他；再則是家裡還有老二做伴，好歹有個人讓我們噓寒問暖，表示為人父母者的愛心和關心。可是當老二也離家之後，往後再也沒有人聽我們的嘮叨，我們也聽不到孩子的吵鬧聲，屋子裡突然冷清了下來，我才明顯地感受到心裡的空虛與寂寞。

尤其太太說的那句話：「只剩下我們兩人了」，更給我很深的感觸。我們兩人生兒育子，半生勞碌，一切又回到了原點。好像孩子不是屬於我們的，此後大半的歲月只能看著他們來來去去，離我們愈來愈遠，再也無法留在身邊，這似乎是為人父母者最難以接受的事實，也是孩子長大後遲早都要面臨的命運。

既是命運，似乎只有接受一途，而且根據一般的經驗，只要假以時日，一切便會習以為常，習慣孩子不在身邊的事實；或者，因為忙碌而選擇遺忘，生活也會逐漸步上常軌。只是在這一天來到之前，我仍心有未甘，內心仍會有一番抗拒和掙扎，不想讓我和兒子們相處的美好時光，就此成為記憶中模糊的影子。

二

老大讀高中時，我因在雲林縣府工作，並沒能陪他一齊走過最辛苦的升學之路，即使週未返家團聚，他也在補習班埋頭苦讀，看不到他的人影。有時趕得及，剛好能去公車站牌下接他補習或夜讀回來，也都是夜闌人靜的時刻，馬路上已沒多少行人。街燈下看他疲倦地走下公車，拉開車門進到我的車子裡，簡單地對我打聲招呼：「嗨，爸爸」後，整個人往後座一攤，不到十分鐘的車程，他都會累得睡去，我連講幾句安慰或為他打氣的話的機會都沒有。

可是他畢業那年四月，參加大學推甄的結果，便以優異的成績上了第一志願政大法律系法學組，但我一點都不敢居功，因為我對他的付出不及太太的十分之一。老大是個意志力超強的人，高中基測慘遭滑鐵盧，終於在大學推甄中反敗為勝，光榮地踏進了他理想的學府和科系。因此他說要住校，好體驗他嚮往的大學生活，我們誰也不敢反對，陪著他風風光光地搬進了學校的宿舍。每隔一段時間，我們全家都會到學校去探望他，一齊到學校附近爬山、吃館子、看電影，渡過了許多快樂的時光，因此那時一點也沒有不捨或心疼的感覺。

老二上高中時我已回到台北工作，對他的課業可沒理由再袖手旁觀或置之不理了。何況他高中的基測也摔了一跤，沒能考上理想的學校，對他的自尊心和自信心都是一大打擊，此時更需要家人的扶持與鼓勵。

我每天開車送他去學校，下課或補習回來，也是我開車去接他。父子兩人每天黎明即起，風雨無阻，我覺得欠老大的那一份關懷，一定要加倍的還給老二，如此才能彌補為人父者的虧欠。我們兩人因此成了生命共同體，不只要陪他挑戰升大學這道險峻的關卡，而且有老大與太太母子雙人聯手締造的佳績，像一道高牆矗立在前面，我們父子兩人也都有輸不起的壓力。

三

第一年是最辛苦的一年，考後兒子態度消沈，意興闌珊，進了市郊一所他想都沒想過的高中，信心幾乎全垮了。眼看著成績遠不如他的同學，一個個進了明星學校，三年的努力和心血等於白費了，這一口氣他那裡吞得下去？所有的忿怒與不平，只能化為兩行清淚，獨自往肚子裡吞。要想重振他的信心和志氣，讓他重新抬起頭來，豈是一朝一夕的工夫？

我看在眼裡，當然疼在心裡，花了很長的時間開導他，鼓勵他，一方面習慣了新的學習環境之後，他才逐漸從基測失利的陰影中走出來，每次考試總能維持在班上的前一、二名，慢慢建立了信心，逢到假日，便有餘裕全家去木柵找哥哥吃飯、看電影，逛校園，聽他講多采多姿的大學生活。同是基測失利的淪落人，老大便以過來人的慘痛經驗激勵他，一定要鎖定排名前三名的學校，做為全力以赴的目標。只有考上一流的大學，才能雪恥復仇，在同學中重新抬起頭來。

可是升上高三之後，壓力便如排山倒海般地朝他襲來。一連串的段考、模擬考、再加上補習班的各種考試，紛來沓至，幾乎無日或已；即使週末或假日，他也一大早就要出門去補習，三更半夜才回到家裡。別說一家人同車出遊了，連要聚在一起吃個飯都找不到時間。高三學生的生活會緊張到這種程度，甚至影響到家庭的正常生活，是我以前當學生時難以想像的。有時不免懷疑，我們的教改喊了那麼多年，成效到底在那裡？學生的壓力或痛苦減少一點了嗎？

我覺得最痛苦的，是每天清晨喊他起床，尤其是冬天寒流來襲時，天色猶暗，看他睡得那麼香熟，我都會覺得叫醒他是一種罪惡。但稍晚叫他，即使只遲了五分鐘，也會被他抱怨，因為讓他少讀了五分鐘的書。對即將上考場的考生來說，一分鐘往往就是成敗的關鍵，因此分秒必爭，已到了錙銖必較的地步。

深夜去芝山捷運站接他補習回來，倒是比較令人快慰。雖然我接到的是同一個疲憊的身體，但他不像哥哥會攤在車上睡覺，而是在車內聲嘶力竭地高歌一曲，彷彿不如此發洩，便無法排遣身上巨大的厭力。因此他再怎麼吼叫，我都不以為意，甚至還會暗自高興，面臨大軍壓境，他還能引吭高歌，表示他比哥哥的抗壓力還高，讓我既放心，又感佩。

四

四月推甄的結果，他考得還算差強人意，介於成大與中央之間，我實在不忍心再看他煎熬下去，勸他擇一就讀算了。因我深知考場的凶險，更深暗人算不如天算的道理，萬一指考沒考好，連這兩隻到手的小鳥都飛了，到時兩頭落空，誰也承擔不起這後果。

但兒子十分堅決，誓言七月要再拼指考，而且抱著破釜沈舟的決心，兩個學校都沒去登記。我力勸不成，父子兩人差點翻臉，最後當然還是我讓步了。最後一個月他找到一家衝刺班，開始進入暗無天日的肉搏戰，我的神經也上緊發條，每天接送兩次，陪他做最後的殊死戰。父子兩人的命運真的綁在一起了，生死存亡，就看七月最後這場戰役來分曉了。

考後我要他不要去對答案，家人也絕口不再提考試的事，一切只待月底放榜。表面上大家都很輕鬆，骨子裡卻緊張得近乎要窒息，一邊細數著寄發分數的日子是否已來到，接著還有填寫志願，以及最後的分發。每一道關卡都會影響到就讀的學校和科系，因此每一個步驟都是生死交關，令人屏息以待。

成績公佈那天清晨，兒子不待我們叫醒，便悄悄地起床坐在電腦前上網，他和全國數十萬考生一樣，大概緊張得整晚都沒睡覺吧！我們何嘗就能安眠？我和太太躺在床上，好像等待宣判的囚犯，準備接受命運最後的裁定。但老天也真愛捉弄人，幾十萬考生同時上網，網站被塞爆了而當機。直到九點多，兒子才喜形於色的報出他得到的分數，大致合乎我們的期望，因此大家都非常開心。

當晚我們就迫不及待地拿著成績單，開車老遠跑到一家補習班做落點分析，分析的結果同樣令我們感到開心，接著填補志願表。幾天之後分發的結果要公佈了，兒子同樣緊張得一夜沒睡，大清早就上網看結果。

那天是八月八日的清晨，一個我們一家及全國民眾都忘不了的日子，窗外風雨交加，「莫拉克」颱風帶來的風雨正不斷地加強。當兒子在清華大學電機系的名單中找到他的名字時，他興奮地一躍而起，老大聞訊立刻衝上去查證是否屬實，深怕他看走了眼而白高興一場。證實無誤之後，全家人都為了這個天大的好消息而擁抱在一起。

兒子終於逆轉勝，以哀兵的姿態扭轉乾坤，進了他夢寐以求的學校和科系。不但贏得了最後的勝利，也一雪三年前基測失利之恥，那些就讀明星高中的國中同學，都沒有他考得好。我這個臨危受命的老爸，這下走路也有風了；當然就不提當時我堅持要他放棄「指考」的「不當言論」了。

當天是父親節，我們早就訂了一家餐廳要慶祝這個特別的日子，如今雙喜臨門，更要熱烈地慶祝一番。黃昏我們要出門時，大雨傾盆而下，強風吹得人幾乎站不穩，但我們仍開著車子，冒著狂風暴雨去到餐廳。從雨水斑駁的玻璃窗望出去，行道樹被風吹得東倒西歪，掉落的枝椏隨風飄散，看得我心驚肉跳。

我的憂心事出有因，就在我們開心地慶祝勝利的同時，「莫拉克」的威力不斷加強，在它的暴風橫掃之下，南部的災情也不斷地擴大。當我們帶著歡樂的心情進入夢鄉時，高雄縣甲仙鄉的小林村卻在土石流的肆虐之下，慘遭活埋及滅村的命運，草木含悲，全國民眾為之震驚，並同感哀悼。

這樣命運迥異的一天，我們一家人永難忘懷，全國的民眾也不會忘記。因為第二天全國就進入形同緊急狀況的救災行動中。小民的悲歡離合，個人的榮辱得失，都已被莫拉克釀成的巨災狂掃而去，無足輕重，也不足掛齒了。

五

「八八」水災讓我們及時冷靜下來，興奮歡樂之後，緊接著要面對的卻是兒子即將離家住校的問題。這段時間兒子去參加了系裡主辦的「英文夏令營」，在營隊裡住了一個禮拜。我們也去了學校幾趟，陪他看住宿及教學的環境，一家人在美麗的校園裡悠遊散步，享受了難得共處的美好時光。

眼看著兒子高瘦而孤單的身子，逐漸融入營隊的學習與活動的群體生活中，既欣喜於他的努力所得來的成果，已走向了一條可長可久的人生大道，卻又感傷於他走上那條人生大道之後，那消瘦的身影會離我們愈來愈遠。

這時我才體會到父母內心悲歡交集的矛盾，也才理解到我十六歲那年初次負笈到外地讀高中時父母心中的不捨。當年社會封閉，交通不便，少小離家，面對的其實只是一個茫茫的前程，誰也不知道此去是凶是吉？更遑論衣錦還鄉，光宗耀祖？

可是我卻義無反顧，拍拍尚未硬朗的羽翼，便飛出了父母的掌心。十年、二十年、三十年，縱使天涯海角，也不曾猶豫；心中想的只是凌翼雲霄的快意，孤鵬萬里遨遊之後，卻再也不曾回到老家，承歡膝下。父親早在二十年前過世，垂垂老矣的母親癱瘓在床，幾年前就獨自住在看護中心，老家只剩下一個空巢，我即使返鄉探視，回到家裡也無法與母親同住。

目送兩個兒子先後離家之後，我有時不免感慨，所謂的「家」，到底是誰的家？古人日暮倚柴扉，望眼欲穿的就是遊子的歸來，是因為還有一個「巢」，可以讓老人倚門盼望。一旦人去巢空，或者巢已覆亡，那個「空巢」還有何意義？那個柴扉還有誰可以倚靠？覆巢之下固無完卵，空有巢穴，老鳥凋零，離巢的孤雁同樣無枝可依。父母子女一場，大限來時，瞻前顧後，躊躇再三，還是要各自分飛吧！

然而時代已經改變，潮流也已無法回溯。在全球化的趨勢下，家的定義已擴大到四海一家，處處可以為家。孩子們的離去，只是在追求他們的新天地，開拓他們的新世界。只要他們能夠平安、幸福，為人父母者便需以更大的胸襟與眼光，對他們漸去漸遠的身影獻上最深的祝福，祝福他們飛得更高，飛得更遠！

原載九十九年四月二十五日聯合報副刊

驪歌初唱

一

這幾年我生活的重心，有一大半是在兒子身上。兩兩個兒子相差三歲，換句話說，每隔三年，我就必須經歷一次他們人生中的某些關卡。老大的後腳剛過，老二的前腳馬上接踵而至，一前一後，周而復始，雖只是小小的循環，卻常令我有時空錯亂的感覺，以及一股沈重的時間壓力。它正以三年為單位的速度，飛快地在我眼前玩弄帽子戲法，稍不留意，就可能令我目瞪口呆，無言以對。

去年九月，我才依依不捨地把老二送到他剛考上的清大宿舍，今年六月，老大就一腳踏出了政大的校門。一進一出，前者的欣喜還掛在臉上，後者的離愁已迫不及待地湧上心頭。兩座浪頭掀起的波濤，都足以將我淹沒，我還能冒出頭來已屬不易。然而時間並不允許我躊躇，也沒有逃避的空間，我們一家四口都選擇了勇敢面對。

大約一個月前，老大每次週末返家小聚，就會提醒我要把六月五日的時間保留下來，因為那天是他們學校畢業典禮的日子。他很少這麼慎重其事，很多我認為比這更重要的事情，他不是閒話一句，便是避重就輕，甚或絕口不提，一付很不想讓我知道、卻又不得不敷衍我一下的樣子。

因此他對畢業典禮這麼重視，確實很出乎我預料之外。因為我自己對這種場合並沒有多大興趣，不但大學的畢業典禮沒有參加，連在美國碩士班的畢業典禮也缺席，可見我學生時代是何等地叛逆、灑脫，完全不把足以光宗耀祖的畢業典禮瞧在眼底。

不過，我還是慶幸兒子沒有我當年的輕狂，我去參加他的畢業典禮，也可讓我在三十多年之後重新去感受那種氣氛，用來彌補我今生的缺憾；太太和老二也想去觀禮，因此我們都爽快地答應了。

二

可憐的老大，為了準備畢業考試，從三月開始便以學校的圖書館和補習班為家，回家的次數已寥寥無幾，到了畢業典禮前的一、二個禮拜，忙得更是看不到人影；連他當晚參加謝師宴要穿的西裝和領帶，都要我一早給他送過去。這些「行頭」當然都是他臨時向我「調」的，現代的年輕人經年一條破牛仔褲和球鞋，何曾買過或穿過什麼正式的服裝？

因此之前他在家試穿，換上全套的西裝再打上領帶時，還是他生平的第一遭，儼然已是一個英挺有型、風度翩翩的男士了，連我看了眼睛都為之一亮。在那一刻我不得不承認，兒子真的是長大了，畢業典禮事實上就是他的成人禮，戴上方帽步出學校大門，便踏入了成人的世界，再也不能把他當小孩了。

每念及此，固然令我欣慰，卻也令我感傷，這時我才真正體會到為人父母者內心極度的矛盾和掙扎。一方面盼望著孩子快快長大，另一方面卻希望他們像小飛俠一樣長不大，永遠能跟在自己身邊吵吵鬧鬧，一家大小快快樂樂的過日子。

心裡愈是這樣想，歲月愈是冷酷，時間愈是無情，日子便快得令自己膽戰心驚。一眨眼之間，一個成熟而穩健的大人，已若無其事地站在我的眼前左顧右盼，當他頻頻轉身看著鏡子裡的身影時，那鏡子裡的人，不正是三十多年前的自己嗎？

我微笑地看著他，用手示意他轉身換另一個角度，卻不忍再去看鏡子中的自己。兒子的喜悅寫在臉上，我只能將哀傷吞進肚子裡，並告誡自己，畢業典禮那天，還會有更大的煎熬和折磨在等著我呢！

三

那天上午九點，我開著車子到達政大的大門時，與往常不一樣的是附近的商家，全擺滿了鮮花和各種造形奇特可愛的玩偶，一大堆人正擠在那兒東挑西揀。太太見狀也一個箭步衝到商家前面，先是捧回一大束的鮮花，後來又去抱回一隻戴著方帽的小熊，加上昨晚我們到鐘錶行精挑細選的一只手錶，正好做為他的畢業禮物。兒子苦讀四年，今朝能順利畢業，也算是喜事一樁，值得為人父母者為他慶賀。

我們雖然遵照兒子的叮嚀，提早了一個小時到達，但校園裡已是人山人海，車滿為患；何況天公還不作美，間歇性地下著不大不小的雨，到處都是水窪。我們繞了許久，才在老遠外的地方找到一處停車位，必須橫越大半個校園，才走得到畢業典禮所在的體育館。

細雨霏霏的校園，再也不像平日那麼沈靜，成千上萬的畢業生穿著黑袍，戴著方帽，正列隊走向體育館。有人打傘，有人披著雨衣，還有人在隊伍中跑進跑出，忙著拍照，看起來有些雜亂，好像一支雜牌軍，正在奔赴最終的戰場。這是他們最後一次列隊在校園中行進了，看不出他們的表情，場面雖然熱鬧而興奮，在雨絲的籠罩下，卻也透露著一股淡淡地哀傷。

看著這樣的畫面，我表面上鎮定如常，內心其實有千絲萬縷的感觸。這幾年來我們家裡出遊的地點，都以兒子就讀的學校為主。木柵是我們早先最常到訪的地方，學校的宿舍、餐廳，校園的每個角落，乃至木柵小街和電影院，都是我們一家人經常駐足、遊憩的地方。

我們早上一齊爬山、健行，走得滿頭大汗，飢腸轆轆之後，中午便找一家館子大快朵頤一番。碰到有好看或漏看的電影上演，飯後我們還會到附近的二輪戲院看場電影。人手一杯冷飲，各自沈醉在美妙的電影情境中；有時兩片連映，更會看得頭昏眼花，步出電影院時天都黑了，一家人不知在木柵共渡了多少美好的時光。

如今這些甜蜜而溫馨的記憶，都隨著兒子的畢業而走進了歷史，我們一家以後再來這裡同遊的機會已微乎其微，心裡當然會有萬分的不捨。青青子衿，悠悠我心，校園的最後巡禮，本來就帶有濃濃的告別的意味。驪歌一唱，更增添了一份依依的離情，連我們這些觀禮的父母，都感染了那份淡淡地離愁。

四

體育館裡萬頭鑽動，來自各方的家長把二樓的觀眾席擠爆了，很多是扶老攜幼，全家總動員。相較之下，我們一家四口還算是人丁單薄的。我們坐定之後，畢業生開始進場，原本鬧哄哄的場面響起了一陣如雷的掌聲。掌聲歷久不衰，直到上千名的畢業生一一坐定之後才歇止，典禮接著便開始了。

一連串的師長致詞當然是免不了的，但時代畢竟是進步了，至少師長們的致詞已簡短、活潑、有趣多了，不時引來底下陣陣的哄笑聲。一切行禮如儀，莊嚴之中流露著一派輕鬆、愉快的氣氛。最後播放學生拍攝的四年在校生活回顧的短片時，少不了有些惡搞或 kuso 的畫面，看得台上台下一片哄堂大笑。

然而某些搞笑的橋段，卻觸動了畢業生敏感而脆弱的心坎。畫面中的青青校樹，萋萋庭草，四年如一日的校園生活，上課下課，打球運動，用餐睡覺，乃至情竇初開，花前月下，你儂我儂。何等多采多姿的生活，又是何等地令人回味無窮。然而歡樂無法停格，時光也無法倒流，片子還沒播放完畢，已有人偷偷地拭淚，有人笑聲中含著淚光，連我看了都忍不住一陣揪心。

氣氛逐漸凝住了，愈接近尾聲，愈令人徒增感傷。最後進行的是「薪火相傳」的儀式，現場的燈光全熄了，一盞一盞的燭光，從師長的手中傳遞到每一位畢業生的手中，從一小塊擴大到一小片，最後擴大成一大片，最後漫延成一片燭光閃爍的燈海，依稀還可看到每一盞燭光映照下的一張張年輕而秀氣的臉龐。這時驪歌的旋律，悄悄地在禮堂的周遭響起：

黌宮迤邐，泮水瀠洞，指南舊韻依稀，長年聚首，一旦分襟，臨歧無限低徊；謹遵校訓，發揚學統，相期共勉前規，卓哉去矣，何需瞻顧，鍾山指日同歸。

緩慢的旋律，一遍又一遍地在禮堂內迴旋，綿長的思念，在這臨別的時刻再也抑制不住，有人輕輕地跟著吟唱起來，有更多的人接著唱了下去；有些人只噤聲地在嘴唇囁嚅，卻忍不住淚光閃爍。這是畢業典禮的高潮，時間在此暫時停格，全體畢業生四年的大學生活也在此畫下了句點。

我從二樓俯瞰下去，燭光如海，明滅交織，如夢似幻，歌聲迴腸蕩氣，餘韻繞樑不絕，聞之令人鼻酸。我看不到老大，一向感情豐富的他，此刻必定百感交集。跨過生命中的這個關卡，他已是個卓然獨立的成人，再也無所依靠，往後的風風雨雨，都必須獨自去面對、承擔了。

五

典禮一結束，人潮一波波地湧出體育館，外面的雨絲仍斜飄著，沾衣欲溼，但畢業生和家長已顧不了那麼多了，眾裡尋它千百度，混亂雜沓的人群中找到了彼此，便緊緊地擁抱在一起拍照留念。一生就這麼一次，怎能不慎重？每個家人都要拍上一張；有些老爺爺老奶奶一輩子沒戴過方帽子，穿過黑長袍，也煞有介事地全身披掛起來，開開心心地與兒孫拍了一張他們的畢業照。拍完照還捨不得脫下來，在校園裡到處晃，鋒頭之健，尤勝畢業生。

兒子忙著與同學合照，應接不暇，我們只好先退到司令台上，一邊避雨，一邊等他。隔著一段距離，看雨中那混亂的場面，我並沒有像一般家長那麼的興奮與投入，內心還停留在「薪火相傳」的燭光中。世路多岐，人海茫茫，畢業即失業的警訊，讓我不得不為這些年輕學子的未來擔憂。

兒子終於回到我們身邊，在我掌鏡之下，穿著學士袍的他看起來有點靦腆，笑得一臉的天真，仍然未脫稚氣，和他幼稚園畢業時戴著小方帽拍照的樣子有點神似；可是他卻比身旁的媽媽足足高出一個頭來。太太站在老大和老二之間，好像站在二棵大樹下，反倒像個小妹妹了。

我一張張地按下快門，卻同時啟開了記憶的黑盒子，一部兒子的成長史快速地掠過鏡頭前面，時空的錯覺讓我的相機失焦，差點按不到快門。一陣天旋地轉之後，我終於捕捉住了兒子宛如處子般的純真笑容。

中午我們在學校的西餐廳用餐，人聲鼎沸，桌桌客滿，桌上及窗戶擺滿了鮮花，濃郁的花香四處瀰漫，好一個花團錦簇的餐廳。過去我們一家即常來此用餐，但這應該是最後一次了，連窗外紛飛的雨絲，都增添了一份告別的意味。

飯後太太將手錶禮盒拿出來，放在兒子的面前。他打開來時臉上閃過一絲驚喜，興奮地拿起來端詳良久，然後慎重地戴在手腕上，上頭有我們最虔誠的祝福。韶光易逝，寸金寸陰。兒子，請好好的把握，並珍惜你所擁有的一切；明日過後，一切的考驗就要開始。

原載九十九年十一月二十一日聯合報副刊

露天溫泉風呂

一

十多年前我寫過一篇有關澡堂的散文，名為〈澡堂春秋〉。發表後曾收到許多讀者的來信，也曾被選入各種不同版本的年度散文選，我才發現讀者對臺灣早期的公共澡堂竟然這麼感興趣。

年輕人也許出於好奇，中、老年人也許出於懷舊，不管出自什麼動機，能讓廣大的讀者朋友一窺澡堂的堂奧，緬懷臺灣早年的澡堂風光、回味彼時市井小民的生活情境，都是苦悶的現實生活中的一帖清涼劑。

十年後我趕時髦的迷上年輕人趨之若鶩的泡湯，流連在陽明山一帶的露天風呂中，更體會出流行與復古之間的曖昧。若說澡堂是古早年代的產物，今天的露天風呂，豈不更是史前時代的遺跡？

然而在溫泉業者及媒體的包裝下，眾人在澡堂內共浴卻成了時尚；在崇尚自然，走向原始的時代氛圍下，眾人在露天的場域裸裎相向，更成了一種儀式性的集體派對，一時之間還真會讓人陷入一種迷離錯亂的情境之中，驚覺自己到底是今之古人，或者是返老還童？

不管外在環境如何改變，自己心境的改變才是決定性的因素吧！我會從一個溫泉白痴，變成泡湯達人，而且選擇露天溫泉風呂做為心靈的皈依，剛開始其實很不習慣，甚至有些匪夷所思，因我仍視室內的澡堂為安身立命之所，棲身其中，方能逃遁於天地之間。

直到有一晚，夜空中的星星和月亮讓我的形體開了竅，我才瀟脫地掙脫了一切有形的束縛，縱身戶外風呂，讓自己的裸身與夜晚的大自然渾然融為一體，在溫泉氤氳的水氣中，完成了肉身的自我試煉，從此迷上了泡湯，一個禮拜總要泡上一、二次，半年下來，總算體會出泡湯的滋味和樂趣。

二

夜晚的陽明山麓，靜謐而安詳，本就充滿了詩情畫意，紗帽山谷地占地勢低窪之利，最接近硫磺礦床，地表常年籠罩在濃重的硫磺氣體和味道之中，早年即有溫泉業者在這兒搭蓋簡易的竹棚草寮，供喜愛溫泉的人士泡澡。山野有逐臭之夫，口耳相傳，聞著刺鼻的硫磺味，上來找樂趣的人士大有人在。

我在天母住了二十五年，經常在紗帽山谷地出入，看著簡陋的竹棚木架，一路蛻變為土雞城附設的澡堂，多少澡客在此流連不去，可是那種亂吵雜的場面卻令我為之卻步，我從來不曾進去領略個中的滋味。直到去年十一月，一個寒流來襲的晚上，我和太太偶然開車路過陽明山麓，因緣湊巧，把車子開下紗帽山谷，這才發現整片谷地已發展成溫泉產業聚落，溫泉澡堂林立，散佈在山谷的每一個角落。

夜晚時分，大大小小的招牌閃閃爍爍，在強大的寒流籠罩下，呈現出一種朦朧的美感。業者雖仍經營餐飲，但舊有的土雞城已轉型成精緻的風味美食，有些還特別強調有機生鮮的健康食材，不管是庭園的設計或店面的裝潢佈置，都營造出自己的特色和風味。

我們下車在曲折的巷道走了一趟，風從四面八方吹來，哀怨的日本演歌的旋律也隨夜風四處飄盪，我的靈魂被那些老歌牽引著，就這麼走進了一家湯池。那天因嚴寒的關係吧，門口有些寥落。看門的一位老歐巴桑全身蜷縮在服務台裡，招呼我和太太進去坐坐。我們稍微猶豫了一會，還是掀開那被風吹得搖擺不定的簾布，分別走進「男湯」和「女湯」，到裡頭探望了一下。

只見三個大大小小的湯池霧氣瀰漫，有七、八個客人在裡頭，每個人的身體都泡在溫泉之中，僅露出腦袋在外頭，頭髮不是花白就是半禿，一看就知都是上了年紀的歐吉桑。燈光幽微，照著他們一張張安詳而滿足的臉孔，彷彿很能享受當下的情境。那一瞬間，我被他們愉悅的表情和周遭靜謐的氛圍吸引住了，而那嬝嬝不絕的演歌，則從竹籬笆及朦朧的燈影中流瀉出來，迴盪在氤氳的水氣中。

眼前的景象其實再平凡不過，不過是市井小民尋常的休閒生活，卻充滿了盎然的詩意。我在那兒佇立良久，渾然不覺撲面的寒風的威力。走出湯池之後，我和太太都被吸引住了，立刻到服務台買了一疊入場券，準備學那些自得其樂的歐吉桑們，做一個懂得生活情趣的泡湯達人。

因此不管白天的工作多麼勞累，也不管下班多麼晚，回到家裡用過晚餐，我便和太太拎著泡湯專用的包包，迫不及待地開車上山。不到十分鐘的車程，就到了紗帽谷，夜色籠罩下，那飄著濃重的硫磺味的空氣，聞起來總是特別的舒暢。再冷的寒風也不足畏了，因為只要三兩步，便可浸泡在湯池裡，讓暖熱的溫泉一寸寸地滲入肌膚。

三

久之我們夫妻已成了紗帽谷的常客，常挑週日人少的時候去，若遇上寒流更是絕佳的時機。因為大部分的人還是怕冷，喜歡呼朋引伴來作樂的年輕人便絕跡了，會來的都是老於此道的歐吉桑和歐巴桑，一個個像是身懷絕技的忍者，一聲不響地泡在靜僻的角落，閉目養神，全然沒有動靜，幾乎讓人感覺不到他們的存在。

這就有點高手過招的意味了，因為溫度高的池子，水溫可高到四十多度，要在裡頭泡上十來分鐘，沒有一點「耐熱」的本事是辦不到的，受不了的當然得提前出局，逃到溫度較低的池子。裡頭還有一個冷泉的池子，溫度只有十五度，同樣也在考驗人的「耐冷」的工夫。忽冷忽熱，不僅身體肌膚飽受刺激，人的精神也會跟著抖擻起來，在冷熱交替的過程中，充分領略泡湯的樂趣。

那冷泉是透明的，業者在池子底下裝了好幾盞燈，燈光映照著澄澈的池水，水波不興，宛如一座晶瑩剔透的水晶宮。人浸泡在裡頭，因為冷顫的關係，毛髮豎立，每一個毛細孔都是打開的，好像放在顯微鏡下，全身每一寸肌膚都被放大了，巨細靡遺地呈現在自己的眼前，看起來同樣的晶瑩剔透。我從不曾如此清晰地看過自己的肌膚，那些紋理就像樹木的年輪，記載著我成長的蹤跡，即使歲月老去，仍可看到自己生命的刻痕，油然興起某種徹悟與豁達。

若將頭靠在湯池邊，仰望穹蒼，浩瀚的夜空更是可觀。有時皓月當空，繁星點點，偌大大一片的星河橫無際涯就高掛在我的眼前，那種開闊與深邃令人悠忽神往。有時夜黑風高，雲層密佈，雲隙之間常鑽出一彎弦月，瞬間又被烏雲吞噬。甚或細雨霏霏，雨點打在臉上，也可視為大自然的洗滌。人泡在湯池之中，卻可與宇宙萬象神交，真正進入與自然交融的境界，風花雪月，盡在不言之中。

四

二個兒子讀大學後住校在外，平常難得回家，父子聚少離多，感情日漸生疏。有一次假日我帶他們上山泡湯，沒想到他們也泡上癮了，從此每把個月就會回家一次，為的就是和我一齊泡湯。父子並肩泡在湯池裡，無話不說，遇到感情上、學業上、乃至生活上碰到的問題，都會一一向我傾訴。有時我們只是靜靜地泡著，什麼話也不說，但透過溫泉的滋潤，彼此都可感受到一股暖流，汩汩地注滿了我們的身軀。

兒子長大之後，我們從來不曾這麼的親密，彷彿又回到了襁褓時我為他們洗澡的歲月。正是這股濃密的親情，讓我格外珍惜每一次與他們一齊泡湯的機會；而這次也是我在泡湯之餘最感欣慰的收穫。

冬去春來，時序漸漸轉到夏天，氣溫逐日回升。泡湯最好的季節也過去了，我上山泡湯的機會已不若年底前那麼頻繁。當然業者已把湯池的溫度降低了，清涼、冷冽的山泉是另一種選擇。只不過我還是懷念湯池上氤氳的水氣，那麼就及早預約今年冬天早日來臨吧！

原載九十八年七月二十二日聯合報副刊

再見！天母

一

三月下旬，台北市天母東路「聖道兒童之家」標售一千七百十五坪土地，結果由某建商以七十億二千八百萬元得標，換算每坪約四百零九萬八千元，創天母地區新高價。換算成「容積單價」，每坪高達一百八十二萬一千元，也是是國內容積單價最高的土地。

媒體將此次標售的結果，譽之為「天母新地王」的誕生，但對天母人而言，不但沒有任何「與有榮焉」的喜悅與榮耀，反而有一種「人為刀俎，我為魚肉」的忿怒與無奈。天母人有一種獨特的氣質，喜愛公園與綠地，為了捍衛居住環境的品質，一向站在環保的第一線，敢於站出來向政府和財團不當的開發大聲說：「NO！」

因此新聞見報第二天，我即在報紙的「輿情」版上寫了一篇評論文章，表達了天母人的不滿。四月下旬，「天下」雜誌製作了一個房地產的專輯——「高房價的幕後黑手」，製作小組看了我寫的文章之後特別來訪問我，可惜囿於版面，只刊載了部分訪談的內容，無法完整地反應天母人的感受和問題的嚴重。

我在天母居住了二十五年，當年從美國留學回來，在尋找未來的住家時，很自然地便看上了天母的公園和綠地，以及周遭寧靜而優雅的居家環境。我單身時過的是逐水草而居的租屋生活，不但居無定所，而且常常搬家，家當雖然不多，但光是搬運堆積如山的書籍就苦不堪言。

為了一勞永逸，我苦苦尋覓了三個多月，買下了現在的住家之後，即發誓要在此安身立命，再也不輕言搬家。二十五年來，我果然堅守承諾，在此落地生根，娶妻生子，再也不曾離開天母一步。比起我早歲離鄉背井，負笈在外求學、工作，我在天母居住的時間，已遠遠超過我的故鄉，因此稱它是我的第二故鄉，一點也不為過。

二

我剛搬到天母的時候，忠誠路還沒拓寬，現在的大葉高島屋和天母棒球場一帶都是稻田，只有靠近路邊的地方麕集了為數可觀的啤酒屋。每到夜晚燈光如晝，酒客如織，愈夜愈美麗。我那時還沒成家，週末時常邀三五好友到啤酒屋聚會，小酌一番。我們最喜歡坐在屋頂的木造陽臺上，吹著夏日向晚的涼風，一邊喝著沁涼的啤酒，一邊欣賞陽明山麓從黃昏到夜晚的天然美景。

那屋頂沒有什麼廊柱，可以環顧四周，我們居高臨下，抬眼望去，一片綠油油的田野，迤邐到天母東路底和陽明山的山腳，天高雲低，根本看不到什麼大樓。隨著夜幕低垂之後，群星在天際閃亮，蛙叫虫鳴之聲四起，十分悅耳動聽。因此雖然身在台北最高級的住宅區，卻仍保有田園樸實的風味和優雅的格調，朋友看了無不喜歡，主人也覺得很有面子。

總之，那麼開闊的一片天空和綠地，是天母最珍貴的資產，任誰也無法一人獨攬。所有的人為設施和所謂的的天際線，全部退隱到大地的盡頭，讓給了天空與夜幕。我們在那兒聊天、抬槓，看夕陽、數星星，說些不著邊際的話，不知渡過多少美好的夏日時光，也是我身為主人最感得意的時刻。

相較之下，當時的中山北路六、七段及天母西路一帶，算是已開發的商業區和住宅區，商家雲集，不乏高檔的餐廳、咖啡廳及精品服飾店，吸引了許多外國使節和外商主管在那兒居住消費。即使是最精華的地段，建築物的樓層都不高，頂多是三、四層吧，連電梯都沒有。

至於巷弄裡的住家，最普遍的是七樓的雙拼電梯公寓；而七段底靠近天母公園一帶，幾乎都是獨門獨院的美式住宅，一座座整齊的平房和修剪得十分合宜的草坪，外邊圍著白色的圍籬，像精心擺設的積木，安靜地棲息在濃密的樹蔭底下，更是天母最典型、最具特色、也最令人羨慕的居住環境。

大體而言，從天母商圈到一般住宅區，都沒有什麼高樓大廈，所謂的天際線也不比行道樹或路樹高出多少。但公園和綠地卻到處可見，大型的像忠誠、天母、天和公園，裡頭綠樹成蔭、綠草如茵，亭台噴泉，應有盡有。而磺溪及其支流流經之處，則開發了許多綠地和小公園。溪水淙淙，曲徑通幽，一派悠閒自在的生活情境，誠然是天母得天獨厚之處，也是天母人最引以為傲的生活指標。正是這些指標，使得天母在房地產市場得以一枝獨秀，維持數十年的榮景而不墜。

三

孩子小的時候，我最常帶他們去的地方便是天母公園，他們在那兒溜滑梯，捉迷藏，坐翹翹板，玩一整天也不覺得累。老大讀的第一所幼稚園，就在天母公園的旁邊，叫「天使幼稚園」，後來因為侵占了公園用地而被拆掉了。老二讀的幼稚園，就是目前聲名大噪的「聖道兒童之家」。我每天接送出入其間，那幾間灰樸樸的教室，小小的運動場和遊戲場，當初怎麼看都不覺有何富貴之氣或王者之象，那裡料得到有一天它會成為全國的地王？

那時的天母東路還在開發的階段，孩子讀的小學叫三玉國小，六年之後讀天玉國中，二者只有一牆之隔。早年我在啤酒屋附庸風雅時，這二所學校都還沒誕生呢。後來三玉國小的旁邊又蓋了一座啟聰學校，圍牆高聳，諱莫如深。三座學府連成一線，依然保存了靜謐的氣息，來往的車輛也不多。我每天早上陪小孩走路上學時，除了過馬路時要牽著他們的小手之外，都放任他們跑跑跳跳的，那是我和小孩相處最美好的一段時光，一直到老大升上國中後，我才沒再陪他們一齊上學。

剛好也在這段時間，忠誠路靠近陽明山麓的空地，正如火如荼地進行著大規模的破壞田園景觀的建設。啤酒屋首先遭殃，在推土機及怪手的隆隆的聲音中被鏟平了，取而代之的天母運動公園及稍後的天母棒球場，以及一座十數層高的怪物——「高島屋」百貨公司。這幾年間未曾到這兒的人看了一定會嚇一跳，因為忠誠路的面貌已經澈底的改變了，從一片原本自然、樸實、廣袤、美麗的原野，變成一座虛華、零碎、狹隘而醜陋的水泥叢林。

天母運動公園一般人還可以接受，因為居民多了一個運動休閒的空間，每天晨昏在那兒運動的人還不少，假日我常帶小孩來這兒騎腳踏車、跑步或散步。滑板車風行時，他們更喜歡在空曠的停車場上御風而行。

但沒多久台北體院竟神不知鬼不覺地進駐了，而且堂而皇之蓋起了一座座像山一般高大的行政大樓，把背後的陽明山完全遮蔽了。居民在運動場上跑步或騎自行車時好像要撞牆一般，令天母人大為憤怒和洩氣。幾次去學校舉白布條抗爭，要求學校善意處置都無功而返，台北體院因此成了天母人的惡鄰和公敵，人人恨不得去之而後快。

棒球場的評價則是兩極，有人喊好，因為可以就近觀賞球賽，也可以帶來商機，但大多數的人卻是觀望或反對。我有一位住在附近多年的朋友，一聽要蓋棒球場，二話不說立刻搬家，因為無法忍受球賽舉行期間的吵雜和混亂。連我們家裡都有兩派意見，老大從小迷棒球，職棒開打後即常耗在裡頭搖旗吶喊，每次都搞到聲嘶力竭才回家。但我和太太都反對，至今不曾進去看過球賽。

至於「高島屋」的爭議性當然更高了，在住宅區蓋百貨公司，這個邏輯本來就講不通，幸好它擁有近六層的停車場，減緩了對交通的衝擊。至於它所增加的生活機能，倒帶給了天母人一些生活上的方便。比如，我的小孩從小在裡頭的「河合音樂教室」學鋼琴，在「紀伊國屋書店」看日文版的童話繪本，在「麥當勞」吃他們喜愛的漢堡和薯條。這些都在他們的童年烙下了深刻的印象，也是天母的小孩普遍的現象，我總不能昧著良心一路數說它的不是。

四

兒子的童年當然值得珍惜，但我更在乎的是往昔忠誠路上那片開闊的天空，田園的風味和景觀。當高島屋的成功經驗帶動了房地產的勃興，在忠誠路兩側競相蓋起高樓巨廈，最後連「新光三越」及「太平洋崇光」兩大百貨龍頭，都落腳在忠誠路的首尾兩端，已遠遠超出當年我在啤酒屋的陽臺上憑欄遠眺時的想像。

百貨三強在天母爭霸，鹿死誰手，交手不到一年，已見端倪。市場就這麼一點大，何況天母商圈已逐日沒落，在金融海嘯的衝擊下，商家或歇業或撤出，招租的廣告和看板比比皆是，入夜之後燈光暗淡，人潮急速退潮，或轉移至芝山捷運站附近。「新光三越」和「高島屋」的接駁車再怎麼努力拉客，也挽不回昔日的榮景，兩家業者的心裡其實比誰都清楚，他們能再苦撐多久，不到一年半載，便可見分曉。

天母商圈雖然沒落了，但房地產和房仲業的行情卻反其道的持續攀升，這個邏輯更講不通，也更讓人看不懂。除了「聖道兒童之家」近日贏得了地王的頭銜外，中山北路七段及天母公園周遭建案的價位也不遑多讓。二十年前的「天母星鑽」一坪喊價三十萬，已是天價，如今正在做「拉皮」的美容手續，俾與鄰近大興土木中的諸多建案一齊粉墨登場，以抬高自己的身價。

這些新建案，一棟比一棟高，一棟比一棟龐大，競相與天比高的決心，如野火燎原，一發不可收拾，有些已高達三十餘層，差可與紐約的摩天大樓比美。然而二十年前，這些《中央日報》員工的宿舍，只有不到三層樓高，如此跌破眾人眼鏡的比例原則，真不知當初的都市計劃是怎樣訂定的？建照又是如何核發的？那些負責審查的袞袞諸公們，有一點景觀或環保的概念嗎？

五

天母的天際線的確已被嚴重的扭曲了，超高的房價更嚇跑了一般的購屋者，人們行經這些工地時，就像是過街老鼠，仰頭不見天日，俯首不見草坪綠地，到處都是鋼筋水泥和模板，連一片歇腳的樹蔭都沒有。環顧四周，只有抱頭鼠竄，落荒而逃一途，大家都有深深的無力感。

十多年前環保意識抬頭時，大家為了保護家園，曾頭綁白布條，手持抗議的標語和旗幟，四處向官方請願，與財團周旋抗爭，讓政府及財團不敢為所欲為；即使最後功敗垂成，也讓對手付出一些代價，讓他們了解天母人注重環保、愛護家園的決心與遠見。

可是近年來政府標售公有土地房舍的動作轉趨積極，天母人已無法與公權力相抗衡。天母人變得憂鬱了，眼看著一片片綠意盎然的社區，淪為財團建商恣意炒做的魚肉，原本寧靜的居住環境，已成為車馬喧囂的鬧市，真有不如歸去之感。

田園將蕪胡不歸？這是「新地王」的魔咒，也是所有心存善念的天母人無法承擔的惡果。流亡天母，已是未來的一股潮流，更是一股趨勢。我自己便以實際的行動，為自己的預言背書，於民國一〇一年，將住了二十五年的天母公寓賣掉，舉家搬遷到桃園青埔。

再見了！天母，我的第二個故鄉。縱有萬般不捨，我仍鐵石了心腸，堅決地向它揮手說再見，一家四口有志一同，迎向青埔那塊猶未開發的處女地。

原載九十九年六月十八日中國時報「人間副刊」

輯四

青埔悠活

航站奇緣

一

二〇〇九年夏天，英國作家艾倫．狄波頓（Alain de Botton）獲英國希斯洛國際機場之邀，擔任首位駐機場作家。機場給予他特別通行權，讓他得以在候機室、出入境大廳、停機坪自由進出，訪談機場內形形色色的人物，包括高階主管、機師、空服員、航管人員、地勤人員乃至旅客等等，帶領讀者深入探索機場這個看似熟悉，卻又陌生而神祕的場域。

他根據在機場所見所聞，寫出了《機場裡的小旅行：狄波頓第五航站日記》（A Week at the Airport – A Heathrow Diary）一書，出版之後廣受好評，和二〇〇四年大導演史蒂芬史匹柏執導的《航站情緣》（The Terminal）電影有異曲同工之妙。電影透過一位滯留機場過境大廳的人物（湯姆漢克飾），讓觀眾得以一窺機場僵硬的體制與溫馨的人情，同樣很能博取觀眾的好奇心和親切感，從而對劇中的角色產生同情和共鳴的效果。

狄波頓才氣橫溢，文章幽默風趣，他的著作不僅風靡英倫，也深受法、德語系的讀者喜愛，故能得到希斯洛的青睬，禮聘為駐機場作家。他在航站內居仕了一個星期，透過深入的觀察與書寫，忠實地呈現了希斯洛機場的日常，其中奧妙有趣之處，恰是一般步履匆匆的旅客們較少顧及的一面。

臺灣尚未有過駐機場作家，倒是所謂的駐校作家或駐縣市作家已行之有年，我自己也曾擔任過這二種角色。前者是在校園內與學生近距離互動，後者則是在縣市內漫遊，專注於書寫，行銷城市的特色。

至於所謂的駐機場作家，廣義來說，我應該是全臺灣絕無僅有的一位。這是我人生中的偶然，也是職場生涯中最傳奇的機緣，因為我就在桃園國際機場任職，且時間長達六年之久。每天進出其間宛如自家廚房，使我對桃園機場的內外運作瞭若指掌，這種情緣恐怕連狄波頓都要自嘆弗如吧！

二

民國九十八年十月，桃園國際機場改制為國營事業，為了興建第三航廈大舉對外徵才，我因具備媒體實務經驗，就隨著那波徵才的活動，進到桃園機場工作，為我跌宕起伏的職場生涯，再增添一個驚嘆號；同時也畫下美麗的休止符。

對大多數人來說，不管是否經常出國，機場恆是一個充滿想像與浪漫色彩的地方，它幾乎與出國、旅遊、休閒、渡假畫上了等號。既是夢想的起點，也是終點；不管進或出都引人遐思，因為它是一個夢幻的天堂。

我從來沒有想到，有一天我會在這兒上班，朋友知道後也都非常驚訝。當時《聯合報》記者曾懿晴誤以為我受交通部之邀，去擔任駐機場作家，特別寫了篇〈航站情緣臺灣版〉的特稿，說我將入住桃園機場一個月，要寫一本有關機場的報導云云。

報紙刊出後引來一堆朋友詢問，有一位拍紀錄片的朋友，還希望能陪我一同進駐，準備將我駐機場的生活拍成紀錄片，令我啼笑皆非。因為我馬上聯想起法蘭茲·卡夫卡的名作《飢餓的藝術家》（A Hunger Artist），好像我要被關在鐵籠裡，讓大家圍觀取樂一般。

總之，大家對我這「文化人」轉換跑道到機場工作，都充滿了好奇，也等著看我這新手能否順利上路；或不幸遇上逆風，半途就得跳機。明乎此，我當然要謹慎從事，不能跌破眾人眼鏡，更不能留人笑柄。

三

剛開始上班時，我每天一早就得從天母家裡開車出門，繞經關渡大橋，然後走西濱公路。經過林口發電廠和台北港時，總會看到一架架飛機，從桃園機場的方向起飛，龐大的機身恰似一隻隻展翅高飛的大鵬鳥，挾著轟隆隆的引擎聲凌空直上，轉瞬之間便衝破雲霄，消失在藍天白雲之間。

每天清晨七點半到九點半，正是班機起降的尖峰，每隔幾分鐘就有一架班機從我眼前起飛。看著它們直上雲霄的雄姿，我內心總會為之一振，也為自己能到機場工作感到慶幸，因為一條嶄新的人生道路，就筆直地呈現在我眼前。

從民國六十八年桃園機場開始啟用，大園便一直是國家門戶的所在，也是桃園機場的代名詞，機場周邊的設施逐一在這濱海的鄉村出現。油庫、倉儲、地勤、貨運站、機棚、客運站，乃至維持機場運作的政府相關單位，也紛紛在這兒進駐。

矗立在寬闊的航站南、北路二旁，依序是商品檢驗局、海關大樓、航警局大樓、動植物檢役局、航郵中心、電信中心、飛航服務總台機場塔台、航空氣象台等辦公廳舍，宛然是個小型的中央政府。

穿越過 EC 滑行道下方的隧道時，運氣好的話，還可看到航機龐大的機翼及機身，正好緩緩地自頭頂滑過，準備滑向跑道起飛。此時呈現在眼前的便是白色帷幕狀的第一航廈，以及鑽石結晶狀的第二航站。連接二個航廈之間的是南北二座通廊，宛如二條長龍，屏護著外側二條看不到的跑道。

班機即從這兒起降，每天載運著三、四萬的中外旅客，飛向世界各個城市，或經商，或求學，或觀光，去開展自己的人生，追求各人的夢想。每次開車行經這兒，我都會看到過去自己的身影，赴美留學、出國考察、開會，與太太度蜜月，帶小孩出國觀光，人生的每一個關鍵時刻，幾乎都在機場發生。

但對我來說，它不僅是過去式，同時也是進行式；不僅為了緬懷過去，更是活在當下，因為新的工作就要在此展開。第一航廈擴建，第二航廈更新，第三航廈籌建，都是新成立的桃園機場公司的使命，董事會和執行團隊責無旁貸。

四

我到任的第一個職務是負責董事會業務，半年之後擔任總經理室經理，仍兼理董事會業務，因此和董事長葉匡時，總經理林鵬良，形成工作上的鐵三角，機場大大小小的事務都必須參與。

每天下午四點，例行的業務和會議告一段落後，我常陪林總和相關單位主管去巡場。機場何其廣大，光是二座航廈就夠我們巡視的，散佈其中的免稅店、候機室，一間間光鮮亮麗，冷氣均勻，走起來固然輕鬆愉快，如沐春風。來來往往的旅客也是滿臉笑容，步履輕盈，處處洋溢機場特有的興奮而愉快的氣息。

可是一牆之隔的行李輸送區，卻有如二個世界。一進到裡面燈光頓時昏暗下來。巨大的輸送帶發出震耳欲聾的聲音，載運行李的台車橫衝直撞，聲音更為刺耳，上百個工作人員忙著搬運行李，操作機器，簡直就像個龐大的工廠。我們步行其間，都得小心翼翼，以免被台車撞上。有時還得爬上二、三層樓高的控制台，檢查故障的行李自動分揀系統。一旦失靈就得改用人工搬運，才能趕上班機關艙。

出了航廈就是偌大的機坪了，大大小小的航機，有的靠著空橋，正在等待旅客登機；有的停在遠端機坪，旅客登機必須靠接駁車接駁，因此機坪上總有各式各樣的車子穿梭其間。機邊作業更是片刻不停，航機靠橋、退橋，牽引車和引導人員進進出出，航機在滑行道滑行，最後加足馬力在跑道上起降，引擎聲響徹雲霄。如此周而復始，機坪總是機場最忙碌的地方，也是我們巡場的重點和終點。

由於機坪十分遼闊，極目所望，一無遮攔。夏日豔陽高照，曬得機坪像塊炙熱的鐵板，地勤人員個個汗流浹背。冬天朔風野大，人人裹著厚重的大衣，仍不敵寒流侵襲。沒有經過機坪的人，那裡知道機場工作人員的辛勞？

我們一行開著黃色巡邏車，貼著南北二條跑道疾馳，起降的航機不時從頭上呼嘯而過，天空彷彿要被撕裂了，那種身歷其境的感覺，特別令人感到震撼。繞行一大圈回到機坪時，往往已是日薄崦嵫。夏天時夕陽無限好，冬天時暮色蒼茫，大地一片蕭瑟。下車後我們縮著身子，疾步走回航廈，最能體會寒風刺骨的況味。

五

夜晚的機場，航廈裡燈火通明，跑道上的號誌燈閃閃爍爍，班機起降同樣繁忙，隨著不同的季節，機場也顯露出不同的風情和風味。

機場是二十四小時營運的場所，晚上同樣要有人留守值班，每個主管約十來天就得輪值一次，當晚就得留宿機場。剛開始我很不習慣，久之不但習以為常，甚至還樂得幫同事代班，因此一個月總有三、四個晚上住在機場，真正以機場為家。

我們主管的辦公室後面都附有臥室，衛浴設備尚稱周全，因此在機場過夜十分方便。何況值班也少有突發狀況，反而給自己一個全然獨處的空間，完全不受外界干擾，這也是我喜歡在機場值班的原因。

值夜班的首要工作還是巡場，下班時間一到，通常先到營運中心視察，這兒是機場的中樞神經，四壁裝滿了監視系統，可以看到機場每個角落的畫面。裡頭設有各種席位，各單位都派有人員進駐監視，我確認所有人員都到位後，才開始去巡場。

依序是出入境大廳、安檢、證照查驗櫃台、再進入管制區，免稅店、候機室。走累了，我便會停在某個餐飲區，找個舒適的位子坐下來休息，吃個晚飯、喝杯咖啡。那是我忙碌了一天之後，最輕鬆、愜意的時刻。

此時的航廈和白天差不多，旅客仍然絡繹不絕，笑語聲不斷，大多是要飛歐美的長程旅客。因此免稅店仍有顧客上門，咖啡店座無虛席，候機室有人打盹、滑手機，用來打發候機的無聊時光。唯一的差別是窗外的夜空，偶有星光閃亮，機翼二端的指示燈和跑道上的輔助燈相互輝映，照亮了曠野中的機場。

夜逐漸深了，十點多巡場完畢，我拖著疲乏的身子回到辦公室，洗過澡，坐下來看夜間新聞。子夜過後濱海地區靜闃無聲，唯有機場夜未眠，因為夜航的班機照樣起降，轟隆隆的聲音終宵不絕。聽在我的耳裡反而像是催眠曲，呼喚著我進入夢鄉，這一切的場景所呈現的，就是機場的日常。

原載一一〇年一月三十一日自由時報副刊

末代館長

一

我的職場生涯和一般人大異其趣，和同儕或友人相較更是罕見。它並不是一條常軌，可以循序漸進，而是一條跌宕起伏的曲線，情境有如坐雲霄飛車。當它從高處反轉，加速往下俯衝時，很難想像會跌入什麼深淵。

我的前半生，基本上還算是在常軌上運行，工作的範圍也在我所熟悉的新聞界和文化界，憑著機運和自己的努力，逐步邁向生涯的高峰。卻在年過半百時，幾度遇到晴空亂流，完全打亂了我的生涯規劃。從此人在江湖，身不由己。每三、四年就得轉換一次工作，到我退休的十五年間，竟然換了五個工作。工作性質上天入地，名片上的職銜包山包海，宛然是個萬事通，最後居然也能全身而退，安全下莊，連自己都覺得不可思議。

因此我的人生履歷表上，比一般人多了許多斜槓，與現今世代夸夸其談的所謂「斜槓人生」、或自詡為「斜槓族」相較，遑不多讓，也較同儕或友人有更多的職場歷練，人生因而更為充實而豐富。

回望我四十年的職場生涯，最後一役反而最值得玩味，因為它與我的專長和背景全然無關，一切都要從頭學起。我卻能在這個職位上安然做滿三年，直到屆齡退休。一路暴衝的雲霄飛車，此時總算回到常軌，安穩地走完最後一里路，也為我的職場生涯畫下一個完美的句點。

二

我最後的工作是桃園機場「航空科學館」館長，友人乍聞之下無不跌破眼鏡。因為我長年在文化界工作，是科學界的門外漢，和航空科學素無淵源，再怎麼天縱英明，神通廣大，都不可能隔山打虎，去當航科館館長。

不過這年頭跌破眾人眼鏡的事可多了，大家早就司空見慣。何況自從我到桃園機場任職之後，工作已跨入航空領域，每天處理的都是航站的問題，早就與文化界脫節，也逐漸習慣「林館長」這個稱呼，既然身在航科館，暫時就成為文化界的逃兵吧。

航空科學館位於桃園國際機場前端，人們進出機場時一定會先經過它，遠遠地就會看到一座高聳的觀景塔台，以及周遭陳列的十餘架大大小小的戰機，相當引人注目。因為它是全台唯一的航空科學館，歷年來此參觀的人潮始終絡繹不絕。尤其是小孩和學童，不但家長喜歡帶他們來看飛機，學校舉辦的戶外教學活動更少不了它，可見它受歡迎的程度。

民國六十八年，桃園機場第一航廈落成正式啟用，當時的民航局長毛瀛初，帶領美國波音飛機製造公司來參觀機場設施，發現活動中心與觀景塔台並未充分利用，波音公司便建議可改建為博物館，並願意提供價值十萬美金的展品。毛局長聽了很感興趣，便指示規劃成立「中正航空科學館」，並擇定民國七十年十月三十一日開館。

波音公司隨即委請美國紐澤西州的 T.S.A. 設計公司進行規劃，包含主體建物、瞭望台、戶外飛機公園與紀念品商店，大部分的展品也為該公司提供，總經費約為新台幣一億六千萬元。另有十八架珍貴實體展示飛機，其中十二架由空軍無償撥贈，展示於戶外飛機公園。

這些軍機包括 RF-101「巫毒式」照相偵察機、F-86「軍刀式」轟炸戰鬥機、F-100「超級軍刀式」轟炸戰鬥機、F-104「星式」戰鬥機、F-5A「自由鬥士」戰鬥機、HU-16「信天翁式」水陸兩用救護機、S-2A「追蹤者式」反潛偵察機、OH-13H 直升機、「介壽號」教練機等，都是航空迷耳熟能詳、身經百戰的的軍機。

每架軍機於服役期間，都曾有過輝煌的歷史，捍衛了台海上空的安全，除役之後停放在此，供遊客憑弔它們的雄姿和英勇往事，已成了航科館的鎮館之寶，也是航空迷的朝聖之地。因此開放後即吸引大批遊客，成為桃園地區著名的觀光及戶外教學景點。

三

過去我每次出國，搭車或開車經過這兒時，都會對這些軍機多瞧上幾眼。因為我自己也是個航空迷，對戰鬥機更是情有獨鍾。早在台南讀高中時，就常跑到台南空軍基地看 F-5E「自由鬥士」戰鬥機起降。每天朝會升旗時，就等著看 F-5E 編隊從國旗桿上飛過的雄姿。我還珍藏了好幾本戰鬥機圖鑑，看到戰機在天際呼嘯而過，一眼就可辨識它們的機種和性能。

但這些圖鑑再怎麼精彩，終究比不上航科館外陳列的戰機，因為它們是真實的機體，詳細閱讀導覽資料，每架戰機背後都有英勇的故事。我曾多次前往參觀，徘徊流連，每每不忍離去。對一個航空迷來說，戰機就是他的情人，每次與之深情對望，想像它們過往的榮光歲月，都有訴不完的衷曲。

我從來不曾想過，有一天我會成為航科館的館長，能和它們朝夕相處三年，最後還成為它們的「送行者」。但命運就是如此神奇，民國一〇一年十月我奉命接掌館長一職，有如天上掉下來的禮物，因為美夢居然成真。

但我只高興幾天，內心就深感惶恐不安，因為航空迷和館長的角色不同，也會有不同的思維。一來航空並非我的本業和專長，二來我被賦予的任務是封館。航科館成立三十多年，我竟成了末代館長，一上任就要為它倒數計時，展開封館的作業。這樣的身分和使命，令我何其尷尬，又怎能不感到惶恐？

航科館之所以要關閉，是為了配合機場第三航站興建及WC滑行道遷移工程，因為館址正好位在滑行道經過之處，便成了先期工程首要拆除的標的。一向位於機場邊陲，與世無爭的它，竟成了興建第三航廈的第一個犧牲者，時也？命也？儘管我百般為它感到委屈和不捨，也只能黯然接受眼前的事實。

由於茲事體大，需有充裕的時間，與上級開了幾次會議，終於訂定民國一〇三年三月底封館，並在翌年二月底完成展品文物遷移——包括十八架展示飛機，工程之浩大可想而知。這時我才發現，末代館長不是閒差事，而是要拼老命的，因此計畫底定之後，不禁暗叫一聲苦也。

四

航科館占地約五點五公頃，位於華航園區和第二航廈之間，東西兩側緊鄰國道二號快速道路，地形有如一座孤島，進出必須仰賴南北二座迴轉道，並不十分方便。使它得以隱藏在喧囂的車流中，宛然是個遺世獨立的化外之地，不受外界干擾。

而航科館的館長，就像這個獨立城邦的城主，遠離機場公司的管理核心，主事者鞭長莫及。我除了每週去航廈開一次主管會議，其他時間都待在館裡，無人聞問，就像放牛班的學生，享有極大的自由，這也是我當館長最感愜意之處。

我上任到封館的這一年之間，航科館照常對外開放。每天早上八點上班後，就會到館舍內外巡視一遍。停留最久的地方便是飛機公園，因為那十二架戰機就像老朋友一般，總要一一打聲招呼，看看它們是否安然無恙，就是我每天的早課。

之後再搭電梯上景觀塔台，樓高十層，頂樓有環狀的眺望台，並設有望遠鏡，是航科館獨享的上帝視角，也是遊客參訪必登之地。從那兒向下俯望，整座機場的輪廓盡在眼前。南北二條跑道上不斷有飛機起降，滑行道上排滿了準備起飛的班機。天空同樣忙碌，天際不斷出現返來的班機，也在等待塔台的指示準備下降。

飛機頻頻起降，跑道上的指示燈閃閃爍爍，機坪上的作業車輛往來奔馳。清晨的機場，總是如此的忙碌、熱鬧，卻又秩序井然，充滿了韻律和節奏，令人感受到一股蓬勃的朝氣和活力，為機場繁忙的一天拉開了序幕。

八點半我走下觀景塔台，航科館的大門已開，十多位導覽人員已在各窗口就定位，準備接待來訪的遊客。航科館內共有六個展示區，分別為民用航空區、飛行工藝區、中華民國空軍區、航空史蹟區、太空隧道區與飛行特展區。此外還有萊特飛行器、旅美華僑蔡雲輔飛越太平洋的「華僑精神號」、席斯納 150 袖珍機，以及懸掛在屋頂的極輕型飛行器。

中午休息時間，我常在這些展區閒逛，看完之後，一部人類的航空史及相關的史蹟，差不多就可一目了然。我即是不斷利用這種走讀的方式，彌補了我在航空科學和史蹟方面的不足，久之也成為半個專家，遇到長官或貴賓來參觀時，親自上場導覽也能勝任愉快。

其實這段時間，我和同仁已在規劃封館的細節了。七百多件珍貴的展品，打包後存放在具有防潮的倉庫，另有九十二件將移至空軍官校「航空教育館」展出。至於最珍貴的十八架實體展示飛機，將停放在鄰近的桃園海軍基地機堡與室外停機坪。

為此，我曾多次前往高雄岡山空軍官校「航空教育館」訪察，也曾遠赴日本大阪關西機場、東京成田機場附設的博物館，以及北京大湯山的中國航空博物館參訪，與這三個先進的航空博物館交流。我逐漸從航空博物館的門外漢，成為務實的管理者，封館及展品遷移的時程也成竹在胸，只待一步步推動。

五

民國一〇四年三月一日，是我永難忘懷的日子，因為朝夕相處了三年的十二架軍機，終於要遷移至桃園海軍基地，內心真有百般的不捨。大軍未動，糧草先行。由於遷移的動線有一段要走南跑道，必須飛航管制，只能利用清晨的離峰時段，因此一大早我便趕到航科館預做準備。

那天是個陰雨天，加上寒流過境，天空更顯得幽暗。航科館燈火通明，大型的吊車和重型板車一字排開，在工作人員的指揮下，將十二架軍機一一吊起，固定在板車上。現場充滿了轟隆隆的引擎聲和吆喝聲，以及濃濃的柴油味，場面相當壯觀，好似部隊移防。等一切就緒，指揮官一聲令下，車隊即開始前進。

我和指揮官坐在前導車上，跑道和航科館之間的空地佈滿了壕溝、圍籬、廢棄的崗哨和土堆。前幾天已清出一條便道，壕溝上也搭建倍力橋，當車隊載著一架架龐大的戰機，在便道上通過時，宛如置身戰場，我們正要奔赴前線。

由於便道高低不平，加上下雨泥濘不堪，車隊行進時險象環生，大家都戒慎恐懼，唯恐稍一不慎，飛機會掉落下來，誰都負不起這個責任。因此直到車隊順利上了南跑道後，大家才如釋重負，整隊之後繼續前進。

半小時後車隊離開跑道，不久即進入海軍桃園基地，許多航空迷早在這兒等候多時。車隊一現身，鎂光燈便此起彼落，紛紛落在我們身上，好像在迎接凱旋歸來的英雄，讓我滿足了一份小小的虛榮。

由於事先已做了完整的規劃，車隊很快停靠在機堡之前，接著吊車又開始作業，將十二架軍機一一吊掛下車，再推進機堡，完成了歷史性的「軍機大遷移」的任務。我這個末代館長終於可以鬆口大氣，和那十二架軍機揮手說再見了。

六

失去了展品和飛機的航科館，只剩下一個空殼子。我每天出入其間，有如踏上外太空，身體都有漂浮的感覺，過往一切彷若南柯一夢，很不實際。一個月後辦公室也搬到貨運處，航科館從此大門深鎖，再也沒有人出入。

一〇五年二月日，工程單位派了一部怪手，悄悄地進駐航科館，幾天之內就把它夷為平地。我和同仁得知趕去時，已成為一片廢墟，好端端的一座航科館宛如人間蒸發，就此從地表上消失。

八個月後我屆齡退休，去機場的次數已大為減少，但每次開車行經那兒，還是會習慣性地多瞧上幾眼。只是物換星移，航科館故址已無跡可覓，成為我內心一個永遠無法填補的坑洞。年復一年，我的失落感更深了，因為屬於航科館的記憶，已全然被歲月抹去，再也不留痕跡。

原載一一〇年三月二十九日中國時報「人間副刊」

機捷線上

一

民國一〇六年三月二日，桃園機場捷運正式通車，到今年已邁入第三年。三年來隨著它的營運不斷改善與擴展，我的生活也有很大的改變，最明顯的是我退休後反而更忙碌，生活更充實、舒適而自在。

我因工作的關係，在一〇一年由台北遷居桃園青埔，會選在這兒，除了我在桃園機場工作外，就是看上這兒有高鐵和捷運。許多朋友都難以理解，因為當年青埔還是一塊處女地，荒村野店，住家寥若晨星，毫無生活機能可言，連家人都懷疑這荒煙蔓草之地，真的適合我們一家居住嗎？我沒有多做解釋，因為我看到的是未來的遠景。

那時的情況是，高鐵已經通車，但票價不菲，搭乘的旅客並不多；加上月台設在地下，看不到列車進出的影子，偌大的大廳總是冷冷清清的。背後的捷運車站也已完工，龐大有如一座荒廢的城堡，入口的鐵柵門鏽痕斑駁，從來也不曾開過，周遭更是一片死寂。因為通車的時程一再延宕，居民苦盼不到通車的消息，早就失去耐心和信心。

由於政府效能不彰，公共建設老是跳票，大家不免猜疑，機捷可能通不了車，會淪為一座蚊子館，青埔的未來也會一齊跟著埋葬。我每次行經那兒，心情總是特別沈重。老大就曾調侃我說，老爸不用擔心，即使通車不成，那也會是一件超大型的公共藝術，舉世無雙，保證可以榮登金氏世界紀錄，再增加一個臺灣之光。

三、四年的時間，就這樣蹉跎過去了，其間偶爾也會傳出試車的消息，但屢試屢敗，總無法達標，完成勘驗，久之大家也麻木了。因此當傳來通車的消息，並提早半個月免費供民眾試乘時，居民個個喜出望外，奔走相告，比中了彩券還要開心百倍。左鄰右舍都互相約定，那天一早就要去試乘，一償多年的夙願。

對青埔地區的居民來說，機捷通車的意義格外重大，因為高鐵加捷運，任、督二脈就可打通；若再加上鄰近的桃園機場和台北港，兼具海、陸、空三大優勢，更可發揮加乘的效果，對外交通更為快速便捷，青埔將會是一個最具航空城概念的城市。這就是我所看到的青埔的遠景，百年機遇，就在眼前，而機捷的通車，無疑具有指標的意義。

半個月的試營運期間，因為可以免費搭乘，各地民眾紛紛蜂擁來嚐鮮，加上媒體大幅報導，一下子把機捷炒熱了。原本人跡罕至的沿線各站，突然湧現大批人潮，青埔的鄉親更是踴躍，為的就是要捧自家人的場。桃園市觀旅局適時推出機捷祕境之旅，報名的民眾相當踴躍，每天一早捷運站前就排滿了躍躍欲試的人潮，準備搭機捷去探訪沿線的祕境。

我和太太不落人後，也參加了兩條祕境之旅，活動地點即在坑口、山鼻二個捷運站之間。這二個小站位於蘆竹鄉境，機場捷運未闢建之前，是一片遺世獨立的荒郊野地，僅有零星聚落，散佈在田野之間，宛然是個化外之地，外人根本無緣進到這兒，因而仍能保有素樸的風貌。

但機捷一通車後，這個半封閉的農村社會，終於帶著靦腆的笑容對外開放了。當我們首度搭乘機捷，從機場的地下隧道破土而出，天光雲影豁然開朗，只見綠野平疇，青翠山巒，一一映入眼簾，桃園市最後一塊處女地，已毫無保留地呈現在我們眼前。

時值暮春三月，水田大多已插秧，阡陌縱橫，水光映著藍天，大地一片嫩綠，令人心胸豁然開朗。我們踏上田野間的羊腸小徑，一旁的野溪流水淙淙，原本拘謹的腳步，不自覺地輕盈起來，彷彿連歲月都變得年輕了。

我們走過坑口村素樸的田野，再走入山林深處。所謂的祕境，其實就是草萊未闢之境，沿途盡是野生的樹木和草叢，間也有些果園、菜園和水塘，小徑蜿蜒穿繞其間。最後來到一處農舍，前不巴村，後不著店，空山幽谷，僅此一家，這就是我們中午歇腳、享用風味餐的地方，稱之為人間祕境，並不為過。

有趣的是坑口還有個彩繪村，位於機捷坑口站附近，步行十來分鐘就可到達，是一個以「誠聖宮」為核心所形成的農村聚落。來到這裡有如進入時光隧道，因為早年臺灣農村的生活，都一一彩繪在村落的牆壁上。聽說是村民集體的創作，樸實無華，充滿了童稚的趣味，因此能吸引遊客前來觀賞，漫步其間，多少能感受到村民的赤子之心。

另一條路線，則從捷運山鼻站出發，要爬一段山路，先到山坡上的「鳳凰家」農場見識香草茶，再到「春之谷」有機農場品嘗蔬果全餐，接著在外社「彩虹橋」仰望機捷在天際穿梭，最後到「德馨堂」欣賞北臺灣少見的閩南古建築。接連兩天的行程，讓我徜徉在全然陌生的叢林、田野、溪流和古厝之間，悠然度過機捷試乘的第一個週末。

最令我感動的是，當我們在田野和溪流間漫遊時，時常可以看到機捷飛馳而過的身影。有時是由遠而近，稍縱即逝，只能遠遠的目迎、目送。有時則是轟然一聲巨響，還來不及抬頭觀望，列車就從我們頭頂或身邊呼嘯而過，帶給我們一陣驚喜，頻頻向它揮手致意。

在那片藍天綠地之間，機捷高架的軌道，就像是橫跨天邊的一道彩虹，已成了這偏鄉的地標。而機捷飛馳而過的身影，則象徵了現代化的腳步，已君臨這塊處女地。我們熱情地為它歡呼，為它感到驕傲，因為屬於機捷的時代終於來臨。

三

機捷正式營運後，它不再滿載歡呼與掌聲，它走下了居民翹首盼望的殿堂，而成了我們的日常，成了我來往台北和桃園之間的交通工具。

我捨棄了高速公路和高鐵，非必要也不再自己開車，我對它的依賴日深，我和它的感情也逐日加溫。紅泥小爐，溫火慢燉，細微體貼之處，猶如冬夜溫　壺老酒獨自淺酌，正合我臨老退休的心境。

從我住家到捷運A19站，快走約五分鐘，慢行則十分鐘綽綽有餘。我當然選擇施施而行，因為沒有人和我爭先恐後，不必和人摩肩接踵，北捷種種非人道的擁塞、推擠亂象，在這兒從來不會發生。

我搭著電扶梯，不疾不徐的走上空曠的月台，好整以暇地看著列車準時進站，再選一個舒適的座位坐下，便可一站一站地瀏覽窗外的風光，怡然地把自己交給沿線那片開闊的綠地、陂塘，以及如雨後春筍般冒出來的建築群。

不過二、三年間，青埔的天際線已有很大的變化，高樓大廈櫛比鱗次，一棟高過一棟，最高的已達二十六層，那就是位於A19站，年底即將開幕的「環球購物中心」。至於A18站「華泰名品城」第三、四期的商場，水族館、影城和星級飯店，也如火如荼的興建之中，同樣要趕在年底前營運。我何其有幸，能在短短數年之間，看到我的預言成真，連兒子都改口豎大姆指比「讚」。

機捷營運之初，因為票價直逼高鐵，時間卻是高鐵的二倍，通勤族並不領情。之後推出月票，營運滿一年後再推出各種優惠票，才挽回民眾的信心，也吸引了國內外旅客搭乘，運量因而快速的成長，從而帶動機捷沿線的發展。

我退休之後，領有桃園市發行的「敬老愛心卡」，每月有八百元的點數可搭乘大眾運輸工具。過去我很少使用，因我很少在桃園地區活動，直到機捷通車後，終於可以派上用場，足夠我一個月往返台北六趟，等於搭機捷完全免費。

因此我成了機捷最忠實的旅客，再度將台北納入我的生活圈，過去我所熟悉的生活情境和社交活動，闊別多年後通通回來了。朋友聚會，藝文活動，只要有人邀約，我都樂於參加。假日與家人回天母逛街，購物，吃美食，已成了全家的日常，與住在那兒時沒有兩樣。

即使有些聚會在晚上舉行，或者結束時已是深夜，我也照常出席不誤，不必擔心提早離席，會破壞夥伴的雅興，因為一定趕得上最晚的班車。只要上了機捷，我便可以安然的閉眼休息，或看著車窗外的夜空沈思冥想，感覺上就像回到家那般的舒適自在。

四

五十分鐘的機捷線上，匆匆也好，悠哉也罷，面對的不管是車窗外的藍天白雲或暗夜星空，遊移在清醒與夢境的邊緣，我常有穿越時空的幻覺。台北天母與桃園青埔，二個我先後居住的地方，各自代表了我的青壯年與晚年的歲月。二者之間的聯繫，除了當下的機捷線，還有更早的北捷淡水線。

沿線那些我所熟悉的車站，圓山、劍潭、士林、芝山、石牌、和如今的長庚、林口、機場航廈、大園和桃園高鐵站，就像二部列車交會時交錯疊映的影像，疾如星火，如夢似幻，一一從車窗外掠過。每個車站都是我人生的印記，滿載著我的記憶和鄉愁。三十多年來我總是習慣地搭乘著它們，出入人生的每一個驛站，當年何等意氣風發，再回望卻已是世俗的殘年暮景。

但我沒有老態，也不覺疲態，機捷線其實是淡水線的延長線，也是我退休生涯的起點。走下舞台，卸下面具，所有的責任和壓力都已離我遠去，曾經擁有的虛名或光環有如過眼雲煙。如今只剩下一個原本的自我，活在當下，雲遊四方，盡情而瀟灑的生活，就是我晚年生活的寫照。

原載一〇八年七月二十六日自由時報副刊

終老之鄉

一

雲林縣虎尾鎮是我的故鄉，但我十六歲就開始負笈異鄉，往後十年因就學、服役，南北奔波，浪跡四方。不管身處何地，虎尾都是我魂牽夢掛之處，因為我的家人都在那兒。二十七歲在台北就職，隻身在外租屋，寄人籬下，午夜夢迴，忘不了的仍是家鄉的溫暖和親人的召喚。

直到三十四歲在台北天母購屋，隨後結婚成家，養育兩兒，一住二十五年，天母可說是我的第二故鄉。以那兒優質的生活環境，應該是我們一家長相廝守的家園。兩個兒子在那兒出生長大，一直到讀大學之前從來不曾離開，有比我更深厚的感情。因此從來不曾想過，有一天我們一家會離開它。

可是天命已至，耳順之齡倏爾來臨，當命運安排我到桃園地區任職，要離開天母另覓家園時，再怎麼不捨，我們也得接受。我一路尋尋覓覓，最後落腳之地，就是桃園青埔。

彼時高鐵雖已通車，但區域內人煙稀少，一片荒涼，比起天母的美式社區、異國風味，十年前的青埔怎能與之相較？怎會適合我們居住？兒子初時還有點抗拒，老大為了在台北工作，寧可在板橋租房。小兒尚在新竹就學，因住學校宿舍，二人依然樂得在外逍遙。

可是我們夫妻二人還是住下來了，一切有如倒吃甘蔗，隨著入住人口不斷增加和生活環境的改善，更有漸入佳境的感覺。四年之後索性把天母的房子賣掉，在青埔買了第二間房子，希望一家人能住在一起，彼此互相照應。

兒子看青埔不斷有新的建設，生活機能愈趨成熟，也欣然同意搬回來，與二位老人家比鄰而居。大家已能認同這個新的環境，且視為全家的安身立命之所，青埔理所當然地成了我的第三故鄉，也將是我的終老之鄉。

二

青埔是個低密度開發的重劃區，到處是綠地和埤塘，水渠密佈，老街溪流經其間。空中和地下各有機捷和高鐵的軌道經過，串連起來的是一個充滿現代感的綠色生活廊道，因此青埔本身就是一座超大型的公園。

其中最大的一座即是青塘園，一路之隔還有一座小公園，是未來桃園市美術館的所在地。二座公園緊鄰捷運體育園區站及環球購物中心，往西不遠即是桃園國際棒球場，後方則是國際會展中心和亞洲矽谷新創基地。這個區塊以青塘園為核心，是居民遊憩的最佳去處，也是青埔最被看好的黃金地段。

從我家沿著文德路往北走，只要十分鐘就可到達青塘園。我們剛搬遷過來時，附近還沒什麼大型的建築，環顧四周，盡是開放的天空，令人心曠神怡。每天用過晚餐，我和太太最喜歡來這兒散步。

青塘園的特色，在於擁有一座天然的埤塘，水岸曲折，其間有木棧道相連，可就近觀賞水生植物與水禽。臺灣原生的萍蓬草是一大亮點，夏天蓮花開時粉嫩的色澤處處可見。水鴨、水鳥幾乎無所不在，悠遊於粼粼水波或蘆葦叢中。每逢假日黃昏，父母常攜帶兒女來這兒遊戲玩耍，為青塘園帶來了平日少有的歡樂氣息。

六年前市府在水塘上興建一座景觀橋，透過橋樑的曲線，勾勒出埤塘之美。夜間更可透過永恆之塔對著北極星射出光束，表達永恆的概念，已成為青埔的新地標。夏秋二季，每個週末晚上七點，有樂團固定在景觀橋上演出，總會吸引遊客聚集在橋上聆賞。一曲既罷，掌聲如雷，安可之聲不絕如縷。總要到曲終人散，人群才意猶未盡地離去，已成了居民晚上消暑的最佳去處。

三

住家即位於青塘園與老街溪之間，是一座高樓層的大社區，鶴立雞群，視野遼闊。閒來無事，我喜歡泡一杯咖啡，坐在陽臺的休閒椅上憑欄遠眺。老街溪從右前方蜿蜒流來，穿過公園路的橋墩，在這兒形成一個河彎，然後朝北流去。

清晨時分，成群的小白鷺在河道上自在的飛翔盤旋，或站在水流中覓食。它們動輒上百隻，飛翔時羽翼遮天，宛如片片雪花從天而降。棲止時河道上就像積了一層薄雪，白茫茫一片。小白鷺不分晨昏，其實也不分四季，都可看到它們雪白的姿影。大概是老街溪的魚蟲豐富，提供了它們絕佳的棲息環境吧。

住家距離老街溪走路只要五分鐘，是我和太太晚間散步時的另一個選項。出了社區大門，向左走是到青塘園，向右走便是老街溪。二條路線輪流走，最能兼顧埤塘和河流之美，因此我對老街溪的鍾愛，絲毫不亞於青塘園。

老街溪的河床十分開闊，平常溪水潺潺，只有下雨過後溪水高漲，才會將河床淹沒，變成水勢湍急的大河。但我還是喜歡它溫柔的樣子，以緩慢的步調伴隨著我們的步伐一路前行，河岸的靜謐就歸我們獨享了。

初來時尚未有人入住的高樓大廈，已漸漸點亮了燈火，代表了入住的戶數愈來愈多，每一扇亮著燈的窗櫺，都透露出家的幸福與溫暖。沿著河岸來回走上一圈，暮色漸濃，這兒沒有華燈，也沒有聲色之娛。有的只是一片靜謐，和星光、蟲鳴融為一體，等待人們進入夢鄉。

每逢假日清晨，我和太太習慣騎單車出遊。大園、中壢、觀音、新屋，這些周邊的鄉鎮，都是我們鐵騎追逐的目標。村道的路面均勻平整，非常適合單車驅馳，也讓我們得以深入各個聚落，飽覽純樸的鄉野風光。

桃園鄉間多埤塘，大大小小，星羅棋佈，多隱身在土坡的竹叢之後。較小的成了養殖場，開放供人垂釣；較大的則開發成水岸公園，供遊客徜徉休閒。我們騎車路過時，一定停車爬上土堤，一邊休息，一邊欣賞埤塘獨有的水色天光。

但我們最喜歡的，卻是農村的風味。月眉村有一養鴨人家，竹籬茅舍，修竹環抱。前有一水塘，有上百隻鴨群嬉戲其間，主人及小孩在岸邊餵食，呱噪之聲不絕於耳。我們每次路過都會在竹林下小憩，與主人閒話家常，使我們重溫了鄉土的芬芳，也療癒了都市人的鄉愁。

此外，中央大學也是我們常去的地方，校園裡有參天大樹，綠草如茵。湖畔的樹蔭下還有一座鬆餅屋，十來張露天座椅總是一位難求。若有空位，我們也會坐下來吃塊鬆餅，喝杯咖啡，再慢條斯理地騎車回家。週末上午的美好時光，便如此悠閒的度過了。

四

民國九十六年高鐵通車後，開啟了青埔發展的新紀元，高鐵車站也成為青埔的地標。車站主體以燈籠做為主要意象，藉由燈光照明，彷如一座在暗夜中朦朧發亮的燈籠。不管白天或夜晚，都十分耀眼。

高鐵青埔站與桃園機場捷運站的站體是共構的，北邊還有一個廊道，與「華泰名品城」串連在一起。它是國內第一座大型美式購物中心，民國一〇三年第一期開幕時，即匯集了一百多個品牌。因此一開幕即造成轟動，成為青埔新的商圈，成功地帶動了桃園地區的消費及投資熱潮。

一〇六年桃園機場捷運正式通車，結合高鐵和桃園機場，構成了三合一的運輸網絡，對外交通更為快速便捷。青埔從此搭上雲霄飛車，各項重大建設及商業設施如火如荼地展開，展現出一番欣欣向榮的氣象。

包括桃園國際會展中心、亞洲矽谷新創基地、市立美術館、書法公園、流行音樂中心等。民間大型的投資案也陸續推出，如環球購物中心、IKIEA 旗艦店、星巴克 Starbucks，「華泰名品城」三、四期的休閒娛樂廣場等。

去年七月，IKEA 旗艦店在高鐵站前率先開幕。八月，新光影城、Xpark 水族館、和逸飯店，在「華泰名品城」內風光登場，同步營運。消息一出，遊客蜂擁而至，每逢週末假期，進出的人潮和車潮上看十萬，把青埔塞得水洩不通。面對前所未有的盛況，連我們居民看了都嘖嘖稱奇。

不錯，青埔變了，才不過十年之間，已快速地華麗轉身。從一隻醜小鴨，蛻變成一隻美麗的天鵝，怪不得人人都想來一親芳澤。我原本單純的鄉居生活，難免受到波及。不過我還是樂觀其成，因為生活變得更有滋味，也更富情趣了。

假日我常與家人到「華泰名品城」逛街、購物，或到美食廣場吃飯，飯後還可到新光影城看場電影。閒時去逛水族館，到 IKEA 挑選傢俱、盆栽，或與朋友相約到星巴克喝咖啡，到棒球場看中華職棒的精彩賽事。總之，過去不可能的事，現在統統在青埔發生了。

我何其有幸，晚年能生活在這塊土地上，目睹這塊處女地開發的歷程，也見證了這座小而美的花園城市的誕生。而這兒就是我的終老之鄉，也是我一生追求的烏托邦的縮影。能在此自在悠遊，安度晚年，是上天賜予我的恩典。

原載一一〇年三月十四日聯合報副刊

真假蒙古人

一

古蒙仁是我的筆名，但除了老同學和老朋友外，一般人都以為是我的本名，而逕稱呼我為古先生或古老師，較熟悉的朋友更直接叫我老古，或蒙古，我也會很自然而熱絡地回應。久之連我都已習慣這樣的稱呼，叫我林先生或本名，反而會覺得生疏，有時甚至反應不過來，弄得彼此有些尷尬。

道理很簡單，因為我的筆名和尋常人的名字一樣，都是有姓有名，且是市井小民常取的名字，台語就叫阿仁。筆畫簡單，好寫好記，完全符合本土化的潮流，就姓名學來說，是個不錯的名字。

尤其在客家族群，古是大姓，且崇尚傳統倫理文化，以忠、孝、仁、義命名的子弟非常普遍。我在軍中服役時，有個客家籍的排長，名字就叫古崇仁，與我的筆名只有一字之差，二人因而成為拜把兄弟，因此也有人以為我是客家人。

但我最常被問到的問題卻是，你是不是蒙古人？或者，為什麼會取這個筆名？因為古蒙仁和蒙古人，乍看之下好像如出一轍，差別只是互換其中一個字，並將順序微調，外人很容易聯想在一起。此外還有文化和地域差異的問題，也會讓人感到好奇，因而產生更多的想像空間。

蒙古人是中國邊疆的少數民族，在臺灣的人口微乎其微，平常要碰到還真的不太容易。如今蹦出一個寫文章的傢伙，堂而皇之地打著蒙古人名號，在國內各報刊雜誌征戰多年，也闖出一些名氣，有機會見面，當然會想問個清楚。

年輕時因為喜歡交朋友，被問到這個問題時我興在頭上，一定會鉅細靡遺，細說從頭。有時為了博君一粲，還會加油添醋說得誇張一些。可是過了哀樂中年，我對這個問題已漸無感，有人問起也不太想回應，因為已是老生常談，連自己都聽膩了，最後便顧左右而言它乾脆不說。

然而面對詢問者的好意，我真的能無動於衷嗎？這個我親自命名，賦予它生命，陪伴了我半世紀之久的筆名，我的一生因它才有意義，其重要性已超過我的本名。理應也有一張身分證，載明相關背景，因此便有為它正名、立個小傳的想法。

二

在寫作上，我是個相當早熟的人，初中一年級時開始每天寫日記，六十年來從不曾間斷。初二時開始向報紙副刊投稿。那時家裡訂了一份《新生報》，我每天放學回家，第一件事就是窩在沙發上看報紙，最喜歡看的就是副刊。看久了不覺技癢，便寫了一篇二千字的雜文，投給該報副刊。

沒想到第一次投稿，文章就登出來了。因怕被同學或熟人看到，我便用了一個十分奇怪的筆名「辛納」，取自當時紅遍影壇、歌壇的好萊塢巨星「法蘭克。辛納屈」的縮寫。不中不西，拗口難唸，但我卻十分得意，便沿用下來，一直到我高中畢業，都使用這個筆名。發表的刊物也從《新生報》、《青年戰士報》、擴大到《聯合報》、《中國時報》的副刊。

以一個高中生的作品，能刊登在全國性的報紙副刊上，對我是很大的肯定與鼓舞，同時還有一筆稿費供我買書、看電影，不必再向家裡伸手要零用錢，日子過得十分愜意。因此樂此不疲，愈寫愈起勁，負笈他鄉的高中生活，也因此更為充實且有成就感。

民國六十年九月我進入輔大中文系就讀，人生邁入一個嶄新的階段，同時也是我寫作生涯的分水嶺，我決定轉換中學時代「投稿」的心情，以更嚴謹的態度來從事創作。為了一新耳目，首要之務便是換一個筆名，以全新的面貌重新出發。我那個小可愛的「辛納」，還來不及長大、成名，便被我這個狠心的生父拋棄了。

我覺得筆名是作家的第二生命，不但要像正式的名字，還必須雅俗共賞，讓人印象深刻，以免過目即忘。這些條件看似容易，卻難以周全，為此不知耗費我多少心思。眼看第一學期即將結束，還想不出滿意的筆名，令我十分焦急，連寫文章都沒心思。

三

就在寒假即將來臨之時，班上某位香港僑生，因對同班某女生有好感，想要在寒假中與她通信，卻不好意思向她開口要地址，便挖空心思地想出了一個偉大的計畫。要求每位同學留下家裡地址電話，由他出資印成通訊手冊，每人免費分發一冊，方便大家在寒假中聯繫。

這位僑生與我住同寢室，當他問我這計畫是否可行時，我便洞燭了他的「陽謀」，以公利謀私益，一箭雙鵰，不失為上上之策，便表示讚同。可是私底下仍想開個小玩笑，便在他傳給我的表格的籍貫欄上，胡亂地寫下「蒙古地方庫倫」——實際上應為「雲林虎尾」。當時並沒有想那麼多，純粹是無意識的動作。

沒多久小冊子印出來了，人手一本，一翻之下，每位同學的地址、電話都在上面，該僑生的「陽謀」果然得逞。他非常得意，但我卻傻眼了，因為我名下的籍貫欄上，赫然出現「蒙古地方庫倫」六個大字，顯得特別突出而醒目。同學看了無不驚呼，怎麼班上還有蒙古人！便紛紛來問我，你真的是蒙古人嗎？怎麼看起來一點也不像。

這下子真的糗大了，被問急了，我只好假戲真作，硬著頭皮點頭說，不錯，我的祖先是蒙古人，老家晚上睡的還是蒙古包，早上喝的是蒙古奶茶，從小就學蒙古摔角，才會長得這麼高又壯。我筆手畫腳，說得煞有介事，還順手露了幾手摔角的動作，同學們居然信以為真。等他們一走，我笑得腰都歪了，覺得太有趣了，便決定繼續假冒蒙古人，來增加校園生活的趣味。

但玩笑可不是好開的，這消息不脛而走，連文學院的人都知道我是蒙古人，不管走到那兒，背後都有人指指點點，令我有如芒在背之感，我才開始有些後悔。但木已成舟，要澄清已來不及，我就這麼揹著蒙古人的十字架，所到之處都被稱為蒙古人，只好吞下自己造的口業。

但被叫久了，也給我一絲靈感，蒙古人這三個字倒過來唸，就成了古蒙仁，倒很像人的名字，而且非常符合我對筆名所設定的條件。我反覆地唸著、在筆記本上不斷寫著這三個字；愈聽愈喜歡，愈寫愈得意，最後終於決定使用「古蒙仁」做為新的筆名，以新人的姿態正式向文壇進軍。

四

我每天上完課，就到文學院圖書館寫稿，寫了三個多月，終於完成第一篇短篇小說〈盆中鰲〉。我剛從南部的高中來到台北，舉目無親，各報副刊主編一個也不認識，卻大膽地投寄給當時號稱全國第一大報的《中央日報》副刊。

我原本沒多大信心，還以忐忑不安的心情，準備接受退稿的命運，但沒多久就刊登出來了，因字數近萬字，還分上、下二日刊出，刊出的日期為民國六十一年三月四日及五日。這是我首篇以「古蒙仁」為筆名發表的短篇小說，特別具有歷史意義，內心也有無比的驕傲。

更難得的是這篇小說後來還入選「六十一年年度小說選」，那年的主編是年輕的學者兼文學評論家沈謙，共選了十篇小說，作者大多是文壇名家，我是最年輕的一位，名不見經傳，年紀只有二十一歲。

初試啼聲，就能獲此殊榮，一年之內雙喜臨門，對一個初出茅廬的小子來說，猶如鯉躍龍門，是何等大的鼓舞。我即以此篇小說正式踏入文壇，古蒙仁從此成為我的分身，甚而完全掩蓋了我的本名。

我在輔大四年間，致力於小說創作，經常投稿各報副刊，逐漸認識副刊的主編，其中與中時「人間」副刊主編高信疆的來往最為密切。民國六十四年他推出「現實的邊緣」，是臺灣報導文學的濫觴，帶領我進入報導文學的領域，從此上山下海，足跡遍及臺灣每一角落。

當年我深入尖石鄉秀巒村撰寫的〈黑色的部落〉，曾獲第一屆時報文學獎報導文學推薦獎，翌年再以〈失去的水平線〉獲第二屆報導文學優等獎。之後的五年之間，我陸續出版了七本報導文學專著，於七十六年榮獲第十屆「吳三連文藝獎」，當年我三十六歲，算得上是很年輕的得主，我的名字也因此與報導文學劃上等號。

一轉眼，這個筆名誕生已五十歲，五十年後再回首，真假蒙古人的身分已無關緊要，甚而成了文壇軼事。若有人再問我筆名的由來，或是不是蒙古人？我的答案同樣無庸置疑。是的，我就是古蒙仁，籍貫是雲林虎尾，目前設籍在桃園市中壢區，與蒙古地區毫無淵源。

原載一一〇年六月二十八日自由時報副刊

我的第一根煙——我與黃春明的香火緣

一

我是個不抽煙的人，活了一輩子抽過的煙屈指可數，絕不超過十根手指頭的數目，這對一個五〇年代出生的男人來說，不是件簡單的事。因為那個年代以降的臺灣社會，男人抽煙是成熟的象徵，也是社交場合最普遍的行為。

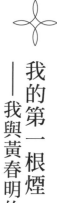

雙方見面只要掏出煙來，互相把煙點著，吸上一口，馬上變「麻吉」，什麼事都好談。因此男人抽煙是天經地義的事，不抽煙的男人反而被視為異類，缺少男人的氣慨和江湖味，很難在社會或朋友間立足。

那個年代的男人在估算每個月的固定開銷時，香煙一定居首位，其次才是檳榔，或上館子喝酒等其他雜支，其餘才交給女人當家用。若經濟大權掌握在女人手中，男人月初請款時，也一定會在這上面據理力爭，寸土不讓。女人家對此也通曉大義，即使全家節衣縮食，也不會讓男人在外面漏氣，抽「伸手牌」的煙。

因此男人上衣口袋內通常會有一包煙，胸前鼓鼓的，走起路來像公雞，講話也比較大聲。有道是，有煙走天下，沒煙寸步難行，最足以看出彼時的人情世故和社會百態。

從小我就在這種社會風氣中長大，平時看父親和父執輩相處，他們總是邊聊天，邊抽煙。談到興頭上或私密的事時，就會改用日語交談，更無所忌憚。我雖聽不太懂，但能感覺到氣氛非常輕鬆、愉快。長此以往，大人們在香煙繚繞中談笑風生的情景，已成為我童年時的美好記憶，對抽煙的印象便帶有些天真浪漫的想像。

雖然如此，我長大之後卻一直不曾抽煙。到了高中負笈他鄉，看到有些叛逆的同學聚在一起偷偷抽煙，我也退避三舍，不願與之為伍。因為學校是禁止學生抽煙的，若被教官逮到還會被記過處分，貼上「不良學生」的標籤，我何苦自找麻煩？

加上彼時民智已開，大家都知道吸煙有害健康，我連二手煙都敬而遠之。因此從高中到大學，我都是煙酒不沾的健康寶寶，一塵不染，活像個被隔絕在無塵室裡長大的巨嬰。

二

其實我讀大學的時候，校園抽煙的風氣已逐漸盛行，同學私底下聚會時，或多或少都會哈一下煙，讓氣氛輕鬆、活潑一下。但不管同學如何慫恿，捉弄，逼迫，碰上我這慢郎中，誰也沒辦法叫我吸一口煙。更厲害的是，我雖身處烏煙瘴氣之中，卻有如金鐘罩頂，百毒不侵，口含一口真氣，律律不動如山，獨撐到終場，完全不受二手煙荼毒。

當時系上同學大多同住宿舍，有幾位寫現代詩的準詩人，常通宵熬夜寫詩，當文思不通時，常要藉抽煙尋找靈感。剛開始他們還悠閒地吐著煙圈，故做瀟灑狀，可是靈感若未騰雲駕霧而至，最後慌了，煙便一根一根往嘴唇塞。待晨光大亮，煙灰缸上煙屍橫陳，斗室裡煙味繚繞，稿紙上仍空空如也。熬了一整夜，撚斷數莖鬚，卻繳了一張白卷，也只能打著哈欠，掩卷長歎，詩人這個行業真不是人幹的。

他們看我寫稿從不抽煙，靈感卻不請自來，下筆有如神助，五千多字的稿子不數日即可寫完，再過一陣子便化為整齊的鉛字在報上刊出。看得他們又嫉又羨，百思不得其解，最後便來問我原由，要我幫他們解惑。

老實說，我並無良方，亦愛莫能助。只印證了一事，靈感與煙無涉，文思枯竭，每天拜文曲星也是枉然，端在個人的寫作習慣和生活態度吧。在這方面我比較像個清教徒，既不抽煙，也無需喝酒或咖啡來培養靈感，凡事不假外求，自然不需仰賴外物。

三

這種與煙隔絕的日子，在我進入報社工作後便不攻自破了。早年新聞界喜歡抽煙，記者寫稿，老編看稿、下標題，都有截稿的時間壓力，被逼急了，只好靠抽煙來舒緩情緒。

因此每到晚上，編輯部就像重工業區，燈火通明，煙霧繚繞，一眼望去，每個記者或編輯老爺都在埋頭趕稿、看稿，自顧不暇。手上的香煙就像一根根小煙囪，冉冉升起一個個大小不一的煙圈，兀自在頭頂飄散，蔚為奇觀。身處這個大環境之中，既無所逃遁於雲天霧地之間，我只好入境隨俗，久之麻雀變烏鴉，逐漸被染黑後，終能隨遇而安了。

出了報社，外在的環境同樣煙霧瀰漫，因為採訪的對象三教九流，黑白二道都有。不管是政府官員或江湖大哥，雙方一坐定，我還來不及拿出紙筆，對方已笑容可掬的遞上一根煙。到底接或不接？剛開始我還有些猶豫，不接的話，好像不禮貌，話匣子也無從打開；接的話，明明強我所難，如何吞得下？

幾次弄僵了場面之後，我也學會一招緩兵之計，那就是含而不吸，絕不吞下肚。待對方把我的煙點著，我略微含一下，便拿在手上讓煙兀自燃燒，聊表一下心意。直到煙盡火滅，才順手將之拋棄，賓主盡歡，既能完成採訪任務，自己也毫髮未傷，誠然是高明之計。

同事得知我「抽假煙」的技倆之後，戲稱我是烏龜吃大麥，白白遭塌了大好的一根煙，真是暴殄天物。不管他們評價如何，我倒是相當得意，因為此計一再得逞，也使我得以在競爭激烈的採訪工作上全身而退，心肺依舊保持「零污染」的紀錄。

四

那麼，能讓我吸入第一口煙的人，究竟是何方神聖？或者，我的「處女煙」是獻給誰呢？假如把抽煙提升為一種藝術，或人生的啟蒙，我的啟蒙者還真的是個大師級的人物。不錯，我抽的第一根煙，正是小說家黃春明請的，這根煙的背後還有香火傳承的故事。

民國六十八年秋天某個晚上，黃春明約我一起吃飯。那年他四十二歲，在「台灣愛迪達」當業務經理，當時「愛迪達」的門市部在長安東路一帶，他便約我在附近的一家小館子用餐。我二十八歲，剛獲得重要的文學獎，算是文壇的新秀。他請吃飯，除了恭喜我得獎，也想邀我寫稿。他正在籌劃出版一本文學雜誌，以延續「文季」刊停刊後的香火，因此命名為「香火」。

我一聽大喜過望，對一個初出茅廬的小子，能獲得景仰的前輩的賞識，請吃飯之餘再加上邀稿，是何等的榮幸。兩人愈談愈興奮，酒過三巡，菜過五味，我們吃喝得差不多時，他習慣性作地從身上掏出一包煙來，先將一根含在嘴中，然後遞給我另一根煙。

我雖表明我不抽煙，他卻慫恿我也抽一根，並將煙在我眼前晃了兩下，我一時拒絕不了，便接過來含在嘴上。接著他滑了一根火柴，先將自己的煙點著，再伸過手來要幫我點煙，動作極其熟練，十足商場上業務經理的架勢。我卻笨拙地連吸幾口，才讓他將煙點著，吸下肚時還狠嗆了一口，真是狼狽已極。

第一口煙吞下肚後，我心頭篤定多了，拿煙的手勢也比較像個樣子。一吸一吐，彷彿順著某種節拍，二人便在逐漸升騰起來的煙霧中聊開了。我也模模糊糊的感受到，抽煙確有助興的效果，和喝酒一樣，那種微薰、飄忽的感覺，就是友誼的最佳催化劑。難怪有人抽了第一口煙，心竅就被迷住了，從此走上不歸路。

那晚後來是如何散場的，我已不復記憶，但那種美好的感覺卻長存我心，我無以名之，姑且就算是我吞下肚的第一根煙所產生的幻覺吧。何況這一根煙還是出自黃春明之手，由他親手為我點燃，更讓彼時我這年輕而忠實的「黃粉」引以為傲。

後來「香火」雜誌雖沒辦成，文學傳承的意象，卻已隨著這根香煙的星火，導入我的身體內，也照亮了我的文學創作之路。那麼我所抽的第一根煙，便又帶有香火傳承的隱喻了。

原載一一〇年二月十一日聯合報副刊

青春無悔卻匆匆
——我與林清玄的半生緣

一

同年代的作家朋友中，我最早認識、相處最久、最為熟稔的，大概是林清玄了。我們相識於民國六十四年春天，彼時我念新莊輔大，他念木柵世新，中間隔著一個偌大的台北盆地，假如沒有文字因緣，彼此要認識也不容易。

有一天我突然接到世新《奔流》雜誌具名的邀請函，邀我到該校參加一場座談會。名單上有銀正雄、張毅、林清玄和陳正毅，都是七〇年代初在文壇嶄露頭角的年輕作者，我常看他們的文章，雖未曾謀面，卻是心儀已久，便毅然地單刀赴會。

那天談什麼題目我已毫無印象，重要的是認識了《奔流》雜誌社的主要成員，後來都成為我終生的至交。座談會結束後，我們冒著初春的微雨，到一家館子吃飯，飯後大家談興猶濃，清玄便建議到他的租屋處「續攤」。

那晚大家的談興真好，很自然地聊到通宵，天色微亮時才分頭去睡。中午醒過來，大家隨便弄了點午餐裹腹，我才匆匆地趕回新莊。一路細雨紛飛，小樓一夜淅瀝的春雨，竟是我畢生難忘的溫馨記憶。

以後我一有空就往木柵跑，清玄的小木屋經常高朋滿座，我認識的文青愈來愈多，有一次還參加了《奔流》舉辦的大溪之旅。那時已接近五月，大家就要畢業了，清玄最早接到兵單，馬上就要入伍當兵，可說是大夥兒最後一次相聚。因此雖然玩得十分盡興，卻總有一股離愁，充塞著我們的旅途。

二

清玄入伍後，我因學業出了問題，必須補修一門學分才能畢業，彼此便失去聯繫。等我服完兵役，從金門回到台北，才有機會再碰面。那時他已在《中國時報》工作了一年，我應高信疆之邀，也進時報工作。

報到當天我還背著預官袋，所有家當都在裡頭，卻沒有棲身之所，清玄便要我暫時睡到他租的公寓。二人窩了幾天，剛好有個空房，我便租了下來。那時與我們同住的，還有現在的電視名嘴劉燦榮和「緯來電視」的總經理鄭資益，四個志同道合的好友，再度聚在同一個屋簷下，真是人生一大樂事。

我和清玄都屬晝伏夜出的夜貓族，上午在家蒙頭大睡，下午出去採訪，晚上才到報社上班。下班後回到家裡，緊接著又得寫稿；除了報社的採訪稿，我們都很熱衷自己的創作，他經營散文，我寫小說。子夜過後鄰居的燈火逐漸散去，只有我們二人兀自清醒，漫長的夜晚，兩盞孤燈相伴，倒也不顯得寂寞。

我們的採訪工作，經常要到外地出差，上山下海如同家常便飯，短則三、四天，長則六、七天，他去我返，或者我去他返，有時一個月都難得碰上一面，遇到比較新鮮的題材，理所當然地先和對方分享。

有一次我去做鬼屋專訪，五、六天內跑遍了全省盛傳的鬼屋，回來之後和他大談鬼故事，繪影繪聲，令人毛骨悚然。談完後我回房間寫稿，夜已過半，孤燈熒熒，我翻著蒐集來的資料，腦海不斷浮現鬼屋陰森的景象，陡然之間汗毛倒立，嚇得我連忙丟下紙筆，敲開清玄的房門，抱著棉被枕頭去與他共眠。這件事後來成了茶餘飯後的笑談，每次朋友聚餐，都會被他拿出來消遣一番，逗得大家捧腹大笑。

三

清玄的老家在高雄旗山，是昔日的香蕉王國，他的父祖輩也都是雙手沾滿香蕉汁的蕉農，一輩子在蕉園裡打滾。山城的蕉園生活，是他筆下傾注最多感情的題材，讀來令人悠然嚮往。

那一年是台蕉輸日全面挫敗的一年，我奉報社之命南下旗山採訪蕉農的困境，特地到他老家採訪。承他父親引見，順利地採訪到青果社的負責人，採訪完畢順道還採訪了當地的風土民情。對於那蕉葉垂覆的寧靜山城留下很深刻的印象，也很羨慕清玄能出生在這個淳樸的山城，從而孕育了他寫作的生命。

那一年過年，清玄又邀請我和攝影家謝春德到旗山玩，我們帶了全套的攝影器材，從旗山、美濃，一路拍到內埔。新春期間的客家村落特別熱鬧，到處都是燃放鞭炮的聲音。春德的名作「家園系列」，很多是在這兒取景的，在他的指導之下，我的攝影技巧也大為提升。以後每年過年，我都會想起這趟旗山之旅，那是友情與田野的美妙融合，一生也許就那麼一次，但已足供日後追懷。

四

清玄是個十分專情的人，學生時代就有一個交往穩定的女友，時常到我們住處來玩，兩人如膠似漆，頗令人羨慕。沒想到後來突生變卦，令他措手不及，整天失魂落魄，很快就形銷骨立，大部分時間都把自己關在房間裡，那真是他最晦澀的一段日子。

所幸不久之後，他認識了日後的妻子，感情進展得極為神速，幾個月之後就結婚了，而且搬出去另築愛巢，我和他同居的光棍生涯遂告一段落。婚後清玄租屋住在臨沂街某公寓大樓的頂樓，兩人過著神仙般的生活。夫妻二人都好客，常邀請我們幾個老友到他住家，分享太太拿手的燭光晚餐。房東林柏樑也是我們熟悉的攝影家，因此那個樓閣便成了藝文界聚會的地方。

清玄那時擔任《時報雜誌》藝文版的主編，交友廣闊，畫家、攝影家、音樂家、舞蹈家，經常在那兒出入，因此門庭若市，熱鬧非凡。我週末晚上常往他家跑，每次都會認識一些耳熟能詳的名字。大夥兒一齊喝茶、聽音樂，看最新拍攝的幻燈片，總要鬧到三更半夜才離去；有時太晚了，乾脆就在那兒打地舖。

這樣的日子大概有一、二年之久，朋友或忙於工作，或囿於私事，聚會的次數逐漸減少。之後清玄另遷他處，臨沂街煮酒論劍的景況已是昨日星辰，我和他見面的地方僅限於報社。但自他小孩出世，他待在報社的時間也愈來愈短，神情也不若往昔那般豪邁、瀟灑。

這種轉變確實有幾許無奈，主要是我們都面臨了工作上和創作上的瓶頸，何去何從，頗令人躊躇。剛投身報社那幾年，正是我們意氣風發的時候，二十七、八歲的年紀，屢獲全國性的文學大獎，豐厚的獎金讓我們出手闊綽，廣交文化界奇人異士。作品經常出現報端，到處應邀去演講，出版的著作多達十餘本，怪不得三十出頭就碰到了這樣的問題。

後來我選擇出國赴美進修，清玄因有家室之累，無法像我一樣說走就走，只好留在原來的崗位，但我知道他一定很不快樂。

五

二年之後我回到台北，清玄果然已辭去「時報」的工作，專心在家裡寫作，同時也找到了心靈的皈依，成為虔誠的佛門弟子。他吃素打坐，勤唸佛教經典，所寫的「菩提系列」居然洛陽紙貴，成為排行榜上的暢銷書，聲名歷久不衰，甚而成為信眾心目中的「心靈導師」，誠然是個異數。

而我也離開「時報」，結束了雲遊四方的採訪生涯，轉到《中央日報》國際版，擔任「海外副刊」的主編，我和清玄除了偶爾在評審文學獎時碰面已難得聚會。某次評審結束後委員一齊吃飯，滿桌佳餚，他不為所動，只喝幾杯清水。他似乎已擺脫一切物慾，端靠打坐補充元氣，居然精神矍爍，紅光滿面。那時應該是他人生的巔峰，氣定神閒，一派大師的風範。

八十五年我再轉至剛成立的「國家文化藝術基金會（簡稱國藝會）」工作，此時即驚傳他婚變的消息，各種負面消息不斷加諸他身上。我們幾位《奔流》的老友看了面面相覷，個中緣由我們其實最清楚，可是又能說什麼呢？

這濁世紅塵對他只是一所煉獄，過往種種已被烈火焚去，活著似乎是為了一場見證，他只能選擇沈默以對，將受傷的心靈和疲憊的身軀轉往大陸發展。我也回雲林縣政府工作，擔任文化局長，一晃四年，音訊杳然，我們已活在不同的二個世界。

我們最後一次見面，是民國九十九年五月，我舉家要遷居桃園青埔之前，特別到他位於故宮前的住家辭行。我第一次見到她新婚的太太和二個女兒，太太賢慧，女兒乖巧，都已長大上學，看來家庭生活十分美滿，應已擺脫重婚的陰影，我很為他感到慶幸。

後來我們在書房喝茶，談起別後種種，人生際遇，誰主浮沈，一切都是命運安排吧。尤其是高信疆過世，二人又是一陣噓唏，他未能送行，最感過意不去。因為我們師出同門，都是「高公」一手提拔，感受特別深刻，前幾天我還隨高大嫂柯元馨上山追悼他過世一週年呢。

臨要告辭之時，他起身指著書架上擺滿的一百本書，很得意的告訴我，此生已可無憾，因為他已出版了第一百本書，令我肅然起敬。這是我對他今生最後，也是最深刻的印象。

如今傳來他驟逝的消息，我一陣愕然，久久不能自已。眼前再度浮起在他書房閒談的情景，只能引用他親口告訴我的最後一句話，來為他送行。老友，放心的走吧，你寫了一百本書，你的人生已沒有缺憾。

原載一〇八年一月二十八日中國時報「人間副刊」

永不凋謝的魯冰花
——我與鍾肇政的筆墨緣

一

民國四十年我出生那年，鍾肇政發表了第一篇文章〈婚後〉，那年他二十七歲，首度在文壇露臉。五十年他發表了第一部長篇小說《魯冰花》，同年又發表《濁流三部曲》大河小說，開啟臺灣大河小說的先聲。五十三年開始撰寫另一部大河小說《臺灣人三部曲》，歷時十年而成，是臺灣首位完成大河小說的作家，剛滿五十歲就為臺灣文學寫下了新頁。

這些輝煌的紀錄，對當年我輩四年級生的「文青」只能仰之彌高，鍾肇政這個名字，或我們習稱的「鍾老」，也成了有志於文學志業的年輕人難以攀越的障礙。至今我的書架上仍擺著四十多年前出版的這些叢書，雖然早就斑駁破損，滿佈塵埃，它們仍像一堵萬里長城，綿延萬里，貫穿臺灣這塊土地。因此要談我與鍾老的文學因緣，他恰如大河奔流，我只能濯足其中。

我與鍾老初識，是在六十八，九年之間，臺灣省新聞處安排作家參訪省府建設的某次行程，三天二夜，地點是曾文水庫、烏山頭水庫等知名景點。我們搭同部遊覽車，他和葉石濤二人同座，文壇素有「北鍾南葉」的尊稱，能與文壇二位大老同車出遊，同桌共餐，通宵長談，是何等的福份，也是我那次參訪最大的收穫。

那二年間，正是我文運亨通的時候，連續二年獲得第一、二屆「時報文學獎」三項首獎，名利雙收，各種邀約不斷，最多的便是演講和邀稿。鍾老那時擔任「台灣文藝」和「民眾副刊」主編，每期都會寫信向我邀稿。我因報社採訪工作太忙，寫稿速度又慢，老是無法如期交稿，屢次辜負了他的美意。但他從不以為忤，也從未間斷，所以累積了不少他的親筆函。

有一次鍾老還冒著夏日豔陽，親自到我的辦公室面邀。以文學大老之尊，對初出茅廬的年輕人如此禮遇，那種積極、包容的精神，當下令我為之汗顏，也十分感動。至今我仍保存著那些信函，已成了至寶，少部分則捐給臺灣文學館永久保存，以示我對他的尊敬。

二

我和鍾老往來最頻繁、密切的，是八十四到八十六的三年間，那時我在「國家文化藝術基金會」擔任獎助處處長，負責藝文界的獎、補助業務。鍾老是基金會第一屆董事，也是文學界的二位代表之一，每次開董事會之前，我都會專程到龍潭向他報告重要的議案，請他支持，也聽取他對文學界的建言，以為改進。因此經常往龍潭跑，和他泡茶聊天，聽他談文說藝，一待就是一個下午。總要到夕陽西下，才依依不捨的離去，長年下來，受益良多。

但他最關心的，還是文學界補助資源的不足，與表演藝術和平面藝術相較，明顯居於劣勢，他幾次在董事會上力爭，也改變不了既成的事實，令他十分無奈，一度還想辭去董事，但不為行政院接受。勉為其難地做完三年的任期，顯見他是個勇於任事，而不是虛應故事的人。

八十六年他榮獲第三屆國家文藝獎，是文學界得此最高榮譽的第三人。我曾為他辦了一場演講，講題是「藝術恆河」，以他一生投注在文學上的熱情與信念，闡述從事大河小說創作的心路歷程，獲得很大的迴響。

九十年國家文化藝術基金會改組，我也離開工作了六年的崗位，返鄉擔任雲林縣文化局長，與台北文化界日漸疏遠，與鍾老也就少來往了。

三

但他在臺灣文學的地位如日中天，九十二年獲頒第二屆總統文化獎「百合獎」，一〇五年再獲第三十五屆行政院文化獎。集國家、總統與行政院三大文化獎項於一身，聲望之隆，地位之高，允為臺灣當代作家第一人，充分彰顯了他在臺灣文學上的貢獻和成就，可說是對他一生志業的最大肯定。

九十六年我在偶然的機緣下，轉換跑道到桃園機場任職，翌年舉家在青埔定居，成為桃園市的新移民。幾次路過龍潭都會想起鍾老，覺得應該去探望他老人家。但近鄉情怯，幾番踟躕，總覺得因緣尚未俱足，而下不了決心，如此又蹉跎了二、三年。

直到一〇四年，桃園市文化局邀請我擔任「鍾肇政文學獎」的評審委員，評審會議結束後，我突然心有靈犀，直覺時機已經成熟，便與鍾老的公子鍾延威聯繫，表達想拜訪鍾老的意思，並請他代為轉達，數日之後便安排妥當。令我驚訝的是延威兄給我的地址，竟然和我四十年前與他通信的地址一樣，完全沒有改變。

我按照地址一路尋去，時間彷彿凝固了，曲折的巷弄，依稀還保有當年的痕跡，但距我上次到訪，已有十七年的時間。歲月呀，那容得下十七年的變化，轉眼鍾老已是九二高齡的老耄，一頭披肩的蒼蒼白髮，安靜地躺在光線幽暗的臥室裡，只有兩隻眼睛依然明亮。

延威兄將他扶起來坐在籐椅上，一邊告訴我，鍾老得知我要來看他後便一直很興奮。來拜訪他之前，我特別翻箱倒櫃，找出一張十七年前與他合拍的照片。那時他已重聽，上衣的口袋都掛著一只助聽器，我和他講話都得用喊的。如今他的聽力已完全消失，只能用手寫的。床頭有一本大開數的筆記本和二枝姆指粗的簽字筆，就是用來和友人聊天交談用的。

四

在延威兄的協助下，我們兩人便用紙筆開始交談，剛開始有些遲緩，後來漸入佳境。你一言，我一語，二人童心未泯，好像在玩接龍遊戲，愈玩愈起勁，竟然笑懷大開，足見鍾老神智仍清，風趣不減當年，「筆談」了二個小時仍無倦容，我告辭離去時仍相約，文學獎頒獎那天再聚首。

但是那年的頒獎典禮，鍾老並未現身，現場的氣氛有些凝重。之後二年，我未再參與文學獎的評審工作，因此那次我與他的會面和筆談，便成為今生的絕響。如今傳來他辭世的消息，我雖不感意外，仍令我不捨。來年暮春三月，魯冰花開花的季節，龍潭大北坑的田野之間，原本奼紫嫣紅，一片花海的熱鬧景象，恐怕要暗淡、寂靜一些了吧！

原載一〇九年五月二十六日中國時報「人間副刊」

九歌雲中君

——我與蔡文甫的出版緣

〈九歌〉是《楚辭》的篇名，相傳為楚大夫屈原所作。原為中國神話傳說中的歌曲名稱，共有十章，為歌頌楚人祭祀的十位神靈，其中的《雲中君》是祭祀雲神的樂歌。在古代神話裡雲神主掌雲行雨施，能普降甘霖，潤澤天下。臺灣在六十年代之前，被視為文化沙漠，文學出版社寥若晨星，蔡文甫先生以「九歌」為名，延續《楚辭》以降的民間文學傳統，培養了眾多的七、八十年代作家，允為臺灣文壇的雲中君，我就是其中受惠者之一，因此對他溘然辭世，內心至為感傷，特撰此文以為紀念。

一

民國十五年，蔡文甫在江蘇鹽城出生，三十六年隨國民政府撤退來台，孑然一身，靠苦讀自學離開軍職，轉進教育界，擔任中小學教職。因喜歡文學參加寫作班，認識王鼎鈞等好友，開始向報刊雜誌社投稿，因而走上創作之路，再轉進新聞界，長期擔任《中華日報》副刊主編，工作之餘仍不忘寫作。

五十二年，他出版首部小說《解凍的時候》，此後二十年間陸續出版了長短篇小說集《雨夜的月亮》、《小飯店裡的故事》、《沒有觀眾的舞台》以及《蔡文甫自傳》等二十多部著作，在文壇頗有口碑。

他曾二度獲「金鼎獎」副刊主編獎、優良圖書金鼎獎、中山文藝創作獎、中國文藝協會獎章。集作家、編輯、出版家、企業家於一身，因而在九十四年獲得新聞局頒發金鼎獎「特別貢獻獎」，表彰他在文壇的功績。如今他以九十五歲的松鶴之齡辭世，當可含笑九泉，無愧此生。

儘管他在報界和創作的領域都有傑出的表現，可是他最為世人稱道的事蹟，以及對臺灣文化界的貢獻，卻是在出版事業上。

六十七年七月，蔡文甫創辦了「九歌出版社」，那年他五十二歲，已從事半輩子的文教、新聞工作，亟思轉換跑道開創自己的人生，乃毅然投入出版事業。從而開啟了他下半輩子的精彩人生，為當時蓄勢待發的文學界，注入一股充沛的動能。旗下名家輩出，出版的叢書本本暢銷，培養了廣大的文學愛好者，不僅提升了國人的閱讀風氣，也激盪出臺灣文學波浪壯闊的美好年代。

四十多年來不管外界如何變化，尤其近十年來社會閱讀風氣普遍下降，市場逐日式微，他始終堅守文學崗位，力抗商業化的時代洪流，「九歌」儼然成為純文學的代名詞，依然守護著文學這塊淨土。這才是他深受文化界推崇和感念之處，他在臺灣文化上的地位也奠基於此。

我有幸認識這樣一位前輩，在長達三十五年的交往過程中，與他一齊見證了臺灣出版界的榮景，以及盛極而衰的時代趨勢下，身為出版人的落寞與風骨。

二

假如蔡文甫是臺灣文壇的雲中君，那麼高信疆就是孟嘗君了，二人對我都有提攜和知遇之恩，都是我進入文化界的貴人。

六十七年十月我從軍中退伍，在高信疆力邀之下，進入中時報系的《時報周刊》工作。那時他是「人間副刊」主編，同時兼任《時報周刊》和「時報出版公司」總編輯，權傾一時，只要是他賞識的年輕人，都會被他延攬進時報工作。那時「九歌」剛成立三個月，與我進入「時報」工作的時間點有點巧合。

更大的巧合在我的二位貴人身上，二人都是主流媒體的副刊主編，都是文學出版社的負責人。只不過當時「時報」的氣勢較強，高信疆又是我的頂頭上司，一切還是以他為優先，與他的關係也較密切。

我進報社不久，就以〈黑色的部落〉一文得到第一屆「時報文學獎」的報導文學推薦獎。一夜之間成了文壇的當紅炸子雞，各方邀稿不斷，當然也包括蔡先生主持的「華副」和「九歌」。不過我絕大多數的文章還是在「人間」發表，早期的書也都由「時報出版公司」出版。《黑色的部落》就是我在時報出版的第一本書。

那時正是我創作力最旺盛的時候，除了「周刊」固定每期要寫一篇報導，小說和散文的創作量也十分驚人。之後三年間陸續出版了二本小說集和三本報導文學集，都順理成章地由「時報」出版，我和蔡先生因而有些尷尬。每次他邀約見面吃飯，我都有點心虛，因為吃的分明就是「霸王飯」。他也能夠體諒，因為我背後的「影舞者」就是高信疆。

七十二年一月，我赴美讀書前夕，我的第九本書《台灣社會檔案》，終於由「九歌」出版，為我日後與它的長期合作踏出了第一步。因此蔡先生特別設宴為我餞行，酒酣耳熱，離情依依。幾天之後我便搭機離台，飛向威大所在地的麥迪遜小城。

我在威大研究所唸了二年，雖然課業繁重，仍不忘寫作。因為麥城四季分明，風景優美如畫，加上思鄉情切，每有感懷都會形諸文字，寄回臺灣報刊發表。二年下來累積了十多萬字，已足夠出版一本書，當時就希望能交由「九歌」出版，以之回報蔡先生對我的厚愛。

三

七十四年我返台不久，《中央日報》「國際版」改組，原本的「中副」不符海外所需，想另創「海外副刊」，邀請我擔任主編。我在美國二年看的就是這份報紙，對它有一份感情，對副刊的編輯也深感興趣，便接受了新職，躋身副刊主編之列，不時向高、蔡二位前輩請益，使我信心倍增，很快受到海外華人作家的肯定。

七十五年六月，洛杉磯「美西華人學會」舉辦了一場研討會，邀請臺灣的副刊主編與海外作家座談，我和「華副」蔡先生，「聯副」丘彥明、《聯合文學》發行人張寶琴，以及《文訊》總編輯李瑞騰同時受邀參加。

我和蔡先生搭同一班機前往，抵達機場後才發現我的行李箱被誤放，第二天才能運到，令我措手不及，狼狽不堪。幸好蔡先生將他多帶的襯衫和領帶借給我，才得以衣冠整齊地出席第二天的研討會。這件糗事已成了我和他之間最有趣，也是最溫馨的共同記憶，以後每次和返台的海外作家餐敘時，都會成為茶餘飯後的話題，引來哄堂大笑。

有了這次的患難之交，我和蔡先生的關係大有進展，七十六年，我旅美時所寫的散文集《流轉》即如願地由「九歌」出版。以後十年間陸續完成十本著作，其中有六本散文集全都由九歌出版。

每隔一段時間，發表的作品累積到出書量時，我便會拿著整理好的剪報，拿去給蔡先生看。他通常只翻閱一下，便交由總編輯陳素芳處理，二人便天南地北的聊起來。我離去時內心總是充滿了喜悅，因為又有一本新書要出版了，那就是蔡先生對我最大的鼓勵。

四

九十九年，我的散文集《虎尾溪的浮光》完稿時，出版界已開始走下坡，文學類的書籍要出版更是困難重重，可是蔡先生二話不說，還是爽快的接受了，成了我在「九歌」出版的最後一本書。不久即傳出他身體違和，出版事業已移交第二代經營。我雖然關心，因沒有特別急迫的事，也不方便再去打擾他，就這麼靜悄悄地過了好些年。

我最後一次和他見面，是在一〇五年十一月，那時他已臥病多年，幾乎與外界隔絕，我特別請素芳安排，才得以到出版社探望他。他坐著輪椅，由看護推著進到他原來的辦公室，二人四目相接的那瞬間，彼此都有些激動。

他顯得蒼老而憔悴，與過去充滿朝氣活力，元氣淋漓的形象相較，我一時還無法面對。在素芳貼心的安排下，我和他「筆談」了十來分鐘，接著又請素芳為我們拍照留念。我從背後輕輕地摟著他，他顯得十分開心，滿臉笑容，但因體力不濟無法久坐，不久便由看護推上樓休息。

我和素芳又聊了半個小時，談起出版界的現況，她欲言又止，最後只長長的嘆了口氣，算是結束二人的談話吧。臨要離去時，我再度環視那個我所熟悉的辦公室，帶有濃濃的訣別的意味。牆壁的書架上那整排的綠色書背，曾是「九歌」最醒目的標誌，也是「文青」的最愛，如今在市場上確是有些寂寞了。

走出大門，我特別回頭再望一眼，「九歌出版社」那塊白底綠色的招牌，依舊醒目的掛在巷子的底端。台北市八德路三段十二巷，這條我經常出入的長巷，是我和蔡先生的出版因緣中最值得紀念的一里路。日將暮兮悵忘歸，他走了之後，也成了我最後的一里路了。

原載一〇九年八月六日中國時報「人間副刊」

十年一覺「人間」夢
——我與高信疆的人間緣

一

對六、七十年代以降的臺灣「文青」來說，「人間」這個語詞，絕不只是字面上的意義，泛指現實生活中的人生百態，或是人們身處的社會環境。而是有著更深刻、更豐富、更個性化的人文內涵或精神空間，那就是《中國時報》的「人間副刊」。

對那個年代的文青而言，「人間」不只是一個副刊版面，而是一個文學標竿，是歷年來無數的文學精英嘔心瀝血共同打造出來的精神殿堂。能在上面發表文章，與廣大的讀者分享，是作者無上的榮耀，也是初習寫作者矢志努力的目標。

因此通往人間之路，猶如基督教的「使徒之路」，是有志於寫作者必須經歷的修煉過程。通過它的考驗，才能在文壇揚名立萬，發光發熱。我即是懷抱著這樣的信念，在高中時代即開始向它投稿，且屢蒙老編採用，對一個初出茅廬的小子而言，確是相當大的鼓舞，所得到的稿費還夠我買閒書、看電影，泡咖啡廳，令同學十分豔羨。

然而寫作畢竟是一條漫長而寂寞的道路，通往人間之路並非金光大道，也不是人人走得通。起步階段尤其是遍地荊棘，寸步難行，其中最難過的一關，當屬老編鐵面無私的「退稿」。許多「假文青」吃了幾次閉門羹後，有的自慚形穢，無地自容；有的義憤填膺，指桑罵槐，很快就會打退堂鼓，文壇因而失去許多早夭的天才。

與這些「假文青」相較，我算是相當幸運的。一方面是我的意志堅定，臉皮夠厚，從來不會因為「被退稿」而退縮，才能屢仆屢起；另一方面則是得到貴人相助，及時扶了我一把。二者其實是互為因果的，恰如伯樂與千里馬的關係。而我的貴人，就是「人間」主編高信疆。在他的敦勉、提攜之下，我才能勇往直前，追逐自己的夢想，實現今生的文學志業。

二

民國六十二年我初識高信疆時，還是輔大中文系三年級的學生，正是創作慾與和發表慾最強的時期。那時的「人間」已樹立了風格，是文化界公認的第一品牌，人人都想在上面發表文章。但僧多粥少，版面有限，年輕人的作品要想刊出更不容易。因此在我當時的心目中，他是個站在雲端，只能仰望的大人物，從來不敢奢望有一天能夠認識他，進而成為一生的至交契友。

可是奇蹟竟然發生了，有一次我投稿過後不久，心裡正忐忑著會不會被退稿，因為那是一篇長達一萬二千字的短篇小說，而且是在批判學校點名制度，自忖刊出的機率並不高。可是幾天之後居然收到他寫給我的一封信，要我到報館去見他。也不知道是什麼原因，我便按著地址，一路摸黑找到大理街的報館。

那是我生平第一次走進《中國時報》，晚上七、八點的光景，報館內燈火通明，人人都在忙碌著準備出報。「人間」位於編輯台後端一個角落，桌上的稿子堆積如山，高信疆正埋首在稿堆中振筆直書。我怯生生地報上連自己都還叫不出口的筆名，他抬起頭來看了我一眼，出乎我意料之外，竟是個俊美的男子，一點不像老編給人的刻板印象。加上一頭披肩的長髮，看起來既文雅、又有幾分狂野，反而像是個蕭灑不羈的藝術家。那一瞬間，我完全被他的魅力和風采吸引住了。

他擱下手邊忙碌的工作，耐心地分析了我寄給他的稿子，要我做某些段落的修改，同時也肯定我在寫作上的才華，要我好好地寫下去，以後有稿子就直接署名寄給他。因他這一番鼓勵的話，我走出時報大樓時，幾乎是手舞足蹈，連奔帶跳的，從來不曾對自己那麼滿懷信心。

沒多久那篇稿子就在「人間」刊登了，那就是我的小說力作〈狩獵圖〉。由於內容是在批判系裡的點名制度，很快引起系方的注意。若非高信疆要我做了某些修正，恐難逃「公然破壞系譽」而被懲處的命運，則高信疆於我更有救命之恩矣。

三

此後我更加用心在創作上，每寫好一篇稿子，就寄給他過目，也會很快地刊出。對一個中文系的學生來說，作品能不斷在「第一大報」上刊登，是多大的殊榮與鼓舞。民國六十四年，在他的精心策劃之下，推出「中國現代小說大展」，執筆的都是海內外名重一時的小說家，我忝列其中，是應邀撰寫的作家中最年輕的一個。「古蒙仁」這個筆名逐漸在文壇嶄露頭角，引起各界重視，即是這個大展給予我的加持。

可是太專注於創作、忽略課業的結果，也給我帶來了麻煩。大四上學期，我某一學科被「死當」，連補考的機會都沒有，必需多讀一年才能畢業。眼看同學們都畢業了，我一個人孤伶伶地在校園徘徊，惶惶然如喪家之犬，不知何去何從，那真是我人生的一大挫折。

高信疆知道我的處境之後，便力邀我為新闢的專輯寫稿，那就是臺灣報導文學的濫觴「現實的邊緣」。在他的經費援助之下，我以半年的時間，走訪了四個各具特色的漁村、礦村、農村及原住民部落，寫成了〈黑色的部落〉等四篇報導，在「人間」及《時報雜誌》連載期間，曾引起社會很大的震撼和迴響。

六十五年夏天，我終於告別難堪的大學生涯，入伍服役。有一年的時間駐防在金門外島，生活十分枯燥，高信疆那時卸下「人間」編務，負責《時報雜誌》的創刊工作。因為是在海外發行，國內看不到，每期都會寄一份給我。

每次收到我都十分興奮，因為上面常會刊登我的文章，也會收到一筆豐厚的稿費。有一次被營長看到，稿費居然比他的薪水還高，便趁機「揩油」，要我拿來請營部軍官吃飯。酒飽飯足，皆大歡喜，從此對我十分禮遇。

四

六十七年七月，我即將退伍之際，原本已決定返鄉教書，當我寫信告訴高信疆時，他卻邀請我進時報工作。他那時已位居時報要津，不僅重掌「人間副刊」，還身兼剛創刊的《時報周刊》及時報出版公司總編輯，每天忙得不可開交，亟需得力助手。在他力邀之下，我便婉拒教職，進《時報周刊》工作，成為人人稱羨的「時報家族」的一員。

當時正值報業蓬勃發展的時期，中國時報突破百萬份的銷售量後，又發行了工商時報，亟需編採方面的人才。當時只要有一點名氣，在文化界叫得出名號的年輕人，都會被網羅到時報的文化部門工作。

林清玄早我一年進時報，我進報社的第一天還沒找到房子，便搬去和他同住，二人既是同事，又是同居，形影不離。《時報週刊》的同事中還有景翔、商禽、陳怡真、阿盛、向陽、張大春、舒國治、賴幸媛、劉黎兒、林彧；加上「人間」的季季、陳雨航、林崇漢、王汎森、羅智成、駱紳、以及出版公司的周安托等，族繁不及備載，俱是文壇一時俊秀。

三個編輯部都運在一起，沒事大夥兒就聚在一起串門子，下班後便一齊到外面吃消夜，遇到週末或假日，大老闆高信疆還會邀我們到他家聚會，或輪流到各人的家中做客，只要有他在的場合絕無冷場。茶餘飯後，大家高談闊論，更是高潮迭起，欲罷不能。每每聊到天亮，眾人哈欠連連，或逕自離去，或打地舖就地補眠。醒來已是下午二、三點的光景，匆忙地收拾了衣物離去，剛好趕去報社上班。

高信疆是個拼命三郎，為了工作可以好幾個晚上不睡覺，明明已預編好的版面，為了搶時效性，經常連夜拆版、換版，忙得編輯檯人仰馬翻。每年諾貝爾文學獎揭曉前夕，更是全體總動員的重頭戲，為了搶全球獨家，大家默契十足，分頭打越洋電話，進行跨國採訪。總要忙到報紙開印前一秒，才匆忙地將組好的版子送到工廠付印，這時也差不多是東方泛白的時刻了。

五

在時報工作的四年間，也是我個人創作生涯的高峰。六十七年十月，時報舉辦第一屆時報文學獎，延聘海內外名家來當評審。豐厚的獎金，加上朱銘親手雕刻的作品「創造者」當獎座，可謂未演先轟動，成了文化界關注的焦點，因此競爭激烈，想要從眾多的角逐者中脫穎而出並不容易。

我何其幸運，第一屆即以〈黑色的部落〉一文，榮獲報導文學推薦獎，可說是最高的榮譽。當年我被學校「死當」，遠走天涯海角所撰寫的作品得此殊榮，所付出的代價都值得了。第二屆又以〈雨季中的鳳凰花〉和〈失去的水平線〉，分別榮獲小說推薦獎和報導文學優等獎，雙喜臨門，不知羡煞了多少文學界的同好。

那幾年間我的運氣確實好得出奇，文章大量見報，演講的邀約不斷，電視台找我編寫報導影集，出版的著作多達十本，很快達到創作的高峰，也嚐到成名的滋味。幸好我沒被這些外在的名利蠱惑，反而感到自己在臺灣的發展已面臨瓶頸，有必要到國外走走看看，為自己再充電，便興起出國讀書的念頭，卻遍尋不著學校和指導教授，時間一直延宕，令我十分苦惱。

六

高信疆知道我的心願和困境後，建議我去威斯康辛大學找劉紹銘教授，並利用劉教授來台開會時介紹我和他認識。劉教授曾看過我的文章，加上高信疆極力推薦，幾杯啤酒下肚後就一口答應，當下認了我這位學生，我出國留學的美夢終於得以實現。

民國七十二年二月，我隻身前往美國威斯康辛大學東亞研究所就讀，暫時告別了我熱愛的工作和友人。驀然回首，這條通往「人間」之路，從民國六十二年開始，我整整走了十年，和高信疆亦師亦友的關係也持續了十年。十年一覺「人間」夢，一路有他扶持，當然是美夢一場，夢醒時分，不覺已到達終點。再怎麼不捨，終需揮手和他道別，去開創屬於自己的道路。

然而我和他的因緣未了，二個月後他被國內政治情勢所迫，老闆余紀忠要他暫時到美國避風頭，他也來到麥迪遜，成為威大的訪問學者，和我合租一棟公寓，共同生活在一起，這樣深厚的因緣，又豈是尋常的緣份所能促成呢？

原載一一〇年九月十三日中國時報「人間副刊」

後記：高信疆先生於民國九十八年五月五日晚上九點半因病辭世，享年六十五歲。

從「人間」到「海外」
——我與黃天才的海外緣

民國一一一年一月六日，新聞界前輩黃天才先生在台北辭世，享嵩壽九十八歲。適值國內疫情肆虐之際，家屬低調治喪，未驚動各界。直至近日始有親友發起出版紀念文集。我與黃先生因有同事情誼，曾參與三十六年前《中央日報》國際版改版事宜，乃邀我寫一篇紀念文章，因成此文。

一

民國七十四年十月，《中央日報》航空版的改版計畫正在如火如荼的進行，駐日本特派員黃天才奉調回台北總社，擔任副社長兼航空版主任，主持改版事宜。

那時我還在《中國時報》工作，對此事一無所悉。有一天突接《文訊雜誌》發行人孫起明來電告知此事，並說黃副社長亟需一位副刊主編，問我有沒有興趣。我當時在休年假，正好閒著沒事，便答應去見黃副社長。

對於這位新聞界前輩我景仰久矣，他奉派在日本工作長達二十六年，是真正的「日本通」，而我年輕時恰是個「日本粉」，他所寫的有關日本的文章從未錯過，能有機會與他見面當然求之不得。

那天是十月六日，一個星期天的中午，地點在福華飯店「蓬萊屯」台菜館，在座的還有文工會副主任朱宗軻，二位都是新聞界先進，我這後生晚輩那有置喙的餘地。沒想到三人一見如故，談得十分投機，深談之後我對航空版改版總算有所瞭解。

《中央日報》航空版創立於民國四十五年，是對海外華人發行的一份中文報刊，內容是國內版的精選版，副刊全部沿用「中副」。免費贈送給海外僑界和各大學圖書館，發行遍及全球，三十年來一直是海外華人和留學生的精神食糧。我在美國留學期間，最大的精神寄託便是到圖書館看航空版，以慰思鄉之情，因此對它並不陌生，三人很快就進入話題。

這次改版的幅度相當大，連名稱都改為「國際版」，強調自採自編，為此還成立編輯部，新聘了二十多位編採人員。其中最大的變革便是副刊，把原本的「中副」停掉了，要推出一個適合海外讀者的副刊，希望能做出「人間」副刊同樣的水準和風格。由於我剛從美國留學回來，且在「人間」主編高信疆手下工作，他們覺得我是最適合的人選，很希望我能擔任主編一職。

由於茲事體大，我不敢貿然答應，他們便希望我來試編三張看看，試編之後再來談人事問題。我一時推託不了，便接受了試版的建議。回家擬了幾個版面和主題，找來老友李男權充美編，二人就煞有介事地編起三張「虛擬」的副刊。

二

版面做好之後我拿去給黃副社長看，原以為就可交差了事，沒想到他又約了朱副主任和負責試版的總編輯許志鼎來討論。李男設計的版型他們十分滿意，我所規劃的內容也受到肯定。至於副刊的名稱，朱副主任建議用「海外」，就此確定下來。以後連著又試了幾次版，我也跟著忙碌起來，原本只是「玩票」的心理，這時已被強烈的參與感取代了。十月底試版完畢，文工會主任宋楚瑜特別接見我們，表示嘉許、慰勉之意。

此時黃副社長再度表達了心意，要我接「海外」副刊主編，為此我特別徵詢高信疆的意見，我原本以為他會反對，沒想到他卻表示樂觀其成，認為這是個很好的機會，可以磨練我獨當一面的能力，廣交文化界人士，我才如釋重負，加上黃副社長和我懇談了幾次，我終於被他的誠意感動，十一月十五日便轉換跑道，開始到《中央日報》上班。

三

國際版的編輯部位在中《中央日報》舊大樓頂樓，是一棟加蓋的辦公室，中間沒有隔間，一眼可以望穿，二十多位編採人員即擠在這兒上班。副刊組除了我之外，另有一位文字編輯和一位美編。三人都坐上編輯檯了，抽屜內卻連一篇存稿都沒有。我這主編有如熱鍋上的螞蟻，沒有一刻能坐得安穩。

為了突破僵局，我向黃副社長爭取到最高的稿費，然後廣發英雄帖，由我具名的邀稿函超過五百封。我深知名作家個個惜墨如金，光靠邀稿函是不夠的，還得勤打電話、熱線追踪。在版面設計上我同樣殫精竭慮，「海外」經由不斷地試探，才摸索出方向，樹立自己的風格。

民國七十五年一月一日，「海外」終於以嶄新的面目在海外出現，編輯的工作也上了軌道。埋首在文字堆裏，雖然案牘勞形，心情卻是充實而愉快的。因為正常出報後，稿子就像雪片一般從海內外各地飄來，堆滿了編輯檯，解決了我的燃眉之急。

六月下旬，我應「美西華人學會」之邀，赴洛杉磯參加該會舉辦的人文社會組研討會，有數百位讀者與作家到場聆聽。會中我報告了「海外」副刊改版的經過、編輯方針以及今後努力的方向，與會的讀者也提出了許多寶貴的意見，場面比國內的研討會還要熱烈。

會後我繼續飛往舊金山、芝加哥、紐約、華盛頓等地，拜訪旅居各地的學者、作家，除了向他們邀稿，也聽聽他們的意見，最後還順道回到母校威斯康辛大學，與師長、朋友歡聚。

這一趟旅行使我得以面對海外的讀者與作者，與他們熱情的互動，可謂滿載而歸。

日子在忙碌之中總是過得特別快，中秋、重陽、國慶、耶誕、除夕，配合節慶所製作的特輯一一推出後，才驚覺一年已告尾聲。百忙之中我完成了終身大事，緊接著報社又有喬遷之喜，搬遷到八德路二段的新廈，我也擁有獨立的辦公室，比起舊大樓有如置身人間天堂。

身負改版重任的黃副社長，也因圓滿達成任務榮升社長。不過他的辦公室在另個樓層，離我們更遠了，再也無法像過去一樣，截稿過後就到編輯部轉轉，和同仁聊上幾句。他個性隨和，喜歡講笑話，常逗得我們哄堂大笑，因此私底下都稱他為「天才老爹」，其實新聞界都尊稱他為「天公」，同樣很有親和力。

四

民國七十七年報禁解除後，國內的報業真正進入了戰國時代，各報紛紛增張擴編，來面對更激烈的競爭。《中央日報》的壓力大增，不得不調整體質，增加張數與版面，以與民營報紙競爭。

黃社長基於多年的旅日經驗，決定引進在日本頗受歡迎的「週末版」或「別冊」，名為「星期增刊」，每星期日隨報紙發行。為了精減人力，「海外」副刊再改回「中副」，編輯人員納入採訪組，我則升為副總編輯兼採訪組長，負責「星期增刊」的編採業務。「海外」

副刊在發行二年之後終於走入歷史，成為中文報業中壽命最短的副刊。

為了讓這段歷史不致留白，黃社長決定出版「海外選集」，讓「海外」刊登過的文章能保留下來，國內讀者也有閱讀的機會，由我掛名主編。從第一年刊登過的二千五百多篇文章，五百多萬字中挑選出來的精品，分六冊共六十萬字，為第一輯，於七十六年六月由《中央日報》出版部出版。由於設計新穎，印刷精美，出版後頗受歡迎。翌年六月又出版了第二輯，共七冊，字數一百萬字。

皇皇十三冊，總字數超過一百六十萬字，每一頁，每一章，都充滿我的感情與記憶，也留下我與每位作者結緣的喜悅，我所付出的心血與努力盡在其中，可視為我在「海外」副刊工作二年的總成績單。

這一切都要感謝黃天才社長，我心目中永遠的「天才老爹」，因為有他的支持，三十四歲的我才能勇敢逐夢，在「海外」開疆闢土，為自己年少輕狂的歲月，留下永恆的一章。

原載一一一年十二月觀察雜誌一一二期

國藝會，曾經
——我與陳國慈的異業緣

一

五月中旬，我收到「迪化207博物館」主辦的「老宅，曾經——台灣百年民宅之美特展」的邀請函。我原不以為意，因為該館每次的特展，都會邀請我去參加開幕活動，我也從未缺席，那是我和創辦人陳國慈的默契，藉這個機會見面聊聊，分享彼此的近況。

尤其近一、二年她長居香港，兩人只能在此場合碰面，因此我格外珍惜。即使每次都得一早從桃園出發，搭乘一個小時的機捷晃到台北，下車後還要步行半小時才能趕到會場，但我仍風雨無阻，甘之如飴。

但這次打開請柬之後，我卻嚇了一跳，因為看到了這段文字：「隨著我的年齡以及家人都在香港，往後我在臺灣居住的時間將大量減少，無法繼續監督及參與『迪化207博物館』的營運。考慮許久，心裡雖然充滿了不捨，但我決定今年八月三十一日退休，並結束博物館的營運。」

這段聲明猶如一顆炸彈，炸得我頭昏眼花，稍稍冷靜之後，我才看出文字裡頭暗藏的密碼，原來這次特展竟是「謝幕展」，選擇臺灣百年民宅之美做為主題，即是為了向她所鍾愛的老房子致最後的敬禮。一個來自香港的法律人，對臺灣的老房子能付出如此深厚的感情，確實令人敬佩。

這也許是我最後一次與她碰面的機會了，當然不能錯過，便在回條上鉤選「準時出席」，傳真給館方。萬萬沒想到幾天之後新冠病毒本土確診案例一路狂飆，令我心驚膽跳，幾經思考，當天早上即電告館方，因疫情嚴峻，參加開幕活動的計畫不得不臨時喊卡，因而錯失了與她話別的機會。

大疫期間，人心惶惶，南浦送別，竟緣慳一面，益增惆悵。只好拿起筆來，追憶我們在「國藝會」同心協力，為了共同的目標和理想一齊奮鬥的日子，來表達我對她的尊敬和懷念，以之做為臨別的贈禮。

二

陳國慈在香港出生，父親是緬甸駐香港領事，母親曾赴英國留學，外公是新加坡企業家，家世背景十分國際化。因此她在香港讀完高中後即赴英國求學，就讀英國大律師法學院，二十歲即考上律師執照，然後到新加坡、美國執業。直到民國六十三年底，才到臺灣定居、開業。

二十年後，也就是民國八十四年九月，「國家文化藝術基金會」（簡稱國藝會）在萬方期待下誕生，眾所矚目的首任執行長即由陳國慈出任。當時文化界對她還很陌生，包括我在內，只能從新聞報導中看出一些端倪。

媒體指稱，她是一位知名律師，專長為涉外商事案件，很多國營事業和大企業都是她的客戶，連最知名的台積電都委託她登記成立公司。此外，她也曾受中華奧會委託，處理臺灣的會籍和名稱問題，深受體育界倚重。

主管機關文建會顯然看上她這方面的長才，破例延攬非文化界人士擔任國藝會首任執行長，令人耳目一新，媒體都給予肯定，也披露了國藝會要徵主管的消息，特別引起我的注意。

我那時在新聞界已工作了十六年，因感受到報社的經營日益艱難，加上職業的倦怠感與日俱增，早就想換換環境，另謀出路，卻苦無適當的工作機會。因此看到這則消息後，對國藝會的工作十分嚮往，所需條件與我的專長也很吻合，很快便寄出履歷表。

坦白說，這還是我生平首次投履歷表應徵工作，內心有點忐忑不安，不久就接到面試的通知。那是我第一次見到陳國慈，地點就在國藝會的籌備處。我應徵的職缺是獎助處處長，是國藝會最重要的業務單位主管。簡單扼要的詢答之後，她即問我要求的待遇。我不知那來的勇氣，居然開了高於業界的數字，出來之後冒了一身冷汗，自忖大概無望了。

沒想到幾天之後就接到祕書的電話，要我十一月八日去報到。我甘冒「自抬身價」之大諱，她卻二話不說，全盤接受。還沒正式上班共事，我即見識了她的視野和格局，迥異於政府部門刻板的文化官僚。因此很慶幸自己能遇到識人的長官，如願踏入國藝會的大門，為我的人生揭開了新頁。那年我四十四歲，正值青壯年歲，滿腔抱負，很想有一番作為，以為回報。

三

十二月二十一日，國藝會搬遷到仁愛路三段現址，我也辭去報社的工作，轉到這兒上班。八十五年一月十三日正式掛牌運作，當時的李總統、連院長和文建會鄭主委都親臨主持掛牌儀式，備極風光，足見其受重視的程度。

該大樓外觀雄偉，與福華飯店比鄰，是台北最精華的商業區。從辦公室外望，仁愛路的林蔭大道盡在眼底，一片綠意盎然。內部陳設採中西混搭，簡樸素雅，可看出陳執行長要為國藝會塑造的形象與品味。

國藝會的業務以「贊助文化藝術事業」及「獎助文化藝術工作」為主，前者為一般性的藝文補助，後者為辦理國家文藝獎。正式運作之後，首要工作便是訂定補助辦法。

每天一早上班後，陳執行長即召開會議，帶領同仁研擬「補助申請基準」，於一個月內完成草案，由董事會通過，再公告據以實施，成為文化界人士必修的「葵花寶典」。其中所揭櫫的「公平、公開、透明化」的精神，正是陳執行長字字斟酌、句句推敲出來的成果，也是國藝會核心價值所在。

為了讓文化界了解這部基準，獎助處在全省辦了七場說明會，每場幾乎都爆滿。首場在台北舉行時反應更是熱烈，事前曾有某些團體揚言要來「踢館」，使我們如臨大敵。當晚陳執行長特別到場坐鎮，以防萬一。幸好並未出現火爆的場面，結束時大家都鬆了口氣，補助業務總算能如期上路。

但真正的考驗還是在評審會議，委員多是學者專家，只能對品質把關，補助金額還是要由承辦單位估算。因此每場會議對同仁都是一場奮戰，必須做好萬全的準備。雖然工作極其繁重，同仁仍兢兢業業，不敢有絲毫疏失，以免申請者的權益受損。

獎助處的同仁雖然辛苦，卻有一項福利，那就是免費看各種表演或展出，因為受補助的團體展演時，同仁必須前往考核。我和陳執行長也常前往觀賞，既是工作，也算「在職進修」。看完回到家都快半夜了，形同另類的「加班」或「跑攤」。我在國藝會六年，幾乎看遍國內外團體的演出，認識了許多舞團、演員和音樂家，可說是工作之餘培養出來的雅好。

四

民國八十六年，已辦了二十三屆的「國家文藝獎」改由國藝會承辦，獎助處又得負責研擬設置辦法。新的辦法將名稱改為「國家文化藝術基金會文藝獎」，分為文學、美術、音樂、舞蹈、戲劇、五類，獎金則由四十萬增至六十萬元，用以彰顯這個獎的崇隆地位。

經歷五場嚴謹的評審會議，第一屆的得主分別是詩人周夢蝶、水墨及書法名家鄭善禧、合唱指揮家杜黑、編舞家劉鳳學及表演藝術家李國修，都是備受文化界肯定與推崇的藝文藝工作者。

其中最受矚目、值得一提的是「詩壇苦行僧」周夢蝶，因他淡薄名利，離群索居，要不是評審委員主動推薦，他那裡會參加什麼文藝獎。陳執行長很擔心他會婉拒，因此名單公佈前夕，特別要我去拜訪他，希望他能接受並出席頒獎典禮。

我和「周公」相識多年，自信能圓滿達成任務，下班後便開車直奔淡水他蝸居的陋室。兩人懇談竟夜，終獲他首肯，並表示翌日要回訪陳執行長。第二天上午，他瘦小的身影果然出現在國藝會大廳，陳執行長也笑臉相迎。他另一個目的是想將獎金捐給慈善機構。名利於他如浮雲，終其一生，孤家寡人，兩袖清風，格外令人敬佩。

九月三十日，國藝會在台北凱悅飯店宴會廳舉行盛大的頒獎典禮，嘉賓雲集，五位得獎人風光上台領獎並致詞，場面溫馨感人，誠然是藝文界一大盛事。此外，國藝會還與中山大學合作推動駐校計畫，邀請五位得獎人擔任講座。這些推廣活動都出自陳執行長的構想，由我陪同得獎人分批前往，在旅途中得以親炙這些大師，廣結藝文人脈，我當然樂此不疲。

五

海明威在他的回憶錄《流動的饗宴》中說：「如果你夠幸運，在年輕時待過巴黎，那麼巴黎將永遠跟隨著你，因為巴黎是一席流動的饗宴。」我常引用「流動的饗宴」來形容國藝會，經過盛大的頒獎典禮後，陳執行長也認同我的論點，一心想打造這個平台。然而天下沒有不散的宴席，只是我陶醉其中，不曾料到這一天會提早來臨。

忙完頒獎典禮後，辦公室難得清閒下來，某天下午來了一位神祕的訪客，由陳執行長親自接待。我一看赫然是台積電董事長張忠謀，而且一連來了兩次，每次兩人都在辦公室密談，我就覺得有點不太尋常。

最後一次他走後，陳執行長坦白告訴我，他就是張董事長，想延攬她到台積電當資深副總兼法務長。為此她陷入兩難，因為執行長的任期是三年，要半途走人對文建會和國藝會都很難交待。但台積電有幾件專利的案子正在打跨國官司，事關重大，且時間緊迫，非要她出馬不可，張董事長才會三顧茅廬，親自來國藝會「催駕」。以張董事長之尊，表現這樣的誠意，她如何拒絕得了？

幾天之後，例行的主管會議結束後，她正色告訴我們，她已獲得董事會的諒解，很快就要離開國藝會，到台積電上班。聽完後大家面面相覷，現場一片沈默，她則力持鎮定，最後只說：「就這樣了，在新的執行長還沒來之前，會務暫時由副執行長代理。」說完便起身離去。

我這個副執行長這時才大夢初醒，一年前她擢升我為副執行長以來，我一直謹守副手的角色，從不敢逾越權限，如今必須扛起當家的重任了。首要任務就是舉辦晚宴為她送行，除了全體同仁，也邀請董事和文建會高層參加。

席間杯觥交錯，談笑風生，一如往常聚會，但大家心裡都有些沈重，氣氛也有些傷感。我的感受特別強烈，因為陳執行長的離去，代表我心目中的饗宴已曲終人散，終至成為絕響。

六

陳執行長常和我分享她的生涯規劃，說五十五歲時就要退休，去過自己真正想過的日子。我只是聽聽，從來不曾當真。像她這種金字塔頂端的法務主管，每場官司的勝負動輒以百億元計，張董事長怎麼可能放人？所謂「人在江湖，身不由己」，通常是武林高手的宿命。

但五年之後，也就是民國九十一年底，她真的說到做到，放棄了千萬的年薪外加年終分紅，從台積電榮退了。而她「真正想過的日子」，就是開始一系列的認養古蹟和老房子。

九十二年，她捐了三千萬元，認養了台北市立美術館旁的「圓山別莊」，經過重新裝修後，改名為「台北故事館」，成為一個小而美的藝文開放空間，很受台北市民喜愛，因此一做就是十二年。九十八年又認養了延平南路的「撫台街洋樓」，可惜三年合約期滿，即退出未再續約。她成了臺灣第一位以自然人身分與政府進行古蹟委託經營的範例。

這兩棟老房子的產權都屬台北市政府，凡事都需按照合約，經營上受到諸多限制，無法充分發揮理想，她便想買一棟老房子獨自來經營。一〇五年，她看上迪化街一棟老房子，前身是「廣和堂藥舖」，曾是台北最大的中藥材藥舖，正是她最鍾愛的歷史建物，毫不猶豫便買下來。經過一年整修，變身為「迪化 207 博物館」，於一〇六年四月正式營運，終得以一圓她多年的美夢。

七

從「台北故事館」到「撫台街洋樓」，再到「迪化 207 博物館」，近二十年來我追隨她的步履，經常進出這三棟老宅。尤其我退休後的這五年之間，到「迪化 207 博物館」看展，與她敘舊，已成了生活中最期待的時刻。然而隨著她遠離臺灣，歸隱香江，這些美好的想像和期待，將永遠成為過去了。

幾天之後，我收到她寄給我的《老宅，曾經》一書，厚厚一冊，採用高級精裝書封面，印刷裝訂十分考究，一如她嚴謹的行事風格和高雅的品味。我花了很長的時間閱讀，仔細看過每一張照片和介紹文字，宛如在看實體的「謝幕展」，雖不能至，而心嚮往之。

看完之後闔上厚厚的扉頁，感覺好像舞台上的布幕正徐徐落下。回首前塵，國藝會的「曾經」，歷歷如在眼前。不管時光如何推移，場景如何變動，既是謝幕，確實到了我們要互道珍重再見的時刻了。

原載一一一年六月二十七日中國時報「人間副刊」

麥城風雪愁煞人
——我與劉紹銘的師生緣

一

年曆甫翻新頁，民國一一二年元旦的連假剛結束，寒流仍籠罩在臺灣的上空，惱人的風雨也不曾間斷。我幾乎足不出戶，每天待在家裡閱報看閒書，對紛擾的世事一向冷眼旁觀，無動於衷，內心還算平靜。

然而五日清晨，在報端看到劉紹銘教授於四日逝世，享壽八十九歲的消息，平靜的心湖終於掀起了一陣漣漪。自從十八年前他在香港嶺南大學榮退，我們就少有連繫，二〇〇七年他獲嶺南大學頒發榮譽文學博士，翌年他所翻譯的《一九八四》出版七十周年，香港中文大學重新出版他的譯本，我也都是從新聞上得知。近年還傳出與師母離異的消息，我也無從查證，只覺得事有蹊蹺，內心百般不解。從沒想到他風光的學術成就背後，晚年的生活是如此地孤單，如今再傳來辭世的消息，內心又增添了一抹哀慟。

威斯康辛大學當年的師長年事已高，老成凋謝並不令人意外，先是漢學大師周策縱於九十六年逝世，享耆壽九十一歲，帶走了五四的光芒。近二年來更是惡耗頻傳，前年十月經濟學家趙岡過世，同享耆壽九十二歲。去年十一月思想史巨擘林毓生教授緊跟著離去，享壽八十八歲，如今加上劉紹銘教授歸隊，威大四位大師級的人物均已作古，歲月無情，令人不勝唏噓。

民國七十二年，我赴威大東亞研究所就讀之前，這四位來自臺灣的學者，早就在美國漢學界、經濟學界、史學界占有一席之地，盛名遠播，各立山頭，吸引了臺灣的留學生競相投入門下。我即是慕名上門拜師，被劉紹銘教授收入門下的弟子之一，因而得以在學術風氣鼎盛的麥迪遜（Madison）悠遊二年，有幸與這四位大師時相往來，多所請益；往來最密切、對我影響最大者，當屬劉紹銘教授。

二

劉紹銘是廣東惠陽人，一九三四年在香港出生，因家境清寒，自聖類斯中學小學部畢業後即告失學，在該校印刷所當學徒，之後轉到書局當售貨員，工作之餘自修中英文。一九五五年考入北角達智英文專科學校，翌年參加香港中學會考及格，並投考臺灣大專院校，錄取臺灣大學外文系。

就讀台大期間，他與白先勇、王文興、陳若曦、歐陽子、葉維廉、李歐梵等同學創辦《現代文學》雜誌。一九六〇年畢業後即赴美深造，於一九六六年取得印第安那大學比較文學博士學位。之後長期在學術界工作，曾任教香港中文大學、新加坡國立大學、夏威夷大學、美國威斯康辛大學、香港嶺南大學。

教學之餘，他還熱衷寫作與翻譯，經常在港台報刊雜誌發表文章，譯作包括喬治・歐威爾（George Orwell）的名著《一九八四》、《動物農莊》等書。同時是夏志清《中國現代小說史》中譯本的參與者，對張愛玲小說亦有深入研究，曾出版三本專著。此外還以二殘、袁無名等筆名，出版了三十多本散文、雜文集，其中以《吃馬鈴薯的日子》和《二殘遊記》最為知名。

我認識劉紹銘，也是從這二本書開始的。前者出版較早，是我在輔大圖書館借閱的，對他苦學的精神至為敬佩；後者則是在「人間副刊」連載期間即追著看，寫活了華人在美國學術界的浮沈，看似詼諧、幽默的文筆，透露的卻是極為辛酸、現實的一面，顯示他的文學造詣和敏銳的觀察力。

那時我和哲學系幾位同學頗迷陳映真，有一位神通廣大，老是能從香港拿到臺灣的禁書。有一次他偷偷塞給我一本封面草綠色的書，我回去打開一看，赫然是《陳映真短篇小說集》，是香港小草出版社出版的，編者就是劉紹銘。我如獲至寶，因為陳映真那時是個禁忌，我們從不敢公開談論，市面上也沒有他的書，對他諱莫如深。

我一夜之間就把它看完，內心深受感動，不只是陳映真的小說，也包含編者劉紹銘，我很敬佩他的勇氣。在那風雨如晦的年代，還敢編輯陳映真的作品集，嘉惠求知若渴的年輕學子。這本書我一直保留在身邊，直到十年前搬家，因要處理大批的舊書、雜物，竟不知遺落何處，至今仍引以為憾。

三

民國六十七年十月我進時報工作之後，文運大發，連得第一、二屆時報文學獎的大獎，猶如鯉躍龍門，平步青雲。文章大量見報，演講的邀約不斷，電視台找我編寫劇本，短短四年之間著作多達十本，很快達到創作的高峰，也嚐到成名的滋味。

但我並沒有被名利蠱惑，反而感到自己在臺灣的發展已面臨瓶頸，有必要到國外走走看看，為自己再充電，便興起出國讀書的念頭。可是又不想攻讀學位，走學術路線，和一般留學生很不一樣，因而找不到合適的學校和科系，令我猶疑徬徨，差點就打退堂鼓。

高信疆非常支持我出國進修，了解到我的困境後，建議我去找劉紹銘，他那時在威大東亞系所已取得終身教授資格，有一定的發言權。我一聽如夢方醒，才重新思考。高信疆對此很有信心，有一次利用劉教授來台開會時介紹我和他認識。那晚下班後高信疆約他在登琨艷開的「舊情綿綿」吃消夜，那是我第一次和劉紹銘見面，大約是七十一年秋天的某個晚上。

他講的是香港腔的國語，聲音低沈，初聽有些不習慣。他表示曾看過我的作品，也相當欣賞我的才華，加上高信疆極力推薦，幾杯啤酒下肚後就一口答應。但有一個要求，要我通過托福測驗，學校和系所的部分他願意全力協助。得到他的允諾，我有如吞下定心丸，當下就舉杯致謝，加上高信疆在旁起鬨，頻頻勸酒，最後當然是扶醉而歸。

為了展示破釜沈舟的決心，幾天之後我向報社請了二個月的長假，到南陽街「美加留學中心」報名參加托福補習班，全力為托福考試衝刺。劉紹銘回去後也不時來信告知進度，不斷為我申請學校的事奔走。

十月五日我收到一封他的來信，直覺有好兆頭，連忙打開來看，信箋上只有寥寥數行：「蒙仁：早上發的信想收到。為了增取時間，我已打電話給先勇，請他寫介紹信，因此，不必麻煩黃碧端教授了，現在大勢很好，就看我的『面子』如何了。祝，愉快。」

看完信我忍不住差點尖叫起來，那天恰好是我的生日，這封信無疑是送給我的最佳生日禮物。信中的「先勇」當然是白先勇，黃碧端則是中山大學外文系的系主任，也是劉教授的高徒，二人原來也是我的貴人。而劉紹銘的「面子」也夠大，不久我就接到學校寄來的入學通知，再不久也收到托福考試的成績單，不多不少，正是及格的五百分。由於註冊日期迫在眉睫，拿著這二個文件，七十二年二月十七日清晨我便兼程搭機赴美。

四

經過二十多小時的長途飛行，抵達麥迪遜機場時已是薄暮時分，外面積雪盈尺，寒氣逼人，景況悽涼，令我有不知流落何地之感。幸好劉紹銘開車來接我，有如見到家人，一時湧起無限溫暖。他看到我第一句話便說：你真是命中注定有貴人相助呀，換了別人就來不成了。

第二天我去學校註冊，正是准予補註冊的最後一天；再慢一天連上帝出面也沒辦法了，劉教授所言果然不虛。中午他請我吃飯，談起這一連串的巧合，雖然險象環生，畢竟完成了註冊手續。我如願以償，他也沒有白費心力，我們就此締下師生之緣。

更巧合的是二個月之後，高信疆為了政治情勢，被報社安排到美國暫避鋒頭，劉紹銘受託為他申請到威大「訪問學者」的身分，也匆匆來到麥城與我們會合。四月十二日下午，劉紹銘偕我和羅智成一同前往接機，四人在機場見面的瞬間，堪比電影上的感人鏡頭，先是緊握雙手，繼之熱情擁抱，因為一切的發展太突然，太令人興奮了。

劉紹銘先帶我們去市郊一家酒吧，喝他最喜愛的「藍尼姑」（blue nun）紅酒，一邊拿出煙斗抽起雪茄，霎時芳香四溢，那就是他真性情流露的時刻，迫不及待地問起台北的近況，高信疆便談起匆促赴美的始末，一談欲罷不能，回到他家時天色已晚，趙岡夫婦赫然在座。他們聽說高信疆要來，臨時過來致意，晚餐便多了二位貴客。劉師母已做好幾道拿手好菜，一一端上餐桌，菜香撲鼻，加上貴州茅台助興，酒酣耳熱，賓主盡歡，直吃到半夜才結束。

以後每隔一段時間，劉師母便會做幾道家常菜，邀高信疆、羅智成和我三人去家裡小聚。一來為我們解饞，二來陪劉教授喝酒聊天，排遣漫長時光。麥城的冬天特別長，雪季長達四個月，此時應邀到他家聚會，感覺特別溫馨。二個小孩正值青少年階段，活潑好動，常引來責罵或哄堂笑聲，使我們分享了他們家庭的溫暖，宛如家人般的親切。

五

那年秋天，陳映真應聶華苓之邀，來美國愛荷華大學參加「國際作家工作坊」。劉紹銘相當開心，親自開車帶著高信疆和我遠赴愛荷華城，去參加當晚的歡迎餐會，與陳映真、七等生、李歐梵及大陸來的劇作家吳祖光、小說家茹志鵑、王安憶母女等人，共渡了一個愉快的週末。

翌日返麥城時，陳映真也與我們同行，因為劉紹銘已為他安排一場對威大東亞系師生的演講，周策縱、林毓生、趙岡等名士都是座上賓，之後又有人設宴款待，圍爐夜談，著實地熱鬧了一、二天，為麥城學術圈少有的盛事。

冬去春來，日子就在季節的遞變中平靜地過去。第二年課業的壓力逐漸加重，大部分的時間我都埋首在圖書館裡，看書、翻資料，寫論文，一般的活動就少參加了。聖誕節前夕，我順利地通過碩士學位考試，一如當初和劉紹銘的約定，不再攻讀博士學位，就此打包返台。七十四年元月中旬，我告別劉紹銘和幾位師長返台，及時趕回虎尾老家和家人團聚過年，我在美國二年的留學生涯終於成為過去。

轉眼離開麥迪遜已三十八年了，偶有回去走訪的念頭，終因路途遙遠迄未成行，感覺乃逐漸模糊淡去。如今看到劉教授辭世的消息，過往歲月又清晰地浮現眼前，像那一圈圈的漣漪不斷擴散，我豈能麻木不忍，無動於衷？便熬了三個晚上寫成此文，以之紀念劉教授對我的提攜、照顧之情，以及對麥城歲月永恆的懷念。

原載一一二年二月九日中國時報「人間副刊」

學經歷及創作年表

古蒙仁，本名林日揚

一九五一年十月　出生於臺灣省雲林縣虎尾鎮虎尾糖廠

一九七一－一九七五　輔仁大學中文系畢業

一九八三－一九八四　美國威斯康辛大學東亞研究所碩士班畢業

工作經歷

一九七八－一九八五　中國時報編輯、撰述委員

一九八六－一九九五　中央日報國際版「海外」副刊主編、副總編輯兼採訪主任

一九九五－二〇〇一　國家文化藝術基金會獎助處處長、副執行長

二〇〇二－二〇〇五　雲林縣政府文化局局長

二〇〇六－二〇〇八　慈濟人文志業中心經典雜誌副總編輯

二〇〇八－二〇〇九　文建會主委辦公室主任

二〇一〇—二〇一六　桃園國際機場公司經理、航空科學館館長

教學經歷

一九八四—一九八五　中興大學中文系講師
一九八五—一九八七　中央大學中文系講師
一九八七—一九八八　銘傳大學大傳系講師

榮譽

一九七二　首次以古蒙仁為筆名，在中央日報「副刊」發表短篇小說〈盆中鰲〉，並入選「六十一年年度小說選」。
一九七四　短篇小說〈夢幻騎士〉入選「當代中國小說大展」，並刊登於中國時報「人間副刊」
一九七八　第一屆時報文學獎報導文學推薦獎，獲獎作品〈黑色的部落〉
一九七九　第二屆時報文學獎小說推薦獎，獲獎作品〈雨季中的鳳凰花〉、報導文學優等獎，獲獎作品〈失去的水平線〉

一九八七　中興文藝獎
一九九一　第三十二屆中國文藝協會文藝獎章
　　　　　第十屆吳三連文藝獎
一九九八　〈吃冰的滋味〉入選國中國文教科書，之後亦被「康軒」、「南一」、「翰林」
　　　　　書局選入迄今。
二〇〇八　行政院新聞局金鼎獎

著作

一九七六　狩獵圖（小說）
一九七八　黑色的部落（報導文學）
一九七九　夢幻騎士（小說）
一九八〇　雨季中的鳳凰花（小說）
　　　　　失去的水平線（報導文學）
一九八一　古蒙仁自選集（小說）
一九八二　蓬萊之旅（報導文學）
　　　　　天竺之旅（報導文學、攝影）

一九八三　台灣社會檔案（報導文學）
　　　　　台灣城鄉小調（報導文學）
一九八七　人間燈火（報導文學）
　　　　　流轉（散文）
一九九〇　小樓何日再東風（散文）
一九九一　第二章（小說）
一九九四　天使爸爸（散文）
一九九六　同心公園（散文）
二〇〇一　吃冰的另一種滋味（散文）
二〇〇四　大哥最大（散文）
　　　　　凝視北歐（散文、攝影）
二〇〇八　溫室中的島嶼（報導文學）
二〇〇九　台灣山海經（報導文學）
二〇一〇　虎尾溪的浮光（散文）
二〇一一　大道之行（報導文學）
二〇一四　花城新色（報導文學、攝影）
二〇一七　青埔悠活（報導文學、攝影）

二〇一八　木藝之都─大溪的木藝家族（報導文學、攝影）
　　　　語島春秋─金門新誌書（報導文學、攝影）
二〇二二　司馬庫斯的呼喚─重返黑色的部落（報導文學）
二〇二三　吃冰的滋味─我的人間告白（散文）

展覽

一九八六　優詩美地（Yosemite）（攝影個展）
二〇〇四　凝視北歐（攝影個展）

新人間383

吃冰的滋味：我的人間告白

作　者—古蒙仁
主　編—謝翠鈺
企　劃—陳玟利
封面設計—林采薇、楊珮琪
美術編輯—SHRTING WU
排　版—辰皓國際出版製作有限公司

董事長—趙政岷
出版者—時報文化出版企業股份有限公司
108019台北市和平西路三段二四〇號七樓
發行專線—（〇二）二三〇六六八四二
讀者服務專線—〇八〇〇二三一七〇五
（〇二）二三〇四七一〇三
讀者服務傳真—（〇二）二三〇四六八五八
郵撥—一九三四四七二四時報文化出版公司
信箱—一〇八九九台北華江橋郵局第九九信箱
時報悅讀網—http://www.readingtimes.com.tw
法律顧問—理律法律事務所陳長文律師、李念祖律師
印刷—勁達印刷有限公司
一版一刷—二〇二三年三月十日
一版三刷—二〇二三年七月二十日
定價—新台幣五五〇元
（缺頁或破損的書，請寄回更換）

時報文化出版公司成立於一九七五年，
並於一九九九年股票上櫃公開發行，於二〇〇八年脫離中時集團非屬旺中，
以「尊重智慧與創意的文化事業」為信念。

吃冰的滋味：我的人間告白 / 古蒙仁作 . -- 一版
. -- 臺北市 : 時報文化出版企業股份有限公司 ,
2023.03
面；　公分 -- (新人間 ; 383)
ISBN 978-626-353-502-2(平裝)

863.55　　112001107

ISBN 978-626-353-502-2
Printed in Taiwan